El destino
de los O'Brien

El destino
de los O'Brien

LISA GENOVA

Traducción de Victoria Morera

GRUPO ZETA

Barcelona • Madrid • Bogotá • Buenos Aires • Caracas • México D.F. • Miami • Montevideo • Santiago de Chile

Título original: *Inside the O'Briens*
Traducción: Victoria Morera
1.ª edición: febrero de 2016

© 2015 by Lisa Genova
© Ediciones B, S. A., 2016
   Consell de Cent, 425-427 - 08009 Barcelona (España)
   www.edicionesb.com

Printed in Spain
ISBN: 978-84-666-5821-8
DL B 348-2016

Impreso por QP PRINT

Para Stella. En cariñoso recuerdo de Meghan

Si sacas lo que hay dentro de ti, eso que sacas te salvará. Si no sacas lo que hay dentro de ti, eso que no sacas te destruirá.

Evangelio de Tomás, dicho 70

Cuando imaginas esas cosas, ya no puedes volver atrás.

Joe O'Brien

Primera parte

La enfermedad de Huntington es un trastorno neurodegenerativo hereditario caracterizado por una pérdida progresiva del control motor voluntario y la aparición de movimientos involuntarios. Los síntomas físicos iniciales pueden incluir, entre otros, pérdida de equilibrio, torpeza, caídas, corea y dificultad para hablar y tragar. La enfermedad se diagnostica por medio de un examen neurológico en función de esas alteraciones del movimiento y puede confirmarse por medio de una prueba genética, ya que su origen es una mutación de un único gen.

Aunque la presencia de síntomas físicos es necesaria para el diagnóstico, existe un pródromo insidioso que puede surgir hasta quince años antes de la aparición de las alteraciones motoras. Los pródromos son tanto psiquiátricos como cognitivos y pueden incluir depresión, apatía, paranoia, desórdenes obsesivos compulsivos, impulsividad, ataques de rabia, disminución en la velocidad y flexibilidad de los procesos cognitivos y pérdida de memoria.

El diagnóstico suele producirse entre los treinta y cinco y los cuarenta y cinco años de edad y conduce, inexorablemente, a la muerte, que tiene lugar entre diez y veinte años después. No existe ningún tratamiento que influya en la progresión de la enfermedad y tampoco ninguna cura.

Se considera la enfermedad más cruel conocida por el hombre.

1

¡Maldita mujer, siempre está cambiando sus cosas de sitio! No puede quitarse las botas en el salón o dejar las gafas de sol en la mesita auxiliar sin que ella las lleve a «su lugar». ¿Quién la ha nombrado la diosa de la casa? Si él quiere dejar un apestoso montón de su propia mierda en medio de la mesa de la cocina, ahí es donde debería permanecer hasta que él lo mueva.

«¿Dónde demonios está mi pistola?»

—¡Rosie! —grita Joe desde el dormitorio.

Consulta el reloj: las siete y cinco de la mañana. Si no sale enseguida, no estará en comisaría cuando pasen lista, pero no puede ir a ninguna parte sin su pistola.

«Piensa.» Últimamente, cuando tiene prisa, le resulta sumamente difícil pensar. ¡Además, aquí hace un calor de mil demonios! Junio está siendo un mes de un calor sofocante. Durante toda la semana, ha hecho una temperatura de treinta y muchos grados centígrados y por las noches apenas refresca. ¡Con este clima no hay quien duerma! El aire en el interior de la casa es denso como el de un pantano y el calor y la humedad de hoy ya se están haciendo un hueco en el calor y la humedad que quedaron atrapados ayer en la casa. Las ventanas están abiertas, pero no sirve de nada. Debajo del chaleco, tiene la camiseta blanca de la casa Hanes pegada a la espalda y esto lo saca de quicio. Acaba de ducharse y no le iría nada mal volver a hacerlo.

«Piensa.» Se duchó y se vistió: pantalones, camiseta, chaleco antibalas, calcetines, botas y cinturón con pistolera. Después sacó la pistola de la caja fuerte, desactivó el seguro del martillo y luego ¿qué? Dirige la vista a su cadera derecha. No está ahí, aunque no necesita mirarlo porque nota la falta de peso. Tiene el cargador, las esposas, el aerosol de defensa personal, la radio y la porra, pero no la pistola.

No está en la caja de seguridad ni en el cajón superior de la cómoda, y tampoco encima de la cama, que todavía está sin hacer. Dirige la vista hacia la cómoda de Rosie, pero allí solo está la virgen María, encima del tapete de color marfil. Y ella seguro que no va a ayudarlo.

«San Antonio, ¿dónde demonios está la pistola?»

Está cansado. Ayer por la noche estuvo dirigiendo el tráfico en un servicio especial en el Garden. El maldito concierto de Justin Timberlake acabó tarde. De acuerdo, está cansado. ¿Y qué? Hace años que está cansado. No se imagina estar tan cansado como para descuidarse y olvidarse de dónde ha dejado su pistola cargada. Muchos tíos que llevan tantos años en el cuerpo como él se han vuelto descuidados con respecto a sus pistolas, pero él nunca.

Avanza por el pasillo con determinación, pasa por delante de los otros dos dormitorios y asoma la cabeza en el único lavabo de la casa. Nada. Entra enfurecido en la cocina con los brazos en jarras y la base de su mano derecha busca, por costumbre, la culata de la pistola.

Sus cuatro hijos adolescentes, despeinados, somnolientos y sin duchar están sentados alrededor de la diminuta mesa y se disponen a desayunar. Beicon poco hecho, huevos revueltos a medio cuajar y tostadas de pan blanco quemado. Lo habitual. Joe examina la habitación y localiza su pistola, su pistola cargada. Está en la encimera de formica de color amarillo mostaza, al lado del fregadero.

—Buenos días, papá —le saluda Katie, su hija menor.

Katie sonríe, pero con precaución, como si se hubiera dado cuenta de que algo no va bien.

Joe la ignora. Toma su Glock, la introduce en la funda y dirige su cólera hacia Rosie.

—¿Qué demonios hace aquí mi pistola?

—¿De qué me estás hablando? —replica Rosie, quien está delante de los fogones vestida con una camiseta rosa sin mangas, sin sujetador, descalza y con *shorts*.

—¡No paras de cambiar de sitio mis malditas cosas! —exclama Joe.

—Yo nunca he tocado tu pistola —afirma Rosie haciéndole frente.

Rosie es menuda, mide poco más de metro y medio y pesa cuarenta y cinco kilos. Joe tampoco es ningún gigante. Mide un metro ochenta centímetros con las botas del uniforme puestas, aunque todo el mundo cree que es más alto; probablemente porque es fornido, sus brazos son musculosos y su voz profunda y grave. A sus treinta y seis años, luce un poco de tripa, pero teniendo en cuenta su edad y el tiempo que pasa sentado en los coches patrulla, resulta normal. En general, Joe es un hombre bromista y de carácter afable, un gatito, en realidad, pero incluso cuando sonríe y sus ojos azules chispean, todo el mundo sabe que se trata de un tipo duro. Nadie se mete con Joe. Nadie salvo Rosie.

Ella dice la verdad. Nunca toca la pistola. Aunque él lleva muchos años en el cuerpo y a pesar de que la pistola siempre está guardada en la caja fuerte, en el cajón superior de la cómoda de Joe o en la pistolera y con el seguro puesto, ella nunca se ha sentido cómoda al saber que hay un arma en casa y nunca la ha tocado. Al menos hasta hoy.

—¿Entonces cómo cojones ha llegado hasta aquí? —pregunta él señalando la encimera.

—Vigila tu lenguaje —le advierte Rosie.

Joe mira a sus cuatro hijos, quienes han dejado de comer para contemplar el espectáculo, y se centra en Patrick. Dios lo bendiga, pero tiene dieciséis años y cada vez hace más tonterías. A pesar de todos los sermones que ha dado a sus hijos acerca de las pistolas, esta es la típica estupidez que Patrick cometería.

—Muy bien. ¿Quién de vosotros lo ha hecho?

Todos lo miran, pero no dicen nada. El código de silencio de Charlestown, ¿eh?

—¿Quién ha agarrado la pistola y la ha dejado junto al fregadero? —pregunta Joe con voz de trueno.

El silencio no es una opción.

—Yo no he sido, papá —contesta Meghan.

—Yo tampoco —afirma Katie.

—Ni yo —declara J.J.

—Yo no la he tocado —se defiende Patrick.

Eso es lo que dicen todos los criminales a los que Joe ha detenido. ¡Todos son unos jodidos santos! Sus hijos lo miran, parpadean y esperan. Patrick introduce un pedazo de beicon gomoso en su boca y mastica.

—Desayuna algo antes de irte —le sugiere Rosie a Joe.

Pero él no tiene tiempo de desayunar. Llegará tarde al trabajo porque ha estado buscando la maldita pistola que alguien tomó y dejó en la encimera de la cocina. Llegará tarde, siente que está fuera de control y tiene calor, mucho calor. La atmósfera de la abarrotada habitación es demasiado densa para respirar y Joe siente que el calor de los fogones, los cuerpos de los seis miembros de la familia y el clima están alimentando algo que amenaza con desbordarse en su interior.

Cuando pasen lista en la comisaría él no estará y el sargento Rick McDonough, que es cinco años más joven que él, volverá a sermonearlo o quizás anote una falta en su expediente. La idea le resulta humillante, no puede soportarlo y algo en su interior explota.

Agarra la sartén de hierro fundido que hay encima de uno de los fogones y la lanza al otro extremo de la habitación. La sartén produce un agujero considerable en la pared, no lejos de la cabeza de Katie, y aterriza con estrépito en el suelo de linóleo. Un chorro de grasa de beicon resbala por el papel estampado con margaritas de la pared como si fuera sangre que brota de una herida.

Los chicos abren mucho los ojos y no dicen nada. Rosie guarda silencio y no se mueve. Joe sale de la cocina como una exhalación y entra en el lavabo. Tiene el corazón acelerado y la cabeza caliente, demasiado caliente. Se salpica la cara y el cabello con agua fría y se seca con una toalla.

Tiene que irse ahora, ahora mismo, pero algo en la imagen que le devuelve el espejo lo atrapa y no lo suelta.

Sus ojos.

Tiene las pupilas dilatadas, negras y amplias a causa de la adrenalina, pero no es esto lo que lo retiene, sino la expresión de su mirada. Su expresión es salvaje y dispersa, y está cargada de rabia. Como la de su madre.

Se trata de la misma mirada desequilibrada que lo aterrorizaba de niño. Se está mirando en el espejo, llega tarde al trabajo y se siente atrapado por la espantosa mirada de su madre. Ella solía mirarlo así cuando ya no podía hacer otra cosa salvo permanecer tumbada en la cama del ala psiquiátrica del hospital estatal, muda, escuálida y poseída, mientras esperaba la muerte.

El demonio que habitaba en los ojos de su madre, que lleva muerta veinticinco años, mira fijamente a Joe en el espejo del lavabo.

SIETE AÑOS MÁS TARDE

2

Es una fresca mañana de domingo y Joe está paseando el perro mientras Rosie está en la iglesia. Solía asistir a misa con ella y los niños siempre que tenía el domingo libre, pero después de la confirmación de Katie, eso se terminó. Ahora solo va Rosie, y está disgustada con todos ellos, con ese patético puñado de pecadores. Joe es un entusiasta acérrimo de las tradiciones, lo que constituye una desafortunada cualidad en alguien que solo dispone de un fin de semana libre cada siete semanas y media y que la última vez que pasó la mañana de Navidad con su familia fue hace seis años. Y, aunque siempre que puede asiste a misa en Nochebuena y el domingo de Pascua, ha dejado de cumplir con el sagrado sacramento dominical.

No es que no crea en Dios, el cielo y el infierno, el bien y el mal, lo correcto y lo incorrecto. El temor a Dios todavía guía muchas de sus decisiones diarias. «Dios te ve.» «Dios sabe lo que piensas.» «Dios te ama, pero si la cagas, arderás en el infierno.» Durante su juventud, las monjas inculcaron todas estas creencias paranoicas en su dura cabeza, justo entre los ojos. Y todavía siguen ahí, machacándolo, sin escapatoria.

Pero Dios ya debe de saber que Joe es un buen hombre. Y si a estas alturas todavía no lo sabe, el hecho de que Joe se pase una hora a la semana arrodillado, sentado y de pie en la iglesia de San Francisco no salvará su alma inmortal.

Aunque todavía lo daría todo por Dios, ha perdido la fe en la Iglesia católica como institución. Demasiados sacerdotes abusan de demasiados niños y demasiados obispos y cardenales e incluso el Papa ocultan esta terrible desgracia. Por otro lado, Joe no es un feminista, pero, si alguien le pregunta su opinión, le dirá que la Iglesia no es justa con las mujeres. Para empezar, no permite el control de natalidad. Vamos, ¿en serio ese es un mandato de Jesús? Si Rosie no tomara la píldora, probablemente ahora serían los padres de una docena de críos y ella tendría, como mínimo, un pie en la tumba. ¡Dios bendiga la medicina moderna!

Por eso tienen un perro. Después de que Katie naciera, Joe dijo a Rosie que nada de tener más hijos. Cuatro era suficiente. Rosie se quedó embarazada de J.J. el verano después de que ambos obtuvieran el graduado escolar (tuvieron suerte de que la marcha atrás les funcionara durante tanto tiempo), así que se casaron de penalti y tuvieron un bebé antes de cumplir diecinueve años. J.J. y Patrick son producto de la falta de control de natalidad católica y nacieron con once meses de diferencia. Meghan nació quince meses después de Patrick y Katie llegó gritando a este mundo dieciocho meses después de Meghan.

A medida que los chicos fueron creciendo y empezaron a asistir al colegio, la vida les fue resultando más fácil, pero aquellos primeros años fueron horrorosos. Joe se acuerda de haber dado muchos besos diarios de despedida a Rosie sin ser correspondido y de dejarla sola en casa con cuatro niños menores de cinco años; tres de ellos todavía en pañales. Él se sentía afortunado de tener una razón legítima para salir escopeteado de allí, pero durante todos y cada uno de esos días le preocupó que ella no aguantara hasta el final de su jornada de trabajo. De hecho, se imaginaba que ella hacía algo realmente espantoso, porque su experiencia laboral y otros sucesos que habían presenciado sus compañeros alimentaban sus peores miedos. La gente normal puede acabar cometiendo auténticas locuras cuando se ve empujada al límite. Rosie probablemente no durmió una noche entera durante una década y, además, sus hijos eran muy traviesos. Es un milagro que estén todos vivos.

Al principio, Rosie no se apuntó a lo que Joe llamaba el Plan de Campo. De una forma totalmente insensata, deseaba tener más hijos. Como mínimo, quería incorporar un lanzador y un receptor a la lista de jugadores O'Brien. Ella es la menor de siete hermanos, la única chica, y, aunque ahora apenas ve a sus hermanos, le gusta formar parte de una familia numerosa.

Pero Joe tomó la decisión y punto. No pensaba ceder y, por primera vez en su vida, incluso se negó a tener sexo con Rosie hasta que ella se bajara del burro. Fueron tres meses muy tensos. Él estaba dispuesto a hacerse pajas en la ducha indefinidamente cuando, un día, vio un envase redondo y plano sobre su almohada. En el interior había un círculo de píldoras del que ya faltaban las correspondientes a una semana. Actuando en contra de la voluntad de Dios, Rosie puso fin a la guerra fría que había entre ellos. A Joe le faltó tiempo para arrancarle la ropa.

Pero, si no podía tener más hijos, Rosie quería un perro. Era justo. Ella regresó de la perrera con un shih tzu. Él todavía cree que lo hizo para fastidiarlo, que aquella fue su manera de decir la última palabra. ¡Joe es un policía de Boston, por el amor de Dios! Debería ser el orgulloso propietario de un labrador, un boyero de Berna o un akita. Él había accedido a adoptar un perro, pero un perro de verdad, no un ratoncito repipi. Joe no estaba contento.

Rosie le puso de nombre *Yaz*, lo que, al menos, hizo que a Joe el chucho le resultara tolerable. Joe odiaba pasear a *Yaz* solo, que lo vieran con él en los lugares públicos. Lo hacía sentirse ridículo. Pero en determinado momento lo superó. *Yaz* es un buen perro y Joe es lo bastante masculino para ser visto paseando un shih tzu por Charlestown sin que eso lo afecte. ¡Siempre que Rosie no vista al chucho con uno de esos putos jerséis para perros!

Cuando no está de servicio, le gusta pasear por la Town. Aunque aquí todo el mundo sabe que es policía y que lleva la pistola escondida debajo de la camisa, cuando no representa el papel de policía duro y no lleva el uniforme y la placa que lo convierten en el blanco de la atención de los demás, se siente ligero. Siempre es un policía, pero cuando no está de servicio también es un tío normal que pasea a su perro por el vecindario, y eso lo hace sentirse bien.

Los habitantes de esta zona se refieren a ella como la Town, pero en realidad Charlestown no es una ciudad; ni grande ni pequeña. Se trata de un barrio de Boston y, de hecho, uno pequeño: un área de solo dos kilómetros y medio delimitada por los ríos Charles y Mystic. Sin embargo, como diría cualquier irlandés acerca de su hombría, lo que le falta en tamaño lo compensa con su personalidad.

El Charlestown en el que Joe creció estaba dividido, de una forma no oficial, en dos subbarrios: el Pie de la Colina, donde vivían los irlandeses pobres, y la Cima de la Colina, junto a la iglesia de San Francisco, hogar de los irlandeses acomodados. Los habitantes de la Cima de la Colina podían ser tan pobres como los desafortunados del Pie de la Colina y, probablemente, lo eran en la mayoría de los casos, pero la percepción general era de que gozaban de una posición económica más holgada. Hoy en día, la gente sigue opinando lo mismo.

En la zona de las viviendas sociales también vivían algunas familias negras y unas cuantas familias italianas que habían llegado allí procedentes del barrio North End. Aparte de ellas, Charlestown era un barrio integrado por familias trabajadoras de ascendencia irlandesa que vivían en apretadas hileras de casas de tres plantas y de estilo colonial. Los *townies*. Y todos los *townies* se conocían entre ellos. Si de niño Joe hacía algo inapropiado, lo que ocurría a menudo, alguien le gritaba desde la entrada o la ventana de alguna casa: «¡Joseph O'Brien! ¡Te estoy viendo y conozco a tu madre!» En aquella época, la gente no tenía por qué involucrar a la policía. Los niños temían más a sus padres que a los agentes de la ley, y Joe temía más a su madre que a cualquier otra persona.

Hace veinte años, la población de Charlestown estaba integrada totalmente por *townies*, pero, en los últimos años, el barrio ha cambiado mucho. Joe y *Yaz* suben trabajosamente la colina por la calle Cordis, y es como si hubieran doblado una esquina y hubieran entrado en otro código postal. Todas las casas de esta calle han sido rehabilitadas. O son de obra vista o están pintadas en una gama de brillantes colores aprobados por las autoridades. Las viejas puertas y ventanas han sido reemplazadas por otras nuevas, vistosas y cuidadas flores florecen en las jardineras de cobre de las ventanas y las aceras están iluminadas con bonitas farolas de gas. Mientras sigue subiendo la empinada colina, Joe comprueba la marca de los coches que hay aparcados en la calle: Mercedes, BMW, Volvo. ¡Esto parece el jodido Beacon Hill!

Bienvenidos a la invasión de los *toonies*. A Joe no le extraña que hayan venido. Charlestown está perfectamente situada: a orillas del agua, a un paso del centro de Boston por el puente Zakim, del norte de la ciudad por el puente Tobin y de la costa sur por el túnel, y un pintoresco trayecto en *ferry* permite acercarse al Faneuil Hall. Así que empezaron a llegar, con sus pretensiosos trabajos en empresas privadas y sus abultadas carteras, y empezaron a comprar inmuebles y a hacer que subieran los precios.

Pero los *toonies* no suelen quedarse. Cuando llegan, la mayoría son DINH: Dobles Ingresos, No Hijos. Después, al cabo de un par de años, puede que tengan un hijo o quizá dos, para equilibrar, y cuando el mayor ya tiene edad de asistir al parvulario se mudan a las afueras.

Así que desde el principio se trata de algo temporal, y no les importa tanto dónde viven como a la gente que piensa quedarse indefinidamente; siempre que no se trate de un cuchitril. Los *toonies* no hacen voluntariado en la YMCA ni entrenan a los equipos de la Liga Infantil. Además, la mayoría de ellos son presbiterianos, unitaristas, vegetarianos o sea cual sea la maldita cosa que sean, por lo que no colaboran con las iglesias católicas del barrio. Esta es la razón de que Santa Catalina haya tenido que cerrar. No acaban de integrarse en la comunidad.

Pero el problema más importante es que los *toonies* han hecho que Charlestown resulte atractivo para la gente de fuera, lo que ha hinchado el mercado inmobiliario. Actualmente, para vivir en Charlestown uno tiene que ser rico. Los *townies* son muchas cosas estupendas, pero, a menos que haya robado un banco, ninguno de ellos es rico.

Joe forma parte de la tercera generación de su familia que vive en Charlestown. Su abuelo, Patrick Xavier O'Brien, llegó procedente de Irlanda en 1936, trabajó como estibador en los astilleros Navy Yard y mantuvo a los diez miembros de su familia con un salario de cuarenta dólares semanales. Francis, el padre de Joe, trabajó duramente reparando embarcaciones en los mismos astilleros a cambio de un salario respetable. Joe no gana un montón de dinero con su sueldo de policía, pero se las arreglan. Nunca se han sentido pobres en el barrio. Sin embargo, hagan lo que hagan para ganarse la vida, la mayoría de los integrantes de la próxima generación de *townies* no podrán permitirse vivir aquí. Es una auténtica vergüenza.

Joe pasa por delante de una casa aislada que está en venta. Es una de las pocas que disponen de jardín e intenta imaginar la escandalosa cifra que deben de pedir como entrada. El padre de Joe compró su casa, que consta de tres plantas y está situada en el Pie de la Colina, por diez de los grandes en 1963. Una casa similar, también de tres plantas y situada dos calles por encima de la de Joe y Rosie, se vendió la semana pasada por la escalofriante cifra de un millón de dólares. Cada vez que Joe piensa en ello, se pone de los nervios. A veces, Rosie y él consideran la posibilidad de vender la casa. Se trata de conversaciones fantasiosas y alocadas parecidas a lo que sería imaginar lo que harían si ganaran la lotería.

Joe se compraría un coche nuevo. Un Porsche negro. Rosie no sabe conducir, pero se compraría ropa y zapatos nuevos y algunas joyas de verdad.

Pero ¿dónde vivirían? No se mudarían a una casa gigantesca de las afueras con un terreno enorme. Entonces tendrían que comprar un cortacésped. Los hermanos de Rosie viven en ciudades rurales a las que tardan en llegar más de cuarenta y cinco minutos desde Boston y se pasan los fines de semana arrancando malas hierbas, abonando y realizando otras tareas físicamente agotadoras en el jardín. ¿Quién quiere eso? Además, si se mudaran a las afueras, Joe tendría que dejar el Departamento de Policía de Boston. Por otro lado, para ser sinceros, nunca conduciría un coche como un Porsche por el barrio. ¡Entonces sí que llamaría la atención! Así que, en realidad, no se compraría el coche, y Rosie ya se siente satisfecha con sus diamantes falsos. ¿Quién quiere estar todo el día preocupado por si pierde o le roban las joyas? De modo que, aunque empiezan esas conversaciones entusiasmados, siempre acaban en un bucle que termina conduciéndolos irremediablemente de vuelta a donde están. A los dos les encanta vivir en Charlestown y no vivirían en otro lugar ni por todo el oro del mundo. Ni siquiera en Southie.

Son afortunados por haber heredado la casa. Cuando el padre de Joe murió, hace nueve años, dejó la casa en herencia a sus dos hijos, Joe y Maggie. Fue necesario llevar a cabo un intenso trabajo detectivesco para localizarla. Maggie siempre fue todo lo contrario de Joe. Se propuso abandonar Charlestown nada más graduarse en el instituto, así lo hizo y nunca regresó. Joe averiguó que vivía en California del Sur, que estaba divorciada, no tenía hijos y no quería saber nada de la casa. Joe lo entiende.

Rosie y él viven en la primera planta y Patrick, que ahora tiene veintitrés años, todavía vive con ellos. J.J. y Colleen, su mujer, viven en la segunda planta, mientras que Katie y Meghan comparten piso en la tercera planta. Todos menos Patrick pagan a Rosie y a Joe un alquiler, pero el importe es mínimo, mucho más bajo que el valor de mercado, una pequeña cantidad para que aprendan a ser responsables. Además, así les ayudan a hacer frente a la hipoteca. Rosie y Joe tuvieron que refinanciarla un par de veces para poder llevar a sus cuatro hijos a colegios religiosos privados. Se trató de un gasto descomunal, pero de ningún modo permitirían que sus hijos se trasladaran en autobús hasta Dorchester o Roxbury.

Joe dobla la esquina y decide atajar por el parque Doherty. Charlestown está silenciosa a esta temprana hora de un domingo por la mañana. La piscina Clougherty está cerrada. Las pistas de baloncesto están vacías. Los niños están en la iglesia o todavía duermen. Aparte del ruido producido por algún coche ocasional, los únicos sonidos que se oyen son el tintineo de la chapa identificativa de *Yaz* y el de las monedas que Joe lleva en el bolsillo delantero de los pantalones y que parecen entonar una canción cuando chocan unas con otras.

Como es de esperar, se encuentra con Michael Murphy, quien tiene ochenta y tres años y está sentado en el último banco, a la sombra. Lleva su bastón y la habitual bolsa de papel marrón con pan duro para los pájaros. Se pasa el día entero ahí sentado, todos los días, salvo cuando el tiempo es especialmente malo, y observa lo que ocurre a su alrededor. Lo ha visto todo.

—¿Cómo está hoy, Alcalde? —le pregunta Joe.

A Murphy, todo el mundo lo llama Alcalde.

—Mejor de lo que la mayoría de las mujeres se merecen —bromea Murphy.

—¡Y que lo diga! —exclama Joe.

Joe siempre le formula esta pregunta y el Alcalde siempre le responde lo mismo.

—¿Cómo está la Primera Dama? —le pregunta Murphy.

Murphy llama a Joe señor Presidente. Al principio, hace mucho tiempo, le llamaba señor Kennedy, en referencia a Joe y Rose Kennedy, pero, en determinado momento, le cambió el apodo y, desafiando la historia política estadounidense, pasó el título de presidente del hijo al padre y Joe se convirtió en presidente. Esto, por supuesto, convertía a Rosie en la Primera Dama.

—Bien. Está en la iglesia rezando por mí.

—Entonces estará allí mucho tiempo.

—Así es. Que tenga un buen día, Alcalde.

Joe sigue avanzando por el parque mientras contempla la distante vista que se percibe desde la colina: las naves industriales y el astillero Everett, que están en la otra orilla del río Mystic. La mayoría de las personas dirían que esta vista no tiene nada de especial y puede que incluso opinaran que es desagradable. Probablemente, Joe nunca encontrará a un pintor instalado en esta localización con su caballete, pero él percibe aquí cierto tipo de belleza urbana.

Está descendiendo la empinada ladera por las escaleras en lugar del serpenteante camino cuando, sin saber cómo, tropieza y, de repente, la única vista que percibe es la del cielo. Desciende tres escalones de cemento sobre la espalda hasta que, finalmente, reacciona y frena con las manos. Se incorpora hasta quedar sentado y supone que una desagradable serie de moratones se está formando en los abultamientos de su columna vertebral. Se vuelve para examinar las escaleras y espera encontrar algún tipo de obstáculo como un palo, una piedra o un escalón roto al que culpar de su caída. No hay nada. Da una ojeada a la parte superior de las escaleras, el parque que lo rodea y la explanada que hay abajo. Al menos nadie lo ha visto.

Yaz jadea y agita la cola. Está ansioso por seguir caminando.

—Espera un segundo, *Yaz*.

Joe levanta sucesivamente los brazos y examina sus codos. Tiene rasguños en ambos y le sangran. Se los limpia de tierra y sangre y se levanta.

¿Cómo demonios ha podido tropezar? Debe de haber sido por culpa de su rodilla lesionada. Hace un par de años, mientras perseguía a un sospechoso de allanamiento de morada por la calle Warren, se torció la rodilla derecha. Las aceras de ladrillos son muy bonitas, pero su superficie es curva e irregular y son horribles para correr, sobre todo de noche. Su rodilla no es la misma desde entonces y, de vez en cuando, le falla sin previo aviso. Probablemente, debería ir a que se la examinaran, pero no le gustan los médicos.

Pone especial cuidado mientras baja el resto de las escaleras y sigue por la calle Medford. Cuando llega a la altura del instituto, decide regresar y vuelve a subir la colina. Rosie pronto saldrá de la iglesia y además, ahora, a cada paso que da Joe siente una dolorosa punzada en la base de la columna. Quiere volver a casa.

Mientras sube por la calle Polk, un coche reduce la marcha

cuando llega a su altura. El conductor es Donny Kelly, el mejor amigo de Joe desde la infancia. Donny sigue viviendo en la Town y trabaja como técnico sanitario en urgencias, de modo que Joe lo ve bastante a menudo tanto dentro como fuera del trabajo.

—¿Bebiste demasiado ayer por la noche? —le pregunta Donny mientras le sonríe por la ventanilla de su Pontiac.

—¿Cómo? —le pregunta Joe, y le devuelve la sonrisa.

—Parece que cojees.

—¡Ah, sí! Tengo un tirón en la espalda.

—¿Quieres que te suba, viejo?

—No. Estoy bien.

—¡Vamos, entra en el coche!

—Tengo que hacer ejercicio —le responde Joe, y se da unos golpecitos en la barriga—. ¿Cómo está Matty?

—Bien.

—¿Y Laurie?

—Bien. Todo el mundo está bien. ¿Seguro que no quieres que te lleve?

—No, en serio. Gracias.

—De acuerdo. Tengo que irme. Me alegro de verte, OB.

—Lo mismo digo, Donny.

Joe se esfuerza en caminar con normalidad y a un buen ritmo mientras el coche de Donny está a la vista, pero cuando este llega a la cima de la colina y desaparece, Joe deja de fingir. Sigue avanzando con dificultad. Ahora siente como si, con cada paso, un tornillo invisible diera una vuelta de rosca más en su espina dorsal y desea haber aceptado el ofrecimiento de su amigo.

Rememora el comentario de Donny sobre si ayer bebió demasiado. Sabe que solo se trata de una broma inocente, pero Joe siempre se ha mostrado susceptible acerca de su reputación como bebedor. Nunca bebe más de dos cervezas. Bueno, a veces las remata con un chupito de whiskey, simplemente para demostrar que es un hombre, pero eso es todo.

Su madre sí que bebía. Bebió hasta perder la razón y todo el mundo lo sabía. Ha pasado mucho tiempo desde entonces, pero ese tipo de mierda te sigue a todas partes. La gente no olvida y tus orígenes son tan importantes como quién eres en realidad. Si la bebida llevó a tu madre a la muerte, los demás medio esperan que te conviertas en un alcohólico empedernido.

«Ruth O'Brien se emborrachó hasta morir.»

Esto es lo que dice todo el mundo. Esto constituye el mito y el legado familiar de Joe. Siempre que alguien habla sobre esta cuestión, una serie de recuerdos se agolpan en su mente y él enseguida se siente incómodo y cambia de tema para no tener que ir «ahí». «¿Y cómo les ha ido a los Red Sox?»

Pero hoy, no sabe si porque ha crecido en madurez, valentía o curiosidad, permite que la frase lo acompañe mientras sube la colina. «Ruth O'Brien se emborrachó hasta morir.» No le acaba de cuadrar. Sí, ella bebía. En realidad bebía tanto que no podía caminar en línea recta o hablar congruentemente. Hacía y decía cosas absurdas. Cosas violentas. Estaba totalmente fuera de control, y, cuando su padre ya no pudo con ella, la ingresó en el hospital psiquiátrico. Cuando ella murió, Joe solo tenía doce años.

«Ruth O'Brien se emborrachó hasta morir.» Por primera vez en su vida se da cuenta, conscientemente, de que esta frase que ha considerado una verdad absoluta, un hecho tan real y verificable como su propia fecha de nacimiento, no puede ser literalmente cierta. Su madre estuvo ingresada durante cinco años. Cuando murió, en la cama del hospital, ya debía de haber dejado el alcohol de una forma definitiva.

Quizá su cerebro y su hígado habían estado empapados en alcohol demasiados años, se habían convertido en papilla y ya era demasiado tarde. El daño estaba hecho y no podía recuperarse. Su cerebro y su hígado, saturados de alcohol, finalmente fallaron. Causa de la muerte: exposición crónica al alcohol.

Llega a la cima de la colina y se siente aliviado y listo para tomar una calle y un tema más fáciles, pero la muerte de su madre todavía le inquieta. Algo relacionado con su nueva teoría no acaba de encajar. Tiene esa sensación de nerviosismo y de tener un vacío en el estómago que le sobreviene cuando acude a una llamada y nadie le cuenta lo que ha ocurrido en realidad. Él tiene buen olfato para la verdad, y la teoría sobre su madre no es cierta. Pero, si no se emborrachó hasta morir ni murió por causas relacionadas con el alcohol, ¿de qué murió?

Busca en su interior una respuesta durante tres manzanas más y no encuentra ninguna. Total, ¿qué más da? Está muerta. Lleva muerta mucho tiempo. «Ruth O'Brien se emborrachó hasta morir.» Mejor dejarlo correr.

Cuando llega a la iglesia de San Francisco, las campanas están sonando. Enseguida ve a Rosie, que lo espera en el escalón superior de la entrada. Él sonríe. Cuando empezaron a salir, a los dieciséis años, ella le pareció un auténtico bombón y la verdad es que, en su opinión, con la edad se vuelve más guapa. Ahora, a los cuarenta y tres, su cutis salpicado de pecas parece de piel de melocotón, su cabello es de color caoba (aunque ahora se lo tiñe) y sus ojos verdes todavía hacen que le tiemblen las rodillas. Es una madre maravillosa y, desde luego, una santa por aguantarlo. Joe se siente afortunado.

—¿Has rezado por mí? —le pregunta Joe.

—Sí, mucho —contesta ella mientras le lanza gotas de agua bendita con los dedos.

—Bien. Ya sabes que necesito toda la ayuda que pueda conseguir.

—¿Estás sangrando? —le pregunta ella cuando se fija en su brazo.

—Sí, me he caído por unas escaleras, pero estoy bien.

Ella le agarra la otra mano, le sube el brazo y ve el rasguño sanguinolento del codo.

—¿Seguro? —le pregunta ella con una expresión de preocupación en los ojos.

—Estoy bien —insiste él, y le aprieta la mano—. Ven, novia mía, vamos a casa.

3

Son casi las cuatro y media y toda la familia está sentada alrededor de la mesa de la cocina. Encima de los acolchados y desgastados manteles individuales verdes que Katie confeccionó
en la clase de labores domésticas a la que asistía hace años, hay
cubiertos, platos y tarros de mermelada vacíos. Están esperando
a Patrick. Nadie lo ha visto desde ayer por la tarde. Patrick trabaja de camarero en el Ironsides por las noches, así que, supuestamente, estuvo allí hasta que cerraron, pero luego no regresó a
casa. No tienen ni idea de dónde está. Meghan le ha enviado varios mensajes, pero él no contesta al móvil, lo que no sorprende
a nadie.

A primera hora de la mañana, camino del lavabo, Joe vio
que la cama de su hijo estaba vacía y sin deshacer. Se detuvo antes de seguir avanzando por el pasillo y dirigió la mirada al pós-
ter de Patrice Bergeron, el central de los Bruins, junto al que
debería estar la cabeza de Patrick. Joe sacudió la cabeza en dirección a Bergy y suspiró. Una parte de él deseó entrar en la habitación y desordenar las sábanas y las mantas para que pare-
ciera que Patrick había dormido en casa y ya se había ido. Así
evitaría que Rosie se preocupara, aunque él sabe que su estra-
tagema no resultaría creíble. Si Patrick hubiera vuelto a casa,
todavía seguiría allí y dormiría, como mínimo, hasta mediodía.

Es mejor que Rosie sepa la verdad y pueda expresar su
preocupación. Entonces Joe podrá escucharla, asentir con la
cabeza y callar mientras oculta, detrás de un velo de silencio,

sus propias y más oscuras suposiciones. Lo que Joe es capaz de imaginar es mucho peor que cualquier cosa que se le ocurra a Rosie. El chico bebe demasiado, claro que tiene veintitrés años. Es joven. Rosie y Joe están pendientes de ello, pero el exceso de bebida no es lo que realmente preocupa a ninguno de los dos.

A Rosie le aterroriza que pueda dejar a alguna joven embarazada. Esta mujer sumamente religiosa llega al extremo de introducir condones en la cartera de su hijo. Uno por vez. La pobre Rosie se siente realmente mal cada vez que registra la cartera de Patrick y solo encuentra un par de dólares y ningún condón. Esto se repite a menudo, varias veces a la semana. Pero ella siempre los repone y, a veces, incluso añade algo de efectivo. Después se persigna y no dice nada.

Aunque a Joe le gustaría que Patrick tuviera una novia fija, alguien con un nombre, una cara bonita y una sonrisa agradable que le importara tanto a Patrick como para llevarla a las cenas de los domingos, no le molesta que sea un mujeriego. ¡Cielos, una parte de él incluso admira al muchacho! También le perdona que no vaya a dormir a casa y que una vez «tomara prestado» el coche de Donny y lo destrozara. Lo que le preocupa a Joe son las drogas.

Nunca ha sentido este tipo de inquietud respecto a sus otros hijos y no tiene ninguna prueba concreta de que Patrick se drogue. Todavía. No puede evitar terminar este pensamiento, cada vez que lo tiene, con un «todavía», y ahí reside su preocupación. Cada vez que le toca el turno de noche y tiene que ir a la rampa de botadura de barcos de la bahía Montego o a algún aparcamiento aislado para arrestar a unos gamberros por tenencia de drogas, lo primero que hace es examinar sus jóvenes caras por si alguno de ellos es Patrick. Le pide a Dios estar equivocado y que su paranoia sea totalmente infundada, pero la actitud de esos chicos le resulta familiar y le recuerda demasiado a Patrick. Su apatía y su temeridad superan el sentimiento normal de rebeldía de los jóvenes, y esto le preocupa más a Joe de lo que le gustaría admitir.

No sería la primera vez que arresta a un miembro de su familia y la verdad es que no resulta divertido. En determinada ocasión, pilló a su cuñado Shawn literalmente con las manos en la masa. Estaba manchado de la cabeza a los pies de la tinta roja de una bomba de tinta y tenía un grueso fajo de billetes nuevos de un dólar emparedados entre dos billetes de cincuenta en el bolsillo de la sudadera. Y esto pocos minutos después de que se produjera un robo en un banco en City Square. Otro cuñado suyo, Richie, está en prisión desde finales de los noventa por tráfico de drogas. Joe se acuerda de mirar por el retrovisor y ver a Richie esposado mientras miraba por la ventanilla del asiento trasero del coche patrulla. Y Joe se sintió avergonzado, como si fuera él quien hubiera cometido un delito. Rosie estaba destrozada. Joe no quiere volver a llevar a un familiar en el asiento trasero del coche patrulla, y mucho menos a su propio hijo.

—Envíale un mensaje, Meghan —pide Rosie con los brazos cruzados sobre el pecho.

—Acabo de hacerlo, mamá —responde Meghan.

—Pues vuelve a hacerlo.

La preocupación de Rosie está derivando en enfado. La cena de los domingos no es negociable para los chicos. Sobre todo los domingos que Joe está en casa, y llegar tan tarde roza lo imperdonable. Mientras tanto, Rosie sigue cocinando la comida que ya estaba excesivamente cocinada media hora antes. El rosbif estará seco e insípido como el cuero, el puré de patatas parecerá una masa de cola gris y las judías verdes de lata habrán hervido hasta resultar irreconocibles. Como ha hecho durante veinticinco años, Joe superará la cena gracias a un montón de sal, un par de cervezas y ninguna queja.

La cena de los domingos tampoco resulta fácil para las chicas. Katie es vegana. Todas las semanas los sermonea apasionadamente acerca de la crueldad hacia los animales y las prácticas vergonzosas y repugnantes de la industria cárnica mientras el resto de los miembros de la familia, menos Meghan, engullen bocados sumamente salados de morcilla refrita.

Meghan suele rechazar la mayor parte de la comida por su contenido en grasas y calorías. Meghan es una bailarina del cuerpo de ballet de Boston y, por lo que Joe sabe, solo come ensaladas. Normalmente se decanta por los ignorados vegetales de lata mientras el resto de la familia, salvo Katie, se atiborra de carne y patatas. Meghan no está excesivamente delgada. Sus ojos siempre parecen hambrientos y siguen el movimiento de los tenedores de los demás como haría un león enjaulado mientras acecha a una familia de jóvenes gacelas. Entre las dos, uno necesitaría un título universitario para saber y memorizar todas las reglas y restricciones relacionadas con sus dietas.

J.J. y su mujer Colleen comen, educadamente, cualquier cosa que Rosie les ponga delante. ¡Dios los bendiga! Para esto se requieren unos modales sumamente elevados.

Joe y J.J. se parecen mucho. Comparten el mismo nombre, la misma complexión baja y fornida y los mismos ojos azules y de párpados caídos. Los dos tienen un color de piel claro que adquiere un desafortunado tono rosa vivo cuando se excitan (los Red Sox ganan) o se enfadan (los Red Sox pierden) y que sufre quemaduras solares con la penumbra de última hora de la tarde. Los dos tienen el mismo sentido del humor que, al menos la mitad de las veces, en opinión de Rosie, no es para nada divertido y los dos se han casado con mujeres que son demasiado buenas para ellos.

Pero J.J. es bombero, y esta es la diferencia más llamativa entre ellos. En general, los bomberos y los policías de Boston se consideran hermanos. Su misión es proteger y servir a esta maravillosa ciudad y a su gente, pero los bomberos se llevan toda la gloria y esto saca de quicio a Joe. Los bomberos son siempre los grandes héroes. Se presentan en la casa de alguien y todo el mundo los vitorea y les da las gracias. A algunos incluso han llegado a abrazarlos. Se presenta la policía y todo el mundo se esconde.

Además, los bomberos cobran más y trabajan menos. Joe se pone de los nervios cuando acuden a accidentes leves de tráfico donde nadie los necesita y donde, además de entorpecer la circulación, dificultan la labor de los servicios de emergencia y la policía. Joe cree que se aburren y que intentan parecer ocupados. «Ya nos ocupamos nosotros, chicos. Volved a casa y echaros otra siesta.»

Para ser sincero, en realidad se alegra de que J.J. no se haya hecho policía. Joe se siente orgulloso de ser un agente policial, pero no desearía este tipo de vida a ninguno de sus hijos. Aun así, a veces se siente extrañamente traicionado por la elección profesional de J.J., como se sentiría un jugador de los Red Sox si, al hacerse mayor, su hijo se hiciera de los Yankees de Nueva York. Una parte de Joe se siente colmada de orgullo y la otra se pregunta dónde se equivocó.

—¿Qué te pasa, papá? —le pregunta Katie.

—¿Qué? —pregunta Joe.

—Hoy estás muy callado.

—Solo estoy pensativo, cariño.

—Sí, pensar puede ser duro —bromea J.J.

Joe sonríe.

—Pues ahora pienso que deberías traerme una cerveza —le dice a J.J.

—Tráeme una a mí también —interviene Katie.

—Yo también quiero una —indica Colleen.

—Nada de cervezas hasta la cena —ordena Rosie, y J.J. se detiene junto a la nevera.

Rosie mira el reloj de la cocina. Son las cinco. Sigue mirando el reloj durante lo que parece un minuto entero y luego, inesperadamente, tira la cuchara de madera sobre la encimera. Se desata el delantal y lo cuelga del gancho de la pared. Ya está. Cenarán sin Patrick. J.J. abre la nevera y toma un paquete de seis Bud.

Rosie saca lo que debía de ser un rosbif del horno o, como a Joe le gusta llamarlo, el «extractor de sabores», y Meghan la ayuda a llevar toda la comida a la pequeña y redonda mesa. Todo está apretujado: los codos chocan con los codos vecinos, los pies pisotean los pies de enfrente, los cuencos están en contacto con los platos y los platos con los vasos.

Rosie se sienta y bendice la mesa. Todos murmuran, mecánicamente, «Amén» y ella empieza a pasar la comida.

—¡Ay! ¡Joe, deja de darme codazos! —protesta Rosie mientras se frota el hombro.

—Lo siento, cariño. Es que no hay espacio.

—Hay espacio de sobra. Para de moverte tanto.

Él no puede evitarlo. Esta mañana, en lugar de sus dos cafés habituales, se ha tomado tres y no saber dónde está Patrick lo tiene de los nervios.

—¿Dónde está la sal? —pregunta Joe.

—La tengo yo —contesta J.J.

Echa sal en su comida y le pasa el salero a su padre.

—¿Eso es todo lo que vas a comer? —pregunta Rosie a Katie mientras contempla su plato grande y blanco en el que solo hay un modesto puñado de judías grises y recocidas.

—Sí. Tengo suficiente.

—¿No quieres patatas?

—Les has puesto mantequilla.

—Sí, pero solo un poco.

Katie pone los ojos en blanco.

—Mamá, yo no soy solo un poco vegana. Soy vegana. Y no tomo lácteos.

—¿Y cuál es tu excusa? —pregunta Rosie a Meghan en referencia a su plato, que también está casi vacío.

—¿Hay ensalada? —pregunta Meghan.

—Sí, me gustaría una ensalada —dice Katie.

—En la nevera hay algo de lechuga y un pepino. Vosotras mismas —responde Rosie mientras suspira y sacude la mano hacia ellas—. Es realmente difícil alimentaros, chicas.

Meghan se levanta, abre la nevera, donde encuentra los dos ingredientes y nada más, y empieza a preparar la ensalada en la encimera.

—¿Qué tal un poco de vaca? —ofrece J.J. a Katie, y coloca la fuente de rosbif debajo de la nariz de su hermana.

—¡Para ya! Esto es de mal gusto —replica Katie, y empuja la fuente hacia él.

Meghan vuelve a la mesa, sirve la mitad de la ensalada en el plato de Katie, la otra mitad en el suyo y deja la fuente vacía en el fregadero. Mientras tanto, Joe intenta cortar su rosbif empleando el mismo esfuerzo que emplearía un leñador para cortar un árbol con una sierra manual. Al final consigue separar un pedazo y contempla cómo sus hijas comen alegremente la ensalada mientras él mastica la salada suela de zapato.

—¿Sabéis una cosa? Probablemente los granjeros que cultivaron la lechuga y el pepino utilizaron fertilizantes —comenta Joe con la expresión más seria posible.

Katie y Meghan lo ignoran, pero J.J. esboza una sonrisa porque sabe a dónde conduce el comentario de su padre.

—Yo no soy granjero, pero creo que utilizan estiércol de vaca como fertilizante, ¿no es así, J.J.?

—Pues sí —confirma J.J., quien no ha puesto un pie en un jardín o una granja en toda su vida.

—¡Parad ya! —exclama Meghan.

—Las semillas de las lechugas y los pepinos utilizan los nutrientes del estiércol de vaca para crecer, de modo que, si seguís el razonamiento, la ensalada que estáis comiendo está hecha de caca de vaca.

—Estupendo, papá. Realmente estupendo —comenta Katie.

—Yo prefiero comerme la vaca que la caca de la vaca. ¿Tú no, J.J.?

J.J. y Joe ríen a carcajadas, pero, por razones diversas, las mujeres de la habitación no se divierten.

—Bueno, ya está bien —los hace callar Rosie.

Normalmente, el comentario de Joe le habría parecido ingenioso. Ella tampoco acaba de entender de qué va el veganismo, pero Joe sabe que todavía está furiosa por el hecho de que Patrick no se haya presentado y su ausencia le impide percibir ningún tipo de diversión.

—¿Podemos, por favor, hablar de otra cosa que no sea la caca?

—Ya tengo las fechas para la representación de *Coppélia* —anuncia Meghan—. Actuamos del diez al veinticuatro de agosto.

—Yo y Colleen asistiremos el primer viernes —anuncia J.J.

—«Colleen y yo» —lo rectifica Rosie—. A mí también me va bien ese viernes. ¿Y a ti, Katie?

—Mmm... No estoy segura. Puede que tenga planes para ese día.

—¿Para hacer qué? —le pregunta Meghan con un tono de voz desdeñoso que Joe sabe que Katie considerará ofensivo.

—No es de tu incumbencia —replica Katie.

—Déjame adivinar. ¿Ir al Ironsides con Andrea y Micaela?

—Mis noches de los viernes son tan importantes como las tuyas. El mundo no gira a tu alrededor.

—Chicas... —advierte Rosie.

Mientras crecían, Katie era la persistente sombra de Meghan. Por lo que Joe recuerda, Rosie y él las criaron como a una unidad. Salvo en lo relacionado con la danza, Rosie y Joe se referían a las chicas conjuntamente tan a menudo que sus nombres individuales se fundieron hasta formar uno nuevo. «MegyKatie, venid aquí.» «MegyKatie irán al desfile.» «¡MegyKatie, a cenar!»

Pero desde que terminaron la secundaria, las chicas se han ido distanciando. Joe no está seguro de cuál es la causa. Los estrictos horarios del ballet monopolizan el tiempo de Meghan y, aunque viven juntas, no está mucho en casa. La causa podría ser que Katie se sienta abandonada. O celosa. ¡Todos muestran tanto entusiasmo en relación con la profesión de Meg! Cuando otros padres del barrio alardean de que sus hijas trabajan en la biblioteca o en el MBTA o de que acaban de casarse, Joe les escucha amablemente, pero cuando han terminado, cuando, finalmente es su turno, Joe resplandece: «Mi hija es bailarina en el Ballet de Boston.» Ningún padre del barrio puede superar eso. Joe acaba de darse cuenta de que nunca comenta nada acerca de su otra hija.

Katie es profesora de yoga, algo de lo que Joe tiene que reconocer que no sabe prácticamente nada, salvo que es la última moda en cuanto a prácticas para estar en forma, como la zumba, el tae bo o el crossfit, pero vestidos al estilo New Age o hippioso, como si fueran los seguidores de una secta. Él opina que es maravilloso que se dedique a algo que le gusta, pero está convencido de que no se siente satisfecha. No sabe si es por algo relacionado con el yoga, por la atención que prestan a Meghan o por algún novio del que él no tiene constancia. En cualquier caso, la voz de Katie refleja cierta tensión que parece ir en aumento semana a semana, como si estuviera resentida y no quisiera ocultarlo. De pequeña, era una niña sin complicaciones. La niña de sus ojos. De todos modos, sea lo que sea lo que le ocurre, él supone que solo se trata de una fase. Katie lo superará.

—¿Tú irás, papá? —le pregunta Meghan.

A Joe le encanta ver bailar a Meghan y no le avergüenza reconocer que siempre acaba llorando. Muchas niñas afirman que, de mayores, quieren ser bailarinas, pero, normalmente, este deseo se incluye en la misma categoría que ser una princesa. Se trata de una fantasía caprichosa, no de un auténtico objetivo profesional. Sin embargo, en el caso de Meghan, cuando a la edad de cuatro años dijo que quería ser bailarina, todos la creyeron.

Empezó asistiendo a clases en la escuela local de danza y, cuando estaba en tercero de primaria, entró en el programa Citydance del Ballet de Boston. Desde el principio se mostró tenaz y aplicada. Cuando tenía trece años, le concedieron una beca para la escuela del Ballet de Boston y, cuando obtuvo el graduado escolar, le ofrecieron un contrato para ingresar en el cuerpo de bailarines de la compañía.

Meghan trabaja mucho, probablemente, más que cualquiera de ellos, pero, además, Joe está convencido de que ella nació para bailar. La increíble belleza de sus giros, los llamen como los llamen; la altura imposible a la que mantiene una pierna en el aire mientras el resto de su cuerpo está en equilibrio sobre la punta del otro pie... Él, por su parte, ni siquiera alcanza a tocar los dedos de sus pies. Meghan ha heredado sus ojos, pero, a Dios gracias, nada más. El resto lo ha heredado de Rosie o es un regalo directo de Dios.

Este año, él se perdió su representación en *El cascanueces*. La había visto actuar en esta obra muchas veces antes, pero

Meghan alegó rápidamente que no como integrante del Ballet de Boston. Y, en abril, el día que él había planeado ir a verla en *La bella durmiente*, le asignaron el turno de noche. Joe sabe que la ha decepcionado. Este es uno de los peores aspectos de su trabajo: perderse las mañanas de Navidad, los cumpleaños, los campeonatos de la Liga Infantil, los 4 de julio y muchos espectáculos de ballet de Meghan.

—Allí estaré —promete Joe.

Se las arreglará para estar. Meghan sonríe. Bendita sea por creer todavía en él.

—¿Dónde está el agua? —pregunta Rosie.

Joe ve que la jarra está en la encimera.

—Yo la traigo —dice.

La jarra es pesada, de cristal auténtico. En opinión de Joe, probablemente se trata de uno de los objetos más caros que poseen. Es un regalo de boda de los padres de Rosie, y, los domingos, ella la llena con agua, cerveza o té helado aromatizado, según la ocasión.

Joe llena la jarra con agua del grifo, regresa a la mesa y, antes de sentarse, les pide a todos que le acerquen los vasos; las damas primero. Está vertiendo agua en el vaso de Katie cuando, sin saber cómo, el asa se le escapa de la mano. Con la jarra en el aire y el vaso a medio llenar. Al caer, la jarra golpea el vaso que Joe sostiene en la otra mano y ambos chocan contra la mesa y se hacen añicos. Meghan suelta un chillido y Rosie un grito ahogado mientras se tapa la boca con la mano.

—No pasa nada. Nadie ha resultado herido —los tranquiliza J.J.

Con la mano derecha en el aire, como si todavía sostuviera la jarra, Joe valora los daños. La jarra está destrozada y, prácticamente, resulta irreconocible. Todo lo que hay en la mesa está mojado y salpicado de trocitos de cristal. Al final, Joe reacciona y frota los dedos de la mano derecha contra la palma de la izquierda. Supone que estarán húmedos o grasientos, pero están secos y limpios. Contempla su mano como si no le perteneciera y se pregunta qué demonios le ha ocurrido.

—Lo siento, Rosie —se disculpa Joe.

—No pasa nada —responde ella.

La pérdida de la jarra la entristece, pero se resigna.

—Tengo cristales en el plato —anuncia Katie.

—Yo también —informa Colleen.

Joe mira su plato. Hay cristales en el puré de patatas. ¡Qué desastre!

—De acuerdo, que nadie coma nada —aconseja J.J.—. Aunque no veáis ningún cristal, no vale la pena arriesgarse.

Mientras Katie limpia el suelo con una escoba y un recogedor y Rosie y Meghan retiran los platos de la cena arruinada, llega Patrick. Lleva puesta la ropa del día anterior, que está arrugada y cuelga de su flaco cuerpo. Huele a cerveza rancia, cigarrillos y menta y lleva una caja de Dunkin' Donuts debajo del brazo.

—Llegas tarde —le reprocha Rosie.

Sus ojos son dos poderosos rayos láser que intentan taladrar un agujero en el centro de la frente de su hijo.

—Lo sé, mamá. Lo siento —se disculpa Patrick.

Da un beso a su madre en la mejilla y se sienta a la mesa.

—No quiero ni saber dónde has pasado la noche —comenta Rosie.

Patrick no responde.

No hay excusa para perderse la cena de los domingos

—Lo sé, mamá. Y no me la he perdido. Aquí estoy.

—¡Oh, sí que te la has perdido! —exclama J.J.

Katie le propina un manotazo a Patrick en el hombro, lo que constituye una señal para que levante los codos de la mesa y ella pueda limpiarla con una esponja.

—¿Dónde está la comida? —pregunta Patrick.

—Papá pensó que la cena necesitaba más agua y unos trocitos de cristal —explica Meghan.

—Da las gracias por no ser un patoso como tu padre —comenta Joe.

Patrick coloca la caja de Dunkin' Donuts encima de la mesa con orgullo. Esta será la cena de este domingo de los O'Brien.

J.J. es el primero en lanzarse sobre la caja y elige un Boston Kreme. Katie da una ojeada a los bollos esperando sentirse decepcionada, pero su expresión se ilumina.

—¡Me has traído una rosquilla tostada con mantequilla de cacahuete!

—Por supuesto —contesta Patrick—. Y un bocadillo vegetariano de clara de huevo sin el pan para Meg.

—Gracias, Pat —dice Meghan.

La postura de Rosie se relaja y Joe sabe que ha perdonado a Patrick. Él elige un dónut relleno de mermelada y una rosquilla. Dónuts y cerveza. Da unas palmaditas en su abultada barriga y suspira. Si quiere llegar a viejo, tendrá que empezar a cuidarse.

Contempla la corriente escena que tiene lugar alrededor de su modesta mesa: a su mujer y a sus hijos ya mayores, todos sanos, juntos y felices a pesar de sus fallos y peculiaridades, y una ola de gratitud crece en su interior tan súbitamente que no tiene tiempo de prepararse. Siente que su gran magnitud presiona las paredes interiores de su pecho y exhala fuerte a través de las mandíbulas apretadas para aliviar una parte de la presión. Debajo de su aspecto de macho y de policía duro hay un hombre blando como un dónut relleno de mermelada. Vuelve la cabeza y enjuga las comisuras húmedas de sus ojos con el pulpejo de la mano antes de que nadie las vea, da gracias a Dios por todo lo que tiene y sabe que es realmente afortunado.

4

Joe lleva varias horas solo al volante del coche policial mientras patrulla las empinadas calles de Charlestown. Se trata de una patrulla normal, lo que, por supuesto, es un oxímoron, y Joe lo sabe, porque no existen las patrullas normales. Esta es una de las cosas que le encantan y odia de su trabajo.

Le encanta porque significa que nunca se aburre. No es que cada minuto de cada turno sea apasionante. La mayoría de los turnos consisten en horas de un tedio soporífero que empiezan cuando pasan lista en comisaría y siguen con el fastidio diario de tener que localizar, en el mar de coches idénticos del aparcamiento, los malditos cuatro dígitos del coche que le han asignado ese día. Después, el turno consiste en patrullar por las familiares calles del barrio sin que ocurra nada. Pero entonces, invariablemente, algo sucede.

Se recibe una llamada. Alguien ha entrado a robar en una casa en la calle Green; un hombre está propinando una paliza a su querida mujer; se ha producido un choque en cadena en la autopista del norte en el que está implicado un camión cisterna con carburante; están atracando un banco; han desaparecido varios bolsos en una de las oficinas del Schrafft Center; se ha desencadenado una pelea a las puertas del bar Warren; se está produciendo un enfrentamiento entre bandas delante del instituto; han encontrado un coche hundido en el puerto con un cadáver en el interior; alguien ha saltado del puente Tobin. Puede tratarse de cualquier cosa, y nunca es la misma. Cada robo, cada agresión, cada pelea doméstica es diferente, y diferente significa no aburrido. Significa que cada llamada contiene la posibilidad de que Joe se vea obligado a hacer uso de lo que aprendió durante la formación y de alguna o todas sus habilidades.

Responder a una llamada también le proporciona la oportunidad de experimentar lo que más le gusta de este trabajo, que es ayudar de verdad a alguien, cuando la acción rápida y firme conduce a una victoria de los buenos, cuando sacan a los malos de las calles y consiguen que este rincón del planeta sea un poco más seguro. Si esto suena a película moralista para jóvenes, que así sea. Esta es la razón por la que Joe sigue presentándose en comisaría al principio de cada turno, y se apostaría unos asientos de tribuna detrás del bateador en el estadio Fenway a que cualquier agente que se precie siente lo mismo.

Pero se trata de una espada de doble filo, porque, al mismo tiempo, cada llamada contiene la posibilidad de conducir a Joe a lo que más odia de este trabajo. Todos los días, los agentes de policía son testigos de los instintos más bajos y degradados de la humanidad, de los actos más crueles y depravados de los que son capaces los seres humanos, actos que, gracias a Dios, la mayoría de los civiles ni siquiera imaginan. Se recibe una llamada. En Roxbury, un hombre ha estrangulado a su mujer, la ha metido en una bolsa de basura y la ha tirado desde el tejado del edificio de su vivienda. En Dorchester, una madre ha ahogado a sus gemelos de tres años en la bañera. Dos bombas han explotado durante la maratón de Boston.

Joe cuenta con su entrenamiento y el Departamento de Gestión del Estrés para manejar las situaciones a las que se enfrenta. Además, como el resto de sus compañeros, se ha convertido en un experto en contar chistes ordinarios y actuar con rudeza, lo que constituye su patente arsenal de mecanismos de defensa encaminados a evitar que las atrocidades que ha presenciado le afecten. Pero le afectan. Y le cambian. Les cambian a todos.

Su objetivo consiste en no permitir que afecten a Rosie y a los chicos. Se acuerda de una adolescente a la que dispararon dos tiros en la cabeza y cuyo cadáver dejaron pudriéndose en un vertedero en Chinatown. Incluso muerta, blanca y cubierta de moscas, la joven se parecía tanto a Meghan que Joe apenas pudo soportarlo. Tuvo que emplear toda su fuerza de voluntad para no vomitar allí mismo, delante de todo el mundo. Hizo lo que tenía que hacer y se sobrepuso. Contuvo las arcadas y cumplió con su deber de una forma mecánica. Horas más tarde, cuando estaba solo en el coche patrulla, se dio cuenta de que sus manos agarraban el volante con tanta fuerza y temblaban tan violentamente que el coche entero vibraba.

Cuando llegó a casa por la noche, Rosie le preguntó: «¿Cómo ha ido el día, cariño?» Probablemente se trate de la pregunta más banal e inocente que pueda formularse un matrimonio, pero para Joe es como una jodida caja de víboras y no piensa abrirla. Aquella noche, como muchas otras, dio un beso a Rosie, le contestó con un impreciso «Bien» y se fue a la cama.

Durante meses, tuvo pesadillas relacionadas con la joven del vertedero, pero nunca se lo mencionó a Rosie. Ella se queja a menudo de su silencio y desearía que le contara más cosas. Joe, por su parte, sabe que una buena comunicación es fundamental para que una relación matrimonial se mantenga saludable y que la tasa de divorcios entre los agentes de policía es superior a la media, pero él nunca agobiaría a Rosie con el peso de todos los horrores que ha presenciado. Cuando imaginas esas cosas, ya no puedes volver atrás.

Así que ningún turno es normal y ninguna llamada es rutinaria, aunque, de momento, hoy no ha ocurrido nada. Cuando pasa por delante de su casa, que está en la calle Cook, reduce la marcha. No hay signos de que haya nadie dentro. Aunque casi es mediodía, es probable que Patrick todavía esté durmiendo. Meghan, por su parte, se levantó y salió de casa antes que él. Joe comprueba la hora. Dentro de unos minutos, Katie asistirá a una clase de yoga en el Town Yoga, la clase de Power Yoga de mediodía. Ahora pasará con el coche por delante del centro. No se acuerda de si J.J. está o no de servicio. Colleen está en el trabajo. Trabaja como fisioterapeuta en Spaulding. Y, a Rosie, hoy le toca trabajar. Trabaja como recepcionista en la consulta de un dermatólogo en el edificio Schrafft. Joe se imagina a su familia en sus respectivos trabajos y sonríe. Todo va bien.

No ha visto los otros coches patrulla desde primera hora de la mañana. Solo cuatro agentes cubren el barrio de Charlestown: dos en un coche, el rápido, y otros dos en coches de un solo agente. Hoy Joe está contento de patrullar solo y que no le hayan asignado a un rápido. No está de humor para conversar y muchos de sus colegas, sobre todo los jóvenes novatos, son auténticos charlatanes y no paran de decir gilipolleces. Quizá se esté convirtiendo en un viejo cascarrabias de cuarenta y tres años, pero cada vez le apetece más la soledad y el silencio de un monoplaza que la cháchara de un rápido.

Pasa por delante del obelisco Bunker Hill y aminora la marcha para contemplar el monumento provisional que se ha erigido donde mataron a tiros a un joven de diecinueve años la semana pasada. El monumento consiste en una cruz de madera, globos rojos, blancos y azules, un guante de beisbol, un osito de peluche y su fotografía escolar. Joe suspira. ¡Qué lástima!

Charlestown es un barrio relativamente seguro. Normalmente, no se producen muchos delitos violentos y casi ningún homicidio. Pero ya estamos otra vez con esa palabra, «normal». No existe la normalidad.

El coctel delictivo de Charlestown consiste, mayormente, en drogas, robos, violencia doméstica y peleas de bar. En los últimos años, Joe ha presenciado un montón de robos. Este tipo de mierda no ocurría cuando él era un niño. No es que entonces la gente no robara. Casi todos los niños que conocía estaban emparentados con alguien que había cometido un delito y el robo era el más común, pero, respecto a los robos, existía un código ético, si es que eso es posible. Robar un banco o un edificio de oficinas estaba bien porque se consideraba un delito sin víctimas, pero robar a una persona o en la casa de alguien no estaba bien visto.

Joe se acuerda de que Billy Ryan, el matón más temible del barrio, reprendió a Mark Sullivan por robar cincuenta pavos en un piso de la calle Belmont. «Ahí vive Kevin Gallagher. ¿Has robado a la madre de Kevin? ¡Pedazo de cabrón! ¿Qué cojones te pasa?» Si la memoria no le falla, Joe cree recordar que Billy avergonzó tanto a Mark que este volvió a colarse en la casa de Kevin para devolver el dinero. Al día siguiente, Billy robó un banco.

Joe conduce por el parque Dougherty. Las pistas deportivas están vacías, pero la piscina está abarrotada de gente. La temperatura de hoy es de treinta y seis grados. El día es brumoso, caluroso y húmedo. El hospital ER estará colapsado por insolaciones y paradas cardíacas. Incluso con el aire acondicionado a toda marcha, Joe está sudando. Sus calzoncillos y su camiseta están empapados y el tejido de algodón húmedo se le pega a la piel. Los implacables rayos del sol caen sobre él a través de las ventanillas y el parabrisas, y esto, unido al chaleco antibalas y al uniforme azul marino, hace que se sienta como un tomate de invernadero secándose en la tomatera. Podría ser peor. Podría estar de pie en el exterior, sobre el pavimento negro y dirigiendo el tráfico.

Baja por la calle Main y se detiene delante del Town Yoga. No hay ventanas por las que otear, de modo que no puede ver a Katie. No tiene ni idea de qué ocurre ahí dentro, pero si tuviera que adivinarlo, diría que tiene algo que ver con mujeres vestidas con mallas negras que se contorsionan hasta adoptar la postura del infinito. Katie lleva insistiéndole desde hace más de un año para que asista a una de sus clases, pero él siempre le responde con una excusa burlona: «Me gustaría ir, preciosa, pero ayer me desgarré el tercer chakra y el médico me ha dicho que nada de yoga durante un mes. Estoy destrozado.»

Desenvuelve el bocadillo de atún y lo engulle sin saborearlo. Tiene el último pedazo en la boca cuando recibe una llamada. Se está produciendo un robo en el 344 de la calle Bunker Hill, en el apartamento 31. Joe se limpia los restos de mayonesa de los labios con el dorso de la mano, activa las luces y la sirena y se pone en marcha.

Conoce la dirección. Acaba de pasar por allí. Se trata del antiguo edificio de la escuela. Fue reconvertido en apartamentos modernos de propiedad horizontal que ahora están habitados por *toonies* y está situado enfrente del parque y la piscina. Apartamento 31. Tercera planta.

¿Da a la calle o a la parte trasera del edificio? Si da a la parte de atrás, ¿dispone de balcón o de una salida de incendios? ¿El sospechoso puede intentar escapar por allí o lo hará por el interior del edificio? Y, si es así, ¿lo hará por las escaleras o por el ascensor? Si el sospechoso es un *townie*, seguramente será tan osado o estúpido como para intentar escapar por la puerta principal. En la parte trasera del edificio hay un aparcamiento, lo que constituye un lugar perfecto para tener emplazado un coche para la huida. Según lo que pensara robar, el sospechoso puede haber acudido en coche o a pie. El edificio cuenta con un garaje, lo que, por otra parte, constituye un lugar ideal para esconderse. ¿Hay más de un sospechoso? ¿Se trata de un golpe oportunista y realizado al azar o de un robo premeditado? ¿Había alguien en la casa? Es posible, pero probablemente no. Es mediodía y el edificio está mayormente habitado por profesionales jóvenes. Además, es verano, así que es probable que quien viva en el apartamento esté de vacaciones. Por otro lado, el vecino que ha dado el aviso está en casa, de modo que quien viva en el apartamento robado quizá también lo esté; quizás haya uno de sus padres ya mayores; quizá se trate de un jubilado, de una madre y su bebé, de alguien que no ha ido a trabajar porque está enfermo... ¿El sospechoso estará armado?

Joe apaga la sirena y aparca el coche un par de casas antes del edificio en cuestión. El suyo es el único coche patrulla en el escenario del crimen. ¡Mierda! No sabe con qué se va a encontrar. Lo ideal es que los agentes se enfrenten a este tipo de situaciones con la balanza a su favor. La idea es que exhibir una demostración de fuerza puede favorecer que no sea necesario utilizarla. Pero Joe no está dispuesto a esperar en el coche a que lleguen los otros agentes. Tiene que ir y enfrentarse a lo que esté ocurriendo. Sea lo que sea. La adrenalina se le dispara.

Desenfunda la pistola y la mantiene junto a su cuerpo y apuntando al suelo mientras entra en el edificio y sube las escaleras hasta la tercera planta. Gira a la derecha: treinta y cinco, treinta y siete... Dirección equivocada. Da media vuelta y se apresura a tomar el pasillo de la izquierda. Se detiene delante de la puerta del apartamento 31 y sus agudizados sentidos entran en acción. El apartamento da a la parte trasera del edificio. El marco de la puerta está astillado a la altura de la cerradura. La han forzado. El aviso está fundamentado. El ritmo cardíaco de Joe se acelera. Se queda quieto y escucha. Percibe su acelerada respiración. El aire expulsado por los ventiladores del aire acondicionado. Alguien está hablando. Voces masculinas. Una conversación.

Joe retrocede y, con la voz más apagada y clara que puede, transmite la información por radio.

«Al menos hay dos personas en el interior. El apartamento da a la parte trasera. Necesito que alguien cubra esa salida.»

Pocos segundos más tarde, el agente Tommy Vitale, el amigo más íntimo y antiguo de Joe en el cuerpo, está a su lado. El otro agente de la unidad de Tommy debe de estar en el exterior, cubriendo la parte trasera del edificio. Joe y Tommy se miran a los ojos y Tommy asiente con la cabeza. Joe gira el pomo de la puerta y entran en el apartamento.

Se reparten rápidamente las zonas. Joe se desplaza en diagonal hacia la izquierda y Tommy hacia la derecha. Joe apoya la espalda en la pared del comedor y Tommy hace lo mismo en la de la cocina. De momento no han visto a nadie.

Se trata de uno de esos apartamentos modernos abiertos y ven el salón. Está hecho un desastre. Alguien ha volcado el contenido de los cajones y hay papeles y todo tipo de objetos desparramados por el suelo. Al otro lado del salón hay una puerta corredera de cristal que comunica con un balcón exterior. Está abierta y, ¡bingo!, ahí están los sospechosos. Solo son dos adolescentes.

Joe y Tommy avanzan hacia ellos mientras les apuntan con las pistolas.

—¡Policía de Boston! ¡Soltad las mochilas y levantad las manos! —grita Joe.

Los muchachos van vestidos con camiseta, pantalones pirata holgados, deportivas, gorras de béisbol y gafas de sol oscuras. Los dos llevan mochilas negras. Joe apunta al centro del pecho del muchacho de la izquierda e intenta adivinar si va armado cuando, el muy tarado, decide huir y salta la barandilla del balcón.

Un apartamento en una tercera planta está a unos nueve metros del suelo. Joe no sabe qué esperaba ese genio que pasaría cuando aterrizara, pero probablemente se habrá roto ambas piernas y quizá, también, la espalda. El muchacho está tumbado en el asfalto y sus gritos se transforman en un aullido quejumbroso cuando el agente Sean Wallace lo esposa.

—¿Ahora te vas a tirar tú? —pregunta Tommy al otro muchacho mientras señala con la cabeza la barandilla.

El muchacho deja caer la mochila y levanta las manos.

—Al menos este tiene un cerebro en la cabeza —comenta Tommy mientras lo esposa—. Del tamaño de un guisante, pero al menos lo tiene.

Joe registra el resto del apartamento para asegurarse de que no hay más asaltantes. Los dos dormitorios, los dos lavabos y el despacho están vacíos. Los dormitorios están intactos, pero el despacho está destrozado.

Joe regresa al balcón.

—El resto del apartamento está despejado.

Tommy está cacheando al prisionero. Busca un arma, pero no encuentra ninguna. Se enfrentan a casos como este con frecuencia, sobre todo en verano, cuando la temporada escolar ha terminado y los chicos disponen de demasiado tiempo libre. Entonces los adolescentes como estos asaltan casas, roban lo que pueden y lo empeñan a cambio de efectivo. El dinero siempre lo usan para comprar drogas. Si no los pilla robando, Joe los pilla comprando drogas. Y si no los pilla comprando, los pilla drogándose o cometiendo cualquier estupidez mientras están colocados. Y, cuando salen en libertad condicional o bajo fianza, vuelve a pillarlos. Una y otra vez.

Joe contempla al muchacho que está esposado y con la espalda encorvada delante de él. Tiene la cabeza caída y Joe no puede verle bien la cara debido a la visera de la gorra de béisbol, pero reconoce los múltiples tatuajes de sus brazos: las banderas irlandesa y norteamericana, un barco de la armada, un corazón y un trébol de cuatro hojas. Se trata de Scotty O'Donnell, el hermano pequeño de Robby O'Donnell, quien creció en el barrio con Patrick. Robby era un as del baloncesto en el instituto y nunca se metió en problemas, y las hermanas mayores de Scotty eran estudiantes de matrícula. Su madre acude a la iglesia con Rosie y su padre trabaja en correos. El muchacho procede de una buena familia.

—Pero ¿qué demonios has hecho, Scotty? —pregunta Joe.

Scotty mantiene la mirada fija en sus deportivas y encoge los hombros.

—¡Cuando te hable, mírame!

Scotty levanta la cabeza y Tommy le quita las gafas. Su mirada es desafiante. No se siente culpable ni está lo bastante asustado.

—Vas a avergonzar a tu pobre madre. Tendrá que ir a comisaría y pagar la fianza para sacar tu estúpido culo de allí. Ella no se lo merece.

La ambulancia ya ha llegado y los sanitarios colocan al saltador de vallas olímpico en una camilla. El agente Wallace tendrá que acompañarlo al hospital y custodiarlo mientras le hacen las radiografías y le aplican el tratamiento necesario.

—¿Quieres encargarte de este? —le pregunta Tommy a Joe.

—Sí, yo me lo llevo —contesta Joe.

—Yo me quedo a esperar al detective.

Joe mira la mochila negra. Una nueva e inesperada oleada de adrenalina lo invade y pone todos y cada uno de los músculos y nervios de su cuerpo en estado de alerta; dispuestos a entrar en acción en cualquier momento. Sin duda pasará mucho tiempo antes de que un policía de Boston mire a un joven con una mochila y solo vea a un muchacho con artículos escolares en lugar de a un terrorista potencial con un arma de destrucción masiva.

Lo mismo ocurre con los ruidos fuertes y repentinos. El 4 de julio pasado, todos los agentes estaban de guardia. Apenas habían transcurrido tres meses desde el atentado terrorista perpetrado en la maratón y las medidas de seguridad para la celebración de la independencia de la nación, que reuniría a trescientos mil civiles en el parque Esplanade, eran extraordinarias. Joe no había visto nada parecido en todos los años que llevaba en el cuerpo. La celebración se desarrolló sin incidentes, pero cada explosión de fuegos artificiales hizo que su corazón se encogiera y su mano derecha se dirigiera a su arma. Una vez y otra y otra. Durante toda la noche, intentó superar esta respuesta automática de sobresalto y contener el reflejo, pero le resultó imposible. Explosión. Encogimiento. Mano hacia el arma. La descarga final fue una auténtica tortura. Todavía recuerda el sabor de las cervezas frías que se tomó con Tommy y otros compañeros al final de aquel turno. Fueron las cervezas más cojonudas de su vida.

—¿Quieres dar una ojeada ahí dentro? —le pregunta Joe a Tommy mientras señala la mochila con la cabeza.

—Tú mismo —contesta Tommy.

—Las mujeres primero.

—Cobarde.

—Yo estoy ocupado con Scotty.

Tommy se agacha junto a la mochila y abre la cremallera con un movimiento rápido, como si quitara un esparadrapo. La mochila contiene lo que, por supuesto, ellos sabían que contendría: un iPad, joyas y una cámara fotográfica, y no una bomba casera con clavos y perdigones en el interior. Joe exhala y solo entonces se da cuenta de que había estado conteniendo el aliento.

Tommy vuelve a cerrar la cremallera y, mientras tiende la prueba del robo a Joe, intercambian una rápida mirada de alivio y complicidad.

—¿Las perlas son un regalo para tu novia, Scotty? —pregunta Joe.

Scotty guarda silencio.

—Lo suponía. Vamos.

Joe cuelga la mochila de su hombro izquierdo y saca a Scotty del apartamento empujándolo con la mano izquierda. Mientras lo conduce hacia el coche patrulla, se siente satisfecho de que Tommy, Sean y él hayan actuado correctamente y hayan realizado dos arrestos conforme a la ley. También se siente aliviado por el hecho de que los muchachos no fueran armados y porque Tommy, Sean y él se vayan en el mismo estado en el que estaban cuando recibieron la llamada. También se alegra por la propietaria del apartamento, quien, a pesar de tener que arreglar todo aquel desorden, recuperará sus pertenencias. Por otro lado, sufre por la pobre madre de Scotty cuando piensa en la llamada telefónica que va a recibir. Pero, por encima de todo, está cabreado con Scotty por haberlo acojonado innecesariamente con su mochila. Joe le protege la cabeza con una mano, agarra con fuerza su flaco hombro con la otra y lo empuja al interior del coche con más brusquedad de la necesaria.

—¡Ay! —se queja Scotty.

Joe cierra la portezuela de golpe y sonríe. Eso le ha hecho sentirse bien.

Joe entró en la comisaría con el detenido por la puerta secundaria alrededor de la una. Cacheó a Scotty dos veces más; le quitó las deportivas, los calcetines, la gorra y el pendiente; anotó en el libro de registro la información básica como su nombre, peso y altura; le tomó las huellas; le permitió realizar la llamada telefónica reglamentaria y lo encerró en la celda para jóvenes. Ahora son las cuatro de la tarde, el final del turno de Joe, pero él sigue sentado frente al ordenador mientras intenta redactar el informe.

Los informes son un auténtico grano en el culo, pero constituyen una parte fundamental y necesaria del trabajo. Joe sabe que nunca escribirá una gran novela, pero se enorgullece de la exactitud de sus informes. Sus relatos de los hechos suelen ser largos y detallados. ¡Se toma esta mierda en serio! Un detalle aparentemente insignificante e inconsecuente podría constituir una prueba crucial durante el juicio y la clave necesaria para atrapar al delincuente incluso años más tarde. Ahí está, por ejemplo, el caso de Whitey Bulger. Los abogados de la acusación están utilizando términos concretos de los informes de la policía redactados décadas atrás para condenar a ese cerdo.

Así que contar la totalidad de los hechos es imperativo. Olvídate de algo y quizás estés dejando el resquicio justo para que alguien como Whitey se escabulla y quede libre. Por un simple tecnicismo. Entonces todo el trabajo, tiempo y dinero se colarían por el desagüe y contaminarían el puerto con el resto de las aguas residuales. Cuando entrena a los novatos, Joe siempre hace hincapié en este punto. Los informes tienen que ser meticulosos.

Aun así, un allanamiento de morada sencillo como este no debería tomarle más de una hora. Pero Joe todavía no ha terminado. Sus colegas le han interrumpido numerosas veces para que les explique el arresto, lo que Joe ha hecho con entusiasmo. Fiel a su herencia irlandesa, a Joe le encanta contar una buena historia, sobre todo si tiene un final feliz como esta. Además, ha recibido las notas de Sean Wallace sobre la hospitalización del otro detenido hace solo media hora. Pero, distracciones y retrasos aparte, la verdad es que le está costando concentrarse y no está seguro de haber reconstruido la secuencia exacta de los sucesos ni de acordarse de todos los detalles.

Tiene que incorporar la información del detective, las fotografías del lugar de los hechos y la declaración del vecino que llamó al 911. Tiene que descifrar los jodidos garabatos de Sean Wallace sobre el muchacho que llevó al hospital: el nombre del médico que lo atendió, las pruebas que le han realizado, el diagnóstico y el tratamiento. Además, tiene que reflejar todos los elementos según el orden concreto de los acontecimientos para que los sospechosos puedan ser identificados adecuadamente y el arresto sea considerado legal.

Contempla la pantalla del ordenador, el mar de palabras escritas en mayúsculas y sin puntos y aparte, y la cabeza le da vueltas. «Piensa.» ¿Cómo empezó todo y qué ocurrió a continuación? No puede pensar. Está cansado. ¿Por qué está tan cansado? Consulta el reloj. Su turno terminó hace cinco minutos y no parece que vaya a salir de allí a corto plazo.

Una vocecita interior le apremia a rendirse. «Ya está bien. Dalo por terminado y vete a casa.» Pero Joe es más responsable que eso. Ha sido entrenado para ignorar esa voz e incluso para someterla a la fuerza si fuera preciso. Él nunca se rinde. En ningún aspecto. Además, sabe que si el informe no está bien, su supervisor no le dará el visto bueno.

Se frota los ojos, se concentra en la pantalla y continúa. Está la lista de los objetos robados. Su valor supera los doscientos cincuenta dólares, lo que lo convierte en un robo con allanamiento de morada. Están las fotografías digitales que muestran el estado de la cocina, el salón, los dormitorios, los lavabos y el despacho. También está el informe hospitalario. El marco astillado de la puerta confirma que se trata de un robo con allanamiento de morada. Encontraron a dos muchachos en el balcón. Joe tiene que describir con exactitud cómo iban vestidos y qué llevaban encima. Los tatuajes de los brazos de Scotty. Uno saltó, el otro no. También tiene que informar sobre quién llegó primero al escenario del crimen y sobre el vecino que alertó del robo. Y sobre la propietaria del apartamento, que estaba ausente.

En resumen, se trata de un simple allanamiento de morada. Joe contempla la pantalla y tamborilea con los dedos en la mesa mientras lee y relee el informe, que es un desastre.

Se trata de un simple allanamiento de morada. Entonces, ¿por qué demonios no le resulta simple?

Son las seis de la tarde y Joe debería estar en casa con Rosie. Debería estar sentado en su sillón, con sus feos pies encima de la mesita, delante del aire acondicionado que está situado encima de la ventana y con una cerveza fría en la mano, preparado para ver el partido de los Sox. Pero en lugar de eso, está en mitad de la calle, en el cruce de Beacon con Charles, entre los parques Boston Common y Public Garden, dirigiendo el tráfico de la hora punta. Por fin terminó el maldito informe del allanamiento de morada; a las cinco de la tarde, una hora después de que finalizara su turno. Entonces, probablemente porque todavía estaba en la comisaría y el supervisor de guardia necesitaba agentes de refuerzo, le ordenaron que dirigiera el tráfico durante el concierto que tendrá lugar en el Common, desde las cinco y media hasta medianoche.

La temperatura todavía oscila alrededor de unos bochornosos treinta y dos grados y Joe está de pie sobre el negro asfalto, vestido con su uniforme azul marino y, encima de este, lleva puesto un llamativo chaleco de color verde lima. Está rodeado por un tráfico denso que emite unos vapores apestosos y todavía más calor. Justo donde, poco antes, se alegraba de no estar. La jodida ley de Murphy. Debería haber tocado madera.

Incluso sin la atracción del concierto al aire libre, a esta hora del día se trata de un cruce conflictivo: demasiados coches que intentan salir de la ciudad al mismo tiempo, demasiados viandantes que se dirigen a su casa desde el trabajo, doce puntos distintos desde los que los peatones pueden bajar de las aceras. Los hombres van vestidos con traje y las mujeres llevan zapatos de tacón alto. Todos están cabreados porque hace demasiado calor. Todos tienen demasiadas personas sudorosas cerca que, como ellos, esperan el momento de poder cruzar la calle, pero la espera es demasiado larga y, después de ocho horas de trabajo, están deseando llegar a casa. Son afortunados. Al menos ellos están de camino. Aunque Joe está allí para ayudarlos a conseguirlo, nadie lo valora. De hecho, cuando les da la señal de paso, los peatones que se molestan en mirarlo le lanzan una mirada asesina, como si él fuera el culpable de toda aquella miseria. Se trata de una tarea jodida e ingrata.

Por culpa de todo esto, esta noche la pobre Rosie está sola en casa. Otra vez. Ella está sobradamente familiarizada con esta contrariedad. Así es la vida de la mujer de un policía. Si se detuviera a pensar en cuántas noches no ha podido estar con Rosie, si hiciera realmente el cálculo, algo para lo que necesitaría una calculadora porque el número es descomunal, Joe se echaría a llorar allí mismo, en mitad de la calle. Así que no piensa en ello, solo piensa en que las horas pasen y él pueda irse a casa con su mujer.

Al menos no tenían ningún plan especial para esta noche. Ya es bastante malo regresar a casa después de dieciséis horas de trabajo y que tu mujer se sienta sola y decepcionada, pero si encima él se ha perdido una boda, un bautizo o una celebración religiosa, a Rosie esto le produce resentimiento, algo que a Joe le resulta mucho más difícil de compensar. Los días que no han hecho planes, Joe puede eliminar el sentimiento de soledad o decepción de Rosie con un abrazo y un beso sentidos. El chocolate y el vino también ayudan. Ella sabe que no fue culpa de él que le ordenaran hacer horas extras y, cuando está en sus brazos, se muestra agradecida de que haya vuelto a casa sano y salvo. Pero si se pierde un acontecimiento planificado, solo el tiempo consigue calmar la hostilidad de Rosie. Como si, después de un turno de un día entero, él fuera a elegir pasarse siete horas solo en mitad de la calle y a treinta y tantos grados de temperatura mientras regula el paso de unos peatones malhumorados y los motoristas pasan rozando por su lado.

Ahora son las ocho y todavía faltan dos horas para que acabe el concierto. Luego, cientos de personas saldrán del Common y Joe volverá a estar ocupado, pero de momento solo deja pasar el tiempo y espera. Aparte de indicar a dos grupos de turistas cómo llegar a Cheers, poca cosa ha hecho desde la hora punta. Lleva de pie dos horas y media y siente todos y cada uno de los gramos de los seis kilogramos que pesa el cinturón de su pistola. Está agotado, la espalda y los pies lo están matando, y desea con toda su alma sentarse en el banco que hay debajo del sauce llorón del Public Garden. ¡Para el caso podría estar en California!

Sin abandonar su puesto, intenta escuchar la música. Se trata de jazz, pero está demasiado lejos para oírla bien. Alguna que otra nota estridente llega flotando hasta él, pero no consigue enlazarlas para formar una melodía, nada que pueda acompañar con su silbido, y el esfuerzo solo consigue frustrarlo.

Percibe un sonido de percusión, como si alguien sacudiera unas maracas, pero se trata de un sonido aparte, un sonido que no sintoniza con los otros y que suena más cerca. Presta atención y descubre que procede de él. Se trata del puñado de monedas que le dieron de cambio cuando compró el duro y asqueroso bocadillo de jamón y queso que se tomó para cenar en el 7-Eleven. Las monedas tintinean en el interior del bolsillo de sus pantalones. La causa del tintineo lo tiene perplejo, hasta que cae en la cuenta: está dando saltitos de atrás adelante como si estuviera descalzo encima de unas brasas ardientes.

Ni siquiera se había dado cuenta de que se estaba moviendo. Creía que estaba totalmente inmóvil.

Quizá tiene que mear. Se aprieta la barriga. No. De hecho, está demasiado deshidratado de tanto sudar por culpa de este horrible calor.

Debe de tratarse de un resto de la adrenalina generada por el arresto del allanamiento de morada. La posible amenaza ha desaparecido hace rato, pero Joe sabe por propia experiencia que esa potente hormona puede seguir activando su cuerpo incluso horas más tarde del suceso. Cada vez que tiene que desenfundar el arma, su cuerpo se inunda de adrenalina. Se trata de una descarga visceral que se parece mucho a tomarse tres Red Bulls. En esos casos, puede seguir moviéndose, agitándose y con los músculos listos para entrar en acción durante todo el día. Debe de tratarse de eso.

Se imagina a la gente en el Common: parejas bebiendo vino en vasos de plástico, jóvenes bailando descalzos en la hierba, todo el mundo disfrutando de la música en vivo. Desearía que Rosie y él pudieran estar allí, entre ellos, de pícnic sobre una manta, relajándose juntos. Luego piensa en el estadio Fenway, que se encuentra a unos tres kilómetros más arriba, y se pregunta cómo les estará yendo a los Sox. Gira sobre sus inquietos pies.

Da la espalda al concierto que no puede oír y al que no puede asistir, al banco en el que no puede sentarse y al equipo de béisbol que adora y dirige su atención a Bunker Hill, donde Rosie le está esperando, y se imagina que llega a casa y está con ella.

Cuatro horas más y estará en casa. Cuatro horas más.

Se vuelve de nuevo hacia el parque Common, pero ahora su atención se centra más allá del lugar del concierto, en la ciudad que se extiende al otro lado del parque, y un pensamiento inunda su conciencia como si fuera la tinta de un frasco volcado que se desparrama sobre un papel hasta empaparlo por completo.

¡La Casa de la Ópera!

Consulta su reloj y su corazón se hunde de una forma rápida y pesada, como una roca en el agua. Seguramente, en este mismo momento Meghan está ejecutando su solo en *Coppélia*. J.J., Colleen y Rosie deben de estar entre la audiencia y, para su vergüenza, al lado de Rosie hay un asiento vacío, donde Joe dijo que estaría.

¡Mierda!

Joe está en la calle. Sus pies se mueven con nerviosismo y desea con desesperación cruzar el Common hasta la Casa de la Ópera, que está al otro lado, pero se queda paralizado. No puede ir. Está de servicio. Se ha perdido la representación.

Sí, le ordenaron que trabajara un turno extra, pero podía haberle pedido un favor a su supervisor. Podía haber intentado negociar el turno con otro agente y ofrecerle sustituirlo en el futuro a cambio de esta noche. Alguien habría accedido.

Tantea el bolsillo de su chaqueta en busca de su móvil, pero no está allí. Mira hacia donde está aparcado su coche. Está casi seguro de que se lo dejó en el asiento. Estaba tan agotado por el maldito informe del allanamiento de morada que se olvidó de avisar a Rosie de su doble turno. No ha mirado el móvil desde hace horas. ¡Dios! Cuando lo encienda habrá muchos mensajes no leídos y cada vez más rabiosos de Rosie.

Como, al finalizar su turno, no volvió a casa, probablemente ella se preocupó por él. Pero Joe sabe que, al no recibir una llamada de comisaría ni ver nada en las noticias, seguramente, dejó de preocuparse. Lo más probable es que pensara que le habían ordenado hacer horas extras o que había ido a tomar algo con los compañeros. En cualquier caso, él no ha respondido sus mensajes y se ha perdido la representación de Meghan, y ahora Rosie estará justa e indudablemente cabreada con él.

En cuanto a Meghan, él le había prometido que asistiría a la representación y la ha decepcionado. Otra vez. Para Joe, este último pensamiento es como una patada en el estómago.

Se seca la sudorosa frente, sacude la cabeza y contempla sus botas. Desearía poder patear su propio culo por haberse olvidado del compromiso de esta noche. Suspira, levanta la vista y mira en dirección a la Casa de la Ópera. Se imagina a su guapa hija bailando en el escenario y reza para que le perdone.

5

Los Sox están en la Serie Mundial y todo el mundo en Nueva Inglaterra tiene grandes esperanzas en sus resultados. Están de buena racha y llevan ganados nueve partidos, incluido el primer partido de la Serie, que jugaron ayer por la noche contra los Saint Louis Cardinals, a los que derrotaron por un aplastante ocho a uno. Las perspectivas son buenas, algo que ningún bostoniano cuerdo osaría creer antes de 2004, pero la maldición de Bambino se ha roto y ahora los seguidores de los Sox son un grupo de locos optimistas.

Esta noche se juega el segundo partido de la Serie en Fenway, y los seguidores de los Red Sox están eufóricos organizando los preparativos, cumpliendo con su parte para asegurar otra victoria. Se ponen sus gorras con la B de Boston bordada, compran perritos calientes Fenway Franks en Stop&Shop y cajas de cerveza en la tienda de bebidas alcohólicas, van sin afeitar, llevan calcetines desparejados subidos hasta las rodillas y se atienen a cualquier superstición cuya efectividad haya sido clínicamente comprobada. Joe lleva puesta su camiseta de Pedroia nueva debajo del chaleco antibalas. Y después están los malditos afortunados que tienen entradas para el partido. Joe no soporta pensar en ellos.

Joe es un seguidor acérrimo de los Red Sox, pero para un policía de Boston se trata de una relación complicada y agridulce. Como todos los niños de la ciudad, Joe creció adorando a este equipo. Coleccionaba cromos y pegaba carteles de Jerry

Remy y Carlton Fisk en las paredes de su dormitorio. Participó como segunda base en la Liga Infantil y su guante era su posesión más preciada. Cuidó más de él que de su bicicleta o sus dientes. Todavía se acuerda de su intenso olor a cuero, aceite y tierra. Solía aplicarle aceite de linaza y procuraba oscurecer hasta el rincón más escondido de la superficie de cuero. Ató una pelota al bolsillo del guante y la hizo rebotar contra él innumerables veces, hasta que el cuero quedó suave como el culito de un bebé. Se acuerda de que se ponía el guante mientras veía los partidos en televisión con Maggie y su padre en el salón de su casa para darle buena suerte al equipo. Durante los anuncios, iba a buscar latas de Schlitz a la nevera para su padre. También se acuerda de que, en el intermedio de la séptima entrada, se ponían de pie y cantaban *Take Me Out to the Ball Game*, y que, muchas veces, permanecía levantado y en pijama hasta bien pasada la hora de acostarse, sobre todo si los Sox se habían clasificado para la postemporada.

Tanto si habían ganado como si habían perdido, Joe solo tiene buenos recuerdos de cuando era niño y veía los partidos de postemporada de los Sox en otoño. Pero no tiene recuerdos de ese tipo de su época de adulto, al menos no de los partidos que se jugaron en casa. Los partidos de postemporada que se juegan en casa implican, para él, turnos extras y control de multitudes; implican prácticas antidisturbios en Dorchester antes del partido y estar fuera del estadio durante y después del partido; implican no beber cerveza y no llevar puesto el guante de la buena suerte; implican que sus hijos no tienen el mismo tipo de recuerdos que tiene Joe, porque no han visto los partidos de postemporada de los Sox con su padre en el salón de su casa.

Cuando los Sox juegan un partido en casa, en octubre, todos los agentes de policía de Boston tienen guardia. Si alguno de ellos libra ese día, su día libre se cancela. Nunca pueden ver los partidos.

En sus momentos más egoístas y vergonzosos, Joe desea que pierdan y que queden eliminados de la Serie. Entonces él no tendrá que quedarse fuera del estadio, como un caballero desterrado de su propio castillo, torturado por las ovaciones y excluido de la emoción que se vive al otro lado del muro verde. Como es lógico, en realidad no desea que los Sox pierdan, y, cada vez que se descubre a sí mismo tentando a la suerte con esos pensamientos traidores y malignos, toca madera.

Joe intenta tener una actitud positiva y desea que los Sox consigan una victoria aplastante y que siempre jueguen en campo ajeno. Esta sería la solución ideal. Los Sox ganarían y él podría ver los partidos en la televisión. Así todo el mundo ganaría. Pero esto nunca es así para Joe ni para los Sox.

El partido de esta noche empieza a las ocho y siete minutos, lo que significa que, esta mañana, Joe está concentrado en el viejo centro de prácticas de la Guardia Nacional, en Dorchester. La nave es enorme. Se trata de un espacio vasto y vacío y en el centro están los agentes. La altura de la sala es tan imponente como el perímetro. Las ventanas de los laterales están demasiado altas para ver algo más que el cielo, y el techo está a doce metros de altura como mínimo. Joe ve un par de palomas que están posadas en una de las vigas.

Él está de pie en el centro de la sala, rodeado de cuarenta y nueve agentes más procedentes de los distintos distritos policiales. Se trata de compañeros a los que, en general, solo ve en los desfiles y funerales. Joe dedica unos minutos a ponerse al día con Darryl Jones y Ronnie Quaranto, dos de sus mejores colegas de los días de la academia de policía. La hija de Darryl está a punto de casarse. A él la boda le va a costar una fortuna y no soporta a su futuro yerno. Aparte de esto, todo va bien. Ronnie ansía que llegue la semana siguiente. Entonces disfrutará de unas necesarias vacaciones con su mujer y juntos realizarán un crucero por el Caribe.

Joe ve la familiar cara de su mejor amigo, Tommy Vitale, y reacciona con tardanza: ¡su labio! En los veinticuatro años que hace que se conocen, Joe nunca había visto su labio superior.

—¡Eh, Magnum! ¿Denunciamos la desaparición de tu mascota peluda? —le pregunta Joe.

Tommy desliza las yemas de los dedos por la piel desnuda de su labio superior.

—Necesitaba un cambio. ¿Qué opinas?

Tommy se vuelve de lado para enseñarle a Joe su perfil y sonríe.

—Creo que deberías haber hecho lo contrario y dejarte crecer una espesa barba para tapar tu feo careto.

—A Amy le gusta. Dice que me parezco a Robert De Niro cuando era joven.

—¡Es una tragedia que se esté volviendo ciega tan joven!

Tommy se ríe.

—¡No, es broma! —añade Joe—. Te sienta bien. Pareces diez años más joven.

—¿En serio?

—Nunca me había sentido tan atraído por ti.

—Me siento raro. No puedo dejar de tocármelo.

Joe suelta una carcajada. Tommy tarda un segundo en reaccionar y luego los dos ríen tontamente como dos adolescentes.

El sargento pone fin al alegre encuentro. La diversión y las bromas se han terminado. Ahora toca asistir a tres largas y aburridas horas de instrucción al estilo militar como preparación para los disturbios que podrían producirse al final del partido.

Se colocan en formación. Van totalmente equipados, con sus cascos, guantes, porras de un metro de largo y máscaras de gas. En el exterior, hace un agradable día otoñal, soleado y con una brisa suave y fresca que procede del Atlántico, pero en la nave hace tanto calor como en un jodido día de verano en Florida. La camiseta con la imagen de Pedroia de Joe ya está mojada de sudor y la etiqueta que hay en la parte superior de la espalda le molesta. Se reprocha no haberse acordado de cortarla.

Están en una formación de columnas situadas a la distancia de un brazo entre unas y otras. Joe está en la columna número dos y en el puesto número trece, el número de la suerte, por lo que tiene a doce tíos más altos que él delante y a cuatro más bajos detrás. El sargento Ferolito, un antiguo marine, grita las órdenes y su voz grave resuena por toda la nave y en el interior del casco de Joe.

—¡Columna número dos, formación en línea hacia mí! ¡AHORA!

El hombre que está al frente es el primero en moverse. Los impares dan un paso adelante y giran a la izquierda, mientras que los pares giran a la derecha. Las porras y las botas golpean el suelo al unísono. Paso, pies juntos, paso, pies juntos, paso. Los taconazos son intimidantes y producen un estruendo atronador que crece exponencialmente conforme los agentes se van posicionando, como una manada de animales de gran tamaño en una estampida controlada. Los uniformes que están delante de Joe se intercalan como en una trenza de cabello y crean una nueva configuración en línea. La coreografía es precisa y no deja lugar a errores. Se requieren una atención y una coordinación extraordinarias y es lo más parecido a una danza que Joe conoce, lo que hace que admire todavía más a Meghan.

Le toca el turno a Joe y se supone que debe cruzar su pie derecho hacia la izquierda. Mientras los cuerpos que tiene delante se iban entrecruzando, se ha estado repitiendo el mantra «Los impares nunca van a la derecha», pero, ahora que le toca a él, su pie derecho se lanza hacia delante como si se tratara de un perro impulsivo que ha percibido el aroma irresistible de una ardilla y lo obliga a volverse hacia la derecha. Su movimiento hace que los agentes que están detrás de él se equivoquen, porque todos copian el error de Joe y se ponen en fila detrás de él como fichas de dominó desalineadas. Su movimiento también interfiere en el del resto de los agentes de la columna número tres, quienes, al girar correctamente a la izquierda, chocan contra un muro de cuerpos que se suponía que no debían estar allí.

—Vaya, esto ha salido realmente mal —comenta Ferolito—. Todos de vuelta a la columna. A repetirlo. O'Brien, ¿tengo que explicarle la diferencia entre la derecha y la izquierda?

—No, señor —contesta Joe.

—Bien, entonces haga el favor de sacar la cabeza de su culo.

Todos vuelven a adoptar la formación en columna. El sargento Ferolito los mantiene firmes en esa posición y camina de un extremo al otro de la formación con las manos agarradas a la espalda, sin decir nada y con las comisuras de los labios levantadas en una sonrisa taimada. Mientras tanto, Joe está pasando un infierno intentando mantenerse quieto. Su cuerpo es como una lata de soda agitada y a punto de expulsar su contenido en todas direcciones.

Además, no puede dejar de pensar en la maldita etiqueta. La sensación que le produce está entre un cosquilleo y un picor intenso, pero por la atención que le reclama, también podría tratarse de un cuchillo que tuviera clavado en la espalda. Desearía poder arrancar la jodida etiqueta de la camiseta ahora mismo. ¡Más vale que Pedroia anote un cuadrangular esta noche!

Tiene que dejar de pensar en la etiqueta. Se fija en la cabeza del tío que tiene delante. Se trata de la cabeza de Ronnie Quaranto. Se centra en el bulto de grasa que tiene en la nuca y cuenta para sus adentros. Intenta concentrarse en los números y en la nuca de Ronnie y, al mismo tiempo, olvidarse de la etiqueta y estarse quieto. Va por el número treinta y seis y mantiene los puños, los dientes e incluso el culo apretados cuando el sargento Ferolito por fin grita la orden.

—¡Columna número dos, formación en línea hacia mí! ¡AHORA!

Ronnie se desplaza hacia la derecha, lo que constituye la señal para que Joe se mueva, pero, al poder moverse, se siente tan sumamente aliviado que pierde la concentración. Se supone que tiene que desplazarse en la dirección opuesta a la de Ronnie, o sea, hacia la izquierda, y posicionarse en una nueva alineación, pero, una vez más, su cuerpo parece contar con iniciativa propia y da un paso a la derecha. El agente que está detrás de Joe vuelve a enfrentarse al dilema de desplazarse hacia la derecha, que es lo que habría hecho si Joe hubiera hecho lo que tenía que hacer o seguir la norma y desplazarse en la dirección opuesta a la seguida por la persona que tiene delante. Y no puede tomar la decisión tranquilamente mientras bebe una taza de café. Tiene que decidirse ahora, inmediatamente, en sincronización con otros cincuenta pares de botas y porras que golpean el suelo de la nave. Decide moverse en dirección contraria a la de Joe. La formación se va a la mierda. Otra vez.

—¡O'Brien! —grita el sargento Ferolito—. ¿Pretende que nos pasemos aquí todo el día?

—No, señor.

—Bueno, esperemos que no. Una vez más.

Mientras vuelven a la formación en columnas, los ojos de Joe se encuentran con los de Tommy. Joe responde a las cejas arqueadas de Tommy encogiendo rápidamente los hombros y ocupa su lugar. Todos permanecen inmóviles a la espera de la orden del sargento. Todos menos Joe.

Joe sigue encogiendo los hombros, como si tuviera hipo en esa zona, y balancea considerablemente su porra, con la que acaba golpeando la pierna del agente que está a su lado. Intenta relajar las muñecas y juntar los omoplatos, pero sus hombros siguen levantándose. No puede detenerlos.

«¡Estate quieto, maldita sea!» Pero, de algún modo, su esfuerzo activa sus pies, y ahora encoge los hombros y, además, se balancea de atrás adelante sobre los pies, como si bailara sin desplazarse. Choca con el tío que tiene a la derecha y, después, con el de la izquierda. ¡Por todos los santos, si alguien no lo hace parar pronto, lo hará él mismo!

—¡O'Brien, me estoy cansando de oírme pronunciar su nombre! ¿Tiene hormigas en el culo?

—No, señor —responde Joe.

—Vamos a quedarnos todos aquí hasta que todo el mundo esté totalmente inmóvil.

Joe encoge todos los músculos en los que puede pensar e intenta transformar su cuerpo en un objeto inanimado mientras se imagina que es un tablón de madera. Contiene el aliento. Gotas de sudor caen de la punta de su nariz como si se tratara de un grifo estropeado. Contiene el impulso de secar su cara con su mano enguantada. La etiqueta de la camiseta sigue torturándolo. Se promete a sí mismo que luego la cortará. Una flema se adhiere a la pared posterior de su garganta y siente la necesidad de carraspear. Traga saliva varias veces hasta que se le seca la boca, pero no consigue librarse de ella. No carraspeará. Joe es un hombre disciplinado.

Una necesidad nueva e imperiosa de moverse crece en lo más hondo de su ser. El origen es impreciso y elusivo y le impide concentrarse. Él no es un tablón de madera, sino un globo de caucho hinchado al máximo y sin nada que lo sujete, y un desconocido, alguien con un sentido del humor malévolo, lo sujeta por el cuello y amenaza con soltarlo.

Sus hombros vuelven a encogerse. «Pero ¿qué demonios...?» El sargento Ferolito está delante de la formación, con las piernas separadas, los brazos cruzados y sus negros ojos clavados en Joe. Este siente como si todos los agentes estuvieran mirándolo fijamente, aunque sabe que las únicas personas que lo miran son el sargento Ferolito y el tío que está justo detrás de él.

No entiende la causa de los extraños espasmos musculares que sufre. Al fin y al cabo, últimamente no ha levantado pesas, ni muebles, ni ha realizado esfuerzos físicos fuera de lo común. Por lo general, está de pie, sentado en el coche patrulla, en el sillón de su casa o durmiendo.

Quizá la causa no esté en algo que haya hecho. A veces, sufre espasmos en los dedos de los pies, sobre todo en los dos más cercanos al dedo gordo. Sin advertencia previa ni nada que lo provoque, se ponen los dos tensos de una forma antinatural, en ángulo con el resto del pie, y durante varios desesperantes minutos permanecen así, retorcidos y ajenos a los esfuerzos de Joe por relajarlos. Pero las sacudidas de sus hombros parecen más tics que calambres. Son arrebatos exagerados, repentinos e involuntarios de movimiento. Hipo en los hombros. Nunca ha oído hablar de eso. ¿Y qué les pasa a sus inquietos pies?

Quizá se está haciendo demasiado mayor para esta mierda. De hecho, es uno de los agentes de la sala con más edad. Tiene cuarenta y tres años y, últimamente, nota los efectos del paso de los años. Él nunca ha sido un hombre delgado y debe de tener unos diez kilogramos de más en la zona del abdomen. Su prominente tripa es la causa probable de su dolor de espalda crónico. Además, cuando se levanta de la cama por las mañanas o después de haber permanecido sentado durante demasiado tiempo, emite desagradables ruidos de viejo, como gruñidos o resoplidos. Le gustaría creer que todavía puede realizar veinte flexiones consecutivas y vencer a J.J. echando un pulso, pero no apostaría nada a su favor.

La mayoría de los agentes de la sala tienen veintitantos o treinta y tantos años. Este trabajo es para jóvenes. Sin embargo, Tommy no padece ningún problema físico. Y Jonesie y Quaranto son mayores que él. ¿A quién pretende engañar? Lo que le pasa no se debe a la edad o a la falta de fortaleza física. ¡Lo que le están pidiendo es que se esté quieto de una puñetera vez, no que haga veinte flexiones! Entonces, ¿qué le pasa?

Encoge los hombros.

—¡Por el amor de Dios, OB! —murmura alguien.

La acústica de la inmensa sala es horrible y distorsiona el tono y la amplitud de los sonidos produciendo un eco, pero juraría que es Tommy quien ha hablado. Tiene que parar. Intenta inhalar hondo, pero su pecho es como un muro de cemento y sus pulmones un par de ladrillos. Respira como un jerbo en pleno ataque de pánico. El sudor cae a chorros desde la punta de su nariz. La cabeza le arde debajo del casco. ¡Maldita etiqueta!

Encoge los hombros.

Se declara la guerra a sí mismo. Aprieta los puños con tanta fuerza que incluso siente cómo las venas de sus antebrazos se ponen en tensión. Aprieta las mandíbulas, el culo y los cuádriceps. Encoge el estómago y visualiza que tiene dos sacos de arena de veinticinco kilogramos cada uno sobre los hombros. Su corazón se acelera, su cabeza suda copiosamente y Joe no respira.

Encoge los hombros y da sendos empellones a los tíos que tiene a los lados.

¡Madre de Dios! Joe cierra los ojos. Puede oír los latidos galopantes de su corazón en sus rojas y ardientes orejas. También oye la respiración del tío que está detrás de él, y el zumbido de los coches que circulan por la calle. Las palomas arrullan en la viga. Joe relaja las mandíbulas. Presta atención al ritmo desaforado de su corazón que resuena en sus oídos y lo convence para que disminuya. Relaja la cara y destensa el estómago, la espalda y las piernas. Inhala una bocanada de aire lentamente y luego otra. Escucha, inhala y espera. Sus hombros están quietos. Sus pies permanecen en contacto con el suelo. Escucha, inhala y espera. Sus hombros siguen quietos. Están quietos. Por favor, quedaos quietos. Quietos.

El sargento Ferolito da la orden.

6

El apetitoso olor a pimientos y cebollas fritos flota en el aire procedente del carro de venta ambulante de la esquina y Joe desea tomarse otro bocadillo. No está especialmente hambriento, pero sí aburrido, y ese aroma dulzón y penetrante es, sin duda, atrayente. Embriagador. Inhala aire y la boca se le hace agua. Inhala de nuevo y todos sus pensamientos se saturan de cebollas grasientas. Las mujeres deberían dejar de lado esos perfumes caros y pretensiosos que hacen que huelan al jardín de una anciana y, en su lugar, deberían aplicarse, en las muñecas y el cuello, unas gotas de las famosas salchichas de Artie. Los hombres se sentirían atraídos hacia ellas como moscas.

Ya son casi las diez y Joe, Tommy y Fitzie llevan de pie en su puesto de la calle Lansdowne, junto al estadio Fenway, desde las cuatro y media de la tarde. No hay ningún sitio donde sentarse, no tienen nada para leer, no pueden hacer nada salvo permanecer de pie, esperar a que el partido acabe e imaginar lo que está ocurriendo en el estadio. Esto es peor que estar en el departamento de ropa interior de los grandes almacenes Macy mientras Rosie se prueba un sujetador o alguna otra pieza de ropa que Joe se sentiría avergonzado de imaginar en público. El turno se le está haciendo interminable.

No está bien visto que utilicen los móviles mientras están de servicio, pero todos lo hacen a escondidas. Fitzie saca el suyo del bolsillo superior de su camisa y lee algo.

—¡Mierda!

—¿Qué pasa? —le pregunta Joe.

—Los Cardinals van ganando uno a cero.

—¿En qué entrada están? —pregunta Tommy.

—En la primera mitad de la cuarta.

—Bueno, bueno —los tranquiliza Tommy—. Todavía queda mucho tiempo.

Joe asiente con la cabeza y reza a su camiseta de Pedroia. Se balancea de atrás adelante, luego alterna el peso de un lado a otro y vuelve a balancearse de los talones a los dedos de los pies. Lleva en esa posición más de cinco horas seguidas y los pies le piden cualquier alivio que pueda ofrecerles.

—¡Eres como un maldito tentetieso! —exclama Tommy—. ¿Quieres estarte quieto? Me estás poniendo nervioso.

—Lo siento, tío. Los pies me están matando —se disculpa Joe.

Fitzie asiente. Están de servicio desde las siete y media de la mañana.

—Yo estoy listo para tumbarme en el sofá —comenta Fitzie.

—Y yo, además, para tomarme una cerveza fría —explica Joe.

Todos asienten con la cabeza. Joe se imagina los primeros minutos después de llegar a casa por la noche: el gratificante alivio de sacar, por fin, los pies de las apretadas y pesadas botas; el fresco aroma a cítrico que despide el gajo de lima mientras lo hace descender por el cuello de la Coronita y su sabor agradable, dulce y frío. También se imagina que se tumba en el sofá, con un cojín blando debajo de la cabeza, y que ve un resumen de los momentos más interesantes del partido en la televisión.

Joe sale de su ensueño cuando percibe la expresión de preocupación que refleja la cara de Tommy, quien, claramente, no está pensando en su sofá ni en una cerveza fría. Tommy acaricia la piel desnuda situada encima de su labio superior mientras estudia a Joe con la mirada.

—¿Rosie y tú vais a tomaros unas vacaciones pronto? —pregunta Tommy.

—No tenemos nada planeado. ¿Y Amy y tú?

—Solo ir a New Hampshire para ver a sus viejos.

Joe asiente con la cabeza.

—¿Le has oído contar a Ronnie lo del crucero al que se ha apuntado? —sigue preguntando Tommy.

—Sí. Suena de maravilla.

—Es verdad —corrobora Tommy. Y añade—: ¿Estás bien, tío?

—¿Yo? Sí, solo quiero sentarme.

Tommy lo observa. Joe levanta y baja los talones y se balancea lateralmente. Sabe que, con tanto moverse, está sacando de quicio a Tommy, pero no puede evitarlo.

Cerveza. Sofá. Pronto.

—¿Qué te pasaba esta mañana durante la instrucción? —pregunta Tommy.

—No lo sé —contesta Joe mientras sacude la cabeza—. Me estoy haciendo demasiado viejo para esta mierda.

—Te comprendo. Voy a comprarme otro bocadillo de infarto. ¿Tienes hambre?

—No, pero también me tomaré uno.

Cuando Tommy dobla la esquina de la avenida Brookline, un rugido descomunal surge del estadio.

—¡Sí! —exclama Fitzie en dirección al móvil.

—¿Qué ha pasado? —pregunta Joe.

—Big Papi ha bateado un cuadrangular con Pedroia en base. Los Sox se colocan en cabeza con un dos a uno.

—¡Bien! —exclama Joe, y da las gracias a su camiseta—. ¿En qué entrada?

—En la segunda mitad de la sexta.

Joe se siente como un niño y, a pesar del terrible dolor que siente en la espalda y los pies, vitorea y choca los cinco con Fitzie. ¡Fantástico! Joe espera no perder nunca al niño que hay en su interior, ese espíritu inocente que siempre ansiará que los Red Sox ganen y cuyos vítores siempre ahogarán las lastimosas quejas de los viejos pies de Joe. Una victoria de los Sox es una victoria de los buenos. Es Superman venciendo a Lex Luthor, Rocky noqueando a Apollo Creed.

Después de lo que a Joe le ha parecido un siglo, Tommy regresa con tres bocadillos grasientos, humeantes y generosamente rellenos de salchichas, pimientos y cebollas. Fitzie le cuenta lo de la carrera. Joe devora su perrito caliente en cuatro bocados y enseguida se arrepiente de no haberlo comido más despacio. Debería haberlo saboreado. Inhala profundamente por la nariz, contempla el bocadillo de Fitzie, quien, de momento, solo se ha comido la mitad, y siente una ardiente punzada de celos mezclada con una sensación de indigestión.

Fitzie lame la grasa de sus dedos y saca el móvil.

—¡Mierda!

—¿Qué pasa? —pregunta Joe mientras se limpia las manos en los pantalones.

—Un puñado de jodidos lanzamientos. Los Cardinals han anotado tres carreras y ahora van cuatro a dos.

—¿En qué entrada?

—En la primera mitad de la séptima.

—¡Mierda! —exclama Tommy—. ¡Vamos, Sox, necesitamos dos carreras más!

—Mis pies no podrán soportar una prórroga —se queja Joe. Cinco años antes, en lugar de «pies» habría dicho «corazón».

—El partido todavía no ha terminado —comenta Tommy.

No se producen más carreras durante esa entrada. Joe oye las distantes voces de treinta y siete mil personas que cantan *Sweet Caroline*. Las voces se apagan y vuelven a crecer con el estribillo *So good! So good! So good!* Joe se une a ellas con voz tenue, lo que hace que se sienta menos excluido y más feliz.

El partido casi ha terminado. Aparte de los policías y los vendedores ambulantes, ya no se ve a nadie por la calle. Todo el mundo está en el estadio o en los bares, pendiente del reñido partido. Si los Sox pierden, quedarán empatados en la Serie. En ese caso, los seguidores abandonarán el estadio y los bares con la cabeza baja, decepcionados y acongojados, aunque, probablemente, no harán nada que merezca salir en las noticias de la noche. Los seguidores deportivos de Boston son leales, apasionados y un poco alocados, pero no son violentos. En Boston no se producen el tipo de disturbios que tienen lugar en otras ciudades después de que el equipo local pierda un partido. En esos casos, normalmente los bostonianos desean irse a casa y echarse a dormir. Todavía están en los inicios de la Serie, en el segundo juego, y tienen tiempo de sobra para remontar. Los seguidores de los Sox desean ganar tanto como vivir para contar a sus nietos la increíble y sensacional historia de cómo ganaron. El fracaso de esta noche no es el fin del mundo. Los seguidores de los Sox no voltearán coches, ni romperán ventanas, ni saquearán tiendas, ni causarán desórdenes.

A no ser que ganen. Los bostonianos suelen ser perdedores tranquilos y humildes, pero cuando su equipo gana un partido importante, no siempre muestran su aspecto más refinado y favorecedor. Joe da gracias a Dios de que hoy no sea sábado. Cuando el partido tiene lugar un sábado por la noche, los seguidores se pasan el día bebiendo porque cuentan con poder dormir la borrachera al día siguiente. Cuando los Sox ganan un partido de postemporada en sábado, la gente suele acabar totalmente ebria y va por las calles fanfarroneando y buscando juerga o pelea, lo que implica una larga noche de control de masas para la policía de Boston.

Pero hoy es jueves, y todos los que tienen un empleo tienen que trabajar al día siguiente. Y los niños tienen que ir al colegio. Tanto si ganan como si pierden esta noche, los Sox pasarán al tercer juego que se celebrará en Saint Louis, y, cuando acabe el partido, todos los seguidores querrán regresar a sus casas lo antes posible. Al menos, eso espera Joe.

Mueve sus doloridos pies y realiza unas cuantas flexiones profundas de rodillas. Como antes, sus hombros se agitan, pero, en lugar de intentar contener el movimiento, Joe aprovecha la ocasión para estirar un brazo por encima de la cabeza y, luego, el otro. Se rasca la cabeza. Gira el torso a uno y otro lado e intenta aliviar, aunque solo sea momentáneamente, la presión vertical que siente en la columna. Suelta un gemido. La espalda le duele tanto como los pies.

—¡Eh, Jane Fonda! —exclama Fitzie mientras contempla

la pantalla del móvil—. Ya están en la segunda mitad de la novena y siguen cuatro a dos. Dos hombres fuera.

Joe cierra los ojos, reza a Dios y a su camiseta de la suerte y toca su porra de madera mientras pide que los Sox ganen. La calle está extrañamente silenciosa, como si la ciudad de Boston en pleno estuviera conteniendo el aliento.

—Acaban de expulsar a Nava —explica Fitzie—. Fin del partido.

Todos bajan la cabeza y callan. Un solemne instante de silencio antes de volver al trabajo. La multitud de seguidores tarda escasos minutos en empezar a salir del Fenway. La policía ha cerrado todas las calles secundarias con barricadas y ha dejado un paso estrecho flanqueado por agentes. El objetivo es dispersar a la multitud y conducirla fuera del barrio. Pronto miles de personas pasan por delante de Joe. Todas van en la misma dirección. Es como un río de aguas rápidas en el que los peces solo pueden nadar en un único sentido.

Un niño de unos seis años que va montado sobre los hombros de su padre mira a Joe a los ojos. Joe lo saluda con la cabeza y sonríe. El niño abre los ojos sobresaltado, como si nunca hubiera esperado que Joe se moviera, como si Joe fuera una estatua que, de repente, hubiera cobrado vida. Entonces el niño baja los hombros, vuelve la cara en sentido contrario y la apoya en la parte superior de la cabeza de su padre. El padre sujeta una pierna de su hijo con una mano y la mano de su mujer con la otra.

Familia tras familia pasan por delante de Joe, quien lamenta no haber pasado más tiempo así con Rosie y sus hijos cuando eran pequeños. Dentro de doce años, se jubilará. Seguramente, para entonces, J.J. y Colleen tendrán unos cuantos hijos. Joe toca su porra de madera tres veces. Espera que las chicas también se hayan casado y tengan hijos. Vuelve a tocar la porra por sus hijas y una vez más por Rosie.

A Rosie le inquieta que la vida de las chicas sea tan inestable, que una se dedique a bailar y la otra a realizar posturas de yoga, sin que ninguna de las dos tenga un novio estable ni perspectivas de casarse. Tanto el mundo del baile como el del yoga están, predominantemente, frecuentados por mujeres. Por lo visto, los pocos hombres disponibles de la compañía de ballet o son gais o de Europa del Este, y tienen apellidos que Rosie ni siquiera puede deletrear. Por otro lado, los practicantes de yoga que no son mujeres son *toonies*. La suposición que Rosie había mantenido durante largo tiempo en el sentido de que, algún día, sus hijas se casarían con buenos chicos irlandeses y católicos del barrio resulta cada vez más rocambolesca e incluso absurda. Ahora se conformaría con que, a la larga, se casaran. ¡Siempre que sus futuros yernos no sean protestantes!

Dentro de doce años, puede que Patrick también haya sentado la cabeza o que, al menos, viva en otra casa. Y, si Dios quiere, toda su progenie será legítima.

Retiro y nietos. Joe tendrá cincuenta y cinco años y todavía será lo bastante joven para disfrutar con sus nietos. Los llevará al Fenway y los malcriará todo lo que pueda.

Ahora la calle Lansdowne está vacía salvo por un puñado de peces estúpidos que se han resistido a la corriente. Seis chicos de edad universitaria permanecen en mitad de la calle. A partir de las camisetas de tres de ellos y de dos de sus gorras, Joe deduce que van a la Universidad de Boston. Están borrachos, ríen, escupen, hacen tonterías y montan jaleo. Probablemente, no se trata de los estudiantes mejores y más brillantes de la universidad.

La calle está flanqueada por policías que llevan de pie y hombro con hombro siete horas seguidas. Están ansiosos por volver a casa y esos seis idiotas se lo impiden. Joe suspira. Sabe que sus minutos de incordio están contados y desea que se larguen ahora mismo y les ahorren a todos tiempo y molestias. Joe y sus compañeros les concederán solo unos instantes más para celebrar el final del partido y serenarse un poco. Ya no pueden comprar y seguir tomando cervezas en mitad de la calle y no hay lavabos disponibles. Incluso el carro de Artie ha desaparecido. Allí ya no hay nada interesante que hacer. Quizá se vayan por voluntad propia, aunque Joe sabe que no lo harán.

Al final, Jonesie abandona la formación y se dirige al centro de la calle. Ya ha llegado la hora de movilizar las cosas. Ahora la noche acabará de una entre tres formas posibles: cooperación total, furgón policial o ambulancia.

Jonesie es un tío enorme de dos metros de alto que se crio en un barrio marginal de Roxbury. Se acerca al más corpulento de los jóvenes, quien debe de medir como mucho un metro setenta. Va vestido con un polo pijo de golf de rayas, unos tejanos y unas náuticas.

—El partido se ha acabado, chicos —les informa Jonesie—. Hora de retirarse.

—Tenemos derecho a quedarnos aquí si queremos —replica uno de los muchachos, que es incluso más bajo que el otro.

—Venga —insiste Jonesie—. Todo el mundo se ha ido a casa. Ya es hora de retirarse.

—Estamos en un país libre —alega el más borracho del grupo, que es pelirrojo.

Se pone delante de Jonesie, endereza la espalda y lo mira directamente a los ojos. No va a ceder un ápice. Jonesie separa un poco las piernas, se inclina hacia delante y coloca su cara a escasos centímetros de la del muchacho.

—Escucha, chulito —declara Jonesie—, tú y tus colegas vais a iros a casa. ¡Ahora!

Puede que la causa radique en que Jonesie ha invadido el espacio personal del muchacho, quizá se trate de una cuestión de orgullo de macho alfa, quizá sea porque Jonesie ha proferido la orden con brusquedad o porque le ha llamado chulito. Joe nunca sabe con certeza cuál es el detonante, pero tanto él como el resto de policías que observan la escena sabían que el chulito mordería el anzuelo. El chulito intenta propinarle un puñetazo a Jonesie, pero este esquiva el golpe con facilidad, agarra el brazo del chulito, se lo retuerce, lo tumba en el suelo boca abajo y lo esposa.

Joe y otros diez agentes marchan directamente hacia el resto de los jóvenes en una formación en cuña que sugiere fuerza y resulta intimidante.

—Nosotros no somos el cuerpo de seguridad del campus, chicos —les advierte Tommy—. Somos del Departamento de Policía de Boston. A menos que queráis acompañar al chulito a la comisaría, os sugiero que os vayáis a casa ahora mismo.

Los muchachos titubean durante medio segundo y, luego, como una bandada de pájaros que deciden emprender el vuelo al unísono, abandonan al chulito sin pronunciar una palabra y salen disparados calle abajo. Buenos chicos. Joe sonríe y consulta su reloj. Hora de volver a casa.

Justo después de medianoche, Joe aparca su coche en línea en la calle Cook. Su buen humor sube un punto mientras valora esta pequeña pero significativa victoria. Aparcar en Charlestown puede constituir una pesadilla. Llegar a casa, por decirlo de una forma simbólica, y pasarse media hora buscando un aparcamiento que, invariablemente, estará a seis manzanas de distancia y en la base de la colina constituye prácticamente una rutina. Y entonces empieza a llover. Pero esta noche no. Esta noche Joe ha encontrado un aparcamiento al primer intento y a la vista de su casa.

Sale del coche y todos los músculos de su cuerpo gritan en protesta: «¡Basta de estar de pie!» Joe presiona la parte baja de su espalda con los pulpejos de las manos para enderezar el torso, lo que constituye un esfuerzo considerable. Se siente como si hubiera envejecido treinta años en una noche, como si fuera el hombre de hojalata y todas sus articulaciones necesitaran una inyección de aceite WD-40. Pero nada puede aliviar el dolor que sienten sus pobres pies.

Mientras se dirige a la puerta principal, le sorprende percibir un brillo amarillento detrás de las cortinas corridas de algunas ventanas de la fachada. La luz del salón está encendida. Aunque ya sabe qué hora es, vuelve a consultar su reloj. Patrick todavía está trabajando en el Ironsides. Rosie es una persona de día y, normalmente, no aguanta despierta más allá de las diez, aunque, algunos días, padece de insomnio. A veces, Joe vuelve a casa a medianoche y ella está planchando. Rosie lo plancha todo: prendas de vestir, sábanas, toallas, ropa interior, tapetes y, de vez en cuando, las cortinas de encaje. La tabla de planchar forma parte del mobiliario del salón. Constituye un elemento decorativo de la sala igual que el sillón de Joe o la cama de *Yaz*, su perro. Las noches de insomnio, si no está planchando, Rosie está tumbada en el sofá, acurrucada debajo de una manta, mientras ve el canal QVC o el programa de Oprah. Rosie tiene, como mínimo, diez años del programa de Oprah grabados en cintas de VHS. A veces, cuando Joe llega, ella está dormida en ese mismo escenario y la luz del televisor parpadea en su angélica cara. Pero, esta noche, la luz que brilla en las ventanas del salón no parpadea. La luz del techo está encendida.

Joe gira el frío pomo de latón de la puerta principal y la abre. La luz del vestíbulo ilumina los escalones inferiores de las escaleras que conducen a las plantas segunda y tercera, pero, aparte de esto, la parte frontal de la casa está a oscuras y en silencio. Joe cierra la puerta y echa las llaves sobre la mesita de madera que hay a la izquierda de la puerta. Las llaves aterrizan a los pies de la virgen María.

Encima de la imagen y clavada en la pared, hay una pila de agua bendita de mármol blanco. Rosie se bendice a sí misma y a cualquiera que esté a un brazo de distancia de ella cada vez que entra o sale de la casa. Renueva el agua todos los domingos. Joe se recrimina no haber ungido su camiseta de Pedroia por la mañana, cuando salió hacia el trabajo. Quizá sea esta la causa de que los Sox hayan perdido. Se asegurará de bendecir su camiseta de Ortiz antes del tercer juego de la Serie.

Atraviesa el umbral de la puerta del salón y se detiene de golpe. Rosie está despierta, pero no está planchando ni tumbada en el sofá mientras ve el canal QVC o el programa de Oprah. El televisor está apagado. Rosie está sentada sobre el sofá con las piernas cruzadas, como hacen los niños, su mantón de punto de color marfil le cubre los hombros y el regazo y sostiene una copa de vino vacía con ambas manos. En la mesita que tiene al lado hay una botella de chardonnay vacía y un frasco de esmalte para uñas de color rojo intenso. Las uñas recién pintadas de los dedos de sus pies asoman por debajo del mantón.

Todavía no se ha desmaquillado ni se ha quitado la cruz de oro que cuelga de su cuello. Y tampoco se ha puesto el pijama. Al verlo, ella sonríe, pero él se da cuenta de que se trata de una sonrisa falsa y la preocupación de su mirada hace que los huesos de las piernas de Joe se conviertan en gelatina.

—¿Qué pasa? —pregunta Joe.

Rosie inhala profundamente.

—Amy ha telefoneado.

—¿Dónde están los chicos?

—Los chicos están bien.

«Los chicos están bien.» Pero la expresión de Rosie sigue siendo extraña, tensa. Amy ha telefoneado. La mujer de Tommy.

«¡Oh, Dios!»

—¿Qué ha pasado? ¿Dónde está Tommy?

—Tommy está en su casa. No le ha pasado nada. Amy me ha telefoneado para hablarme de ti.

—¿Qué pasa conmigo?

El corazón de Joe se ha acelerado, pero no sabe adónde ir, como si estuviera registrando las habitaciones de una casa en la que nunca ha estado con frenesí y sin saber qué está buscando.

—Amy me ha dicho que Tommy está preocupado por ti. Piensa que algo no está bien.

—¿Por mí? ¿Qué es lo que le preocupa?

Rosie se interrumpe y levanta la copa de vino vacía, pero se detiene antes de que esta alcance sus labios, porque se da cuenta de que ya se ha bebido el contenido, así que vuelve a apoyar las manos en su regazo.

—Le preocupa que tengas un problema con la bebida.

—Eso es una estupidez.

Ella lo mira fijamente.

—¡Por todos los santos, Rosie, no tengo ningún problema con la bebida! Tú ya lo sabes. No soy alcohólico. No soy como mi madre.

No puede evitar percibir la ironía que supone la botella de

vino vacía que Rosie tiene al lado, pero contiene el impulso de realizar un comentario sarcástico y contrarrestar la injusta acusación con un ataque contra ella. Mientras tanto, él se muere por tomar un trago de ese Corona.

—¿Entonces tomas drogas? —le pregunta ella.

—¿Qué? —contesta Joe con una voz demasiado aguda y demasiado alta, lo que hace que parezca culpable cuando, en realidad, lo que siente es rabia—. ¿Qué puede hacerle siquiera considerar semejante disparate?

Joe espera. Sea lo que sea lo que Tommy piensa, Rosie lo comparte. ¿Qué demonios está pasando?

—No te enfurezcas.

La intensa oleada de preocupación que experimentó al principio por sus hijos y, luego, por Tommy, no se ha disipado, sino que sigue atormentándolo mientras busca una salida. La rabia empieza a crecer en su pecho y las dos tormentas entrechocan en su interior.

—Vuelvo a casa después de dieciséis horas de trabajo y me acusan de ser un drogadicto. ¡Pues sí, Rosie, estoy jodidamente furioso!

—Tommy se preocupa por ti. Dice que, últimamente, has estado actuando de una forma extraña, que no eres tú mismo.

—¿Y, según él, cómo he estado actuando?

—Dice que te has mostrado descuidado en los procedimientos. Dice que, el otro día, al salir del coche, te tambaleaste y caíste al suelo.

—Fue por culpa de la maldita rodilla.

—Te devuelven todos los informes y tardas siglos en redactarlos.

Eso es cierto.

—Tommy está preocupado por ti, Joe. Y yo también.

—¿Por culpa de lo que Amy te ha contado?

—Sí —contesta Rosie, pero no ha terminado.

Examina la cara de Joe para tantear el terreno y él sabe que hay algo más. Joe abre las palmas de las manos para suavizar su postura e invitar a Rosie a que exprese lo que le ronda por la cabeza. Se acerca al sofá y se sienta al lado de ella para no intimidarla. Quizás ella necesita otra copa de vino. A él, desde luego, le sentaría bien una.

—Yo también he percibido cosas y estoy preocupada —continúa Rosie.

Así que, ahora, además de su mujer es una detective.

—¿Cosas como qué?

—No lo sé. Es como si no fueras del todo tú. Siempre estás inquieto. Además, antes eras puntual y ahora siempre llegas tarde. Y tu temperamento..., tu temperamento...

—Estoy bien. Solo estoy cansado e irritable. He estado trabajando demasiadas horas extras. Necesitamos unas vacaciones, cariño. ¿Qué te parecería un viaje al Caribe? ¿A que estaría bien?

Rosie asiente y fija la mirada en la mesita.

—No bebo alcohol, Rosie, te lo prometo. Y, por supuesto, no tomo drogas. Tienes que creerme.

—Lo sé. Y te creo.

—¿Entonces, qué te preocupa?

Rosie toma la cruz de oro que cuelga de su cuello entre los dedos índice y pulgar y la frota una y otra vez, un gesto que Joe identifica como que está rezando.

—Creo que deberías visitar a un médico.

Rosie es una mujer fuerte. Es la mujer de un policía y sabe que, cada vez que Joe se va a trabajar, podría no regresar nunca más. Ella sabe que Joe guarda una copia de su testamento y una carta de despedida dirigida a Rosie pegadas en el interior de la puerta de su taquilla de la comisaría. Por si acaso. Ella sabe cómo cargar con una montaña de preocupación sobre los hombros y, aun así, mantenerse erguida. Pero allí está, con aspecto vulnerable e indefenso, como si fuera una niña pequeña que, aunque es tarde, sigue despierta y tiene miedo de volver a dormirse porque le asusta que haya monstruos debajo de la cama. Tiene que demostrarle que esos monstruos no existen en realidad.

—Estoy bien, pero, de acuerdo, te lo demostraré. Iré al médico para que me realicen un chequeo. Si quieres, incluso me someteré a las pruebas de drogadicción.

Joe rodea a Rosie con sus brazos y la acuna para protegerla de esa amenaza inventada e irreal, de lo que sea que ella imagina que no va bien. «Todo va bien, cariño. No hay ningún monstruo.» Ella llora entre los brazos de Joe.

—¿A qué hora te ha telefoneado Amy?

—Alrededor de las ocho.

¡Santo cielo! Rosie se ha estado torturando durante horas. Joe sacude la cabeza. Está cabreado con Tommy por haberla hecho pasar por esto.

—Está bien. Desahógate. No me ocurre nada malo, pero si eso va a tranquilizarte, iré al médico. Quizás él pueda arreglarme la rodilla.

Joe toma la cara de Rosie entre sus manos, le enjuga las lágrimas y las manchas de rímel de las mejillas con las yemas de los pulgares y le muestra su amor sonriéndole con ternura. Ella le devuelve la sonrisa, pero la de ella no es auténtica. Rosie sabe que Joe odia ir al médico. No ha visitado uno desde hace veinte años y no le cree.

—Iré, Rosie. No quiero que te preocupes de esta manera. Mañana mismo concertaré una cita. Te lo prometo, iré al médico.

Ella asiente y exhala el aire de los pulmones, pero todavía está tensa entre los brazos de Joe. Se siente escéptica y asustada. No cree que él vaya a ver a un médico. Pero él irá. Hará todo lo que sea necesario para que ella se sienta segura. Se ocupará de este asunto.

—Estoy bien, cariño. Te lo prometo.

Ella asiente y no le cree.

7

Un terror frío y creciente susurra en el oído de Joe mientras Rosie y él esperan para cruzar la calle Fruit. Un taxi pasa a toda velocidad demasiado cerca del bordillo de la acera y salpica de barro los tejanos y deportivas de Joe. Él mira a Rosie. El taxi también le ha salpicado a ella. Joe la agarra de la mano y juntos cruzan la calle con rapidez.

Se dirigen al centro ambulatorio Wang del Hospital General Massachusetts. Joe ha estado en el hospital incontables veces, pero siempre como agente de la ley y mientras estaba de servicio; siempre delante de la entrada principal con los técnicos sanitarios o en la recepción de urgencias. En algunas ocasiones, también ha custodiado a algún detenido hasta el ala psiquiátrica del hospital. El lunes de la maratón acompañó allí a las víctimas de la bomba y las dejó en manos de los cirujanos: piernas atravesadas por fragmentos de metal; piernas destrozadas, sangrantes; piernas que ya no estaban. Nada en su experiencia o formación le había preparado, a él ni a ningún otro agente, para la carnicería que presenciaron aquel día. Joe no ha estado en ningún otro departamento del hospital mientras estaba de servicio y nunca había acudido allí como civil.

Joe va vestido con tejanos y deportivas y su chaquetón negro no es lo bastante grueso para el tiempo que hace. No se diferencia mucho del resto de las personas que se dirigen a la entrada del Wang, personas que acuden para recibir tratamiento de cirugía, quimioterapia, diálisis o cualquier otra atención médica importante. Joe sigue a los enfermos y heridos al interior del hospital y desprecia su ropa sencilla, sus tejanos corrientes y su chaquetón barato. ¡Para el caso, bien podría ir desnudo!

Todavía sujeta la mano de Rosie, pero ahora se ha rezagado, como un niño recalcitrante al que conducen a la iglesia o al despacho del director, y ella lo arrastra hacia los ascensores. Rosie es una misofóbica declarada y pulsa el botón de subida con la mano cubierta con la manga. Esperan. Entran solos en el ascensor. Guardan silencio y contemplan cómo los números se iluminan de izquierda a derecha. La iluminación se detiene en el número siete. «¡Ding!» Las puertas del ascensor se abren. Ya han llegado.

Unidad de Desórdenes del Movimiento.

Joe visitó a su médico de cabecera en noviembre, hace casi dos meses. Se trató de una visita rápida que no condujo a nada, solo a que lo derivara a este especialista. Si la decisión hubiera estado en manos de Joe, habría anulado la cita. Él había ido al médico como le había prometido a Rosie. Deber cumplido. Pero Rosie insistió en que también acudiera al especialista. Y hablaba en serio, y Joe sabe que, cuando Rosie habla en serio, el consentimiento es el mejor camino hacia el futuro. Así que ahí están, en la consulta de un rimbombante especialista del movimiento. Parece una absoluta exageración para un hombre cansado y con una rodilla lesionada.

Entran en la sala de espera, Rosie informa a la recepcionista de su llegada y se sientan. Joe examina el elenco de personajes que están en la sala y el terror que le había susurrado al oído en la acera ahora lo invade por completo, como si se tratara de un líquido frío que corriera por sus venas.

Una anciana de piel azulada y fina como el papel está desmadejada en una silla de ruedas. Mira fijamente hacia el suelo con los ojos vidriosos. La mujer que está sentada a su lado y que seguramente es hija suya está leyendo una revista. Un hombre que no es tan mayor como la anciana, pero sí mayor que Joe y que debe de rondar los sesenta años, tiene el pelo blanco, la cara fláccida de una morsa, usa gafas y está atado con un cinturón a una silla de ruedas que tiene el respaldo reclinado. Su cabeza cuelga a un lado y tiene la mirada perdida. Aunque alguien debe de estar acompañándolo, no está a la vista. Otro hombre está sentado en una de las sillas de la sala de espera, de modo que, supuestamente, puede caminar por sí mismo. La mandíbula le cuelga, como si estuviera permanentemente descoyuntada, como la del difunto Jacob Marley sin el pañuelo atado alrededor de la cabeza. Su mujer, hermana o enfermera enjuga con diligencia la baba que gotea de su boca con pañuelos de papel que saca del bolso. Se trata de un goteo constante e interminable. Una toalla blanca que está tendida sobre su pecho absorbe cualquier pérdida que escape a la atención de la mujer.

Todos, incluidos Rosie y Joe, están en silencio, y Joe no sabe si los otros pacientes no pueden hablar o han elegido no hacerlo. Joe los ha observado, uno tras otro, el tiempo suficiente para ver cómo son, pero luego aparta la mirada con determinación. No quiere que lo descubran mirando. Ahora, el terror frío se ha transformado en un cosquilleo insistente, en un canto aprensivo que resuena en sus huesos.

La sala está llena de zombis inválidos. Están en el purgatorio, en un espacio maldito donde tiene lugar una espera indefinida y, posiblemente, interminable entre el cielo y el infierno. Por otro lado, Joe no cree que nadie de allí esté destinado a tener un final feliz. Allí no existe ningún cielo. La sala es una antecámara temporal para los condenados, y aunque Joe lamenta la desgracia de estas pobres almas, no quiere tener nada que ver con ellas.

Esto es un error. De repente, el chaquetón le presiona terriblemente el pecho y Joe tiene calor, demasiado calor. Debería quitarse el maldito chaquetón, pero sabe que no le servirá de nada. El insistente zumbido que retumba en sus huesos ahora se ha convertido en un grito ensordecedor emitido a pleno pulmón. «¡Estás en el LUGAR EQUIVOCADO en el MOMENTO EQUIVOCADO, tío! ¡Saca tu jodido culo de aquí, AHORA!»

—Joseph O'Brien —llama una mujer junto a la puerta que conduce al infierno.

Viste una bata de color gris y sostiene una tablilla sujetapapeles. Mientras lo espera, no hay ningún rastro de alegría en su cara o su postura.

Rosie, que estaba tejiendo, guarda el hilo y las agujas a toda prisa y es la primera en levantarse. Joe también se levanta, pero, en lugar de escapar corriendo de la consulta, sigue a Rosie y al ángel de la muerte al interior de la sala de reconocimiento. Una vez más, Rosie y él se sientan uno al lado del otro. Joe evita mirar la camilla y fija la vista en la puerta mientras repasa mentalmente la ruta más rápida para salir del edificio: después de cruzar la puerta, girar a la izquierda; a continuación, la segunda puerta a la derecha; atravesar el purgatorio; una vez en el pasillo, girar a la izquierda; los ascensores quedan a la derecha. Entonces la puerta se abre con ímpetu.

—Hola, soy la doctora Cheryl Hagler.

La doctora se ha plantado delante de Joe y le tapa por completo la puerta de la vista, la cual constituía su fantasía de huida. La doctora Cheryl Hagler. Cheryl. Este es su médico. Una mujer. Rosie no le había mencionado este detalle. Sin duda se trata de una omisión intencionada. Joe está convencido de que se trata de una buena doctora. Y también de que es inteligente. ¡Demonios, él es el primero en reconocer que Rosie, Meghan y Katie son más inteligentes que él! Baja la vista hacia sus tejanos y deportivas. No quiere estar aquí y que nadie lo vea así. Y mucho menos una mujer.

Joe se levanta y sacude la mano de la doctora Hagler. Ella se la aprieta con firmeza, algo que Joe valora positivamente. Gracias a sus zapatos negros de tacón es tan alta como Joe y parece tener más o menos la misma edad que él. Viste una bata blanca que le va demasiado grande en la zona de los hombros y lleva los botones y los ojales desparejados por uno. La bata impide ver lo que lleva debajo, salvo por un aro de plata que cuelga de una cadena, también de plata, a la altura de su clavícula. Lleva su negro cabello recogido en un moño sin apretar que le da un aspecto desaliñado y que no tiene nada que ver con los moños tirantes y perfectamente redondos de Meghan. Es atractiva, pero Joe tiene la impresión de que su aspecto es lo último que le importa a esa mujer.

Se sienta enfrente de Rosie y Joe, desliza sus gafas de montura negra desde la parte superior de su cabeza hasta el puente de su respingona nariz y hojea los documentos de la tablilla sujetapapeles. A continuación, deja la tablilla sobre su regazo, vuelve a colocar las gafas sobre su cabeza y junta las yemas de los dedos índice formando una torre. Joe se endereza en la silla e intenta ocupar más espacio.

—Muy bien, cuénteme qué le ocurre —pide ella como si fueran viejos amigos que mantienen una conversación informal mientras comen.

—La verdad, no mucho.

Ella tamborilea los dedos y espera a que Joe cambie su historia, entre en detalles o ceda la palabra a Rosie. Joe guarda silencio.

—Aquí dice que se ha caído en algunas ocasiones, que las cosas le resbalan de las manos y que tiene dificultades para organizarse y ser puntual.

—¡Ah, sí! Bueno, sí, eso.

—¿Cuál cree que es la causa de sus caídas? —pregunta la doctora.

—Hace tiempo me lesioné la rodilla.

Joe levanta la rodilla derecha para enseñársela y, luego, empieza a mover la pierna. La doctora Hagler vuelve a consultar las páginas de la tablilla y, después, observa de nuevo a Joe y su pierna.

—¿Alguna vez sufre mareos o tiene visión doble?

—No.

—¿Sufre entumecimiento en brazos y piernas?

—No.

—¿Temblores?

La doctora Hagler extiende la mano derecha y la agita como demostración.

—No.

—¿Dolores de cabeza?

—No.

—¿Pérdida de fuerza?

—No, pero me siento un poco más cansado que de costumbre.

—¿Duerme lo suficiente?

—Sí.

—¿En qué trabaja?

—Soy agente de policía de Boston.

Ella asiente y anota algo.

—¿Cómo le va en el trabajo?

—Bien. Bueno, últimamente he tenido algunos problemas que antes no tenía, como llegar tarde o dificultades para especificar los detalles de los casos en los informes. Supongo que ya no soy tan joven como antes.

La doctora Hagler asiente y espera, y Joe se siente presionado para rellenar el silencio, como si todavía fuera su turno.

—Y, a veces, soy un poco torpe. Ya sabe, se me cae alguna cosa, tropiezo... Creo que la causa de esto es mi rodilla.

Joe vuelve a levantar la pierna derecha.

—¿Le preocupa perder su trabajo?

—No.

«Hasta ahora.»

—¿Algún cambio de personalidad?

Joe se encoge de hombros. No esperaba este tipo de pregunta.

—No sé —contesta, y se vuelve hacia Rosie—. ¿Tú qué crees, cariño? ¿Todavía soy el capullo de siempre?

Joe sonríe, está bromeando, pero Rosie no. No dice nada y cruza los brazos sobre su pecho. Probablemente, le avergüenza que Joe haya utilizado la palabra «capullo» delante de la doctora.

—¿Ha notado usted algún cambio en la personalidad de Joe, Rose? —pregunta la doctora Hagler.

Rosie asiente con la cabeza.

—¿Como qué? —pregunta la doctora.

—Bueno, explota enseguida. Nunca sabes qué va a hacerlo

saltar. Y puede pasar de cero a cien en un abrir y cerrar de ojos. No quiero que parezca que es un imbécil porque la verdad es que es un buen hombre, pero tiene mal genio... Y él no solía ser así.

—¿Cuánto tiempo hace que tiene mal genio?

Rosie titubea y piensa. Joe supone que dirá que hace unos meses.

—Seis o siete años.

«¡Cielos! ¿En serio?»

—¿Tiene la sensación de estar deprimido, Joe? —pregunta la doctora Hagler.

—No.

—En una escala del uno al diez y en la que el diez es el máximo, ¿cómo está su nivel de estrés en este momento?

Joe reflexiona durante unos segundos.

—Cinco.

—¿Por qué cinco y no uno?

—Nunca es uno.

—¿Por qué razón?

—Soy policía. Nos entrenan para que no nos relajemos nunca.

—¿Ni siquiera cuando no está de servicio?

—Así es, no puedo desconectar.

—De modo que su nivel de estrés siempre está en el nivel cinco.

—Yo diría que, normalmente, está alrededor del tres.

—¿Y por qué los dos puntos extras ahora?

La espera en el purgatorio. Ser interrogado por una doctora vestida con ropa civil. Estas son las causas. Y, por si esto no fuera suficiente, por lo visto durante los últimos seis años él ha sido un capullo con mal genio.

—Estar aquí no es lo mismo que estar en un balneario precisamente —alega Joe.

—Entiendo —comenta la doctora Hagler con una sonrisa—. ¿Ha notado usted algún otro cambio en Joe, Rose?

—Bueno, a veces le pido que haga algo, como comprar leche camino de casa o arreglar los armarios de la cocina, y se olvida.

—Acabas de describir a todos los tíos sanos del planeta, cariño.

La doctora Hagler sonríe. Joe mira su mano izquierda y ve que lleva una alianza. Ella lo entiende.

—Muy bien. ¿Alguna otra cosa, Rose?

—Nunca para quieto. Pero no es un movimiento normal como ir de un lado a otro. Es raro. Choca con todo continuamente y se le caen las cosas de las manos. La semana pasada rompió la última copa de vino que nos quedaba.

Rosie todavía está enfadada por eso. Se trata de una alteración sutil de su estado de ánimo y Joe no está seguro de que la doctora Hagler haya percibido el tono resentido de su voz. A Rosie no le gusta beber vino en un vaso reciclado de mermelada o de plástico. Tiene que comprarle un juego de copas nuevo.

A Joe le revienta que la doctora le formule preguntas a Rosie acerca de él como si ella fuera la testigo principal en un caso contra el crimen organizado. Rosie es una mujer sumamente reservada. Nunca habla de los desmadres de Patrick, ni con sus hermanos ni con su confesor. No le explica a nadie que J.J. y Colleen tienen problemas para concebir un hijo. Se guarda los secretos y asuntos familiares para sí misma y preferiría quemar todos sus vídeos de Oprah a exponer los trapos sucios de la familia delante de los vecinos. Por esto Joe está más que sorprendido de que Rosie cuente con avidez su «raro» comportamiento. Es como si obtuviera algún tipo de provecho al descalificarlo.

—Como ahora —comenta Rosie.

La doctora Hagler asiente y escribe algo. ¿Qué pasa aquí? Joe no está haciendo nada salvo permanecer totalmente inmóvil en la maldita silla mientras su mujer lo acusa de ser raro. Y, encima, la buena doctora está de acuerdo con ella. La consulta se parece cada vez más a una conspiración.

Rosie le da un golpecito en el brazo y Joe la mira. Tiene las manos entrelazadas sobre el regazo y la mirada fija hacia delante, centrada en la doctora Hagler. Entonces Joe se da cuenta de que su codo izquierdo sale disparado hacia el lado y golpea el brazo de Rosie. Joe se mueve en el asiento e intenta dejar más espacio entre Rosie y él. Esas malditas sillas están hechas para enanos y, además, están demasiado juntas. Baja la vista y ve que sus pies están realizando una especie de paso de ballet. Está bien, le cuesta estarse quieto. ¡Está nervioso, por el amor de Dios! Todo el mundo se mueve cuando está nervioso.

—¿Bebe usted, Joe? —pregunta la doctora Hagler.

—Un par de cervezas y, de vez en cuando, un chupito de whiskey, pero nada más.

Ahora mismo se tomaría uno.

—¿Toma drogas?

—No.

—Hablemos de su familia de origen. ¿Tiene usted hermanos o hermanas?

—Una hermana.

—¿Mayor o menor que usted?

—Un año y medio mayor que yo.

—¿Y cómo está de salud?

—Bien, supongo. En realidad, no lo sé. No estamos en contacto.

—¿Cómo están sus padres?

—Mi padre murió de cáncer de próstata hará unos nueve años y mi madre murió de neumonía cuando yo tenía doce años.

—¿Puede contarme más cosas de su madre? ¿Sabe qué le causó la neumonía?

—No estoy seguro. Cuando murió, hacía tiempo que estaba ingresada en el hospital estatal de Tewksbury.

—¿Sabe por qué la ingresaron?

—Era alcohólica.

Mientras pronuncia las palabras, sabe que su respuesta no tiene sentido. Los alcohólicos van a Alcohólicos Anónimos, no los ingresan en el hospital estatal de Tewksbury. Al menos, no durante cinco años.

—¿Alguna vez le diagnosticaron algo distinto a la neumonía?

—No que yo sepa.

—¿Qué aspecto tenía cuando usted iba a visitarla?

Joe reflexiona e intenta evocar una imagen de su madre en el hospital. Se trata de un ejercicio peculiar dado que se ha pasado años haciendo justo lo contrario, o sea, intentando borrar de su mente hasta el más breve de los instantes que pasó allí. Ahora la ve. Está en la cama, y su cara y sus extremidades se retuercen y adoptan formas inhumanas y perturbadoras.

Pero la imagen que su mente evoca más vivamente es la de sus huesos. Los huesos de sus mejillas y mandíbulas sobresalen de su cara y, en cuanto al resto de su cuerpo, sobresalen los de la zona superior de los hombros, las costillas, los nudillos y las rótulas. Joe se acuerda del esqueleto de su madre. Al final le resultaba más fácil imaginarse los blancos huesos de debajo de la piel que su cara y su cuerpo como solían ser antes, gruesos y redondos. Al final le resultaba más fácil pensar que su madre no estaba allí realmente y que la mujer de la cama era un cadáver fantasma.

—Estaba sumamente flaca.

—Ajá. ¿Y qué sabe de sus tíos, tías y primos maternos? ¿Padecen alguna enfermedad?

—Cuando mi madre se mudó a Boston y se casó con mi padre, su familia se quedó en Nueva York y ella dejó de comunicarse con ellos. Yo no los conozco.

¿Por qué la doctora está tan interesada en la salud de su madre y de su familia? ¿Qué tiene esto que ver con su rodilla? Joe mira la pared que hay detrás de la doctora Hagler, donde cuelgan diplomas y certificados de estudios. Facultad de Medicina de Yale. Periodo de residencia en el Johns Hopkins. Beca de investigación en el Instituto Nacional de la Salud. La doctora Hagler puede ser un cerebrito, pero como detective es un auténtico desastre. Todas sus preguntas son una absoluta pérdida de tiempo.

Joe sigue leyendo los títulos enmarcados de la doctora. Diplomada en neurología. Residencia en neurología. ¡Un momento! ¿Es neuróloga? Él creía que acudía a la consulta de un especialista en movimiento. Un traumatólogo. ¿Por qué demonios está hablando con una especialista del cerebro?

—Mire —dice Joe ofreciéndose a ayudarla—, hace unos años me torcí la rodilla y, desde entonces, no ha vuelto a funcionar bien. Creo que esta es la causa de mis problemas de equilibrio y mis caídas.

—Muy bien. Le daré una ojeada.

¡Por fin!, aunque Joe no cree que esta mujer esté siquiera remotamente cualificada para evaluar su rodilla. La doctora se levanta, deja la tablilla sobre la mesa, se coloca delante de Joe y extiende los brazos hacia delante con los puños cerrados, como si fueran a jugar a adivinar en qué mano guarda la moneda.

—Mire mis manos y siga con la vista el dedo que extienda.

La doctora extiende el índice derecho, luego el izquierdo, otra vez el izquierdo, el derecho, izquierdo, derecho, derecho. Joe sigue los cambios de dedo con la mirada. Ningún problema. Es como el juego del Whac-A-Mole pero con ojos y dedos en lugar de un mazo y topos.

—¡Muy bien! ¿Es usted diestro o zurdo?

—Diestro.

—Ahora extienda la mano izquierda con la palma hacia arriba. Así.

La doctora Hagler demuestra la posición con su mano.

Ahora golpee la palma con el puño derecho. Después, con el canto de la mano derecha y, finalmente, con la palma derecha. Así.

Le enseña la secuencia varias veces seguidas y él la imita una vez.

—¡Estupendo! Ahora repítalo una y otra vez. ¿Preparado? ¡Adelante!

Puño, canto, palma. Puño, canto, palma. Puño, palma. Pausa. Puño. Pausa. Canto. Pausa. Palma. Puño. Puño. No. Puño. Pausa. Puño, canto, puño.

¡Vaya, es más difícil de lo que parece! La doctora Hagler realizó los movimientos de una forma continua, sin detenerse entre serie y serie, con un ritmo regular y sin equivocarse. Claro que, probablemente, ella realiza este ejercicio para sus pacientes todos los días. Tiene práctica. Le gustaría verla montando y desmontando un arma. ¿Y qué tienen que ver todas estas tonterías con su rodilla?

—Ahora levántese y camine apoyando los pies de los talones a la punta hasta el extremo de la habitación y regrese.

Joe ha estado en el otro bando de este tipo de ejercicio más veces de las que puede contar. Se pregunta si, a continuación, la doctora le pedirá que recite el alfabeto de principio a fin y a la inversa.

—¿Qué es esto, un control de alcoholemia? —pregunta Joe.

Extiende los brazos a los lados como si fuera un aeroplano y camina apoyando toda la planta de los pies hasta el otro extremo de la habitación. Ningún problema. Al regresar, choca con algunos objetos y se tambalea un poco, pero él no amonestaría a nadie por eso. De nuevo ningún problema.

—Estupendo. Ahora quiero que toque la yema del pulgar con las yemas de los otros dedos. Empezando por el índice hasta el meñique y vuelta atrás. Así.

Joe toca la yema del pulgar con las de los otros dedos. Lo hace despacio, con cuidado y poniendo atención al elegir y mover cada dedo para asegurarse de que acierta.

—Muy bien. Perfecto. Ahora intente hacerlo un poco más deprisa y vaya repitiendo la serie.

Ella le muestra el ejercicio. Ahora es el turno de Joe, pero esta vez se equivoca y no puede recuperar el ritmo. Sus dedos se niegan a seguir un orden o se quedan paralizados.

—Yo no soy Beethoven —se justifica Joe.

Mira a Rosie y ve que está lívida y que mira hacia otro lado.

La doctora Hagler recupera la tablilla sujetapapeles, vuelve a colocar sus gafas sobre sus ojos y escribe algo en la ficha de Joe. Luego se sienta, deja la tablilla sobre la mesa, se quita las gafas y suspira.

—Bueno. Muestra usted algunos síntomas. Sus movimientos no son completamente normales. Es posible que padezca la enfermedad de Huntington, pero primero quiero que se haga una analítica y una resonancia magnética.

—¿Una resonancia magnética de la rodilla? —pregunta Joe.

—No, de la rodilla no, de la cabeza.

—¿De la cabeza? ¿Y qué hay de mi rodilla?

—El doctor Levine le examinó la rodilla y dice que está estable. Su rodilla está bien, Joe.

—¿Pero mi cabeza no?

—Haremos la resonancia y la analítica y, a partir de ahí, ya veremos.

—Un momento —interviene Rosie—. ¿Qué es la enfermedad de Hunningtin?

—Hun-ting-ton —aclara la doctora Hagler—. Se trata de una enfermedad neurológica hereditaria que también se conoce por el nombre de Baile de San Vito, pero no nos precipitemos. Antes que nada, hay que hacer la analítica y la resonancia. Realizaremos una prueba genética para confirmar o descartar que se trate de la enfermedad de Huntington. Si lo es, trataremos los síntomas, pero ya hablaremos de todo esto en la próxima visita si es eso a lo que nos enfrentamos.

Poco después, Rosie y Joe son conducidos de nuevo al purgatorio, donde un grupo nuevo de almas perdidas espera en silencio. Rosie programa las próximas citas con la recepcionista. Su próxima visita con la doctora Hagler será en marzo, exactamente dos meses a partir de hoy. Rosie pregunta si disponen de algún hueco antes, pero la recepcionista le contesta que es la fecha más próxima que tiene.

Cruzan las puertas automáticas del Wang y el cortante aire de enero les golpea. Joe inhala hondo. El frío aire llega a sus pulmones y, a pesar de que está contaminado por los gases de los tubos de escape de los coches, le resulta fresco y saludable. Se detiene en la acera. Joe siente el aire en la cara y cómo entra y sale de sus pulmones y vuelve a sentirse real, pero lo que acaba de suceder en el interior del edificio no lo es.

Rosie lo conduce hasta el coche, que está aparcado en la cuarta planta del garaje público. Joe se alegra de que lo haya acompañado y admite para sus adentros, aunque no en voz alta, que no se acuerda de dónde había aparcado. Entran en el coche y Rosie le tiende el resguardo.

—Al menos ahora sabemos que mi rodilla está bien —comenta Joe.

Rosie guarda silencio. Tiene el ceño fruncido y da toquecitos en la pantalla del iPhone con el dedo.

—¿Qué haces, cariño? —le pregunta Joe.

—Busco la enfermedad de Hun-ting-ton en Google.

—¡Ah!

Joe baja por la mareante espiral hasta la salida del garaje. El viaje de vuelta a Charlestown es rápido y poco memorable, pero entonces tiene lugar la larga búsqueda de aparcamiento. Mientras recorren en zigzag las empinadas calles del barrio, Joe lanza miradas a Rosie, quien sigue concentrada en el móvil. No le gusta la expresión de su cara. La tensión de sus facciones se ha acentuado, lo que estropea el bonito contorno de su boca. Le inquieta que no comparta con él lo que está leyendo. Ella no realiza ningún comentario tranquilizador. No dice nada en absoluto, solo da toquecitos en la pantalla, frunce el ceño, lee y guarda silencio.

Joe no monta un escándalo cuando encuentra dos plazas que están reservadas con sendos cubos de basura y, finalmente, consigue aparcar a solo una manzana de distancia de su casa. Caminan hasta la casa sin decir nada, dejan los zapatos y las chaquetas en la entrada y Joe se dirige directamente a la cocina. Saca un tarro de mermelada vacío del armario y lo llena de vino. Después toma una lata de Budweiser de la nevera y busca a Rosie.

Las cortinas del salón están corridas y, aunque es mediodía, parece que sea por la tarde. Joe no enciende la luz. Rosie está en el sofá, envuelta en su mantón de punto de color marfil, y sigue leyendo artículos en el móvil. Joe deja el vaso de vino delante de ella, en la mesita, y se sienta en su sillón. Rosie no levanta la vista.

Joe espera. Encima del sofá, en la pared, cuelgan fotografías de la graduación escolar de los chicos y de la boda de J.J. Hay fotografías por toda la habitación: fotografías de los chicos cuando eran bebés en la repisa de la chimenea; más fotografías de cuando eran bebés en las mesitas auxiliares; fotografías de Rosie y él en la marquesina el día de su boda. A Joe le gustan las fotografías, pero las demás tonterías le sobran.

Repartidas entre las fotografías enmarcadas, hay todo tipo de figuritas: ángeles, bebés, Snoopy y Emilio, Jesús y María, san Patricio, la señorita Peggy y Gustavo... En concreto, hay demasiadas ranas. Rosie está obsesionada con las ranas. Y después están las figuritas de los niños cantores de villancicos que ahora, en enero, no parecen estar fuera de lugar, pero que resultan ridículos en agosto. A Rosie le encantan las figuritas.

Años atrás, Joe incluso consideró la posibilidad de fingir un robo: el hurto de todos los adornitos, un delito misterioso que quedaría sin resolver. Pero lo único que habría conseguido es que Rosie reemplazara las figuritas por otras parecidas y, al final, Joe se habría quedado como al principio pero con menos dinero en el banco.

Si le preguntaran su opinión, Joe diría que todas estas chorradas decorativas imprimen a la habitación un aire agobiante y hortera. Pero nunca nadie se la ha preguntado y, además, esta decoración hace feliz a Rosie, de modo que Joe se ha resignado a vivir con las figuritas. Mientras tenga su sillón, el televisor y su lado de la cama, no se quejará. El resto de la casa pertenece a Rosie.

Cuando Joe vivía aquí, de niño, el salón tenía un aspecto y una atmósfera totalmente distintos. El sofá y los sillones eran armazones de madera con cojines delgados y resultaban mucho menos cómodos que los que tienen ahora. Se acuerda de que, año tras año, colgaban las correspondientes y formales fotografías escolares a ambos lados de la cruz de Jesús: las de Joe a la izquierda y las de Maggie a la derecha. No había figuritas.

Sus padres eran fumadores empedernidos y todas las superficies de madera contenían, al menos, un cenicero. Muchos los habían hecho y pintado Joe y Maggie en el colegio, como regalos para las fiestas. ¡Los años setenta! Tenían un televisor analógico de dos canales y con una antena de orejas de conejo, mesitas plegables y siempre había un ejemplar de la revista *TeleGuía* y del periódico en la mesa de centro, que estaba permanentemente manchada y casi pegajosa, con innumerables huellas de círculos de vasos. Estos eran algunos de los múltiples rastros de la adicción a la bebida de su madre.

Joe sostiene el mando a distancia del televisor en la mano, pero no lo pone en marcha. El ejemplar intacto del día del *Patriot Bridge* está encima de la mesita auxiliar, pero no está de humor para leer el periódico. Bebe la cerveza y observa a Rosie. Ella no dice nada y frunce el ceño. Él no dice nada y espera. Espera.

Un terror helado corre por sus venas.

Un temblor ominoso agita sus huesos.

El purgatorio los ha seguido hasta casa.

8

Joe está en la cocina, con un destornillador en la mano y enfrascado en la tarea de reemplazar las bisagras de los armarios, que están dobladas sin remedio. Empieza apretando las que solo están flojas. Los armarios, como todo lo demás en la casa, son viejos y están deteriorados por el uso, pero Rosie culpa a Joe de romper las bisagras. Dice que abre los armarios con demasiada brusquedad, que tira de las asas con demasiada fuerza. Él no está de acuerdo, pero no le importa. No vale la pena discutir por esto.

En realidad, está contento de tener algo que hacer, de estar ocupado y no estar pendiente de Rosie durante un rato. Desde que Rosie le explicó lo que había leído en Internet acerca de la enfermedad de Huntington, Joe ha intentado borrar todas y cada una de las palabras de su mente. En su opinión, nada de lo que le contó se ajusta a su caso. Él no padece una maldita enfermedad rara y fatal. En absoluto.

La enfermedad de Huntington. La idea de que él la padezca constituye una auténtica falsedad y Joe no le va a conceder el menor crédito. Los agentes de policía tratan con hechos, no con especulaciones, y la verdad es que la doctora les soltó ese impactante y aterrador término médico sin haberle realizado ninguna prueba médica, sin saber ni una jodida cosa de él. Se trató de un comentario irreflexivo e irresponsable. Introducir un término así en sus inocentes cabezas y sin hechos que lo respalden constituye, en realidad, una mala práctica médica. ¡Es una auténtica gilipollez, eso es lo que es!

Mientras Joe se niega a pensar en la enfermedad de Huntington más allá de considerarla una gilipollez, Rosie piensa en ella prácticamente a todas horas. No le ha confesado a Joe su nueva obsesión, pero es como si la llevara tatuada en la frente. Ella siempre ha asistido a misa los domingos, pero desde la cita con la doctora, lo hace todos los días. Y el acostumbrado par de copas de vino que se tomaba durante la cena se ha convertido en una botella entera que empieza a tomar a las cuatro de la tarde. Además, el manto que estaba tejiendo se ha transformado, ya, en un edredón de cama de matrimonio y sigue creciendo. Todas las noches se queda levantada hasta bien pasada la medianoche mientras contempla antiguos episodios de Oprah y plancha todo lo que tiene a mano. Antes, hablaba sin parar, pero ahora no dice nada.

El objetivo de visitar a la maldita doctora era que Rosie dejara de preocuparse por él, pero ¡mírala ahora! ¡Está un millón de veces peor! Joe da vueltas al destornillador con más fuerza y descarga su furia en la diminuta cabeza del tornillo, pero la punta del destornillador resbala y la herramienta cae al suelo. Joe rechina los dientes. Baja de la silla de la cocina, recupera el destornillador, termina de apretar el tornillo y luego tira el destornillador contra el suelo con todas sus fuerzas. Vuelve a tomarlo, suspira y sigue trabajando.

Querría ayudar a Rosie, tranquilizarla y protegerla de esta preocupación inútil, pero una diminuta parte de él tiene miedo de lo que ella está pensando, de modo que no saca el tema a colación. Quizás ella sabe algo que él desconoce. Joe no quiere saber nada más de la enfermedad hasta la próxima cita con la doctora. Entonces ella les comunicará que las pruebas han salido bien y que todo está en orden. Y se disculpará. ¡Será mejor que se disculpe!

Sin embargo, mientras hacía lo posible para evitar caer en la oscura y lodosa madriguera de la enfermedad de Huntington, Joe ha estado pensando mucho en su madre. Para un instante de atornillar y desliza la yema del dedo índice por la cicatriz que tiene en el rabillo del ojo izquierdo. Cuando tenía cinco años, tuvieron que darle seis puntos. Ahora no es más que una fina raya blanca que solo resulta visible cuando Joe está moreno por el sol o se sonroja.

Su madre arrojó un pasapurés metálico de un extremo al otro de la cocina. Joe no se acuerda de qué estaba haciendo él en aquel momento, de si había provocado el golpe o si su madre estaba enfadada o frustrada por alguna otra razón. Sus recuerdos empiezan con el impacto y el agudo dolor que le produjo aquel objeto duro y pesado al chocar contra su cara. Después recuerda oír el chillido que profirió Maggie. También se acuerda del rojo intenso de la sangre en sus dedos y del rojo más oscuro del paño que presionaba contra su cabeza mientras su padre lo conducía al hospital. Se acuerda de que iba sentado, solo, en el asiento trasero del coche. Su madre debió de quedarse en casa con Maggie. No recuerda que le cosieran la herida, pero sí que su padre le dijo que había tenido suerte. Un centímetro más a la derecha y habría perdido el ojo.

A Joe le gusta creer que la cicatriz del ojo es lo único que heredó de su madre, un recuerdo aislado de su locura. Aparte de sus ojos azules y de párpados caídos, Joe es la viva imagen de su padre y creció convencido de que descendía, directamente, de los O'Brien. Como su padre y su abuelo, su pelo es castaño y, en verano, se vuelve rubio. Tiene su misma sonrisa fina, su torso fornido, sus feos pies y su fastidiosa piel entre pálida y sonrosada. Incluso tiene su misma voz. La gente siempre lo confundía con su padre al teléfono. También ha heredado de los O'Brien la ética trabajadora, la tozudez y ese sentido del humor que hace que todo el que esté en la misma habitación que él se ría y se sienta próximo a él.

¿Y si hubiera heredado algo más de su madre aparte de los ojos azules y la cicatriz? El alcoholismo siempre ha constituido una gran preocupación para él, por esto bebe con una moderación estricta. Si heredó de su madre una predisposición genética a la adicción, si esa bestia acecha en su interior, simplemente, no la alimentará. Aunque a menudo se ha preguntado qué debe de sentirse al pillar una buena borrachera, nunca se ha concedido el placer de experimentarlo. Nunca será un borracho como su madre. Pero ¿y si detrás de la cicatriz del ojo y de su piel clara y endurecida acecha una herencia más insidiosa y horrible?

¿Padecía su madre la enfermedad de Huntington? ¿Es esta la razón de que viviera los últimos años de su vida en el hospital estatal de Tewksbury?

Joe se acuerda de que iban a visitar a su madre después de la misa de los domingos. Al principio, se trataba de trayectos bastante agradables. A Joe y a Maggie les encantaba viajar en coche. Su padre los llevaba a Stowe en otoño durante la recolecta de manzanas; a la playa Good Harbor, en Gloucester, todos los veranos; y, de vez en cuando, visitaban a sus primos por parte de padre, que vivían a las afueras. Aunque, cuando viajaban a Tewksbury no iban a recolectar manzanas ni a bañarse en el mar, al principio, esos viajes no estaban tan mal. Los hospitales son lugares en los que las personas ingresan para mejorar. Al menos esto pensaba Joe cuando tenía siete años, cuando todavía esperaba que su madre regresara a casa, cuando todavía podía recordarla como era antes. Entonces, Joe todavía se acordaba del sonido de su voz cuando cantaba en la iglesia y de las arrugas que se formaban en los rabillos de sus ojos cuando reía por algo que él había dicho; se acordaba de que le compraba helados en el puesto ambulante de Good Harbor y de que le rodeaba los hombros con el brazo mientras le leía las novelas de aventuras de Franklin W. Dixon antes de acostarse.

Pero ella no mejoró. De hecho, cada vez que iba a visitarla estaba peor y, aunque permanecía en la misma cama, la sentía cada vez más distante. Entonces Joe empezó a sentir que aquellos entrañables recuerdos de una madre sobria, feliz y cariñosa eran producto de su imaginación, una ficción que él había deseado o soñado, y, al cabo de poco tiempo, solo recordó sus incoherencias de borracha y, más adelante, únicamente su aspecto mientras permanecía tumbada en la cama del hospital. Estaba escuálida, con el cuerpo deforme, y gruñía o no decía nada. Su aspecto era grotesco. La mujer de aquella cama nunca podría volver a leerle novelas, cantar o sonreírle. La mujer de aquella cama no era la madre de nadie.

Con el tiempo, la atmósfera en el interior del coche cambió. Antes, Joe y Maggie jugaban al veo veo o montaban barullo. Al final, siempre acababan hablando demasiado fuerte o alborotando en exceso y, de repente, la mano de su padre aparecía junto a ellos en el asiento trasero, agitándose a ciegas e intentando golpear cualquier parte de sus cuerpos que pudiera alcanzar. Pero, más adelante, Joe ya no tenía ganas de divertirse. Y Maggie debía de sentirse igual, porque ya no charlaban ni jugaban. Ni siquiera se peleaban. Joe miraba por la ventanilla y contemplaba en silencio la imagen borrosa de los árboles. La radio debía de estar en marcha, sintonizada con el canal NPR o Magic 106.7, pero Joe no se acuerda de eso. De lo único que se acuerda es del impreciso silencio.

El trayecto de regreso todavía era peor. Camino de Tewksbury tenía la esperanza, por muy engañosa que fuera, de que su madre hubiera mejorado durante la semana. A veces, el recuerdo de lo escuálida y apática que estaba la semana anterior se había diluido un poco. En aquella época, Joe ya era bastante crédulo y no le costaba convencerse de que su madre quizá se había curado.

La tremenda e impactante verdad se sentaba junto a él de regreso a Charlestown, ocupaba buena parte del asiento y aplastaba su estado de ánimo. En el caso de que Joe todavía conservara algo de esperanza, después de abrocharse el cinturón de seguridad, su padre se la arrebataba. Aunque Joe apartara la vista del espejo retrovisor, aunque realmente no viera al hombre más fuerte del mundo llorar, sabía que lo estaba haciendo. Incluso con el ruido del viento y el motor en los oídos, Joe percibía la respiración entrecortada de su padre y sabía lo que estaba ocurriendo. Joe se acuerda de que, en esas ocasiones, observaba de reojo a Maggie, como si le pidiera permiso para llorar él también, pero ella solo miraba, impertérrita, por la ventanilla. Si Maggie no lloraba, él tampoco lo haría.

Su madre era una borracha internada en un manicomio, su

padre lloraba como una niña pequeña, y Joe y Maggie miraban por la ventanilla del coche.

Esto continuó así durante años.

Joe no recuerda con exactitud cuándo vio a su madre por última vez. Sí que recuerda ver cómo una enfermera le daba de comer mientras ella tenía la mandíbula totalmente abierta y apenas podía sostener la cabeza erguida. El puré de patatas con salsa de carne bajaba por la barbilla de su madre, resbalaba por el babero y, finalmente, caía al suelo. Puede que fuera esa la última vez que la vio. Joe se acuerda de que se sintió asqueado y avergonzado.

Joe supone que su padre también debía de sentirse avergonzado, porque, a partir de cierto momento, no volvieron a visitar a su madre. Al menos, Maggie y él, porque no sabe qué hizo su padre. Los domingos, en lugar de ir al hospital después de la misa, él y Maggie iban a casa de la tía Mary Pat y del tío Dave. Joe se acuerda de que se atiborraba de dónuts y que jugaba al baloncesto en el parque con sus primos. Y también se acuerda de que se sintió aliviado de no tener que volver a ver a la mujer enferma nunca más.

No sabe qué aspecto tenía su madre cuando murió.

Los recuerdos de Joe se interrumpen cuando Rosie entra en la cocina. Va vestida con una camiseta del centro Town Yoga, unos pantalones de chándal grises y holgados y los cómodos calcetines rosa que se pone para estar por casa durante los meses de invierno. Ella saca una botella de chardonnay de la nevera y se dirige a la encimera donde está Joe. Él supone que le dirá algo. Le dará las gracias por arreglar, finalmente, los armarios, le formulará una pregunta o, simplemente, lo saludará amigablemente. Puede que incluso le dé un abrazo.

Pero Joe se equivoca. Rosie abre el armario que tiene delante sin realizar ningún comentario acerca de las nuevas y estupendas bisagras, saca una copa de vino sin agradecerle a Joe que haya comprado un nuevo juego de cristalería, toma el abridor de botellas y sale de la cocina. Joe suspira y mira el reloj que cuelga de la pared. Son las cuatro de la tarde.

No podrá soportar otro mes así. Rosie se está torturando por nada. «Tamborilee los dedos de una mano con los de la otra.» «Aplauda.» «Baile el Hokey Pokey.» Esa doctora no tiene ni idea. Joe desearía poder convencer a Rosie. Está a punto de ir tras ella para obligarla a sentarse y encarar esa preocupación sin fundamento que carga a sus espaldas, pero cuando pasa junto al fregadero se detiene de golpe.

Aunque apostaría un millón de pavos a que la doctora no tiene ni puñetera idea, no está seguro de opinar lo mismo sobre Rosie. ¿Qué sabe para sentirse tan asustada?

Joe mira por la ventana de la cocina y calla.

9

Hoy es un día festivo en Boston, una fiesta local con la que se conmemora la retirada de las tropas británicas de la ciudad en 1776. Se trató de la primera victoria militar de George Washington en la guerra de la Independencia. Suena como una fecha históricamente significativa, un día para recorrer el denominado Sendero de la Libertad y ondear la bandera norteamericana, pero, en realidad, para los irlandeses de Boston se trata de una comedia hábilmente representada, una excusa apropiada y políticamente correcta para lo que ocurre realmente. Esta festividad coincide, casualmente, con el día de San Patricio, y ese día los irlandeses de Boston celebran, con orgullo, su herencia. Este año, cae en lunes, lo que significa que los habitantes de Boston llevan bebiendo alcohol tres días seguidos.

El destino ha querido que hoy Joe tenga el día libre. En el pasado, cuando no trabajaba el día de San Patricio, estaba en el Sullivan's, el bar del barrio, desde antes de mediodía, con un vaso de Glenfiddich o una jarra de densa y espumosa Guinness en la mano. Cualquier otro día del año, se limita a tomar un dedo de whiskey y un par de cervezas, pero el día de San Patricio se concede el placer de beber tanto como le apetece. Si se tratara de un día de San Patricio normal, estaría en el bar con Donny y un puñado de *townies* más a los que ya no ve mucho desde que sus hijos han crecido e intercambiaría con ellos anécdotas de los viejos tiempos. Sully pondría música irlandesa en la máquina de discos: *Song for Ireland*, *Wild Colonial Boy* y

On Raglan Road. Las favoritas de Joe. A media tarde, Donny y él estarían agarrados del brazo y cantarían a pleno pulmón con voz desafinada.

Joe volvería a casa antes de estar demasiado borracho o armar mucho alboroto, a tiempo para la cena, que, ese día, invariablemente consistiría en carne en conserva con col. Rosie siempre hierve los ingredientes hasta que todas las moléculas quedan sueltas y separadas y luego vuelven a combinarse formando un compuesto insípido y extraño que se parece mucho al pegamento. La NASA debería estudiar la carne en conserva con col de Rosie.

Pero el destino ha querido que hoy, además de ser el día de San Patricio, sea el día de la segunda cita de Joe con la doctora Hagler. De modo que Joe no está en el Sullivan's bebiendo cerveza y cantando con Donny. En lugar de eso, está sentado en una silla pequeña en el ambulatorio Wang, en la Unidad de Desórdenes del Movimiento, donde nadie celebra la retirada de los británicos de Boston o la de las serpientes de Irlanda. Aquí nadie celebra ninguna jodida cosa.

Joe se siente como si hubiera envejecido diez años en dos meses, pero el aspecto de la doctora Hagler no ha cambiado en absoluto. Lleva las mismas gafas sobre su nariz respingona, el mismo moño suelto, la misma bata y el mismo aro de plata colgado de la cadena. Es como si Rosie y él visitaran un hospital museo y la doctora Hagler formara parte de una exposición de figuras vivas. Siempre allí, de nueve a cinco de lunes a viernes y de doce a seis los sábados y los domingos.

La doctora Hagler les hace un somero resumen de lo que ocurrió en la cita anterior y les pregunta si quieren formularle alguna pregunta. Ellos no tienen nada que preguntar. Ella está tensa y seria y no sonríe, lo que constituye un cambio patente respecto a su actitud de dos meses atrás. A Joe se le encoge el estómago. Intenta sonreírle con la esperanza de que ella le devuelva la sonrisa, pero la doctora mantiene los labios apretados. Esto no pinta nada bien. Joe siente un cosquilleo frío en la nuca. Se rasca para hacerlo desaparecer, pero el cosquilleo persiste. La doctora deja el expediente de Joe en el escritorio, entrecruza los dedos de las manos y mira a Joe directamente a los ojos.

—Tengo los resultados del análisis de sangre. La prueba genética ha dado positiva en la enfermedad de Huntington. El examen neurológico y las imágenes de la resonancia magnética son consistentes con el diagnóstico.

Un silencio inunda la habitación como si se tratara de una riada y los tres quedan sumergidos en el agua y sin poder respirar. Esto dura, exactamente, un segundo y una eternidad. Luego Rosie solloza, respira entrecortadamente y exhala lastimosos gemidos, sonidos que Joe nunca le había oído proferir hasta entonces. La doctora Hagler le tiende una caja de clínex. Rosie se enjuga la cara con un puñado de pañuelos e intenta recobrar la compostura. Joe le acaricia la espalda para tranquilizarla. No sabe si le impacta más el llanto angustiado de Rosie o lo que la doctora acaba de decirle. ¿Qué acaba de decirle la doctora? Se siente aturdido e insensible. Acaricia la espalda de Rosie y no puede pensar. Su formación como policía toma cartas en el asunto: «¡Formula preguntas!»

—¿De modo que padezco la enfermedad de Huntington?

—Así es.

—Vuelva a explicarme en qué consiste exactamente.

—Se trata de una enfermedad hereditaria neurodegenerativa que produce la pérdida de control de la capacidad motora. También afecta la mente y el comportamiento. Por esto tiene espasmos, caídas, se le caen las cosas de las manos y le cuesta organizar los datos de sus informes y recordar. También es la causa de su irritabilidad y sus explosiones de mal genio.

—Ha dicho usted que es hereditaria. ¿Eso qué significa, que está en mi ADN?

—Sí.

Joe estudió biología durante el primer año de instituto. Hará un millón de años. Cree recordar que aprobó justito, pero se acuerda de lo suficiente para atar cabos.

—¿Entonces la he heredado de mi madre?

—Sí.

—O sea, que ella murió por la enfermedad de Huntington.

—Sí.

¡Ya está, expresado en voz alta por un profesional de la medicina! «Ruth O'Brien se emborrachó hasta morir.» Esto no es verdad. Ruth O'Brien murió sola, un esqueleto silencioso y retorcido en un hospital estatal, mientras sus hijos comían dónuts y jugaban en el parque con sus primos. Murió de la enfermedad de Huntington.

Y ahora le toca a él.

Joe siente los pulmones tensos y comprimidos, como si le hubieran disparado en el pecho y se estuviera desangrando, pero la sangre es mercurio helado y es expulsada por su corazón. Privado de oxígeno, se siente mentalmente confuso. Los sollozos de Rosie le resultan distantes y apagados. Tiene que vencer el miedo. «¡Sigue formulando preguntas!»

—¿Siempre es mortal?

—Sí. Pero no ocurre de un día para otro. Los síntomas aparecerán despacio y podremos controlar muchos de ellos.

—¿Cuánto tiempo me queda? —se oye preguntar Joe.

—No se sabe con exactitud, pero, normalmente, el desenlace se produce entre diez y veinte años después de la aparición de los síntomas.

Dentro de diez años Joe tendrá cincuenta y cuatro. Cincuenta y cuatro. A un año de la jubilación y de disfrutar de la vida con Rosie. Sin saber por qué, consulta el reloj. Piensa en el pasado. Se acuerda de cuando la jarra de agua le resbaló de las manos, se hizo añicos y arruinó la cena del domingo. ¿Esto ocurrió un año atrás? Rosie alega que tiene mal genio desde hace seis o siete años. ¿Ha ido desarrollando la enfermedad durante todo ese tiempo? ¿Cuántos años ha gastado ya?

Hereditaria. Transmitida de madre a hijo. Y el hijo se convirtió en padre.

—Tenemos cuatro hijos —explica Joe—. ¿Ellos...?

Él sabe lo que quiere preguntar, pero no encuentra el aire necesario para pronunciar las palabras, que permanecen en suspenso en su garganta junto a un miedo nuevo, apremiante e invasivo que se abre camino con fuerza hasta colocarse en primera línea.

—¿Todos heredarán la enfermedad de mí?

—La enfermedad de Huntington está causada por una mutación autosómica dominante. Si alguien hereda el gen mutado, padecerá la enfermedad. Esto significa que sus hijos tienen un cincuenta por ciento de probabilidades de heredarla.

—¿Entonces dos de nuestros hijos también la padecerán? —pregunta Rosie.

—¡No, no! Es como lanzar una moneda al aire. No importa lo que haya salido en los lanzamientos anteriores. En cada ocasión, la probabilidad de que salga cara es de un cincuenta por ciento. Quizá ninguno de sus hijos la padezca.

—¡Oh, Dios mío! —exclama Rosie—. ¡Oh, Dios mío!

Su llanto, que se había ido atenuando mientras Joe formulaba preguntas y la doctora las contestaba, ahora abandona todo intento de contención. Joe sabe, exactamente, en qué está pensando. Todos sus hijos podrían padecer la enfermedad. Esta es la posibilidad que ella contempla ahora como si se tratara de una profecía. Está sentada al lado de Joe, rodeada de una montaña de pañuelos de papel empapados en lágrimas y está perdiendo a todos sus seres queridos.

Joe alarga el brazo, entrelaza sus dedos con los de Rosie y le aprieta la mano. Ella le devuelve el apretón, pero no lo mira.

—¿Qué edad tienen sus hijos? —pregunta la doctora Hagler.

—El mayor tiene veinticinco años y el menor veintiuno —responde Joe.

—¿Tienen nietos?

—Todavía no, pero nuestro hijo mayor ya está casado.

J.J. y Colleen están intentando tener un hijo. La enfermedad se transmitió de madre a hijo. El hijo se convirtió en padre. Y así sucesivamente.

—Es importante que hablen con ellos, que les expliquen a qué se enfrentan, sobre todo en lo relativo a la planificación familiar. Hay recursos, procedimientos médicos a los que pueden acceder para asegurarse de tener un bebé sin la mutación genética. Y, si quieren conocer su propio estado de riesgo, disponen de asesoramiento y pruebas genéticas.

—¿Qué es el estado de riesgo?

—Pueden realizarse el mismo análisis de sangre que se realizó usted, pero en su caso sería presintomático. Así podrían averiguar si tienen o no la mutación genética.

—O sea, que ahora podrían saber si padecerán o no la enfermedad en el futuro.

—Así es.

—¿Las pruebas indican cuándo se desencadenará la enfermedad?

—No. La edad media de aparición es treinta y cinco años. No obstante, usted es algo mayor. Si alguno de sus hijos diera positivo en la prueba genética, podría desarrollar la enfermedad más o menos a la edad que tiene usted ahora, pero no tome mis palabras al pie de la letra en esta cuestión.

—Si alguno de ellos descubriera que tiene la mutación genética, si mis hijos se realizaran la prueba y alguno diera positivo, ¿podría hacer algo para evitar que se desarrolle?

—No. Por desgracia, de momento no.

Una bola de cristal genética. La absolución o la pena de muerte para cada uno de sus hijos.

—Entonces, ¿qué tengo que hacer ahora?

—Le prescribiré un neuroléptico para los brotes de mal genio. Para empezar, le recetaré una dosis baja, una dosis mínima, porque no quiero agobiarlo. Si usted, Rosie, no percibe un cambio en su comportamiento, hágamelo saber y le aumentaré un poco la dosis.

La idea de tener que tomar pastillas irrita a Joe. Ni siquiera toma vitaminas.

—También quiero que realice fisioterapia para ayudarlo a mitigar los problemas de fuerza muscular y equilibrio. Y terapia del habla para los problemas de habla y deglución.

—Yo puedo hablar y tragar sin problemas.

La doctora Hagler calla, mira a Joe a los ojos y le comunica la respuesta sin palabras. Todavía no. No tiene problemas para hablar y tragar ahora, pero los tendrá.

—Es bueno que se adelante a los acontecimientos. Piense en ello como si se preparara para una batalla, como si se entrenara para ser un agente de policía.

Durante su entrenamiento en la academia, Joe aprendió a desenfundar un arma y a apuntar con ella; el procedimiento para responder a llamadas de socorro domésticas, robos, accidentes de tráfico y tiroteos; a prever como mínimo los primeros seis pasos que debería dar en cada situación imaginable y a imaginar todas las situaciones posibles. Ahora aprenderá a tragar.

—Después están los ensayos clínicos. Tiene suerte de vivir en Boston, donde se llevan a cabo interesantes investigaciones en este campo. Hay muchos tratamientos potenciales que se han experimentado en animales y ahora queremos probarlos en las personas. La participación es la clave. Ahora mismo hay un estudio en marcha que está en la Fase II y al que le recomiendo que se apunte si lo desea.

—¿Qué significa que está en la Fase II?

—Significa que se está evaluando el margen de seguridad del tratamiento.

—¿De modo que podría no ser seguro?

—Se ha comprobado que es seguro en los ratones. El paso siguiente y necesario es determinar si es seguro en los humanos.

—No me gusta cómo suena esto, Joe —interviene Rosie—. No saben qué efectos produce. ¿Y si te causa un efecto horroroso?

Joe no sabe nada de ciencia. Se imagina al monstruo de Frankenstein y a un equipo de doctores estrafalarios de pelo cano que le clavan agujas. Después se acuerda de su madre y se imagina el futuro que le espera. Luego piensa en J.J., Patrick, Meghan y Katie y en el futuro que les espera a ellos. Se cortaría la cabeza ahora mismo y la donaría a la ciencia si con ello pudiera salvar a sus hijos.

—Lo haré. Sea lo que sea, apúnteme.

—Pero Joe...

—No hay cura para esta enfermedad, ¿no? ¿Y cómo van a conseguir curarla si no disponen de conejillos de Indias?

—Tiene usted razón, Joe —interviene la doctora Hagler—. Ahora mismo, los estudios sobre la enfermedad son muy esperanzadores, pero necesitamos personas que participen en la investigación. Aquí tengo información sobre el tratamiento para que puedan estudiarla y tomar una decisión. Yo le recomiendo encarecidamente que opte por participar. También les proporcionaré información sobre grupos de apoyo y les animo a ponerse en contacto con otras personas que se encuentran en su misma situación.

—¿Y cuánto durará? —pregunta Joe—. Usted comentó que todo el proceso dura entre diez y veinte años, pero ¿cuánto tiempo me queda para...? Ya sabe.

Está pensando en la evolución temporal de la enfermedad en el caso de su madre e intenta hacer los cálculos para aplicarla a sí mismo. Ella estuvo ingresada en Tewksbury durante cinco años. A Joe le faltan once años para jubilarse. Ella murió cuando tenía cuarenta años, de modo que tenía treinta y cinco cuando la hospitalizaron. Él tiene, ahora, cuarenta y cuatro años. Los números dan vueltas en su cabeza.

—Esta enfermedad progresa lentamente. No es como encender un interruptor o como cuando uno se contagia de la gripe y, ¡pum!, ya la padece. Usted dispone de tiempo.

—¡Cielos! —exclama Joe mientras se pasa las manos por la cara—. Estaba convencido de que solo tenía una rodilla lesionada y que, últimamente, estaba un poco cansado y estresado.

—Lo siento. Sé que esto supone un gran impacto para los dos, sobre todo porque usted no era consciente de que su madre padeció la enfermedad.

Aunque el médico le había dicho que su rodilla estaba bien, él creía que, en el peor de los casos, lo único que tendría que hacer sería operarse. Como mucho, un par de semanas de baja y bastante reposo. Luego, de vuelta al trabajo. Como nuevo. El término «enfermedad de Huntington» ni siquiera formaba parte de su vocabulario y mucho menos constituía una posibilidad. Pero ahora forma parte de su realidad. No se le ocurre cuál es el primer paso que debería dar en esta situación, ¡por no hablar de los primeros seis pasos! ¿Cuántos pasos hay entre el ahora y el hospital estatal de Tewksbury?

El aturdimiento mental que experimenta se ha extendido por todo su cuerpo. Está petrificado. Si la doctora Hagler colocara un espejo delante de él ahora mismo, Joe sabe lo que vería: la máscara inexpresiva y distante de un hombre en estado de *shock*. Él ha sido testigo de cómo se manifiesta el trauma en las caras de muchas víctimas de delitos y accidentes: un exterior imperturbable que funciona en modo automático y que constituye una sobrecogedora antítesis del desenfrenado terror fisiológico y psicológico que experimentan interiormente.

—¿Qué hago con mi trabajo?

—Creo que, en relación con este tema, podemos ser optimistas de una forma realista. De momento, no tiene por qué contárselo a todo el mundo y yo le aconsejo que no lo haga. Podrían despedirlo y negarle el derecho a la compensación por incapacidad. Ahora hay leyes que lo protegen, pero no querrá dedicar el tiempo que le queda batallando en los tribunales. Quizá podría contárselo a algún agente, a alguien que le guarde el secreto y que le sirva de espejo. Esta persona podría ayudarlo a decidir cuándo no podrá continuar realizando su trabajo de una forma segura.

Joe asiente con la cabeza. Se pone en situación y se imagina todas las consecuencias posibles y totalmente indeseables de revelar su diagnóstico. Puede contárselo a Tommy y a Donny. A nadie más. Tommy sabe guardar un secreto y ser cuidadoso con él cuando lo necesita. Joe le confiaría la vida. Y lo mismo puede decir de Donny. Nadie más del cuerpo puede saberlo. No hasta que lo tenga todo arreglado. Al menos tiene que asegurarse de conseguir una pensión parcial para que Rosie tenga unos ingresos cuando él no esté. Diez años. Quizá más. Quizá menos.

Pero su situación empeorará. Caídas, cosas que le resbalan

de las manos, errores en los informes, impuntualidad, temperamento inestable, palabras mal pronunciadas. La gente pensa-
rá que se ha vuelto alcohólico. ¡Mierda! ¡Que piensen lo que
quieran! Hasta que se asegure de que Rosie consigue lo que necesita, su enfermedad permanecerá en secreto.

«Ruth O'Brien se emborrachó hasta morir.»

De tal palo, tal astilla.

Joe y Rosie regresan a casa del hospital con tiempo suficiente para que Joe se una a Donny y sus amigos en el Sullivan's,
pero se siente demasiado frágil, demasiado transparente. Teme
que bastaría una Guinness para que se derrumbara, para que
contara lo de su diagnóstico a Donny y al resto de clientes del
bar. No, este día de San Patricio no acudirá al Sullivan's. Pero
tampoco puede quedarse en casa.

Rosie está en la cocina, pelando patatas. Ha dejado de llorar, pero sus ojos todavía están enrojecidos e hinchados. Está
decidida a poner buena cara y a aparentar normalidad cuando
los chicos acudan a cenar. Joe y Rosie han acordado que necesitan un poco de tiempo antes de soltar la bomba de la enfermedad de Huntington a los chicos. Además, Joe no quiere
arruinarles el día de San Patricio.

—Me voy a dar una vuelta, ¿te parece bien? —pregunta Joe.

—¿Adónde vas?

Rosie se vuelve hacia él con una patata a medio pelar en una
mano y el pelador en la otra.

—Solo quiero salir. Voy a dar un paseo. No te preocupes.

—¿Cuánto tiempo estarás fuera? Cenaremos a las cuatro.

—Estaré de vuelta antes de esa hora. Solo necesito despe-
jarme. ¿Tú estás bien?

—Sí, estoy bien —lo tranquiliza ella, y se vuelve de espaldas a él.

Joe oye el continuo raspar del pelador.

—Ven —dice Joe a Rosie.

Coloca las manos en los hombros de ella, la vuelve hacia él, la rodea con sus fuertes brazos y presiona su menuda figura contra la de él. Ella gira la cabeza y la apoya en el pecho de Joe.

—Te quiero, Joe.

—Yo también te quiero, cielo. Volveré pronto, ¿de acuerdo?

Ella lo mira con su cara hinchada y sus ojos desconsolados.

—De acuerdo. Te espero aquí.

Joe agarra su chaquetón y atraviesa el portal, pero, antes de que sus pies toquen la acera, se detiene y vuelve a entrar a toda prisa. Moja sus dedos en el agua bendita de Rosie y contempla los ojos pintados de azul de la virgen María mientras se persigna. Aceptará toda la ayuda que pueda conseguir.

Camino del Navy Yard se detiene en la tienda de licores y compra una botella de Gentleman Jack. No es un Glenfiddich, pero le servirá. Como esperaba, el muelle está vacío y silencioso. Desde que cerraron el Tavern on the Water, aquí no hay ningún bar. Los *toonies* están todos en el Warren Tavern, y los *townies* en el Sullivan's o el Ironsides. Sus hijos están en el Ironsides y, Patrick en concreto, estará detrás de la barra. Y ahora Joe es un irlandés solitario que está sentado en uno de los pantalanes del Navy Yard. Con los pies colgando sobre el agua, contempla la bonita ciudad que ha querido y protegido durante más de la mitad de su vida.

Esta mañana se levantó como cualquier otro día y ahora, apenas unas horas más tarde, padece la enfermedad de Huntington. Claro que ya la padecía antes de acudir a la visita con la doctora Hagler. Él sigue siendo el mismo. La única diferencia consiste en que ahora lo sabe. El velo del impacto inicial se ha levantado y la idea le jode profundamente.

Sin sacar la botella de Gentleman Jack de la bolsa de papel marrón, Joe desenrosca el tapón y bebe un generoso trago del líquido. Y después otro. Se trata de un día de marzo crudo y gris. Las temperaturas rondan los doce grados centígrados, pero cuando el sol se oculta detrás de las nubes y el viento que procede del mar alcanza la costa, hace mucho más frío. El whiskey le produce la sensación de tener un carbón ardiente en el estómago.

Diez años. Entonces tendrá cincuenta y cuatro. No está tan mal. Podría ser peor. ¡Demonios, en realidad es más de lo que nadie tiene garantizado, sobre todo un agente de policía! Cada vez que se viste con el uniforme azul, sabe que quizá no regresará a casa. No se trata, solo, de un sentimiento altisonante, la verdad es que a Joe lo han pateado, pegado y disparado. Ha perseguido y se ha enfrentado a personas que estaban borrachas, drogadas y cabreadas, y que iban armadas con pistolas y cuchillos. Ha asistido a los funerales de otros agentes. Todos eran jóvenes. Está preparado para morir en cumplimiento del deber desde que tenía veinte años. Tener cincuenta y cuatro es ser viejo. Morir a esa edad es un jodido lujo.

Bebe otro trago y exhala aire mientras disfruta del ardor en el estómago. Para empezar, lo que odia es la certeza. Saber que solo le quedan diez años, veinte como mucho, y que la enfermedad es fatal en un ciento por ciento hace que se sienta totalmente desesperanzado. La certeza acaba con la esperanza.

Podría albergar la esperanza de que se descubriera una cura. Quizá los médicos encuentren una en los próximos diez años. La doctora Hagler le ha dicho que hay experimentos prometedores en marcha. Utilizó palabras como «tratamiento» e «investigación», pero, y él estuvo pendiente por si la utilizaba, en ningún momento pronunció la palabra «cura». No, Joe no espera una cura para sí mismo, pero escalará cada día la montaña de la esperanza por sus hijos.

Sus hijos. Bebe otro par de tragos de whiskey. Todos tienen veintitantos años. Todavía son unos niños. Dentro de diez años, J.J., su hijo mayor, tendrá treinta y cinco, que es la edad media de la manifestación de la enfermedad. La puta enfermedad casi habrá acabado con Joe cuando empiece con sus hijos. Aunque quizá todos tengan suerte y, por la gracia de Dios, ninguno la padezca. Joe da tres golpes en el muelle.

O quizá todos la padezcan y ya esté invernando en su interior, esperando el momento de arrastrarse fuera de la cueva. J.J. es bombero y está intentando formar su propia familia. Meghan es bailarina. Una bailarina con la enfermedad de Huntington.

Una lágrima resbala por la mejilla de Joe y su calor contrasta con su piel, que está fría a causa del viento. No se le ocurre nada que sea más injusto. Katie espera abrir su propio centro de yoga. Bueno, eso espera, porque, si tiene la mutación genética quizá deje de albergar esos planes. Patrick todavía no sabe qué va a hacer con su vida. Seguramente necesitará buena parte de esos próximos diez años para averiguarlo. ¿Cómo demonios van a contarles a sus hijos a lo que se enfrentan?

También le preocupa cómo será su propio proceso, su muerte. Él ha sido testigo de lo que la enfermedad hace a una persona, de lo que hizo a su madre. Es una bestia jodidamente implacable. Le arrebatará todo rastro de humanidad hasta reducirlo a un esqueleto retorcido y un corazón que late en una cama. Y luego lo matará. No salir huyendo cuando a uno le están disparando requiere valentía. Intervenir en una pelea doméstica, interferir en una pelea de bandas, perseguir a un sospechoso que huye en un coche robado son actos que requieren valentía. Pero Joe no sabe si es lo bastante valiente para enfrentarse al año décimo de la enfermedad. Además, morir como policía en acto de servicio constituye un acto honorable, pero ¿dónde está la honorabilidad al morir de la enfermedad de Huntington?

Odia la idea de que Rosie y los chicos tengan que pasar por esta terrible e inimaginable experiencia, que tengan que presenciar, impotentes, lo que Maggie, él y, sobre todo, su padre presenciaron. ¡Mierda! Maggie. ¿Sabe ella algo de todo esto? ¿Lo sabía su padre? ¿Dejar que todo el mundo creyera que su madre era una alcohólica implicaba menos vergüenza que vincular su nombre a la enfermedad de Huntington? Si su padre lo sabía, ¿a quién estaba protegiendo?

Todo el mundo en el barrio la culpaba de lo que le sucedió. Su trágico destino fue culpa suya: «Es una alcohólica.» «Es una mala madre.» «Es una pecadora.» «Irá al infierno.»

Pero todo el mundo estaba equivocado. Ella padecía la enfermedad de Huntington. La enfermedad le impidió caminar y alimentarse por sí misma; acabó con su buen humor, su paciencia y su capacidad para razonar; la privó de su voz y su sonrisa; le arrebató su familia y su dignidad y, por último, la mató.

«Lo siento, mamá. No lo sabía. No lo sabía.»

Joe llora en silencio y se enjuga los ojos con la manga del chaquetón. Suspira y, antes de volver a tapar la botella de whiskey, bebe otro trago. Se pone de pie en el borde del muelle y mira más allá de las puntas de sus deportivas, a las negras aguas del puerto. Introduce la mano en el bolsillo del pantalón y saca varias monedas. Separa cuatro de veinticinco centavos y estas resplandecen, calientes, en su fría y sonrosada mano. Cada uno de sus hijos tiene un cincuenta por ciento de probabilidades de padecer la enfermedad.

Lanza al aire la primera moneda, la toma con la mano izquierda y la voltea sobre el dorso de la mano derecha. Aparta la mano izquierda y mira.

Cara.

Joe la tira lo más lejos que puede. Sigue su vuelo con la mirada hasta que entra en contacto con el agua y la ve desaparecer. Lanza al aire la segunda moneda, la toma, la voltea y mira.

Cara otra vez.

La tira al agua. Tercera moneda.

Cara.

¡Mierda! La tira con fuerza, la pierde de vista y no ve dónde cae al agua. Joe sostiene la última moneda en la mano mientras piensa en Katie. No puede lanzarla al aire. Le resulta jodidamente imposible. Vuelve a sentarse en el borde del muelle y llora. Se tapa la cara con las manos y exhala sollozos de pena, como si fuera un niño vulnerable. Oye las voces de unas personas que caminan por la calle, cerca del Ironsides. Se ríen. Si él puede oírlas reír, sin duda ellas también pueden oírlo llorar a él. No le importa una mierda.

Pronto se le acaban las lágrimas. Se enjuga los ojos, inhala hondo y suspira. A eso Rosie lo llamaría un buen lloro. A él siempre le ha parecido una expresión ridícula. ¿Qué tiene de bueno llorar? Pero, aunque no se siente bien, se siente mejor.

Joe se pone de pie, abre la palma de la mano y vuelve a considerar la posibilidad de lanzar la moneda al aire. Al final, la introduce hasta el fondo del bolsillo, donde estará segura. Agarra la botella de whiskey por el cuello y consulta el reloj. Es la hora de la cena.

Recorre el muelle mientras el whiskey juguetea en su cabeza y en sus piernas. Tiene las mejillas escocidas por el viento y las lágrimas y, a cada paso, ruega a Dios, a la virgen María, a san Patricio y a quienquiera que lo escuche para que le dé un poco de suerte.

SEGUNDA PARTE

La mutación asociada a la enfermedad de Huntington o EH fue aislada en 1993 y ubicada en el brazo corto del cromosoma 4. Este descubrimiento histórico fue realizado gracias a una colaboración internacional conducida por un equipo de neurocientíficos en un laboratorio del Navy Yard, en Charlestown. Normalmente, el trinucleótido citosina, adenina, guanina (CAG) se repite treinta y cinco veces o menos en el primer exón del gen de la huntingtina. El gen mutado consta de treinta y seis o más repeticiones CAG. Esta expansión genética produce un exceso de glutaminas en la proteína de la huntingtina y provoca la enfermedad.

Cada uno de los hijos de un progenitor que padezca la EH tiene un cincuenta por ciento de probabilidades de heredar el gen mutado. El descubrimiento de la mutación permitió que las personas en situación de riesgo pudieran someterse a una prueba para determinar su estado genético. Si el resultado de la prueba es positivo, significa que la persona padece la mutación genética y que desarrollará la EH. Hasta la fecha, el noventa por ciento de las personas en situación de riesgo optan por no realizar la prueba.

10

Es domingo por la tarde, y Katie se ha saltado la misa y la clase de yoga, aunque, en realidad, la misa no cuenta, porque hace años que no asiste a la misa de los domingos. Sin embargo, considerar la posibilidad de ir a misa antes de decidir no ir sigue constituyendo un hábito en ella y, en el fondo, incluso le transmite una sensación de culpabilidad que le resulta atractiva. La criaron según el estricto credo católico irlandés, el cual implica, entre otras cosas: confesar al sacerdote una serie de pecados banales e inventados los sábados; comer la hostia, que representa el cuerpo de Cristo, los domingos (no resulta extraño que se haya hecho vegana); experimentar grandes cantidades de vergüenza todos los días de la semana; asistir al colegio parroquial, donde aprendió de las monjas que sentarse vestida en el regazo de un chico podía dejarte embarazada; y rezar el ángelus todas las tardes antes de cenar. Los protestantes eran el demonio, auténticos monstruos de creencias contagiosas, y Katie creció teniéndoles miedo y rogando a Dios que nunca conociera a ninguno en carne y hueso ni llegara a saber qué aspecto tenían. Antes de saber deletrear su nombre, Katie ya rezaba el padre nuestro y el ave maría. Nunca entendió que el hecho de que Jesús muriera por sus pecados el Viernes Santo condujera a que un conejito repartiera huevos de chocolate el Domingo de Pascua y siempre le dio miedo preguntar el porqué. Esto sigue constituyendo un misterio para ella. Todos los días olían a incienso y las oraciones se elevaban en volutas de humo hasta los oídos de Dios. A Katie le gustaba el incienso.

Ahora, su verdadera religión es el yoga. Lo descubrió por accidente. Ocurrió hace tres años, meses después de terminar el instituto. Katie trabajaba de camarera en el Figs. Todos los días, camino del trabajo, pasaba por delante del centro Town Yoga y, una tarde, víctima de la curiosidad, entró y tomó un programa de las clases. Hacia el final de su primera clase ya estaba enganchada. A su padre le gusta decir que le han comido el coco. Aquel invierno, Katie ahorró toda su paga para costearse las doscientas horas de formación como profesora y, desde entonces, imparte clases de yoga.

Le encanta la práctica, las posturas que aportan gracia física, resistencia y equilibrio. Además, sus bíceps y abdominales están fantásticos. Le encanta la respiración consciente, el flujo de prana que potencia una sensación de calma profunda en contraposición al caos reactivo. Le encanta la meditación que, cuando tiene tiempo de hacerla, limpia la basura tóxica de su mente y silencia los mensajes internos negativos, esa voz astuta y persuasiva que insiste en que no es lo bastante inteligente, lo bastante guapa ni lo bastante buena. La meditación también silencia los chismorreos imaginarios, porque siempre son imaginarios, y las dudas constantes, la ruidosa preocupación y los juicios. Le encanta la sensación de unidad con el resto de los seres humanos que le transmiten las vibrantes notas del «om». Y los días siguen oliendo a incienso.

No se acuerda de la última vez que se saltó el Vinyasa matutino de los domingos de Andrea. Sabe que, más tarde, se arrepentirá de haber preferido seguir durmiendo a asistir a la clase, pero ahora mismo, bien pasadas las doce del mediodía y mientras todavía holgazanea en la cama, ¡su cama!, con Felix, no se arrepiente de nada.

Lleva saliendo con Felix un mes y medio y es la primera vez que él ha pasado la noche en el piso de Katie. Se conocieron el primer martes de abril. Era la primera semana del Yoga en el Patio, que consiste en que las clases se dan al aire libre, en el patio vallado con madera que hay en la parte trasera del estudio. A Katie le gusta dar clases al aire libre. En el patio, los rayos del sol calientan sus músculos y el aire fresco sopla contra su piel, aunque, a veces, ese aire huele a diesel y al pollo al ajillo del Chow Thai.

Nunca había visto a Felix antes. No lo conocía del instituto, ni de los bares, ni de su trabajo como camarera. La mayor parte de sus alumnos son mujeres *toonies*, de modo que los pocos hombres que acuden a sus clases son bienvenidos y siempre llaman su atención. Felix llamó su atención más que nadie.

Él practica el yoga en *shorts* y sin camiseta. ¡Dios lo bendiga por eso! Es alto y delgado, de cintura estrecha y músculos bien definidos pero no excesivamente desarrollados. Lleva el pecho y la cabeza rapados y Katie se acuerda de que, durante aquella primera clase, su piel brillaba, empapada en sudor, a la luz del sol. Mientras ella lo ayudaba a realizar la postura del perro boca abajo, con la mano izquierda apoyada en su sacro y la derecha recorriendo su columna vertebral hasta la nuca, Katie sintió el impulso de reseguir el tatuaje tribal de su hombro con la punta de los dedos. Se acuerda de que se ruborizó y enseguida retrocedió un paso y anunció la postura del guerrero I.

Felix asistió a la clase del martes siguiente, que aquel día se realizó en el interior del estudio debido a las inclemencias del tiempo. Se entretuvo mucho tiempo en la sala después del Savasana y tardó todavía más en recoger sus cosas. Formuló algunas preguntas a Katie sobre los horarios y los descuentos y compró un refresco de coco. Cuando ella le preguntó si quería algo más, deseando que así fuera, él le pidió su número de teléfono.

Los dos se lanzaron de cabeza a la relación. Como la mayoría de los *toonies*, Felix tiene un coche, lo que significa que no se ven limitados a ir al Ironsides o al Sully's y que su relación evoluciona mayormente en privado y libre del escrutinio de los *townies*. Van a restaurantes en Cambridge y el South End. Han estado en Cape Cod y New Hampshire e incluso fueron a Kripalu, donde disfrutaron de un fin de semana de relax. Felix asiste todos los martes y jueves a las clases de yoga de Katie y los dos van a la clase de Andrea de los domingos por la mañana. El único lugar en el que no habían estado juntos hasta ahora es el piso de Katie. Ella alegaba que el piso de él es mucho más bonito, lo que es cierto. Además, él vive solo, mientras que Meghan se acuesta muy temprano porque necesita descansar y ellos la molestarían.

Pero la verdadera razón de que Katie no haya querido que Felix duerma en su piso son sus padres, quienes viven en la planta baja de la casa. Felix Martin no es un buen chico irlandés y católico de Charlestown. Felix Martin procede del Bronx y fue criado según la doctrina de la Iglesia baptista. Es un protestante de carne y hueso. Y, sí, Felix Martin es negro.

A Katie le gustaría creer que, en concreto su madre, pondría reparos a la religión de Felix y no al bonito color de su piel. Su madre nunca se lo ha expresado abiertamente, pero Katie sabe que ella espera que se case con un Murphy o un Fitzpatrick, alguien que, como ellos, tenga la piel clara y pecosa; que haya sido bautizado de niño en el catolicismo; que, a ser posible, su familia sea del barrio y que, preferiblemente, sus antepasados y los de ellos procedan del mismo pueblo de Irlanda. ¡Eso sí que sería buena suerte! Katie nunca ha entendido por qué ese destino sería tan sumamente fantástico. ¿Porque así ella y su marido podrían colgar en la pared unos emblemas familiares idénticos? ¿Para que pudieran elaborar sus correspondientes árboles genealógicos y descubrir que procedían del mismo tronco? ¿Para que ella acabe casándose con algún primo suyo? Un buen chico irlandés del vecindario procedente de una buena familia católica. Este es el futuro que su madre imagina para ella. Ni que decir tiene que nunca se ha imaginado a Felix.

Probablemente, a su padre no le importaría la raza ni la religión de Felix, lo que no le sentarían bien son sus preferencias deportivas. Felix es un hincha apasionado de los Yankees de Nueva York. En lo que respecta a su padre, lo mismo podría ser un adorador de Satanás.

Estas son las razones por las que Katie ha mantenido a Felix alejado de la calle Cook. Hasta ayer por la noche. Ella y Felix cenaron en un restaurante vegano nuevo situado en Central Square. Katie tomó la mejor empanadilla tailandesa vegana de su vida y demasiados martinis de albahaca y lima. Cuando regresaron a Charlestown, era tarde y Felix encontró una plaza de aparcamiento en la calle Cook, de modo que era natural que durmieran en el piso de Katie. Ni siquiera se lo cuestionaron. Felix simplemente la siguió hasta la casa y escaleras arriba.

Meghan ya se ha despertado y se ha ido. Katie oyó, hace horas, el sonido del agua al bajar por las cañerías y el crujir del suelo de madera del pasillo producido por los pasos de su hermana. Katie abrió los ojos el tiempo justo para darse cuenta de que la habitación todavía estaba a oscuras. Hoy Meghan tiene una actuación a las doce del mediodía y, antes, debe asistir al ensayo y a las sesiones de maquillaje, peluquería y vestuario. Además, está el laborioso proceso de preparar las zapatillas de puntas.

Meghan es otra de las razones por las que Katie no se ha precipitado a la hora de invitar a Felix a dormir en su piso. Ahora mismo, se siente más que aliviada de que Meghan no esté en casa. Para empezar, existe la posibilidad de que la juzgue o le tome el pelo y, como hermana mayor de Katie, Meghan siempre se ha sentido cualificada para hacer ambas cosas. Pero la razón más vergonzosa y subconsciente está relacionada con una sensación de inseguridad y unos celos tan arraigados y antiguos que bien podrían ser congénitos.

Meghan siempre lo ha tenido todo. Es esbelta por naturaleza; tiene el cabello más bonito y la piel más fina de las dos; siempre ha obtenido las mejores notas; tiene talento para la danza y siempre ha tenido a los chicos. Meghan siempre conseguía a los chicos.

Cada vez que Katie se enamoraba de un chico en el instituto, no era correspondida porque, invariablemente, ese chico estaba como loco por Meghan. Todos en la Town siguen queriéndola con locura. Katie no puede ir a correos, a la peluquería o al Dunkin' Donuts sin que alguien le comente lo maravilloso que debe de ser tener una hermana tan estupenda y talentosa.

«¡El Ballet de Boston! Es increíble, ¿no?» «¡Y tanto! ¿Ahora podemos hablar de otra cosa, por favor?»

Sus padres y hermanos nunca se cansan de elogiar a Meghan delante de cualquiera que esté dispuesto a escucharlos, y nunca se pierden ninguna de sus actuaciones. Su madre no ha dejado de regalarle una rosa después de cada actuación o espectáculo desde que tenía tres años. Se trata de una de esas tradiciones madre-hija. Meghan conserva los pétalos en cuencos de cristal que ha repartido por todo el piso. Un popurrí casero. A Katie, por su parte, nadie le regala flores. Ella no tiene una tradición madre-hija con su madre y ningún miembro de su familia ha asistido ni siquiera a una de sus clases de yoga.

Pues bien, ahora Katie tiene al chico. Y Meghan no. Pero si la vida le ha enseñado algo hasta ahora es que Felix dará un vistazo a Meghan y dejará a Katie de lado para quedarse con la mejor de las O'Brien. Mientras permanece tumbada en la cama al lado de Felix, Katie tiene que reconocer que este drama inventado parece más que un poco paranoico y absurdo. De todos modos, sigue sintiéndose aliviada de que Meghan no esté en casa.

—Así que este es tu piso —comenta Felix mientras mira a su alrededor tumbado boca arriba sobre la cama.

Katie bosteza e intenta percibir sus cosas como si fueran nuevas para ella. Intenta imaginarse cómo percibe Felix su colcha morada y sus sábanas de flores, su alfombra de pelo largo de Pier 1 Imports, las grietas en las paredes que se extienden como afluentes de ríos de suelo a techo, el estor que inicialmente era blanco y ahora es amarillento como unos dientes viejos y las horteras cortinas verdes que confeccionó su madre y planchó recientemente.

—Me gustan las citas —comenta Felix.

—Gracias.

Katie ha escrito veintiuna citas inspiradoras en las paredes con un rotulador negro. La mayoría proceden de maestros yoguis como Baron Baptiste, Shiva Rea y Ana Forrest. Otras son fragmentos de poemas de Rumi o de las enseñanzas de Buda, Ram Dass o Eckhart Tolle.

De niña, su madre intentaba nutrir su sabiduría espiritual con los evangelios según san Mateo, san Marcos, san Lucas y san Juan, pero a Katie sus escritos le supieron a poco. La mayoría de los salmos católicos le entraron por una oreja y le salieron por la otra sin dejar huella, desechados por ser anticuados, esotéricos e irrelevantes. Katie no conseguía conectar con ellos. Sin embargo, a través de las enseñanzas espirituales del yoga, el budismo e incluso la poesía, Katie ha encontrado las palabras que nutren su alma.

Además, a los profesores de yoga les encantan las citas, las afirmaciones, los propósitos y las palabras inspiradoras. El propósito del yoga es crear un equilibrio de cuerpo, mente y espíritu para que podamos vivir en paz, salud y armonía con los demás. Las citas constituyen recordatorios rápidos para que nos centremos en lo que realmente importa. Siempre que el pinchadiscos mental de Katie se atasca en una lista de reproducción negativa, ella toma prestada una cita de la pared y reemplaza conscientemente sus pensamientos derrotistas y de desánimo por palabras positivas de sabiduría y efectividad reconocidas a lo largo del tiempo.

Katie lee:

O estás en el aquí y el ahora o no estás en ninguna parte.

BARON BAPTISTE

—Pero lo que más me gusta es tu cama —afirma Felix con una sonrisa pícara, y besa a Katie.

La cama de Katie perteneció anteriormente a una mujer que se llamaba Mildred y que era la hermana de su vecina, la señora Murphy. De hecho, Mildred murió en esta cama. A Katie le horrorizaba la idea de heredar la cama de una difunta, pero ella dormía en un futón sobre el suelo y la señora Murphy se la ofreció gratis. «¿Cómo? ¿Pretendes rechazar una cama gratis que, además, está en perfecto estado?», le preguntó su madre. Katie sintió el impulso de alegar que una mujer acababa de morir en ella y que, por lo tanto, no estaba en perfecto estado precisamente, pero no tenía ni un centavo y no estaba en situación de poner reparos. Esparció sobre ella humo de incienso todos los días durante semanas y todavía reza a Mildred todas las noches. Le agradece la cómoda cama y espera que sea feliz en el cielo y que no baje a echarse un sueñecito ni a celebrar una fiesta de pijamas. Seguramente, si está viendo al protestante negro y desnudo que hay ahora en su cama, se estará revolviendo en la tumba. Katie besa a Felix y decide no hablarle de Mildred.

—Me sabe mal que nos hayamos saltado la clase esta mañana —comenta Katie expresando la culpabilidad que siente.

Aprendió a sentirse culpable al mismo tiempo que a tener buenos modales. «Por favor.» «Quiero algo.» Culpable. «Gracias.» «Tengo algo.» Culpable. «Estoy besando a un hombre guapo y desnudo en la cama de Mildred mientras mis padres no saben nada y están mirando la televisión dos plantas más abajo.» Culpable. La capacidad de vincular íntimamente la culpabilidad a cualquier emoción positiva es una habilidad que cultivan los irlandeses. Se trata de una cualidad que su familia admira más que las piruetas de Meghan. Katie lleva despierta alrededor de cinco minutos y la culpabilidad ya está sentada a su mesa con su resplandeciente corona y permanece atenta mientras sonríe socarronamente.

—Esta noche ya hemos realizado un ejercicio espiritualmente inspirador —responde Felix, y le insinúa que lo repitan.

Su sonrisa acentúa el hoyuelo que tiene en la mejilla izquierda y que vuelve loca a Katie.

—Yo tengo hambre. ¿Y tú? —pregunta ella.

—Estoy hambriento.

—¿Qué prefieres, desayunar o comer?

—Cualquiera de las dos cosas me va bien. Lo que tengas en la cocina.

¡Vaya! Ella estaba pensando en salir y quizás ir a comer al Sorelle. La noche anterior, gracias a la seguridad que les proporcionaba la oscuridad y lo avanzado de la hora unido a los martinis que albergaba el casco de su normalmente controlada nave, la posibilidad de tropezarse con sus padres le pareció un continente lejano. Pero ahora es pleno día y su madre podía dejarse caer por el piso para saludarla, tomar una taza de té o, simplemente, recordarle que es domingo y que la cena es a las cuatro. Como siempre. Y su padre podría estar frente a la casa paseando a *Yaz*. ¡Mierda!

Katie da una ojeada al reloj de la mesilla. Probablemente, su madre no subirá a visitarla. Katie contiene el impulso de sacar precipitadamente a Felix de la casa antes de que los descubran y se pone la ropa interior y una camiseta de los Red Sox. Felix se pone los calzoncillos y la sigue por el estrecho pasillo hasta la cocina.

El piso es del mismo estilo que el de sus padres, que es donde creció, y es igual de patético. El suelo es de linóleo desgastado por el uso y parece sucio incluso recién fregado. En la cocina hay una mesa de segunda mano, dos sillas que no hacen juego y en la encimera de formica de color verde aguacate hay una cafetera vieja. Nada de acero inoxidable, nada de materiales termorresistentes y nada de cafetera exprés. Nada que ver con el piso de Felix, cuyo dormitorio, cocina y salón transmiten una sensación de independencia, madurez y solidez.

Felix es algo mayor que Katie. Tiene veinticinco años, la misma edad que J.J. Además, tiene un máster en dirección y administración de empresas de Sloan y trabaja en el Departamento de Desarrollo Empresarial de una empresa nueva que transforma la basura en combustible. Gana mucho más dinero que ella.

Katie está de pie delante de dos armarios abiertos de la cocina en los que no hay gran cosa y desearía haber hecho la compra el día anterior.

—¿Te parece bien unos copos de avena con plátano?

—¡Y tanto! —contesta Felix.

Se sienta a la mesa e inclina la cabeza para examinar las fotografías que están sujetas con imanes a la puerta de la nevera.

—¿Qué prefieres, café o una infusión? Aunque el café no es muy bueno.

—Una infusión me parece bien. ¿Esos tíos son tus hermanos?

—Sí. El de la izquierda es J.J., y el de la derecha, Patrick.

Katie desearía tener dinero para arreglar el piso. Con el tiempo se ha dado cuenta de que ser profesora de yoga es una profesión de endeudamiento. Ella da cinco clases a la semana y cobra seis dólares por persona y, como máximo, consigue setenta y dos dólares por clase. Aunque consiguiera dar unas cuantas clases privadas a *toonies* y organizar alguna que otra fiesta de despedida de soltera, apenas le llegaría para pagar el alquiler del piso y comer. También trabaja de camarera, pero no le sirve de gran ayuda. Por otro lado, están los gastos extras: ropa de yoga, música para las clases, libros, talleres y retiros... Quizá no parezca que tiene muchos gastos, pero con unos ingresos de solo cuatrocientos dólares a la semana, su cuenta está en números rojos todos los meses. De ningún modo podría permitirse un seguro de salud privado. Por suerte, goza de buena salud.

—¿Cuál de los dos es el bombero?

—J.J.

La única vía de escape de esta vida de escasez sería abrir su propio centro de yoga. Pero Katie es amiga de Andrea, la propietaria del Town Yoga, y en Charlestown ya hay dos centros dedicados a esta práctica. Su pequeño barrio no alberga suficientes personas para mantener un tercer centro. Además, Andrea se cabrearía. Aunque esto Katie lo ve más como una señal que como un obstáculo, porque le ofrece la excusa perfecta para unir su sueño de dirigir su propio centro con su otro gran sueño.

Trasladarse a vivir fuera de Charlestown.

No es que el hecho de haber crecido aquí no signifique nada para ella o que no valore otros aspectos de vivir en el barrio. De hecho, se siente orgullosa de ser irlandesa y también de ser fuerte, obstinada y espabilada. Ya de pequeña, sus primos de las afueras le parecían mimados y sobreprotegidos, con sus citas programadas para jugar con otros niños y sus campamentos de verano en la línea de Martha Stewart. Pero vivir en Charlestown es vivir la vida real en el mundo real. Nada de positivismo exagerado y cursi como el de la novela *Pollyanna*. Y Katie se siente agradecida por eso.

Charlestown es un lugar realmente insular. Aquí todo el mundo se conoce y nadie hace nada, y ni siquiera se desplaza, más allá de unas cuantas manzanas. En serio.

Antes de conocer a Felix, Katie se pasaba los fines de semana en los bares Warren, Sullivan's o Ironsides, aunque, para ser sincera, siempre estaba en el Ironsides. Fuera del círculo de sus amigos más cercanos, ella es la hermana pequeña de J.J., la hija del agente Joe O'Brien, la hermana de la bailarina o incluso la nieta de Frank O'Brien, que descanse en paz. Trata con las mismas personas semana tras semana, y estas siempre se quejan de las mismas cosas: la dificultad de encontrar aparcamiento, los Yankees, el clima, el constante cotilleo de quién sale con quién y quién se ha separado de quién. Siempre hablan de las mismas personas, de personas que conocen desde que aprendieron a atarse los zapatos. Si no hace algo drástico, acabará como todos los del barrio, casada con un *townie* irlandés, cargando con un puñado de niños pecosos y pelirrojos y viviendo para siempre en la planta superior de la casa de sus padres.

Las enseñanzas del yoga le han abierto los ojos a ideas y posibilidades que van más allá de la iglesia de San Francisco y del diminuto barrio irlandés. El budismo, el Tíbet, el Dalai Lama, el hinduismo, la India, Bhakti, el sánscrito, Shiva, Ganesh... Las filosofías del veganismo y el ayurveda le han aportado una nueva conciencia acerca de la comida y la salud. Ahora cuenta con más alternativas aparte de las salchichas, el puré de patatas y la morcilla. Ella creció con los Diez Mandamientos, una lista de prohibiciones que insistía en la obediencia motivada por el miedo al infierno y la ira de Dios. Sin embargo, los ocho miembros del yoga ofrecen un código más amable para vivir desde el alma. A diferencia de los autoritarios mandamientos, los yamas y niyamas son recordatorios que la ayudan a conectar con su verdadera naturaleza humana y a vivir en paz, con salud, y en amorosa armonía con todos y todo. De niña, Katie solía mascullar los himnos en la iglesia porque conocía los textos y su madre insistía en que los recitara, pero ahora ella asiste a los kirtans en lugar de la misa y canta con el corazón.

Los integrantes de la comunidad yogui proceden de todos los rincones del planeta y a Katie le resultan sumamente exóticos: asiáticos, indios, africanos. ¡Demonios, si hasta los californianos le resultan exóticos! En lugar del rosario, tienen el mala; en lugar de asistir a los conciertos de Mumford and Sons, escuchan a Krishna Das; en lugar de comer hamburguesas, comen tofu; y en lugar de tomar Guinness, toman kombucha. De una forma intuitiva e ingenua, Katie se siente atraída y fascinada por lo que ella no es.

Sabe que solo ha arañado la superficie. Solo ha probado una muestra de una tradición y una forma de vivir y de pensar distintas a como ella fue educada, a como todos los habitantes del barrio viven, sin cuestionárselo, generación tras generación. Y su curiosa alma ansía saber más.

Se acuerda de que, de niña, cuando tenía siete u ocho años, estaba de pie en el Sendero de la Libertad con los pies en ladrillos paralelos y que siguió la línea roja con la mirada hasta que desapareció en los límites de Charlestown. ¡Hacia la libertad! Entonces no sabía que el sendero, simplemente, cruzaba el puente hasta el North End, que es otro barrio étnico y pequeño de la ciudad. En su imaginación, el sendero de ladrillos rojos fue construido por el mismo peón que construyó el camino de ladrillos amarillos de *El mago de Oz*, de modo que, lógicamente, debía de conducir a algún lugar mágico. Cuando era pequeña, en ese lugar mágico había casas con porches, garajes de dos plazas, jardines cubiertos de hierba y columpios. Se trataba de un país con árboles, estanques, campos extensos y personas que no eran irlandesas y que no la conocían desde que nació.

Katie todavía sueña con vivir en un lugar situado al otro extremo del arco iris, en un estado distinto donde dispondrá del espacio suficiente para respirar y crear el tipo de vida que quiere, una vida que no estará determinada por dónde y cómo vivieron sus padres o incluso sus abuelos. Una vida que ella elegirá y creará libremente, no una vida heredada de sus padres. ¡Algún día!

Katie es una gran practicante del «algún día». «Algún día tendré mi propio centro de yoga.» «Algún día viviré en Hawái, en la India o en Costa Rica.» «Algún día tendré mi propia casa con un jardín y un garaje para el coche.» «Algún día me iré del barrio.» «Algún día me ocurrirá algo grande.»

—¿Los conoceré algún día? —pregunta Felix.

—¿A quién?

—A tus hermanos, a tu familia.

—Sí, claro, algún día.

—¿Y qué tal hoy?

—¿Hoy? Uf, no sé si estarán por aquí.

—¿Y qué me dices de esa cena a la que asistes todos los domingos? ¿Cuándo me invitarás a esa cena?

—Cariño, tú no quieres asistir a nuestra cena de los domingos, créeme. No es divertida. Se trata de una obligación. Y la comida es horrible.

—La comida no me importa, lo que yo quiero es conocer a tu familia.

—Ya la conocerás.

—¿Qué ocurre? ¿Te avergüenzas de mí o algo parecido?

—¡No, claro que no! No tiene nada que ver contigo.

Katie está a punto de culpar a sus padres, al catolicismo de su madre, a la obsesión de su padre por los equipos deportivos de Boston o a la irresistible feminidad de Meghan, pero entonces la verdadera razón se presenta, clara e ineludible. Ella es la razón. Está en su diminuta cocina, vestida con ropa interior y una camiseta vieja, descalza y con los fríos pies sobre el pegajoso suelo de linóleo, y no se siente digna de estar con él. Cuando piensa en revelarle a Felix esos pensamientos tan íntimos, prácticamente, tiembla de inquietud. Como si, cuantas más cosas supiera de ella, más se diera cuenta de lo poco que es. Su cocina refleja su falta de sofisticación; su dormitorio, su falta de madurez, y su salón, su falta de elegancia. La idea de añadir a sus padres y hermanos y el lugar donde creció, el auténtico

Charlestown, no la versión de pisos remodelados y modernos de los *toonies*; la idea de que perciba su falta de cultura y educación, de que vea las figuritas de María, Jesús y la rana Gustavo que adornan el piso de sus padres y los tarros de mermelada que utilizan como vasos hace que se sienta mucho más desnuda de lo que lo estaba diez minutos antes.

Y si él la ve tal como es de verdad, quizá no la quiera. ¡Bum! Esa es la cuestión. Ellos todavía no se han dicho que se quieren y, sin lugar a dudas, ella no será la primera en decirlo. A pesar de todo lo que ha aprendido gracias al yoga sobre aceptar la propia vulnerabilidad y vivir con autenticidad, ella sigue siendo una cobarde. ¿Y si le presenta a su familia y ellos no pueden aceptar a un negro baptista y seguidor de los Yankees? ¿Y si Felix une esto a la considerable lista de sus imperfecciones y decide que no la quiere? Ella no merece su amor.

Katie está de cara a la encimera y de espaldas a Felix. Mientras vierte cereales de avena en los cuencos que no hacen juego, piensa en la posibilidad de que Felix la rechace y su cuerpo no distingue entre la realidad y la representación de ese horror. Reconoce que eso es una auténtica estupidez, que debería ser más lista y no aplicar su energía a esa historia totalmente inventada, pero no puede evitarlo. Katie imagina su ruptura con pelos y señales y siempre provocada por él al menos una vez a la semana y tres veces desde que se despertaron hoy. Y cada separación imaginada arranca hebras de su corazón y teje un nudo más grande y apretado en su pecho.

¡Cobarde! Debería sentirse segura de sí misma, de dónde procede y de lo que siente por él. Ella quiere a Felix. Debería decírselo y presentárselo a su familia. Pero el riesgo le parece demasiado grande, el acantilado demasiado elevado, el abismo entre lo que tienen ahora y lo que podrían tener, demasiado ancho. Tanto que podría morir al saltarlo.

—En otra ocasión. En serio, ni siquiera sé si mi padre y J.J. estarán en casa hoy.

Los labios de Felix se ponen tensos y baja la cabeza como si buscara una explicación en el feo dibujo del suelo de linóleo.

—¿Sabes qué? Que no tengo hambre. Será mejor que me vaya.

Sale de la cocina y regresa enseguida totalmente vestido.

—Nos vemos —dice a Katie, y le da un beso leve en la mejilla.

—Adiós.

Debería detenerlo, disculparse e invitarlo a la cena, pero, en lugar de eso, Katie no dice nada, se queda muda e inmóvil y deja que se vaya. ¡Mierda!

Se sienta en la asquerosa mesa de la cocina. Al verse repentinamente sola, se queda paralizada y no toca la mezcla de cereales y plátano. Desea haber asistido a la clase de Andrea, que Felix no se hubiera ido, que ella no fuera una estúpida cobarde, que supiera aplicar sus lecciones de yoga a su vida real. La tetera emite un pitido y Katie se levanta sobresaltada de la silla. Vierte el agua hirviendo en una taza y deja la otra, vacía, en la encimera. Bebe a sorbos el té verde mientras reproduce mentalmente lo que acaba de ocurrir y ensaya lo que podría decirle a Felix cuando vuelva a verlo. Confía en que él la perdone y la telefonee más tarde. Desea, con toda su alma, no haber acabado con la relación, no haberlo perdido para siempre. Pero, sobre todo, espera que él no se haya tropezado con sus padres al salir de casa.

11

Katie está sentada entre Patrick y Meghan en el sofá del salón de sus padres y se pregunta qué estará haciendo Felix. Hoy casi lo invita a la cena de los domingos. Tenía las palabras listas y preparadas en la boca, pero en el último segundo se acobardó y se las tragó. Él no ha mencionado la posibilidad de conocer a su familia desde que discutieron sobre ello la semana anterior, de modo que parece que el tema de momento está arrinconado. Pero tendrá que invitarlo un domingo de estos. No puede mantener su relación en secreto para siempre.

J.J. y Colleen comparten el sofá biplaza que está enfrente de Katie. Sus cuerpos y piernas están juntos y J.J. rodea los hombros de Colleen con el brazo. ¡Parecen tan felices! Katie desea que Felix estuviera aquí.

Su madre entra sigilosamente en la habitación, prácticamente de puntillas. Deja un *pack* de seis Coors Light y una botella de chardonnay frío sobre la mesita de centro sin mirar ni dirigir la palabra a nadie y vuelve a la cocina. Regresa al cabo de unos instantes con un abridor y tres tarros de mermelada vacíos y vuelve a irse. Ellos se miran unos a otros. Eso ha sido muy raro.

No les está permitido beber hasta que empiecen a cenar. Se trata de una norma estricta. Patrick se encoge de hombros, se inclina hacia delante, toma una cerveza y la abre. Katie introduce el abridor en el corcho de la botella de vino, tira de él y lo saca. J.J. toma una cerveza y Katie sirve un vaso de vino a Meghan.

—¿Vino? —pregunta Katie a Colleen.

—No, gracias, de momento estoy bien.

—¿Dónde está el mando? —pregunta Patrick.

—Ni idea. Eres tú quien vive aquí —contesta J.J.

Los chicos examinan la habitación sin levantar el culo de los sofás.

—Pon la tele en marcha, Pat —exige J.J.

—¡Sí, hombre! Ponla tú.

—Yo estoy muy cómodo aquí con Colleen. Levántate y mira si retransmiten algún partido.

—Los Red Sox no juegan hasta la noche.

—Mira a ver qué echan.

—Todavía estoy buscando el mando.

Patrick se reclina en el sofá, junta los talones con las rodillas hacia fuera y bebe un trago de cerveza. Katie sacude la cabeza. Sus hermanos son patéticos. Con la televisión apagada la habitación resulta extraña, opresiva incluso. De hecho, Katie no recuerda haber estado nunca en el salón con la televisión apagada. Es como si echaran de menos a un quinto hermano, el que nunca se calla y reclama toda la atención.

Colleen se levanta, se dirige a la mesa de los ángeles y las ranas y regresa con el mando.

—Gracias, cariño —dice J.J., y le hace una mueca a Patrick mientras enciende el televisor.

Cambia de un canal a otro sin parar, pero el ruido y la luz de la pantalla les da a todos un propósito común y la habitación cobra vida y vuelve a adquirir un aire familiar. Katie suspira y percibe el olor a limpiacristales Windex, lo que le resulta extraño. Normalmente, la casa huele al animal que su madre esté cocinando ese domingo. Aparte de su obsesión por la plancha, su madre no es precisamente famosa por su meticulosidad en la realización de las tareas domésticas. En general, solo limpia las polvorientas figuras y superficies del salón con Windex cuando van a recibir alguna visita. Katie vuelve a inhalar. Nada, solo Windex.

Salvo el olor a beicon, que, a pesar de lo que cree y ha aprendido, sigue haciéndole la boca agua, el olor de las cenas de los domingos le produce rechazo. Pero hoy la casa no huele a beicon, pollo o cordero. ¿Su madre finalmente ha descubierto la manera de eliminar el olor y el sabor de la comida?

La puerta principal se abre y su padre aparece en el salón. Lleva una bolsa de plástico y tres cajas de pizza y sonríe como si fuera Santa Claus y hubiera acudido a entregar un saco de juguetes.

—Traigo pizzas de salchichón, margarita, vegetal con queso vegano para Katie y una ensalada para nuestra conejita.

—¿Dónde las has comprado? —pregunta Katie.

Papa Gino's no vende pizzas veganas.

—En el North End.

—¡Vaya! ¿De verdad?

Su madre les lleva una pila de platos y servilletas de papel y ellos empiezan a servirse raciones de pizza caliente.

—Espera, ¿vamos a comer aquí? —pregunta Meghan.

—Sí, ¿por qué no? —replica su madre.

—¿Van a retransmitir un partido? —pregunta Katie.

—No, hasta la noche —contesta Patrick.

Pizza y cerveza en el salón para cenar suena a fiesta, pero Katie se pone tensa. Esto no ocurre nunca, no a menos que estén retransmitiendo un partido importante. Algo no va bien.

Su padre se sienta en su sillón y su madre en la mecedora de madera. Él bebe una cerveza y ella sostiene a *Yaz* en su regazo, pero ninguno de los dos toma un plato con pizza. Su madre está pálida y parece distraída. Mira en dirección a la televisión pero sin fijar la vista. Acaricia a *Yaz* con una mano y el crucifijo que cuelga de su cuello con la otra. Su padre se agita en el sillón. Parece nervioso.

De repente, la habitación le resulta más extraña que cuando la televisión estaba apagada. En el ambiente hay una energía eléctrica y Katie se queda quieta y helada mientras siente que esa energía recorre su cuerpo. Su instinto animal se despierta y siente un cosquilleo en los nervios. Se avecina una tormenta. Un león acecha en la maleza. Los pájaros enmudecen antes de emprender el vuelo. Algo se aproxima. Algo malo.

Patrick se está atiborrando de pizza de salchichón y mastica con la boca abierta. Tiene que ser algo relacionado con él. Siempre se trata de él. Ha hecho algo ilegal y ahora tendrá que confesarlo o su padre tiene que detenerlo. Pero Patrick parece estar totalmente tranquilo.

Quizá se trate de algo relacionado con ella. Han visto a Felix. ¡Eso es! Ahora viene el sermón. No van a permitirle vivir aquí, bajo su techo y prácticamente gratis, si es así como se va a comportar: acostándose con un hombre negro que no es católico ni irlandés ni de Charlestown. ¿Qué dirán los vecinos? ¿No le importa su reputación y el buen nombre de la familia? ¡Por no hablar de su alma!

Tendrá que elegir entre Felix y su familia. Quizás este tipo de ultimátum constituya una bendición para ella. Le harán un favor. «Muy bien, pues me voy. Me largo de aquí.» Será justo la patada en el trasero que necesita. Puede vivir con Felix hasta que encuentre un piso propio. Pero ¿adónde irá? Todavía no está preparada. No ha ahorrado el dinero suficiente para dejar Charlestown y tampoco puede costearse un piso en el barrio. ¡Mierda!

Su madre se levanta, toma el mando que está en el brazo del sofá, lo dirige hacia el televisor y lo apaga. J.J. levanta la vista hacia ella dispuesto a protestar, pero la afligida expresión de su cara le impide quejarse. Nadie lo hace. Nadie pronuncia una palabra. Ella vuelve a sentarse en la mecedora y agarra el crucifijo.

—Ahora que estamos todos juntos, vuestra madre y yo tenemos algo que deciros —anuncia su padre.

Intenta hablar, pero las palabras no salen de su boca. Se sonroja y realiza una mueca mientras lucha contra sí mismo. El aire de la habitación se enrarece. La base del estómago de Katie desaparece y sus tripas y los dos bocados de pizza que ha tomado caen en picado. Lo que ocurre no está relacionado con Felix. Su padre carraspea.

—Me han realizado una prueba médica y hemos averiguado que padezco lo que llaman la enfermedad de Huntington.

Significa que, con el tiempo, tendré problemas para caminar, hablar y varias cosas más. Pero la buena noticia es que es de evolución lenta y tardará, como mínimo, diez años.

La enfermedad de Huntington. Katie no había oído hablar de ella en su vida. Mira a su madre para valorar lo grave que es. Su madre aprieta el crucifijo con una mano y, con el otro brazo, se abraza el abdomen como si quisiera aferrarse a la vida. Es realmente grave.

—¿De modo que dentro de diez años empezarás a tener problemas para caminar? —pregunta Meghan.

—No, lo siento. Ahora ya tengo algunos de los síntomas. Ya padezco la enfermedad.

—¿Entonces tardará diez años en qué? —pregunta Patrick.

—En provocarle la muerte —contesta Colleen.

—¡Por Dios, Coll! —exclama J.J.

—No, tiene razón. Lo has visto en tu trabajo, ¿no? —pregunta Joe a Colleen.

Colleen asiente con la cabeza. Ella trabaja de fisioterapeuta. ¿Que si ha visto qué? ¿Qué ha visto Colleen?

—Entonces conoces la segunda parte de la explicación, ¿no? —pregunta de nuevo Joe.

Colleen vuelve a asentir con la cabeza. Se ha vuelto totalmente pálida y su cara está tensa, como si sufriera algún dolor, lo que saca de quicio a Katie.

—¿Qué segunda parte, papá? ¿Mamá? —pregunta J.J.

Su padre mira a su madre.

—Yo no puedo —murmura ella.

Su madre alarga el brazo y toma un pañuelo de papel de la caja que hay en la mesita. Se enjuga los ojos y se suena la nariz. Su padre exhala con fuerza a través de sus labios fruncidos, como si estuviera soplando las velas de un pastel de cumpleaños y pidiendo un deseo.

—La enfermedad de Huntington es hereditaria. Yo la heredé de mi madre. Así que vosotros, chicos... Vosotros, chicos... Cada uno de vosotros tiene el cincuenta por ciento de probabilidades de padecerla.

Nadie se mueve ni dice nada. Katie se olvida de respirar. Entonces su madre se tapa la cara con un pañuelo de papel y rompe a llorar.

—Espera, ¿el cincuenta por ciento de probabilidades de padecer el qué? ¿Cómo has dicho que se llama? —pregunta Meghan.

Su padre, su pilar, su protector, un hombre que siempre está seguro de todo, ahora se ve físicamente frágil. Las manos le tiemblan. Tiene los ojos vidriosos y se le están llenando rápidamente de lágrimas. Su cara se retuerce en una mueca, como si acabara de succionar un limón, mientras se esfuerza en contener las lágrimas, y esto está desquiciando a Katie. Ella nunca lo ha visto llorar. Ni cuando murió su padre, ni cuando asesinaron de un tiro a un policía amigo suyo, ni cuando por fin llegó a casa al día siguiente de la masacre de la maratón.

«Papá, por favor, no llores.»

—Tomad. —Su padre saca una pila de prospectos del bolsillo de su chaqueta y los deja encima de la mesa de centro, al lado de las cajas de pizza—. Lo siento, no puedo hablar.

Ellos toman un ejemplar y empiezan a leer.

—¡Joder! —exclama Patrick.

—¡Ese lenguaje! —le reprende su madre.

—Lo siento, mamá, pero que se joda el lenguaje ahora mismo —replica Patrick.

—¡Por Dios, papá! —exclama Meghan mientras agarra el pañuelo de seda rosa que lleva al cuello.

—Lo siento. Rezo a cada minuto para que ninguno de vosotros la haya heredado —se disculpa su padre.

—¿Los médicos pueden hacer algo para tratarla? —pregunta Meghan.

—Cuentan con algunos medicamentos para aliviar los síntomas y me apuntaré a fisioterapia y a terapia del habla.

—¿Pero no existe una cura? —pregunta Patrick.

—No.

Katie lee:

La enfermedad de Huntington se manifiesta a través de síntomas motores, cognitivos y psíquicos que suelen aparecer entre los treinta y cinco y los cuarenta y cinco años y evoluciona implacablemente hasta la muerte. En la actualidad no existe ninguna cura ni tratamiento que pueda detener, ralentizar o invertir su evolución.

Su padre padece la enfermedad de Huntington. Su padre se está muriendo. Diez años. Esto no puede estar sucediendo.

Cada uno de los hijos de un progenitor afectado tiene una probabilidad de un cincuenta por ciento de padecer la enfermedad.

En general, los síntomas aparecen a los treinta y cinco años. Esto es catorce años a partir de ahora. Después, ella podría estar muriéndose de la enfermedad de Huntington. Esto no puede estar sucediendo.

—Si tienes esa mutación genética, ¿ya está? ¿Seguro que padecerás la enfermedad? —pregunta J.J.

Su padre asiente con la cabeza. Una lágrima resbala por su sonrosada mejilla.

Katie se concentra en el prospecto y busca la letra pequeña, la excepción, una salida. Tiene que haber un error. Su padre está bien. Se trata de un policía de Boston fuerte y duro, no de alguien que padece una enfermedad mortal. Vuelve a leer la lista de síntomas. «Depresión.» En absoluto. «Paranoia.» Nada que ver con él. «Dificultad del habla.» Él vocaliza como un actor de teatro. Tienen que estar equivocados. La prueba salió mal. Ha habido una confusión o se ha producido un falso positivo. Muerto dentro de diez años. ¡A la mierda esos gilipollas por haberse equivocado y haber hecho que su padre llore!

Continúa leyendo. «Pérdida de destreza.» A veces, ¿y qué? «Explosiones de mal genio.» Está bien, de acuerdo, pero todo el mundo pierde los nervios de vez en cuando. «Corea.»

«Término derivado de la palabra griega que significa "danza" y que se caracteriza por movimientos espasmódicos e involuntarios.»

Katie mira a su padre. Sus pies realizan una danza irlandesa en el suelo. Sacude los hombros. Arquea las cejas y su cara se contorsiona como si acabara de succionar un limón. ¡Mierda!

—Entonces ¿podemos averiguar si tenemos esa mutación genética? —pregunta Meghan mientras lee el prospecto.

—Sí, podéis realizaros la misma analítica que me realizaron a mí —contesta su padre.

—Pero, aunque tengamos la mutación genética, no podremos hacer nada al respecto, ¿no? Uno tiene que vivir sabiendo que se pondrá enfermo —continúa Meghan.

—Exacto.

—¿La analítica indica cuándo se manifestará la enfermedad? —pregunta Katie.

—No.

—¡Joder! —exclama Patrick.

—¿Desde cuándo lo sabes? —pregunta J.J.

—He estado teniendo síntomas desde hace un tiempo, pero nos enteramos de que padezco la enfermedad en marzo —contesta su padre.

—¿Lo sabéis desde marzo? —pregunta J.J. con la mandíbula y los puños apretados, como si contuviera la repentina y urgente necesidad de romper todos los ángeles y ranas de cerámica de la habitación—. ¿Y por qué no nos lo habéis contado hasta ahora? ¡Ya es el puto mes de mayo!

—Necesitábamos tiempo para asimilar la información —contesta su padre.

—No ha sido fácil reuniros a todos —interviene su madre en defensa de Joe.

—¡Eso es una gilipollez! ¡Todos vivimos aquí! —grita J.J. ahora a pleno pulmón.

—Teníamos que tener en cuenta el calendario de actuaciones de Meghan. Además, o tú o tu padre siempre trabajabais en domingo —replica su madre con voz temblorosa mientras, en su regazo, *Yaz* está prácticamente cubierto por una montaña de pañuelos de papel húmedos y arrugados—. Teníamos que contároslo a todos a la vez. No podíamos contároslo solo a dos y dejar la mitad del gato dentro del saco.

—¿Por qué mamá habla ahora de un gato? —pregunta Patrick.

Katie se echa a reír. Sabe que resulta totalmente inapropiado, pero agradece a Patrick que haya aliviado momentáneamente la tensión. Colleen, por su parte, esconde la cara en las manos y rompe a llorar.

—Calma, cariño, todo irá bien —la consuela J.J.

Pero, en lugar de tranquilizarla, sus palabras hacen que llore todavía más, hasta que sus manos no pueden contener su llanto. De repente, levanta la cabeza y es Colleen pero no lo es. No se parece en nada a la dulce y afable cuñada que Katie conoce desde primaria. Su mirada se ve enloquecida y desesperada, y su boca está abierta y crispada, como si una especie de transformación de efectos especiales de una película de terror hubiera tenido lugar detrás de sus manos. J.J. intenta abrazarla, pero ella lo rechaza. Se levanta y sale de la habitación. Los demás permanecen sentados y guardan un aprensivo silencio mientras oyen cómo ella sube con determinación las escaleras. La puerta de su piso da un portazo y Colleen llora desesperadamente en algún lugar de la planta inmediatamente superior.

—¿Qué demonios ha sido eso? —pregunta Patrick.

—¡Está asustada, imbécil! —contesta Meghan.

—J.J., sé que lleváis un tiempo intentando tener un hijo —interviene su padre—. Aunque tuvieras esa mutación genética, Dios no lo quiera —se interrumpe y toca la mesita auxiliar de madera tres veces—, hay procedimientos médicos, técnicas *in vitro* que pueden garantizar que tu hijo no padezca la enfermedad.

A Katie, esta perspectiva le parece alentadora, como una balsa confiable y segura en ese agitado mar de mierda, pero J.J. no parece verlo así, como si quisiera ahogarse voluntariamente.

—Es demasiado tarde, papá —explica finalmente—. Colleen está embarazada de diez semanas. Acabamos de oír los latidos del corazón de la criatura.

¡Mierda! Katie lleva tres años esperando oír a su hermano pronunciar esas palabras. ¡Se ha imaginado tantas veces los abrazos y gritos de entusiasmo, las felicitaciones y brindis por la salud del primer nieto O'Brien! Su madre, sobre todo, ha esperado esta noticia con ansia. El bebé ya tiene un guardarropa completo con patucos y mantas preciosos tejidos en verde y amarillo y los gorritos más encantadores que uno pueda imaginar.

Su madre empieza a sollozar y se santigua una y otra vez.

—¡O sea, que es jodidamente tarde para esperar un milagro médico! —exclama J.J.

—No necesitarás ningún milagro médico —lo tranquiliza su madre con la voz anegada en lágrimas. Y sus palabras suenan más devastadas que convincentes—. Tú y el bebé estaréis bien.

—Sí, tío. Tú siempre has tenido mucha suerte —lo anima Patrick—. Me apuesto lo que sea a que no padeces la enfermedad. Las probabilidades son de un millón a una.

—Sí, J.J., tienes que ser positivo —añade Katie—. Me alegro por ti.

J.J. sonríe, pero su sonrisa no es sincera.

—Será mejor que me vaya —comenta.

—Dile a Colleen que lo siento —dice su padre, y se pone de pie.

Se acerca a J.J. Normalmente, sus abrazos son superficiales, masculinas palmadas en la espalda, pero el abrazo que se dan hoy es de verdad. J.J. y su padre se agarran con fuerza, sin dejar el menor espacio entre ellos, se aprietan, y Katie rompe a llorar.

—Estarás bien —afirma Joe cuando, finalmente, suelta a su hijo mayor.

—Tú también, papá —declara J.J. mientras se enjuga los ojos—. Lucharemos contra la enfermedad, ¿de acuerdo?

—Por supuesto.

J.J. asiente con la cabeza. Tendrá suerte. Todos la tendrán. Y si no la tienen, lucharán contra la enfermedad. Katie ojea el prospecto. Pero ¿cómo lucharán contra ella? ¿Cómo pueden luchar contra algo que no puede prevenirse, curarse y ni tan solo tratarse? No existe ningún milagro médico para esta enfermedad. Inhala hondo y se enjuga los ojos. Reza a la imagen de Jesús que cuelga de la pared, a los ángeles de cerámica que hay en las mesas, incluso a la rana Gustavo. Si no existe ningún milagro médico, tendrá que rezar al viejo estilo.

12

Katie, Meghan, J.J. y Patrick están sentados uno al lado del otro sobre la hierba, en Bunker Hill. Comparten una botella de Jack y contemplan a los turistas, los *toonies* y los actores. Estos sudan la gota gorda vestidos con sus disfraces de la guerra de la Independencia mientras los cuatro hermanos juegan a su nuevo juego favorito. Normalmente, las familias se reúnen y juegan al parchís, al backgammon o al ¡ve a pescar! Ellos juegan al adivina cómo va a morir.

—Aquel tío.

J.J. señala a un hombre de mediana edad, obeso y de calvicie incipiente que sube con dificultad unas escaleras. Sus tobillos son más gruesos que los muslos de Meghan.

—A tres Big Macs de un ataque cardíaco. Muerto en la ambulancia antes de llegar al hospital.

—Suicidio por sobrepeso —corrobora Patrick.

Él y J.J. entrechocan las palmas de las manos y J.J. pasa la botella a Katie.

Katie ve a una mujer que tiene, más o menos, su misma edad. Está tumbada boca arriba sobre una toalla en la parte baja de la ladera. Lleva puesto un biquini rojo y su piel morena resplandece bajo los efectos del aceite bronceador. Incluso a la sombra del monumento del parque y cubierta por una gruesa capa de crema solar con factor de protección cincuenta, a Katie la obsesiona quemarse por el sol.

—Ella —anuncia Katie, y señala a la joven—. Cáncer de piel. A los veintiséis.

—Buen caso —comenta Meghan.

—¡Vamos, no eliminéis a los bombones! —pide Patrick.

—Lástima que malgaste los pocos años que le quedan con ese payaso —dice J.J., y señala con la cabeza al tío que está tumbado en una toalla contigua a la de la joven.

El hombre viste unos pantalones cortos a cuadros y va sin camisa. Una capa gruesa de vello oscuro cubre su torso pálido y fofo desde el ombligo al cuello.

—Bueno, él morirá dentro de una semana. El muy estúpido hará chocar su Prius contra un camión con remolque que circula en sentido contrario al de él. Estaba escribiendo LOL en el móvil —explica Patrick, y toma la botella de las manos de Katie.

Meghan se echa a reír. Se trata de un juego horripilante y morboso y deberían parar o, al menos, no considerarlo tan divertido. Seguro que todos irán al infierno.

Sin embargo, les resulta extrañamente reconfortante. Todos van a morir. Todas las personas que están en la colina. Los turistas, los *toonies*, el tío gordo, la chica del biquini y su peludo amigo, la joven madre que empuja el cochecito, su encantador bebé. Incluso los O'Brien.

De modo que quizá mueran de la enfermedad de Huntington. ¿Y qué? ¿Acaso creían que eran inmortales? ¿Que abandonarían esta vida vivos? Todo el mundo muere. Sin embargo, Katie ha estado viviendo de espaldas a este hecho inamovible, como si, al no mirarlo, pudiera escapar de él. ¡Oh, sí, claro, ella también morirá, pero cuando tenga unos ochenta o noventa años, cuando sea escandalosamente vieja y haya vivido una vida intensa e increíble! Durante el mes pasado se ha sentido agobiada y preocupada por la posibilidad de desarrollar la enfermedad de Huntington cuando tenga treinta y cinco años y de morir antes de cumplir los cincuenta. Muerta antes de haber terminado de vivir. Patrick pasa la botella a Meghan.

—Allí, Paul Revere —indica Meghan refiriéndose a uno de los actores—. Sostiene el mosquete demasiado alto durante una tormenta y le parte un rayo.

La sudorosa cara del actor está concentrada en una mueca

de preocupación. Se apoya en el cañón de su mosquete falso y escupe al suelo. Las familias que pasan por allí dan un rodeo y se alejan de él. Hoy no ganará el Oscar al mejor actor.

—Al menos morirá haciendo lo que más le gusta —comenta Katie riéndose.

Solo para pasar el rato, hace poco consultó las estadísticas. Las probabilidades de que una persona muera abatida por un rayo son de una entre ciento veintiséis mil. Las de morir ahogado son de una entre mil. Las de morir en un accidente de tráfico, una entre cien. Las de morir de cáncer, una entre siete. Su probabilidad de morir de la enfermedad de Huntington es de una entre dos.

—Mirad a ese tío —dice J.J.

Señala con la barbilla a un anciano que avanza por la acera arrastrando los pies, con los hombros hundidos y la cabeza colgando hacia delante, como si su cuello hubiera renunciado a su trabajo a tiempo completo. Su pelo grasiento y despeinado asoma por debajo de una gastada gorra de los Red Sox, su barba está enmarañada y está fumando un cigarrillo.

—Morirá en su cama, mientras duerme y rodeado de su querida familia —anuncia J.J.

—Sin lugar a dudas —corrobora Meghan muerta de risa, y le pasa la botella a J.J.

Katie sacude la cabeza.

—¡Es tan injusto!

—¡No sabéis cómo me cabrea! —exclama Patrick—. Dios le da a nuestro padre la EH y deja que ese imbécil se quede por aquí.

Todos guardan silencio. J.J. bebe un trago considerable y le tiende la botella a su hermano.

—Me he estado informando acerca de la prueba —explica J.J.—. No se trata solo de una analítica de sangre, sino de una larga y jodida serie de pruebas. Antes de que te extraigan la sangre, tienes que acudir a dos citas absurdas en plan asesoramiento psicológico repartidas entre dos semanas y, luego, tienes que esperar otras cuatro semanas para que te den los resultados.

—¿Te refieres a que tienes que hablar con un loquero? —pregunta Patrick.

—Básicamente, sí.

—¿Sobre qué?

—Sobre el clima. ¡Sobre qué va a ser, sobre la enfermedad de Huntington, tarado!

—Sí, pero ¿de qué va la entrevista?

—Quieren asegurarse de que conoces el alcance de la enfermedad y lo que implica realizarse la prueba. También quieren saber por qué quieres hacértela y cómo te enfrentarás a los resultados para asegurarse de que, si das positivo en la mutación genética, no saltes del puente Tobin.

—A mí no me parece mal —comenta Meghan.

—¿Ah, sí? Entonces qué, ¿si digo que quiero saltar del maldito puente me impedirán realizarme la prueba? —pregunta Patrick—. Se trata de mi vida. Tengo derecho a saberlo. Y no pienso asistir a esa gilipollez de asesoramiento.

—Entonces no te realizarán la prueba —replica J.J.

—Pues que se jodan. De todos modos, tampoco quiero saberlo —contesta Patrick.

Quizá saber que va a padecer la enfermedad de Huntington sería positivo para Katie. Así, en lugar de ir dando tumbos por ahí durante años, en lugar de darle vueltas a la cabeza y aplazar las cosas que quiere hacer porque piensa que tiene tiempo de sobra, que dispone de todo el tiempo del mundo, sabrá con certeza que no es así. ¡Hazlo ahora! ¡Todo! Entonces sus próximos catorce años serían fantásticos, mejores que los próximos cincuenta de cualquiera.

O quizá no sería tan buena idea saberlo. Quizás entonces no saldría de Charlestown, no abriría su propio centro y no se casaría ni tendría hijos porque ellos se merecerían tener una mujer y una madre que estuviera viva para quererlos y educarlos. ¿Por qué preocuparse en tener todo eso si iba a morir tan pronto? En lugar de vivir, se iría muriendo día a día durante catorce años.

Katie se imagina una bomba de relojería realizando la cuenta atrás en el interior de su cabeza, programada para un año, un mes, un día y una hora concretos. Y, entonces, ¡bum!, la enfermedad de Huntington explotaría dentro de su cráneo y haría saltar por los aires las partes de su cerebro que rigen sus movimientos, sus pensamientos y sus sentimientos. Movimiento. Pensamiento. Sentimiento. ¿Qué más hay ahí dentro? Su formación de yoga le ha enseñado que está su ser. El ser existe. En la meditación, el objetivo consiste en no moverse, no pensar y no sentir, solo ser. Este es, exactamente, el esquivo estado que todo yogui aspira a experimentar. Sal de la mente. Calma tus movimientos y aquieta tus pensamientos. Percibe tus sentimientos pero no te aferres a ellos. Deja que pasen.

Pero la enfermedad de Huntington no consiste en la ausencia de movimientos, pensamientos y sentimientos. Esta enfermedad no implica un estado de plenitud trascendental. Implica un espectáculo absolutamente monstruoso: unos movimientos antinaturales, constantes e improductivos; una rabia incontrolable; unas paranoias impredecibles; unos pensamientos obsesivos. La explosión no elimina los movimientos, los pensamientos y los sentimientos, sino que los distorsiona. Se imagina que la explosión libera una especie de líquido venenoso, un goteo constante de toxinas que, con el tiempo, penetran en todas las células nerviosas y contaminan todos los pensamientos, sentimientos y movimientos y hacen que se pudra de dentro afuera.

Quizá ya la padece. El prospecto dice que los síntomas pueden aparecer quince años antes del diagnóstico. O sea, que podría ser ahora. Ayer se tambaleó mientras realizaba el Ardha Chandrasana, la postura de la media luna. El brazo y la pierna que tenía levantados se agitaron como si fueran ramas sacudidas por un huracán. Se desequilibró hacia la izquierda, lo compensó inclinándose hacia la derecha y, al final, perdió el equilibrio delante de toda la clase. ¿Fue debido a la enfermedad?

O quizá no la padece. Quizás está perfectamente. Solo perdió el equilibrio durante un instante, como puede ocurrirle a cualquier persona normal, y su preocupación obsesiva es totalmente inútil.

O quizá la padece.

Durante bastantes meses, Katie ha experimentado una creciente impaciencia, como si estuviera practicando el surf y estuviera a punto de alcanzar la blanca y espumosa cresta de la ola. Todo lo que ha hecho hasta ahora ha sido como preparación para la vida real y ansía ponerse en marcha. Ha llegado la hora. Pero ¿y si justo cuando está preparada para empezar a vivir averigua que se está muriendo? Por supuesto que todo el mundo se está muriendo. Este es el objetivo de este morboso juego. Ella lo sabe. Pero la muerte siempre ha constituido un concepto abstracto para ella, un fantasma invisible sin forma, textura ni olor. Sin embargo, la enfermedad de Huntington es real. Se trata de una muerte real que Katie se puede imaginar gracias a YouTube, y tiene la forma del horror y el hediondo olor del terror.

J.J. tiene el mismo aspecto que su padre. Es clavado a él. Ni siquiera parece ser pariente de su madre. Tiene los ojos azules y de párpados caídos de su padre, su constitución robusta, su temperamento, su misma piel pálida, sonrosada y pecosa. ¿Significa esto que también tiene su gen defectuoso? Katie tiene un parecido asombroso con su abuela, una mujer a la que solo ha visto en fotografías. Ruth. La que padecía la enfermedad de Huntington. Como ella, Katie tiene las típicas mejillas y pecas irlandesas, su mismo pelo fino y pelirrojo y su misma nariz ancha y chata. También tiene, como ella, los huesos gruesos, las caderas anchas y los hombros de nadadora. Sin duda, las dos habrían sobrevivido a la Gran Hambruna irlandesa.

Meghan se parece y actúa más como su madre. Su nariz es más delgada y afilada que la de Katie, su cara menos redonda, su cabello más grueso y oscuro y su constitución, menuda. Meghan tiene el carácter reservado de su madre, su paciencia y tenacidad, su amor por los musicales de Broadway y el teatro y, por supuesto, la danza. Patrick se parece a los dos y a ninguno a la vez. Nadie sabe de dónde demonios procede.

Por lo que ellos perciben, por los signos externos del físico y la personalidad, Katie y J.J. proceden de la rama de su padre.

¿Significa esto que ambos padecen la enfermedad de Huntington? Aunque no dispone de una licenciatura en genética ni tiene conocimientos que respalden su conclusión, Katie cree que sí. Ella ha heredado los feos pies de su padre, por lo tanto, padece la enfermedad de Huntington. Tictac. Tictac. ¡Bum!

—¿Alguien más quiere averiguarlo? —pregunta J.J.

—¿Entonces tú seguro que quieres saberlo? —le pregunta, a su vez, Meghan.

—Sí. Tengo que saberlo. He concertado una cita con el médico el miércoles y, debido a nuestras circunstancias, o sea, el bebé, acelerarán el proceso. Tendré los resultados en una semana.

—¡Hostia, tío! —exclama Patrick.

Los efectos ligeramente anestésicos del Jack Daniel's se concentran repentinamente y forman un nudo de miedo en el estómago de Katie. Percibe un sabor amargo en la boca. El juego ha terminado. Nadie gana. Esto es la vida real. ¡Demasiado real!

—No quisiera decir lo que voy a decir —empieza Meghan, y se da un golpecito en la cabeza con los nudillos de la mano derecha—, pero ¿si padeces la enfermedad implicará que el bebé también la padece?

—Si yo no la padezco, la cadena se rompe conmigo y el bebé estará sano. Si la padezco, el bebé tendrá un cincuenta por ciento de probabilidades de padecerla, igual que nosotros. Cuando lo sepamos, Colleen estará embarazada de quince semanas. Se puede someter a una amniocentesis para averiguarlo.

—¿Y, entonces, qué? —pregunta Katie—. ¿Si el bebé la padece, Colleen abortará?

J.J. baja la cabeza y se frota los ojos con la mano.

—No lo sé —contesta con la voz ronca—. Es posible. No. No lo sé.

—A mamá le daría un infarto —comenta Patrick.

—Lo sé —corrobora J.J.

—Y no lo digo en broma —asegura Patrick.

—Lo sé —insiste J.J.

—¿Y qué opina Colleen? —pregunta Katie.

—No quiere saber nada. Ni siquiera quiere pensar en ello. Y no quiere que yo me haga la prueba.

—Saldrá negativa, tío —comenta Patrick—. ¿Cuándo tendrás el resultado?

—En una semana a partir del miércoles.

—Está bien. Tú no tendrás el gen defectuoso y el bebé tampoco. Y mamá no sufrirá un infarto —afirma Patrick.

Katie y Meghan asienten con la cabeza. Patrick bebe unos sorbos de whiskey y tiende la botella a J.J.

—Claro que, aun así, puede que la pobre criatura se parezca a ti —comenta Patrick.

J.J. le da un puñetazo en el hombro y casi sonríe.

—Hay otra cosa —añade J.J.—. El asesor genético me habló un poco del Huntington juvenil. La enfermedad también puede manifestarse a nuestra edad. No es habitual, pero cuando se manifiesta durante la juventud, por lo visto se ha heredado a través del padre.

Meghan solloza.

—Estamos aprendiendo una coreografía nueva y me está costando. Confundo los pasos continuamente —explica ella como si se estuviera confesando—. Nunca me había ocurrido nada parecido. ¡Nunca! Y me resulta difícil mantenerme en puntas.

—Solo estás estresada —la tranquiliza Katie.

—¿Y si la enfermedad ya se está manifestando en mí?

—No, no es verdad.

—¿Vosotros habéis notado algo, chicos?

—Yo no —contesta Patrick.

—No, nada —dice J.J.

—¿Me lo prometéis?

—Te lo juro —afirma Katie.

—No te preocupes, Meg. Si alguien va a padecer el Huntington juvenil, ese seré yo, ¿de acuerdo? —dice Patrick.

—Tú no padeces el Huntington juvenil, simplemente, eres idiota —bromea J.J.

—Podrías realizarte la prueba y saberlo con seguridad —sugiere Katie a Meghan.

Ella sacude la cabeza.

—No creo que pueda hacerlo. Probablemente, saltaría del puente Tobin.

—Mira a papá —explica J.J.—. Tiene cuarenta y cuatro años y está muy bien. Si te haces la prueba y averiguas que no tienes el gen defectuoso, ya no tendrás que preocuparte nunca más. Serás libre. Y, si lo tienes, pues bueno, es lo que es. Entonces puedes preocuparte por ello dentro de diez o quince años. Puede que dentro de diez años hayan encontrado una cura para la enfermedad, ¿no?

Meghan asiente con la cabeza.

—No creo que pueda hacerlo.

—¿Y tú, Katie? —pregunta Patrick.

Ella suspira. ¿Quiere saberlo? Quiere y no quiere. Por supuesto, si el resultado de la prueba fuera negativo, se sentiría sumamente aliviada. Pero, en el fondo, está segura de que padece la enfermedad. Aunque, sin una prueba médica definitiva, todavía puede albergar la esperanza de no padecerla. Si supiera con certeza que tiene el gen defectuoso, probablemente sus padres se sentirían desolados. Y tendría que romper con Felix. Contempla la estructura verde del puente Tobin.

Quizá prefiera seguir viviendo en situación de riesgo. Lo incluirá en su perfil de Facebook. Pero ¿quién no vive en situación de riesgo? Su vida está llena de riesgos a diario. El riesgo de fracasar si establece su propio centro de yoga; el riesgo de fracasar si no lo establece; el riesgo de no encajar si se muda a un lugar donde los habitantes no sean irlandeses católicos; el riesgo de que Felix no la quiera; el riesgo de que nadie la quiera; el riesgo de sufrir quemaduras de sol; el riesgo de que la parta un rayo; el riesgo de padecer la enfermedad de Huntington. Cada respiración es un riesgo.

O quizás asista a las citas de asesoramiento y, así, se las quita de encima. Entonces, si decide que realmente quiere saber si tiene o no el gen defectuoso, solo tendrá que realizarse la prueba y punto. La jodida prueba.

La idea de realizar la prueba genética en sí misma, independientemente del resultado, le pone los pelos de punta. Le horrorizan las pruebas. Nunca le salen bien. En el instituto, ella mostraba interés, estudiaba y aprendía la teoría, pero cuando le ponían delante las preguntas con las correspondientes soluciones posibles, sufría verdaderos ataques de pánico. Es una cobarde de campeonato.

El último examen que realizó el último año del instituto fue de matemáticas. Se acuerda de que se sintió orgullosa y eufórica cuando entregó las hojas con las respuestas a la profesora y feliz al pensar que se trataba de la última prueba que tendría que realizar en su vida. Pero Dios, como los O'Brien, tiene un sentido del humor perverso.

El último examen de matemáticas fue sobre estadística. Ella obtuvo un aprobado.

—No lo sé —contesta—. Es posible.

13

Katie ha contado once coches rojos durante el trayecto de la calle Cook al centro Town Yoga. Antes de salir de casa, se impuso esta tarea. «¿Cuántos coches rojos verás desde aquí hasta el centro de yoga?» Se trata de un ejercicio de consciencia que le gusta. La realidad depende de la perspectiva, de dónde se centra la atención. Si no hubiera prestado atención a los coches rojos, probablemente, no habría visto ninguno, pero como estaba centrada en ese objetivo de una forma consciente, ha visto once.

Ha intentado acordarse de cuánto tiempo hace que su padre realiza esos extraños movimientos espasmódicos y torpes. ¿Un año, quizá? Le resulta difícil decirlo. Es como si se preguntara cuántos coches rojos vio ayer camino del centro de yoga. Ninguno. No los buscaba conscientemente, de modo que, en su experiencia, no hubo ninguno.

Hace un mes, no se daba cuenta de si a su padre se le caía el mando del televisor o el tenedor de las manos. No percibió si sufría tics o espasmos, pero ahora lo percibe todo, y todo lo que percibe responde al nombre de Huntington.

Falta una hora para el inicio de la clase. El local está vacío y silencioso salvo por el diálogo susurrado de este espacio que le es tan familiar: el chasquido del ventilador del techo, el zumbido del calentador, el silbido de su respiración. Está sola en la habitación, en la penumbra, sentada en la posición de loto, con el coxis acomodado en un zafu, y se examina en el espejo en busca de síntomas de la enfermedad de Huntington.

Se centra en sus ojos. Parpadea. Parpadea. Una circunferencia exterior negra que rodea una zona azul que rodea un agujero negro. Examina sus ojos. Están fijos, estables. En los ojos es donde más percibe los síntomas de su padre. Sus pupilas se agitan y, con frecuencia, su mirada se dirige rápidamente hacia un lugar distante pero sin fijarse en nada en concreto. O la mira pero no la está mirando, como si su visión estuviera ligeramente desenfocada, con una mirada fija y extraña. La enfermedad de Huntington. Si la busca, Katie la puede encontrar en los ojos de su padre.

Parpadea. Parpadea.

Sus pestañas son cortas y ralas, mientras que las de Meghan son largas y espesas. Se pregunta si algún día se mirará en el espejo sin desear parecerse más a Meghan. Se da cuenta de que la forma de sus cejas está torcida. ¡Dios!, ¿de verdad ha ido por ahí con esa pinta? Contiene el impulso de levantarse y sacar las pinzas que lleva en el bolso. Está a punto de salirle un grano en la barbilla. Se resiste a reventárselo. Pecas. Una nariz chata y ancha. Sin maquillaje. Esta es su cara al desnudo. Sin máscaras. Al descubierto. Esta es ella. ¿Percibe la enfermedad de Huntington en su cara?

Las cejas de su padre se arquean con frecuencia y repentinamente, como si le sorprendiera algo que alguien ha dicho, solo que nadie ha dicho nada. Las comisuras de sus labios se tuercen a veces en una mueca, aunque él no esté asqueado ni sienta ningún dolor. Se trata de una expresión que aparece al azar sin ninguna causa o contenido emocional. Las cejas deformes de Katie permanecen inmóviles, como si fueran dos orugas que duermen profundamente en su frente.

Sus manos descansan sobre sus muslos y mantiene los índices y los pulgares en contacto realizando el mudra Gyan. Lleva dos pulseras en la muñeca derecha. Una es un mala de jade que utiliza para cantar mantras. Su favorito es *Om Namah Shivaya*, que significa «Me inclino ante mi verdadero ser interior». La segunda pulsera está confeccionada con cuentas de jaspe y una calavera de madera. La calavera representa el carácter efímero de todas las cosas, constituye un recordatorio de que debemos sentirnos agradecidos por el regalo que supone el día de hoy, porque quizá no exista un mañana. Cuando la compró, hace solo un año, no se imaginaba lo extrañamente relevante y mórbidamente real que este concepto sería para ella. Contempla la calavera. Antes, le hacía pensar en sus sueños y la estimulaba a ponerse en marcha y hacerlos realidad. Ella no estará aquí durante toda la eternidad. Pero ahora la empuja a pensar en su padre. Y la eternidad se ha vuelto mucho más corta.

En el dedo medio de la mano derecha lleva un anillo de plata de Claddagh. Se trata de un regalo que le hizo su madre cuando cumplió dieciocho años. Meghan, cómo no, obtuvo el bueno, el de oro que pertenecía a su madre, el que su padre le regaló como anillo de prometida. El de plata no vale tanto y no es un recuerdo familiar. Su madre lo compró en el centro comercial Galleria. Katie lo lleva con la punta del corazón hacia su muñeca, lo que significa que tiene una relación.

Felix. Todavía no le ha contado nada acerca de la enfermedad de Huntington. Katie sabe que no se trata de una situación sostenible, que no está siendo sincera, que le está mintiendo por omisión, pero no consigue que las palabras salgan de su boca. Su relación parece estar a punto de cambiar: o se vuelve más seria o se termina para siempre. El menor detalle podría inclinar la balanza a uno u otro lado, y, en su mente, la enfermedad de Huntington pesa dos toneladas. Le gustaría averiguar qué pasaría entre ellos sin la influencia catastrófica de la enfermedad: cómo evolucionaría su relación. Mientras tanto, su secreto engendra vergüenza en su interior, como si se tratara de una infección vírica que se extiende con rapidez y hace que se sienta mal.

La piel de su cara, pies, brazos y torso es pálida y está uniformemente cubierta de pecas. No lleva tatuajes, pero solo porque no sabe qué imagen elegir. Por esto y porque es una auténtica gallina en lo relativo al dolor. Se pregunta qué pasa debajo de su piel pálida y pecosa. Músculos y tendones, huesos y sangre. Su corazón late, un ovario libera un óvulo, su estómago digiere los cereales de avena. La enfermedad de Huntington conspira para matarla.

Desearía tener el cabello más grueso y las pestañas más largas, como los de Meghan; tener menos pecas, una piel que se broncea al exponerla al sol, ningún grano, unas cejas mejor formadas, un cuerpo más menudo y unos pies más bonitos. Quiere apartar la mirada, levantarse y hacer algo. Se queda. Probablemente, solo han transcurrido diez minutos, pero le resulta difícil mirarse durante ese periodo de tiempo. Podría meditar durante una hora con los ojos cerrados, pero con los ojos abiertos es otra historia. Aquí está, ella al completo. Se siente acomplejada, ridícula, crítica, preocupada por si entra alguien y la descubre.

Vuelve a centrarse en la respiración, en las subidas y bajadas de su pecho y en sus ojos. Una circunferencia exterior negra que rodea una zona azul que rodea un agujero negro. Parpadea. Parpadea. Ningún cambio sutil. De momento, ningún coche rojo.

Se pone de pie sin dejar de mirarse al espejo y apoya el pie derecho en el muslo izquierdo. Vriksasana. La postura del árbol. Coloca las manos en posición de orar junto al corazón, inhala y levanta los brazos como si fueran ramas que se alargan hacia el cielo. Esta es su postura favorita. Se siente enraizada, equilibrada tal y como está, pero también está creciendo, expandiéndose, cambiando.

Levanta la cara hacia los paneles de cinc del techo, pero mira más allá de ellos y se imagina que un cielo nocturno, vasto y estrellado se extiende encima de ella. Envía una oración. Con los brazos estirados, como si fuera una antena, cierra los ojos y espera recibir algún tipo de respuesta divina.

De repente, una fuerza invisible le hace perder el equilibrio. Inclina los brazos y el torso hacia la derecha para compensar el desequilibrio, pero no consigue recuperar la estabilidad y tiene que deshacer la postura. ¡Mierda! Intenta quitarle importancia. Está bien, no pasa nada, ha perdido el equilibrio. No es tan inusual que le suceda, sobre todo cuando cierra los ojos. Normalmente, se calmaría y volvería a realizar la postura, pero en esta ocasión el corazón se le encoge. ¿Se trata de un síntoma? ¿Una señal de Dios? ¿Es así como empezará para ella, perdiendo el equilibrio mientras realiza la postura del árbol? Su primer coche rojo.

Intenta no perder los nervios y vuelve a empezar. Levanta el pie izquierdo y lo apoya en el muslo derecho. La postura del árbol del otro lado. Extiende los brazos por encima de la cabeza y separa los dedos. Todos los músculos de sus brazos y de la pierna estirada están tensos, firmes, activos. No se caerá. Se mira en el espejo y se niega a parpadear. Su mirada es intensa. Su cuerpo está bajo control.

Inhala. Exhala. Permanece en la postura. Permanece. Los brazos le tiemblan y la pierna sobre la que se sostiene le arde y suplica compasión. Ella no cede a las demandas de sus brazos y su pierna y mantiene la postura.

Al final, estira sus agotados brazos hacia el cielo y dice:

—Soy un jodido roble. ¿Me ves?

Espera un instante más y, luego, baja poco a poco el pie izquierdo y lo apoya en la esterilla, al lado del pie derecho. Se mira a los ojos en el espejo y junta las manos frente al pecho en posición de orar.

Namasté.

14

Patrick acaba de salir. Se resistía a ir a trabajar, pero si vuelve a llamar alegando que está enfermo, su jefe podría echarlo, de modo que ha tenido que irse. Meghan se ha ido hace un par de horas para ensayar en el Opera House. Katie cree que se sintió aliviada de poder escapar del claustrofóbico salón, de su compromiso irrenunciable de tener que ensayar en un escenario, donde podrá dejarse absorber completamente por algo hermoso.

Así que han quedado tres. Katie y su padre están viendo las noticias de la tarde en la televisión mientras esperan. Su madre está tejiendo una manta blanca y verde. Puede que esté escuchando lo que dicen en la televisión, pero no la mira en ningún momento. Ella también está esperando. Todos creían que, a estas horas, J.J. y Colleen ya estarían de vuelta. Katie sostiene el móvil en la mano porque espera que se ponga a vibrar en cualquier momento. Pero el móvil no vibra. Katie tiene demasiado miedo para llamarlos o enviarles un mensaje.

Probablemente, ver las noticias de la noche no sea el mejor entretenimiento o distracción para ninguno de ellos en estos momentos. La pantalla los bombardea con una historia depresiva, aterradora y catastrófica tras otra. Incendios en California que no pueden controlarse, cientos de casas destruidas, más de una docena de personas desaparecidas o muertas. Un padre de Dedham es sometido a juicio por matar a su mujer y a sus dos hijos. Un coche bomba explota en Pakistán y mata a treinta y dos civiles. Wall Street cae en picado. Los políticos se atacan unos a otros.

—¿Podemos cambiar de canal, papá? —pregunta Katie.

—No retransmiten el partido de los Sox hasta las siete y media.

Final de la discusión. Sus padres disponen de más de cien canales gracias a la televisión por cable, pero, por lo visto, las noticias y los partidos de los Red Sox son las dos únicas opciones posibles. Katie no lo presiona, pero las noticias le resultan demasiado estresantes, como si cada historia añadiera un leño al fuego de la ansiedad colectiva del salón. Entonces decide observar a su padre.

Su padre está en constante movimiento, más del habitual. Katie se fija en que intenta que todo parezca normal. Incorpora el final del movimiento espasmódico de cualquier parte de su cuerpo a un movimiento más amplio y de apariencia significativa. Se ha convertido en un auténtico maestro de la coreografía improvisada, y cada uno de sus movimientos constituye la danza más extraña que Katie haya visto nunca.

Su pierna derecha se lanza hacia delante repentinamente, como si propinara una patada a un perro molesto e invisible. Entonces él sigue el movimiento de su pierna y se levanta. Como se ha levantado, se supone que va a algún lugar, de modo que se dirige a la ventana. Aparta la cortina, acerca la cara al cristal y escudriña la calle. Se queda allí durante unos segundos mientras murmura para sus adentros. Habría tenido sentido que se levantara para ver si J.J. y Colleen llegan, pero Katie está pendiente de él. El impulso de abandonar su confortable sillón obedeció a una sacudida involuntaria de la pierna, no a la intención premeditada de mirar por la ventana.

De regreso al sillón, sus pasos son un poco más atolondrados. Katie escucha el tintineo de las monedas de su bolsillo mientras camina, un ruido que, recientemente, se ha convertido en familiar. El sonido de la enfermedad de Huntington.

Katie sigue observándolo y su padre le resulta más fascinante y, en cierto sentido, más aterrador que las noticias de la televisión. Él es como un choque de trenes, un accidente de tráfico o una casa incendiada y ella es la testigo, la observadora curiosa que no puede apartar la vista.

A continuación, el brazo izquierdo de su padre se levanta por encima de su cabeza, como si él fuera el empollón de la clase y levantara la mano para dar la respuesta. Entonces, dobla el brazo y se rasca la cabeza como si acabara de sentir un picor. Este es uno de sus movimientos característicos. Si uno no supiera que padece la enfermedad de Huntington, creería que se trata de un caso extremo de caspa o de piojos o que, simplemente, es un tío raro. No parece ser consciente de sus tics involuntarios ni de los subsiguientes movimientos improvisados. No lanza miradas a Katie para comprobar si ella se ha dado cuenta de sus actos. No parece sentirse avergonzado o perturbado en absoluto. Simplemente, sigue mirando las noticias como si nada digno de mención hubiera ocurrido. Aquí no pasa nada. Y, desde luego, no se ha manifestado ningún síntoma de una enfermedad neurodegenerativa heredada, progresiva y letal para la que no existe cura alguna.

Él sigue agitándose y realizando una danza histriónica en su sillón mientras ve las noticias con su mujer y su hija, como si se tratara de una tarde de miércoles normal, y Katie empieza a sentirse exasperada. Ninguna tarde ni nada en absoluto volverá a ser normal nunca más.

Entonces la puerta principal se abre y el corazón de Katie se detiene. Quizá la tierra misma se ha detenido. Al menos, el tiempo sí que parece haberlo hecho. El sonido de la televisión se desvanece hasta convertirse en un susurro apagado. Su madre deja de tejer y levanta la vista. Incluso su padre se queda quieto.

J.J. y Colleen entran en el salón tomados de la mano: dos zombis de ojos enrojecidos que regresan de una visita al infierno. Sus caras están hinchadas y con manchas rojas. Nadie dice nada.

Katie tiene miedo de realizar algún ruido. Tiene miedo de que cualquier sonido haga que el tiempo avance más allá de este instante. Quizá lo que está viendo no sea real. Quizá lo que está a punto de suceder no suceda. La habitación está extrañamente silenciosa, quieta, como una bola de cristal con nieve en una estantería.

Entonces su madre rompe a llorar y a lamentarse a pleno pulmón y, enseguida, J.J. está de rodillas delante de ella, abrazándola y con la cabeza en su regazo, encima de la manta a medio tejer.

—Lo siento, mamá, lo siento —se disculpa él.

Su padre lanza el mando a distancia de la televisión al otro extremo de la habitación y este choca contra la pared y se hace pedazos. Las pilas ruedan por el suelo de madera. Su padre se tapa la cara con las manos y Colleen está sola, de pie, y parece una muñeca de papel, y Patrick y Meghan no están y no saben lo que está sucediendo. Y está sucediendo de verdad.

Katie sigue sentada en el sofá y ve cómo la noticia más trágica del día se desarrolla en vivo y en directo delante de ella, mientras la voz de una niña asustada repite la palabra «no» en el interior de su cabeza una vez y otra y otra.

15

Katie está sentada con las piernas cruzadas en el sofá del salón de su piso. Bebe a sorbos un té verde caliente y mira a Meghan, quien cose una cinta en el arco de una reluciente zapatilla de ballet rosa.

—No me puedo creer que estés bebiendo té. Fuera hace un calor de mil demonios —comenta Meghan, quien está sentada en el suelo, con la espalda erguida, abierta totalmente de piernas y de cara a Katie.

—Aquí hace mucho frío —replica Katie.

Solo disponen de un aparato de aire acondicionado y está instalado en el salón. Incluso cuando funciona a toda marcha y a la temperatura más baja posible y aunque dejen las puertas de los dormitorios abiertas, las otras habitaciones nunca están frescas. Cuando la temperatura exterior supera los veintiséis grados centígrados, el salón es el único lugar del piso en el que se puede estar.

—¿Vendrás esta noche? —pregunta Meghan.

El tono de su voz indica que tiene expectativas. En realidad, no se trata de una pregunta, sino de la suposición de que Katie estará entre la audiencia para verla bailar en *El lago de los cisnes*, si no esta noche, al menos en algún momento mientras la obra esté en escena. Sin embargo, Meghan no ha asistido a ninguna clase de yoga de Katie. Nadie de la familia ha asistido a sus clases. Todos han hecho lo imposible y se han gastado una pequeña fortuna para ver a Meghan en todos sus espectáculos, pero ninguno ha acudido al centro de yoga ni una sola vez.

—Sí.

—No irás vestida así, ¿no?

Katie lleva puestas unas mallas negras y una camiseta sin mangas y con espalda de nadadora de color amarillo fosforescente. La representación de Meghan es a las siete y ahora son las tres. Probablemente, Meghan se irá antes de media hora para el ensayo general, la sesión de peluquería y maquillaje y para vestirse, pero Katie todavía cuenta con tres horas como mínimo para prepararse antes de salir.

—Sí, iré al Opera House con la camiseta amarilla fosforescente.

—Eres capaz.

—Nunca haría algo así.

—Solo quería asegurarme.

Cuando ha acabado de coser las dos cintas en una de las zapatillas, Meghan toma el encendedor que está en el suelo, cerca de uno de sus pies estirados en punta, y quema los extremos de las cintas. El olor a tela quemada recuerda a Katie las cenas de los domingos y las manoplas de cocina que su madre deja, accidentalmente, sobre los quemadores.

—Podrías ponerte el vestido negro sin mangas que te compró mamá —sugiere Meghan.

—No necesito que me digas cómo tengo que vestirme.

—Te sienta bien. Y no te lo pones nunca.

—Me tratas como si fuera una inútil.

—¿Sabes qué? Que no importa. Ponte lo que te dé la gana.

—Gracias por darme permiso para vestirme como quiera.

Katie percibe el familiar tono incisivo de su voz que le indica que ha llegado la hora de salir de la habitación. Está a punto de levantarse del sofá, cuando se acuerda de lo caluroso que es el resto del piso. No debería quedarse allí sentada y someterse a los juicios sobre la moda y los mangoneos de su hermana, pero se niega a que la eche de la única habitación confortable del piso. Katie suspira y se resigna a seguir encadenada en la misma habitación que Meghan. Desea encender la televisión o leer un libro, cualquier cosa que no sea mirar a Meghan, quien ahora raspa la suela de la zapatilla con unas tijeras, pero no tiene ganas de moverse. Bebe un sorbo de té y observa a Meghan. Incluso sin hacer prácticamente nada, Meghan es la estrella del espectáculo.

El móvil de Katie vibra advirtiéndola de la recepción de un mensaje. Ella lo toma y lee el mensaje. Se trata de Felix.

«Q hacemos sta noche?»

Katie teclea:

«Doy 1 clase prticular a las 7. Ns vemos a las 10?»

«OK. Una clase de 3 hras?»

«He d ducharme y ponerme wapa xa ti.»

«Ya eres wapa. Duxate en mi casa. Yo m apunto ☺»

Katie se sonroja.

«☺ OK.»

Mentirle a Felix hace que se sienta culpable, pero se trata de una mentira leve, una mentirijilla inocente. Si él supiera que ella piensa asistir al ballet esta noche, indudablemente, querría ir con ella. En abril, asistieron a un espectáculo de la compañía Alvin Ailey American Dance Theater en Boston y se quedaron impactados. El vigor grácil, la cualidad cruda y terrenal de sus movimientos, la apasionada energía de los chakras segundo y tercero..., ¡todo ello tan distinto de la belleza acaramelada y etérea de los ballets de Meghan! En determinado momento, durante la representación de *Revelations*, Katie miró a Felix y vio que tenía los ojos llenos de lágrimas. Esta es una de las cosas que le gustan de él, que un baile puede hacerlo llorar. Felix es un loco de los números, se licenció en el Instituto Tecnológico de Massachusetts, pero Katie está convencida de que *El lago de los cisnes* le encantaría. Sin embargo, esta noche toda su familia asistirá a la representación y ella todavía no está preparada para presentárselo a todos, especialmente debido a lo que J.J. y Colleen están viviendo ahora mismo.

—¿Algún día conoceré al tío con el que sales?

Katie mira a Meghan atónita y medio convencida de que, de algún modo, su hermana ha leído sus pensamientos.

—¿Qué tío?

—El tío con el que acabas de comunicarte.

Katie baja la vista hacia el móvil y vuelve a levantarla para mirar a Meghan. Es imposible que su hermana haya leído la pantalla desde el otro lado de la habitación.

—Hablaba con Andrea.

—De acuerdo —contesta Meghan, quien, obviamente, no la cree—. Entonces el tío con el que te acuestas.

—¿Cómo?

—No soy estúpida. Sé que no duermes aquí al menos tres días a la semana.

Después de las largas e intensas horas de ensayos y representaciones, Meghan acaba físicamente exhausta y se acuesta temprano. En general, hacia las nueve y media. Por otro lado, se despierta con los pájaros y, antes de que Katie abra los ojos, ya se ha vestido y se ha ido. Por lo tanto, incluso las noches que Katie duerme en casa, Meghan no la ve cuando se acuesta ni cuando se levanta. Lo único que ve Meghan es la puerta cerrada de su dormitorio. Katie suponía que sus ausencias, como la mayoría de las cosas relacionadas con ella, pasaban desapercibidas para Meghan.

—Y también sé que el Hombre Misterioso ha dormido aquí al menos en dos ocasiones.

—¿Có...?

—La tapa del váter estaba levantada.

—¡Vaya!

—¿Cuál es el problema? ¿Quién es? ¿A qué viene tanto secretismo?

Katie bebe un sorbo de té. Sabe que Meghan la ha pillado y que no tiene escapatoria, pero se toma un momento antes de contestar. Meghan está cosiendo los extremos de las gomas elásticas de color piel a las zapatillas, cerca de los talones. Incluso con una camiseta blanca, unos pantalones cortos grises y sin maquillaje, se ve guapa y elegante. Resulta fácil convivir con ella: es ordenada, siempre lava los platos que ensucia y después los guarda en el armario y, cuando está en casa, a menos que el piso sea un horno y estén enclaustradas en el salón, pasa la mayor parte del tiempo en su dormitorio. No se ven a menudo y, cuando lo hacen, suele ser de pasada. Sus conversaciones se limitan a la logística de la convivencia y suelen ser repeticiones de las notas que se escriben en la pizarra de la cocina. «Se ha acabado el papel higiénico.» «¿Tienes cambio?» «Mamá te está buscando.»

—¿Y bien?

La culpa es de la maldita ola de calor, que las tiene atrapadas en el fresco salón. La forzada proximidad las empuja a mantener el tipo de conversación entre hermanas que Katie desearía evitar.

—No lo sé.

—No te preocupes, yo no soy mamá. ¿Cómo se llama?

—Felix.

—¿Felix qué?

Katie titubea.

—Martin.

—Mmm...

—¿Qué?

—No se llama O'Martin o McMartin, por lo que deduzco que no es de aquí.

—No.

—¿Es un *toonie*?

Katie asiente con la cabeza.

—¿Qué aspecto tiene?

—No sé. Es mono.

—Muy bien. ¿Y qué más?

—No sé.

—¿A qué se dedica?

—Trabaja en el Departamento de Desarrollo Empresarial para esa compañía que transforma la basura en combustible.

—O sea, que es un espabilado. ¿Cómo os conocisteis?

—En la clase de yoga.

Meghan le sonríe mientras dobla una zapatilla y lleva la punta hacia el talón una y otra vez. La zapatilla cruje audiblemente y su rígido armazón se quiebra y se ablanda. A Katie le asombra que solo vaya a utilizarlas una vez. Después de tanto coser, cortar y doblar para que se vuelvan flexibles y suaves y se adapten perfectamente a sus pies, después de esta noche, serán desechadas. Los pies de Meghan son tan fuertes que la integridad de las zapatillas quedará arruinada después de una única actuación; a veces, incluso después de un solo acto. De hecho, resultaría peligroso utilizarlas una segunda vez.

La amplia sonrisa de Meghan, el repetitivo crujido de la zapatilla y el opresivo silencio parecen contener cierta cualidad apremiante. Meghan mueve los bonitos y callosos dedos de sus pies.

—Yo no te interrogo acerca de con quién sales —alega Katie.

—Yo no estoy saliendo con nadie.

Meghan lo dice como si no salir con nadie fuera lo correcto dadas las circunstancias, lo que, por supuesto, implica que Katie está actuando mal y que, de una forma irresponsable, tiene un novio a pesar de que podría padecer la EH.

—Bueno, yo no me burlo de ti por no tener novio.

—Yo no me estoy burlando de ti. ¡Cielos, qué susceptible eres! Solo quiero saber cómo te van las cosas.

—Pues ahora ya lo sabes.

—¿Algún día conoceré al secreto e invisible señor Martin? Katie se encoge de hombros.

—Podrías invitarlo esta noche al ballet.

—No, gracias.

—¿Qué pasa? ¿No somos lo bastante buenos para un elegante *toonie*?

—¿Sabes qué te digo, Meghan...?

—¡Vamos, relájate!

—Sí, lo que tú digas.

Meghan dirige su atención a la otra zapatilla. Extiende dos cintas y un pedazo de goma elástica sobre su muslo, corta un trozo de hilo e intenta enhebrarlo en la aguja, pero no lo consigue. Lo intenta una y otra vez, pero el extremo del hilo no entra en el agujero. Sus manos empiezan a temblar. Deja la aguja y el hilo en el suelo, delante de ella, cierra los puños, sube y baja los hombros, los rota hacia atrás y, luego, mira a Katie. Aunque en la habitación hace frío, la frente de Meghan está bañada en sudor.

—Oye, necesito que me hagas un favor —pide Meghan.

Katie arquea las cejas y espera. En el fondo, le indigna que Meghan tenga el valor de pedirle un favor en estos momentos.

—¿Esta noche puedes observarme? Observarme de verdad. En busca de..., ya sabes, algo raro. Aunque se trate de algo minúsculo y sutil.

—Tú estás bien, Meg.

—Sí, pero estoy realmente asustada.

Meghan señala con la cabeza la aguja y el hilo que ha dejado en el suelo.

—La otra zapatilla la has cosido sin problemas —la tranquiliza Katie—. Te he visto. Yo no podría hacer pasar el hilo por ese agujero tan diminuto. Simplemente, inténtalo de nuevo.

—¿Te has fijado en que, la mitad de las veces, aunque no para quieto, papá no sabe que se está moviendo?

—Sí.

—Me aterra que pueda pasarme a mí.

—A mí también, pero tú no tienes la EH, Meg.

—Lo sé, pero J.J...

—Aunque diéramos positivo en la prueba, de momento somos asintomáticas —le explica Katie mientras intenta convencerse a sí misma tanto como a su hermana.

—Sí. Es probable. Lo sé. Aun así, me preocupa que esté ahí, que esté empezando a manifestarse y que yo no me dé cuenta. Como cuando tienes una hoja de espinacas en los dientes y todo el mundo es tan educado que nadie te dice nada. Yo quiero que tú me lo digas.

—De acuerdo.

—Si percibes un leve temblor, cualquier movimiento que te parezca ligeramente desajustado, quiero que me lo digas.

—De acuerdo.

—¿Me lo prometes?

—Sí.

—Creo que concertaré una cita con el asesor genético.

—¿De verdad?

—Sí. La tensión de no saberlo me está volviendo loca.

Katie asiente con la cabeza.

—Pero... ¿y si resulta que tienes el gen de la enfermedad? —le pregunta Katie—. ¿Eso no te pondrá más histérica todavía?

—Al principio eso creía yo, pero ahora no estoy tan segura. Creo que conocer la verdad, sea cual sea, me proporcionará cierto dominio sobre la situación. Ahora mismo, todo me parece tan fuera de control que no puedo soportarlo.

—Sí, eres una fanática del control.

—Lo he heredado de papá.

Nada más pronunciar estas palabras, Meghan empalidece. Katie también siente el frío terror que implica preguntarse qué más han heredado de su padre.

—¿Y tú? ¿Te harás la prueba? —le pregunta Meghan.

—No lo sé. Puede.

—¿Se lo has contado a Felix?

—No.

—No te culpo. Ha de ser horrible involucrar a alguien más en esta mierda. ¡Pobres J.J. y Colleen!

—No me puedo creer que...

—¿Sabes qué? Ahora mismo no puedo hablar de esto. Si lo hago, me pondré a llorar y tengo que prepararme para la actuación.

—Está bien, pero has sido tú quien ha sacado el tema.

A Katie sí que le gustaría hablar sobre esta cuestión. Le gustaría hablar sobre el hecho de que J.J. haya dado positivo en la prueba y de que, ahora, ella lo percibe de otra manera, como si ya estuviera enfermo o discapacitado o incluso pudiera contagiarle la enfermedad; como si le tuviera miedo, lo cual es ridículo, pero no puede evitarlo. Le gustaría hablar de Colleen y de su embarazo y de lo preocupada que está por el bebé. Y también de que no entiende que hayan decidido tenerlo sin realizar una amniocentesis para averiguar si el bebé tiene o no la mutación genética. Le gustaría hablar del miedo que le produce dar positivo en la prueba genética. Se imagina que la enfermedad es como una semilla enterrada en lo más hondo de su ser, que ya ha empezado a germinar y que los primeros brotes se están extendiendo como una enredadera e invadiendo todo su cuerpo.

Le gustaría hablar con Meghan de la EH antes de que tenga que salir del pequeño y fresco salón para acudir al teatro. Pero Meghan ha vuelto a concentrarse en el hilo y la aguja y Katie no se atreve a distraerla. Como siempre, Meghan es la hermana mayor, la conductora de todas las conversaciones que mantienen, y Katie es la hermana pequeña, y todavía no es lo bastante mayor para llevar las riendas.

En esta ocasión, Meghan enhebra la aguja al segundo intento y exhala con fuerza. Katie la observa mientras cose una cinta rosa en el interior de la zapatilla. Meghan sigue sentada, con las piernas estiradas y abiertas y, mientras cose, los dedos de su pie derecho se estiran y se encogen, se estiran y se encogen, arriba y abajo, arriba y abajo. Katie está segura de que lo hace a propósito, de que la ha visto realizar este tipo de ejercicio muchas veces con anterioridad, pero ¿y si no lo hace conscientemente? Si se trata de un ejercicio, ¿por qué no lo realiza también con el pie izquierdo? ¿Y si, en este momento, los movimientos de su pie derecho son involuntarios y ella no es consciente de que los está realizando? ¿Y si se trata de la EH? No, no lo es. No puede tratarse de la enfermedad.

Los dedos del pie de Meghan siguen estirándose y encogiéndose y Katie los observa estupefacta y sin decir nada. Apenas dos minutos antes, prometió a Meghan que la avisaría si percibía algo sospechoso. No le supondría ningún problema avisarla de que tiene un trozo de espinaca entre los dientes, pero no consigue reunir el valor suficiente para comentarle la posibilidad de que su pie se esté moviendo debido a la enfermedad. ¿Es así como se va a desarrollar en todos ellos? Katie se imagina las cenas de los domingos. Todos realizan muecas y movimientos espasmódicos, chocan unos con otros y vuelcan objetos. Cinco elefantes apretujados en la diminuta cocina y ninguno de ellos comenta nada al respecto.

Meghan quema el extremo de la cinta y su pie deja de moverse. Katie contiene el aliento y teme que el movimiento se reinicie, pero esto no ocurre. Contempla a Meghan mientras esta sigue preparando la zapatilla sin realizar ningún movimiento cuestionable o perturbador ni ningún comentario.

—¿Qué hora es? —pregunta Meghan mientras examina sus zapatillas y se siente satisfecha de su trabajo.

Katie consulta la hora en el móvil.

—Las tres y veinte.

—Muy bien. Tengo que irme. Te veo esta noche.

—Buena suer...

—¡No!

—Lo siento. *¡Merde!*

—Gracias.

Meghan recoge la aguja, el hilo, las tijeras y el encendedor y se va. «*Merde.*» Y dicen que el yoga es raro. Los yoguis dirían «*Namasté*», que significa «Me inclino ante la divinidad que hay en ti». Los actores dirían «Rómpete una pierna», aunque Katie reconoce que esta expresión sería especialmente inadecuada para los bailarines. Y también comprende que desear buena suerte es tentar al destino. Por eso ella siempre toca madera. Pero la palabra *merde* no tiene sentido. *Merde* es «mierda» en francés.

Katie está sentada sola en el frío salón. Sin un objetivo concreto, ojea las novedades de Facebook en la pantalla del móvil. Andrea ha colgado un video de Krishna Das recitando mantras en la India. Katie selecciona el *play* y, aunque su mirada está centrada en la pantalla, lo que ve en realidad es el pie de su hermana que se estira y se encoge, se estira y se encoge, se estira y se encoge. Se le revuelve el estómago y el té verde se convierte en un charco de aguas residuales calientes.

Merde.

Felix abre la puerta de su piso. Lleva puesta una camiseta de los Yankees, unos pantalones cortos de lino blancos y una sonrisa de sorpresa y placer ilumina su cara.

—¡Vaya, llegas pronto! Solo son las siete y media. ¿Qué ha pasado con tu clase particular?

—La han cancelado en el último minuto —explica Katie.

—Supongo que, de todos modos, la cobrarás.

—No. Es igual.

—Entra.

Katie se quita las chancletas con sendas sacudidas de los pies, deja caer su bolsa en el suelo junto a la puerta y sigue a Felix hasta la cocina. Su piso dispone de aire acondicionado central y Katie siente que sus pies se refrescan al entrar en contacto con las suaves baldosas del suelo. Se sienta en uno de los taburetes mientras Felix saca una botella de vino blanco de la nevera.

—¿Te apetece? —le pregunta Felix.

Katie asiente. Ziggy Marley está sonando en el iPod de Felix. Katie hace girar el taburete al son de la música y acaricia una de las manzanas rojas que hay en la fuente de cerámica blanca de la encimera. Contempla a Felix mientras él introduce el abridor en el tapón de corcho y admira sus fuertes manos. Él sirve dos copas de vino y tiende una a Katie.

—¡Salud! —brinda él, y entrechocan las copas.

El vino está frío y su sabor es ligeramente ácido y refrescante. Katie tiene en cuenta la calidad del vino y el diseño elegante y ligero de la copa y se apostaría algo a que lo que sostiene en la mano vale más que lo que habría ganado esta noche si en realidad la hubieran contratado para dar una clase particular de yoga.

—Como es temprano, ¿quieres que salgamos a cenar? —le pregunta Felix.

—Fuera hace un calor horrible. ¿Podemos cenar aquí?

—Sí, por mí mejor —contesta Felix, y se sienta al lado de Katie—. Ha sido una semana muy larga y la verdad es que no me apetece volver a salir. Puedo preparar una ensalada o podemos encargar algo a domicilio.

—Muy bien.

—De todos modos, parece que tú venías dispuesta a salir de marcha.

Katie lleva puesto el vestido negro sin mangas que Meghan le dijo que se pusiera.

—Sí, pero ahora estoy sudada de la caminata.

—Parece que todavía te sentaría bien esa ducha —comenta él, y le sonríe con esos ojos de color marrón líquido en los que ella podría sumergirse.

Felix se inclina hacia ella y la besa.

Katie apoya una mano en la parte trasera de su cabeza rapada y suave y presiona para profundizar el beso. Él desliza las manos por debajo del borde del vestido de Katie, las sube por sus muslos y su beso se vuelve más intenso. Katie le saca la camiseta de los Yankees por la cabeza y la deja caer al suelo y él hace lo mismo con el vestido de ella.

Ahora están de pie. Katie lo besa en el cuello y saborea su sudor salado y las trazas de jabón de bergamota. Desliza las manos por sus hombros, por sus brazos y acaricia su tersa y musculosa espalda. Ya ha besado, tocado y saboreado hasta el último centímetro de su cuerpo y, aun así, cada hoyuelo y arruga, cada cicatriz y tatuaje todavía le resultan embriagadoramente nuevos. Abre la cremallera de sus pantalones cortos y estos resbalan desde sus estrechas caderas hasta sus tobillos. Felix no lleva puestos unos calzoncillos. Ella se quita el tanga negro y él le desabrocha el sujetador.

Se besan, se agarran, se abrazan y Katie se pierde en él, en el sabor a vino blanco de su boca, en sus manos calientes, en el bajo de la canción que retransmite su iPod y que resuena en su interior. Él la toma de la mano y la conduce al lavabo. Mientras Felix se libera de las manos de Katie para poner en funcionamiento la ducha, Meghan aparece repentinamente en la conciencia de Katie y, durante un brevísimo instante, la fría sacudida de la culpabilidad interrumpe su libido y hace que se sienta mal.

No puede ir a verla bailar. Ahora mismo, ya son demasiadas las cosas que mantiene en secreto. Oculta la EH a Felix; su familia también a Felix; Felix a su familia. No puede soportar la idea, y la responsabilidad que eso implicaría, de ver a Meghan trastabillar en el escenario, de que perdiera un paso o que su pie derecho se estirara o flexionara en el momento equivocado. Porque ella sabe que no tendría el valor de contárselo a Meghan y tendría que guardar un secreto más, y sus manos ya están demasiado llenas.

La puerta de cristal se empaña. Katie entra en la ducha y Felix la sigue. El agua caliente resbala por su cabeza. Las oscuras manos de Felix extienden el resbaladizo jabón líquido sobre los blancos pechos de Katie. Ella inhala el dulce olor a cítrico, Felix presiona su cuerpo contra el de ella por detrás y el hecho de que no esté en el Opera House con el resto de su familia se diluye hasta convertirse en una simple anécdota sin relevancia.

16

Katie y el asesor genético están matando el tiempo mientras esperan al neurólogo. Katie saca el móvil para distraerse con algún tipo de entretenimiento banal, pero la batería se ha agotado. ¡Fantástico! Vuelve a guardar el móvil en el bolso y recorre la habitación con una mirada indiferente. Intenta evitar el contacto visual con el asesor genético y seguir manteniendo con él una charla superficial, pero en la habitación no hay mucho que ver. El despacho es pequeño e impersonal. No se parece en nada a lo que ella esperaba. Por alguna razón, se había imaginado algo similar al despacho de su tutor del instituto, que era exageradamente alegre y nada enrollado de tanto pretender serlo. Se acuerda de la pecera llena de M&M's, de los letreros antiacoso escolar y de los que potenciaban un espíritu de comunidad: TODOS LOS CHICOS SON IMPORTANTES. ¡ADELANTE, *TOWNIES*! Se acuerda de su colección de figuritas de los Boston Bruins. El despacho entero era un forzado emoticono sonriente con signos de exclamación.

El despacho del asesor es mucho más contenido en cuanto a positividad. De una de las paredes cuelga su diploma enmarcado: «Eric Clarkson, trabajador social. Universidad de Boston.» Al lado del diploma hay un letrero que anuncia el Día de la Esperanza, organizado por la Asociación Norteamericana de la Enfermedad de Huntington. En el alféizar de la ventana hay un florero con una orquídea rosa de tallo largo y, encima del escritorio, una fotografía enmarcada de un perro labrador de color claro. Katie dirige la vista a la mano izquierda del asesor. Ningún anillo. Ninguna mujer, nada de hijos, ni siquiera una novia lo bastante querida o fija para tener un lugar enmarcado en su despacho. Solo un hombre, su perro y su bonita flor. ¡Nada de M&M's! ¡Nada de entusiasmo fingido!

El asesor es mono. Katie se recoge el pelo detrás de la oreja y se pregunta qué aspecto debe de tener ahora mismo. Con las prisas por llegar puntualmente, lo que, con toda claridad, no era necesario, no se ha maquillado. Pero ahora desearía haberlo hecho. ¡Por todos los santos! ¿Cómo puede estar en este lugar y preocuparse por su aspecto? Para empezar, ella tiene novio. Y, para continuar, está aquí para averiguar si tiene una mutación genética que provoca una enfermedad mortal. Y él es el asesor genético del hospital, no un cliente guapo del Ironsides.

La puerta se abre. Una mujer entra en la habitación y saluda a Eric. Viste una bata blanca, gafas y zapatos de tacón alto. Lleva la cabellera negra recogida en un moño suelto. Lee lo que pone en el sujetapapeles y, luego, mira a Katie.

—¿Kathryn O'Brien? —pregunta mientras extiende la mano y sacude la de Katie—. Soy la doctora Hagler. Antes de que empiece la entrevista con Eric, le realizaré un rápido examen neurológico, ¿de acuerdo?

Katie asiente, pero está fingiendo. «Espera, ¿qué? ¿Una prueba antes de la prueba?» Se le encoge el corazón.

—Muy bien. Por favor, saque la lengua.

Katie saca la lengua. Estudia los ojos de la doctora Hagler mientras esta examina su lengua. ¿Qué hace su lengua? ¿Está haciendo algo fuera de lo común?

—Muy bien. Ahora siga mi dedo con la vista.

Katie sigue el dedo de la doctora con la vista. O, al menos, cree que lo hace. ¡Mierda! Está ocurriendo. La están examinando para averiguar si ya manifiesta los síntomas. Se siente atacada a traición, engañada. Ahora se acuerda de que Eric mencionó, en la conversación telefónica que mantuvo con ella, algo acerca de un examen neurológico rápido, pero sus palabras le entraron por una oreja y le salieron por la otra. Katie ignoró, convenientemente, lo que esto significaba. Creía que la cita de hoy solo consistiría en una visita preliminar, una conversación acerca de si quiere averiguar si tiene la mutación genética, si está destinada a padecer la enfermedad de Huntington dentro de, aproximadamente, catorce años. Su cita era con un asesor genético, no con un neurólogo. Incluso mientras Eric y ella esperaban al neurólogo, en ningún momento se le ocurrió pensar que un médico la examinaría para averiguar si ya muestra signos de la enfermedad.

—Extienda la mano izquierda con la palma hacia arriba. Así. Luego, golpee la palma con el puño derecho, después con el canto de la mano derecha y, finalmente, con la palma derecha. Así.

La doctora Hagler le muestra a Katie la secuencia tres veces seguidas. Katie imita a la doctora y realiza los tres golpes tres veces seguidas, aunque quizás un poco más despacio. ¿Eso tiene importancia? ¿Es una mala señal?

—Ahora camine hasta donde yo estoy apoyando el pie del talón a la punta y en línea recta.

Katie se pone de pie y empalidece. Se siente mareada y dispersa. Su corazón late demasiado deprisa y experimenta una sensación de pánico. Necesita respirar. No está respirando. «Respira.»

«¡Puedes caminar apoyando los pies del talón a la punta, por el amor de Dios! ¡Si la doctora te lo pidiera, podrías caminar sobre las manos!»

Katie camina de un extremo de la habitación al otro apoyando las plantas de los pies del talón a la punta y con los brazos extendidos como las alas de un avión, como si caminara sobre una cuerda floja o le estuvieran realizando la prueba de la alcoholemia. La doctora Hagler anota algo. ¿No lo ha hecho bien? ¿Debería haber caminado sin extender los brazos? La doctora Hagler continúa el examen y, con cada prueba, Katie siente que tiene serios problemas, como si un mal paso o un movimiento erróneo bastaran para que la sentenciaran a muerte.

—Ahora dígame todas las palabras que se le ocurran que

empiecen con la letra A. Dispone de un minuto. ¡Vamos! —indica la doctora Hagler, y contempla su reloj.

A de... A de... Nada. Ninguna palabra. Su mente está totalmente atascada.

—Atascada. Año. Asana. Ahora.

«Piensa.» No se le ocurre ninguna otra palabra que empiece por A. ¿A qué viene todo esto? ¿Por qué J.J. no le dijo nada sobre esta prueba? Podría haberse preparado, practicado. ¡Cielos, cómo odia las pruebas! ¡Esto es un verdadero asco!

—Asco.

—Muy bien. ¡Tiempo! —indica la doctora Hagler.

Esto ha sido horroroso. Katie se ha sonrojado y su corazón se ha acelerado como si estuviera participando en una carrera. Acelerado. A. ¡Maldita sea!

«No padece usted la enfermedad de Huntington, pero le hemos diagnosticado ESTUPIDEZ. Lo sentimos, pero no podemos hacer nada al respecto.»

—Muy bien, Kathryn. Ha sido un placer conocerla. Ahora la dejo con Eric. ¿Tiene alguna pregunta para mí antes de que me vaya?

—Espere, esto..., sí. ¿Qué acaba de pasar?

—Le he realizado un examen neurológico.

—¿Para averiguar si muestro síntomas de la enfermedad de Huntington?

—Así es.

Katie estudia la cara de la doctora e intenta encontrar la respuesta a la aterradora pregunta que titila en su mente como si se tratara de un rótulo de neón. La doctora Hagler, con su irritantemente impasible expresión, está junto a la puerta. Katie no puede permitir que se vaya sin saberlo. ¿Ha superado la prueba o ha fallado? Cierra los ojos.

—¿Muestro los síntomas? —le pregunta.

—No. Todo ha salido normal.

Katie abre los ojos y ve la cara sonriente de la doctora Hagler. Se trata de la sonrisa más tranquilizadora y sincera que Katie ha visto nunca.

—Muy bien. Cuídese —se despide la doctora.

Y ya no está. *Namasté*.

Eric arquea las cejas y junta las manos.

—¿Continuamos? —pregunta Eric.

Katie no está segura. Para ser sincera, lo que desearía ahora es tumbarse. ¡No muestra síntomas de la enfermedad! Katie se acuerda de todas las veces que se ha observado en el espejo en busca de síntomas y de cómo se ha atormentado al percibir cualquier muestra de nerviosismo. Se acuerda de que, algunos días, todo su cuerpo se pone en tensión justo antes de dormirse. Ya puede parar. No tiene la enfermedad. De momento. Se trata de una noticia estupenda. Pero ahora se siente como si hubiera estado luchando durante quince asaltos en un cuadrilátero de boxeo. No está segura de poder hacer otra cosa que no sea echarse una siesta.

Katie asiente con la cabeza.

—De modo que tu padre padece la enfermedad de Huntington y tu hermano mayor ha dado positivo en la prueba genética. Gracias a J.J., dispongo del historial médico de tu familia, de modo que no tenemos que elaborarlo de nuevo. Hablemos de por qué estás aquí. ¿Por qué quieres saber si tienes la mutación genética?

—No estoy segura de que quiera saberlo.

—De acuerdo.

—O sea, a veces pienso que vivir con la incertidumbre constante es peor que saber que voy a padecer la enfermedad.

Eric asiente.

—¿Y cómo has manejado la incertidumbre hasta ahora?

—No muy bien.

El constante cuestionamiento, el estrés y la ansiedad siempre están ahí, como un molesto canal de radio que suena de fondo y demasiado alto y cuyo volumen ella no puede bajar o apagar. Varias veces al día, sufre ataques de pánico: si pierde el equilibrio mientras realiza una postura en clase, si se le caen las llaves, si se olvida el móvil en algún lugar, si descubre que está moviendo el pie inconscientemente. O por ninguna razón en concreto. El ataque de pánico puede producirse, simplemente, porque su mente dispone del tiempo y el espacio suficientes para divagar. Como, por ejemplo, mientras espera el inicio de una clase o a que se haga el té, o mientras contempla un estúpido anuncio en la televisión, intenta meditar o escucha hablar a su madre... En todos esos casos, sus pensamientos se dirigen directamente a la enfermedad de Huntington. Es como una adolescente con una terrible obsesión por un chico malo o una drogadicta que fantasea con su próxima dosis de metadona. Katie no logra resistirse a su nuevo y destructivo tema favorito y piensa en él siempre que puede. Huntington. Huntington. Huntington.

¿Y si padece la enfermedad ahora? ¿Y si la manifiesta más tarde? ¿Y si todos sus hermanos la tienen?

—¿Estás deprimida?

—Esta pregunta me parece absurda.

—¿Por qué?

Katie suspira. Le molesta tener que explicar algo tan obvio a este tío.

—Mi padre y mi hermano tienen una enfermedad mortal y puede que yo también la tenga. No se trata de la época más feliz de mi vida, que digamos.

—Tu hermano tiene la mutación genética, pero todavía no ha desarrollado la enfermedad.

—Sí, lo que tú digas.

—La distinción es importante. Él es el mismo hombre que era el día antes de descubrir que tenía la mutación genética. Es un hombre de veinticinco años perfectamente sano.

Katie asiente. Últimamente, le resulta muy difícil mirar a J.J. y no verlo de una forma diferente: condenado, enfermo, muriéndose cuando todavía es joven. Huntington. Huntington. Huntington.

—Pero tienes razón, con todo lo que está ocurriendo en tu vida, es perfectamente normal que te sientas un poco deprimida. ¿Alguna otra vez has estado deprimida?

—No.

—¿Has visitado a un psicólogo o a un psiquiatra en alguna ocasión?

—No.

—¿Estás tomando algún tipo de medicación?

—No.

Uno de los síntomas de la enfermedad de Huntington es la depresión. En algunas personas, primero aparecen los síntomas físicos, los problemas de movimiento que la neuróloga ha buscado en ella, pero en otras, los síntomas psicológicos aparecen años antes de que surja ningún tipo de corea. Obsesión, paranoia, depresión. Katie no puede dejar de pensar en la enfermedad de Huntington. Está convencida de que Dios ha maldecido a toda su familia con la enfermedad y esto la entristece. ¿Su bajo estado de ánimo es el primer signo de que la enfermedad se está desarrollando? ¿O se trata de algo que cualquier persona normal en sus circunstancias sentiría? ¿Qué fue primero, el huevo o la gallina? Se trata de un jodido bucle mental.

—Estoy convencida de que tengo el gen de la enfermedad —confiesa Katie.

—¿Por qué?

—J.J. es clavado a mi padre y lo tiene. Yo me parezco a mi abuela por parte de padre y ella murió de la enfermedad.

—Tu suposición es muy común, pero totalmente falsa. Tú puedes ser clavada a tu padre o a tu abuela y no haber heredado la mutación genética.

Katie asiente con la cabeza, pero no se cree nada de lo que Eric le dice.

—Quizá sea un buen momento para repasar ciertas nociones básicas de genética.

Eric se dirige al tablero blanco que cuelga de la pared y toma un rotulador negro.

—¡Vaya! ¿Tengo que tomar notas? —pregunta Katie.

No ha traído papel ni bolígrafo. J.J. no le advirtió de nada de esto y ahora desea que Meghan hubiera acudido a la cita antes que ella. Meghan se lo habría contado todo.

—No, no habrá ningún examen ni nada parecido. Solo quiero ayudarte a comprender cómo se hereda la enfermedad.

Eric escribe una lista de palabras en el tablero.

«Cromosomas. Genes. ADN. ATCG. CAG.»

—Los genes que heredamos de nuestros padres están organizados en estructuras que denominamos cromosomas. Todos tenemos veintitrés pares de cromosomas. Cada par de cromosomas está formado por uno que procede de la madre y otro del padre. Los genes están ensartados a lo largo de los cromosomas como cuentas en un cordel.

Eric dibuja los cordeles y las cuentas en el tablero. Parecen collares.

—Puedes pensar en los genes como si fueran recetas. Son las instrucciones que recibe el cuerpo para formar las proteínas y todas tus características, desde el color de los ojos a la propensión para padecer una enfermedad. Las letras y palabras que constituyen las recetas genéticas se denominan ADN. En lugar del alfabeto común formado por las letras A, B, C, etcétera, las letras del alfabeto del ADN son A, T, C, G.

Eric rodea estas letras con círculos en el tablero.

—La mutación que provoca la enfermedad de Huntington está contenida en esas letras del ADN. El gen de la enfermedad de Huntington se encuentra en el cromosoma número cuatro.

Eric señala un punto situado en uno de los collares.

—La secuencia C-A-G se repite varias veces en el gen. Por término medio, las personas tenemos diecisiete repeticiones CAG en ese gen. Las personas que padecen la enfermedad tienen treinta y seis o más repeticiones CAG. Esta expansión del gen es como si cambiáramos la receta, y la receta alterada provoca la enfermedad. ¿De momento, me sigues?

Katie asiente. Al menos, eso cree.

—Ahora consideremos tu árbol familiar. Recuerda que heredamos dos ejemplares de cada gen, uno de nuestra madre y otro de nuestro padre. Tu padre heredó un gen normal de su padre y uno expandido de su madre, quien padecía la enfermedad. La EH es lo que se denomina una enfermedad dominante. Solo necesitas un ejemplar del gen alterado para heredar la enfermedad.

Eric dibuja un cuadrado al lado de un círculo del tablero y traza una línea entre las dos figuras. Escribe «abuelo» encima del cuadrado y «abuela» encima del círculo y une los dos nombres con otra línea. Luego pinta el interior del círculo con el rotulador negro, traza una línea descendente desde la de sus abuelos a un cuadrado que pinta de negro y que titula «padre» y lo conecta con un círculo sin pintar que titula «madre».

—Ahora viene tu generación.

Eric dibuja cuadrados para J.J. y Patrick y círculos para Meghan y ella. Pinta de negro el interior del cuadrado de J.J. y la imagen hace que el estómago de Katie se encoja. Ella dirige su atención a su círculo, que, de momento, no está pintado de negro. Cierra los ojos durante un instante, reproduce el círculo blanco en su mente y se aferra a él. Un símbolo de esperanza.

—Cada uno de vosotros ha heredado un gen normal de vuestra madre. Acuérdate de que tu padre tiene un gen normal de su padre y uno expandido de su madre. Por lo tanto, cada uno de vosotros ha heredado de él el gen normal o el expandido. Si has heredado el gen normal de tu padre, no padecerás la enfermedad. Si has heredado el gen expandido y vives lo suficiente, desarrollarás la enfermedad.

—Entonces ¿esta es la explicación de que cada uno de nosotros tenga un cincuenta por ciento de probabilidades de padecer la enfermedad?

—Exacto —contesta Eric, y sonríe.

Aparentemente, se siente complacido de que ella haya comprendido su lección de biología genética.

De modo que todo se reduce a una cuestión de puro azar. ¡Maldita suerte! Nada de lo que ella ha hecho o pueda hacer influirá en la posibilidad de que padezca la enfermedad. Ella puede seguir una dieta vegana, hacer yoga todos los días, practicar el sexo seguro, mantenerse alejada de las drogas, tomar vitaminas y dormir ocho horas diarias. Puede rezar, confiar, escribir afirmaciones positivas en las paredes de su dormitorio y encender velas. Puede meditar en un círculo blanco y vacío. Pero nada de esto importa. Ahí está, en el tablero. O tiene el gen de la enfermedad o no lo tiene.

—¡Joder! —exclama Katie.

Entonces abre mucho los ojos y aprieta los labios. En su cabeza, la voz de su madre la regaña con severidad: «¡Ese lenguaje!»

—Lo siento —se disculpa.

—No pasa nada. Aquí puedes decir la palabra «joder». Puedes decir lo que quieras.

Katie separa los labios y exhala. ¡Últimamente siente que tiene que ser tan cuidadosa! Sobre todo cuando está con su familia. Tiene que estar pendiente de lo que no debe decir y de lo que debe fingir que no ve. Las cenas de los domingos, en la atestada cocina, son especialmente insoportables. Siente que todas las palabras que pronuncia y las que reprime caen en un campo minado de huevos y los rompen, y sus afiladas aristas se clavan en sus pulmones y hacen que incluso respirar le resulte doloroso.

Se produce una pausa patente en la conversación con Eric. La atmósfera de la habitación se llena de algo: una invitación, una promesa, un desafío.

—De niña, cuando jugaba a verdad o reto, yo siempre elegía el reto —explica Katie.

—De modo que eras una niña atrevida.

—No, no, en absoluto. Simplemente, se trataba de la mejor opción. Cumplir un reto era mejor que tener que contar una verdad vergonzosa acerca de mí.

—¿Qué había en ti que resultara tan vergonzoso?

—No sé. Lo normal.

Katie era la hija menor y siempre se esforzaba para estar a la altura de sus hermanos. J.J., Patrick y Meghan sabían cosas sobre el sexo, el alcohol, la marihuana y sobre todo lo demás que ella no sabía, y su ignorancia la hacía sentirse estúpida. En concreto, le resultaba especialmente difícil estar a la altura de Meghan. Se pasó la mayor parte de la infancia fingiendo que sabía cosas y ocultando las que no sabía.

—Esto se parece un poco al juego de verdad o reto —continúa Katie.

Verdad: averiguar si va a padecer la enfermedad de Huntington o no.

Reto: vivir sin saberlo y preguntarse, segundo a segundo, si ya se está manifestando o no.

A Katie nunca le gustó ese juego. Y sigue sin querer participar en él. Eric asiente con la cabeza; aparentemente, está impresionado y pensativo, como si esta comparación no se le hubiera ocurrido nunca.

—Cuéntame —le pide a Katie—. ¿Qué significaría para ti descubrir que no tienes la mutación genética?

—¡Bueno, eso sería fantástico! El mayor alivio que he experimentado nunca.

«Por supuesto.»

—¿Cómo crees que afectaría a tu relación con J.J.?

¡Oh! La ligereza de su imaginado alivio se convierte en un peso insoportable.

—¿Y cómo te sentirías si su bebé diera positivo en la mutación genética?

—J.J. no quiere saberlo.

—Dentro de dieciocho años, su hijo podría decidir averiguarlo sin su consentimiento. ¿Y si tu sobrino o sobrina padeciera la enfermedad? ¿Cómo te sentirías?

—Fatal —contesta Katie, y baja la cabeza.

—¿Y si Meghan y Patrick tuvieran el gen expandido y tú no?

—¡Por Dios! —exclama Katie. Se inclina hacia delante y golpea tres veces el escritorio de Eric—. ¿Por qué me está planteando la peor realidad posible?

—Tú me has dicho que no tener la mutación genética constituiría el mayor alivio que has experimentado nunca. Como verás, no es tan sencillo.

—Sí, ya lo veo.

«¡Muchas gracias!»

—¿Cómo te sentirías si dieras positivo en la prueba?

—¡Fenomenal! —exclama Katie con sarcasmo.

—¿Cómo lo manejarías?

—Me tiraría del puente Tobin, si es eso lo que quieres saber.

La conversación se está volviendo demasiado intensa. Katie se agita en el asiento. Eric se da cuenta. ¡A la mierda! Nadie la obliga a estar aquí. Puede levantarse e irse cuando quiera. No tiene por qué ser amable con Eric. No tiene por qué importarle lo que él piense. No tiene por qué volver a verlo nunca más.

—Entonces, ¿qué harías? ¿Cambiaría algo en tu vida? —le pregunta Eric.

—No lo sé. Es posible.

—¿Mantienes una relación sentimental?

Katie se desplaza hasta el borde de la silla y mira hacia la puerta.

—Sí.

—¿Cómo se llama tu pareja?

—Felix.

—¿Felix conoce tu situación?

—No. No quiero traspasarle esta carga hasta que sepa a qué atenerme.

—Ya.

—No me juzgues.

—Aquí no se emiten juicios. Llevemos la situación a un nivel más abstracto. ¿Quieres casarte algún día?

—Sí.

—¿Y tener hijos?

Katie se encoge de hombros.

—Sí, probablemente.

—¿Y si el resultado de la prueba genética indicara que tienes el gen de la EH?

Katie piensa en J.J. y en Colleen y no sabe si ella habría tomado la decisión que ellos han tomado. No sabe si habría tenido al bebé. Pero ella podría elegir antes de quedarse embarazada. Podría someterse a esa técnica que llaman *in vitro*, en la que analizan si los embriones tienen o no la mutación genética y solo implantan los que no la tienen. Ella podría padecer la enfermedad y tener hijos sanos. No es como el pan con chocolate, pero la combinación podría funcionar.

O no. Felix no se merece vivir con una mujer que está destinada a desarrollar esta horrible enfermedad. No se merece casarse con una mujer a la que tendrá que cuidar, alimentar, llevarla en una silla de ruedas, cambiarle los pañales y enterrarla cuando tenga, aproximadamente, cincuenta años. Katie piensa en su madre y su padre y se imagina su futuro inmediato. Aprieta los párpados durante un segundo y hace lo mismo con los dientes mientras ahuyenta esa imagen.

¿Por qué habría de imponerse Felix ese futuro sabiendo lo que le espera desde el inicio de la relación? Al menos sus padres han vivido veinticinco años juntos sin saberlo. Nadie debería cargar con ese peso desde antes de que la relación sea estable.

Una idea la impacta con fuerza y una imperiosa necesidad de llorar crece rápidamente en su interior hasta la parte superior de su garganta. Katie traga saliva varias veces y hace rechinar los molares mientras intenta contener el llanto. Quizá tener el gen de la EH constituiría la excusa perfecta, la prueba irrefutable de que no es digna de ser amada.

—No lo sé. En cualquier caso, todas estas preguntas están muy lejos de donde yo estoy ahora. Veo que tú no estás casado —declara Katie como si lo acusara de algo—. ¿Tienes pensado hacerlo algún día?

—Sí, algún día —contesta Eric.

—¿Cuántos años tienes?

—Treinta y dos.

—De acuerdo. Un autobús podría atropellarte cuando tuvieras treinta y cinco años. Muerto. Fin de la historia. ¿Todavía quieres hacer planes? ¿Todavía quieres casarte algún día?

Eric asiente con la cabeza.

—Comprendo tu ejemplo y tienes razón. Todos vamos a morir algún día. Y, es cierto, un autobús podría atropellarme cuando tenga treinta y cinco años. La diferencia estriba en que yo no estoy sentado en el despacho de un médico, un psiquiatra o un asesor mientras le pido que me explique cuándo voy a morir aproximadamente y cómo.

Katie piensa en el último fantasma de *Un cuento de Navidad*, la lúgubre Parca que le enseña a Scrooge su futura tumba. Ella nunca leyó la novela para la asignatura de literatura inglesa, algo que debería haber hecho, pero ha visto varias versiones de la película en televisión a lo largo de los años, por Navidad. Scrooge, vestido con camisón, gorro de dormir y zapatillas, tiembla y suplica tener un final distinto. Esta escena siempre le ha puesto los pelos de punta y, cuando era pequeña, le producía vívidas pesadillas. Ahora la pesadilla es real y el espeluznante fantasma se llama Eric Clarkson. Incluso viste una camisa negra. Lo único que le falta es un gorro de dormir y una hoz.

—No sé por qué tengo que contestar todas estas preguntas. Lo que haga con la información y cómo viva mi vida es asunto mío. Si te diera la respuesta equivocada, ¿me impedirías realizar la prueba?

—No existe una respuesta equivocada. Y no vamos a negarte la posibilidad de realizar la prueba, pero queremos asegurarnos de que comprendes lo que implica conocer esa información y saber que tienes las herramientas necesarias para manejarla. En cierto sentido, nos sentimos responsables de cómo vas a reaccionar.

Katie espera. Eric no añade nada más.

—Entonces, ¿cuál es el siguiente paso? —pregunta Katie.

—Si todavía quieres seguir adelante y averiguar cuál es tu estado genético, puedes solicitar una cita para dentro de dos semanas o más adelante. Volveremos a hablar, averiguaremos cómo lo llevas y, si todavía quieres saberlo, te acompañaré al laboratorio y te extraerán una muestra de sangre.

Katie traga saliva ostensiblemente.

—¿Y entonces lo sabré?

—No, tendrás que regresar cuatro semanas más tarde y entonces te daré el resultado de la prueba.

Katie hace cálculos. Seis semanas. Si decide seguir adelante, sabrá si tiene o no el gen de la EH hacia finales de verano.

—¿Y no podrías decírmelo por teléfono?

—No, tienes que venir aquí. De hecho, queremos que alguien te acompañe para que te sirva de apoyo. Y no puede tratarse de uno de tus hermanos, porque, dado que ellos también están en situación de riesgo, tu resultado, sea cual sea, podría afectarles demasiado. Tampoco te recomiendo que acudas con J.J. o tu padre. Ven con tu madre o con una amiga.

Katie nunca acudiría con su madre. Si las noticias fueran malas, su madre reaccionaría peor que ella y Katie acabaría consolándola en lugar de a la inversa. Las otras alternativas son igualmente poco atractivas. Felix. Andrea. Otra profesora del centro de yoga.

—Nadie que no sea de la familia conoce la situación. ¿No puedo venir sola?

—No te lo recomiendo.

—Pero no se trata de una norma inquebrantable.

—No.

A Katie no se le ocurre con quién podría acudir, pero todavía faltan dos citas para eso. Quizá para entonces ya se lo haya contado a Felix. Quizás haya decidido que no quiere saberlo. Quizá ni siquiera siga adelante con el proceso. En seis semanas pueden suceder muchas cosas. Si decide continuar hasta la última cita, hasta el día del juicio final, ya decidirá con quién acudir o acudirá sola. Cruzará el río cuando llegue a la orilla.

Verdad o reto, niña. ¿Qué eliges?

17

Al otro lado de la ventana del dormitorio de Katie, el día es apagado, gris, lúgubre, un fiel reflejo de su estado de ánimo. Comprueba el calendario en el móvil. 30 de septiembre. Podría haber acudido a la segunda cita con el asesor genético dos meses antes, pero no lo hizo. Eric Clarkson acaba de telefonearla. Su voz suena amable y desenfadada en el contestador, como si tratara de tranquilizar a una niña tímida que se esconde detrás de la pierna de su madre y le recordara que, si ella sigue considerando la posibilidad de realizarse la prueba genética, él está allí, dispuesto a hablar con ella. No era necesario que la telefoneara. Probablemente, Katie piensa más en él que en Felix, lo que no es bueno por muchas razones. Ella es consciente de que Eric está allí y sabe cómo ponerse en contacto con él. Katie borra el mensaje.

En estos momentos, Katie evita prácticamente a todo el mundo: a Eric Clarkson y su segunda cita con él, a su padre, a J.J. y Colleen, a Meghan, a las otras profesoras de yoga e incluso a Felix. Asiste a tres clases de yoga diarias, pero va al grano y evita en lo posible relacionarse y charlar con sus compañeras. Con tanto ejercicio, su cuerpo está realmente fuerte, pero su mente ha estado totalmente desconectada de la práctica física. Mentalmente, está hecha un asco.

Carece de cualquier tipo de control sobre sus pensamientos y estos son como una manada de perros salvajes y descomunales que persiguen a unos zorros por el interior de un bosque oscuro. Ella sujeta sus correas y sus temerarias decisiones la dominan y la arrastran adondequiera que van. La meditación debería poder liberarla, debería poder someter a los perros salvajes. Deteneos. Sentaos. Quedaos quietos. Buenos perros. Pero Katie no consigue concentrarse.

Está sola en su dormitorio. Se sienta en el zafu y lee los originales y bonitos grafitis de las paredes. Durante el verano, ha escrito más citas inspiradoras con la confianza de que ese mundo de palabras se filtre en su conciencia y le levante el ánimo. A su madre no le gusta que ensucie las paredes, pero Katie no ve ningún mal en ello y, por otro lado, no quiere gastarse un dinero que no tiene en comprar pósters o letreros pintados. Un rotulador de dos dólares y sus paredes es lo único que necesita. Además, no les resultará difícil tapar las citas con unas capas de pintura, si alguna vez se muda. Cuando se mude. Algún día.

Lee las tres citas que tiene justo delante:

El dolor que creas ahora es siempre una forma de no aceptación, una forma de resistencia inconsciente a lo que es.

ECKHART TOLLE

La vida es una experiencia cercana a la muerte. Vívela con total gratitud mientras puedas.

JEN SINCERO

Nos convertimos en lo que pensamos.

BUDA

Katie piensa en la EH. Todo el tiempo. Constantemente. El bosque siniestro y oscuro está repleto de ella. Huntington.

Huntington. Huntington. Katie es un disco rayado y desearía que alguien le diera un manotazo.

Nos convertimos en lo que pensamos.

BUDA

Ella se está convirtiendo en la EH. Este hábito obsesivo y autosaboteador tiene que acabarse.

Cruza las piernas, adopta una posición cómoda en el zafu y cierra los ojos. Empieza a practicar la respiración Ujjayi. Crea una ola de aire rítmica a través de su nariz: inhala, exhala, inhala, exhala.

En la siguiente inhalación, pronuncia mentalmente la palabra *«so»* y la palabra *«ham»* durante la exhalación. Inhala, *«so»*. Exhala, *«ham»*. La expresión *«so ham»* es una abreviatura de la expresión sánscrita *«so aham»*, que significa «yo soy eso». Yo soy eso. Yo soy eso. *So ham. So ham.*

A la mente le encantan las palabras. Si se la alimenta, únicamente, con el sucinto texto *«so ham»*, se mantiene centrada, se concentra prácticamente en nada y se queda tranquila. Cuando los pensamientos y las sensaciones surgen, cuando los perros empiezan a ladrar, la mente debe ser consciente de ellos, dejar que pasen flotando a través de ella como si se tratara de nubes ligeras impulsadas por la brisa y, luego, volver a inhalar, *so*, y exhalar, *ham*.

Al principio, le funciona. *So ham. So ham.* Su mente es un vaso de cristal transparente, limpio y vacío. Pero entonces los perros perciben el olor de algo sabroso y echan a correr hacia el bosque.

Huntington. Huntington. Huntington.

Debería devolverle la llamada a Eric Clarkson. Ignorarla es de mala educación. Pero no está segura de querer conocer la realidad de su situación. ¿Y si tiene la mutación genética? ¿Y si padece la enfermedad como J.J. y su padre?

Entonces la historia vuelve a empezar: un futuro ficticio en el que ella y el resto de la familia O'Brien son los protagonistas, y su mente es la ganadora del Oscar a la mejor guionista, directora y actriz. Su mente no imagina comedias románticas con finales felices. Sus historias son siempre extremadamente siniestras y siempre representan las peores posibilidades que uno pueda imaginar. Además, su mente enferma y adictiva disfruta con cada segundo dramático y truculento.

Sus pensamientos viajan en el tiempo e imaginan escenarios futuros de la vida de Katie en los que nada es bonito. Su padre y J.J. están muertos. Su madre vende la casa porque no puede mantenerla ella sola y se traslada a vivir con uno de los tíos de Katie justo antes de sufrir una crisis nerviosa. Patrick es adicto a la heroína. Meghan se suicida. Y Katie padece la EH.

Rompe la relación con Felix para ahorrarle su dramático final. Él se casa con una mujer perfecta, tienen dos hijos preciosos y perfectos y viven en un ático en uno de los lujosos edificios del Navy Yard. Katie se imagina a sí misma sentada en un banco, sola, y los contempla mientras ellos pasean, ríen y juegan en el parque.

Ella nunca abre un centro de yoga propio porque esperó demasiado y los síntomas aparecieron. Lo primero que perdió fue el equilibrio, de modo que enseguida se quedó sin trabajo y acabó durmiendo en la calle.

Al verla, la gente siente repugnancia. La confunden con una borracha y llaman a la policía. El agente que acude es Tommy Vitale, el mejor amigo de su padre, pero en lugar de ayudarla, la encarcela. Le dice que, si su padre viviera, la regañaría por no luchar, por rendirse y permitir que la EH arruine su vida de esta manera. Le dice que debería avergonzarse de sí misma. Y ella se avergüenza. Está arruinada y avergonzada.

Es una mujer de treinta y cinco años sin un hogar, sin nadie que la quiera y padece la EH.

Es una mujer de cuarenta y cinco años sin un hogar, sin nadie que la quiera y padece la EH.

Muere sola, pobre, avergonzada y padece la EH.

¡Espera, no está respirando! El *so ham* ha desaparecido. Se ha olvidado de respirar, está sudando y su corazón nada en un charco de adrenalina. ¡Mierda! Esto es lo que le está pasando. Por eso se siente tan mal.

Tiene que agarrarse a algo, volver al momento presente. ¡Suelta las correas! Basta de dejarse arrastrar por el bosque siniestro y oscuro hacia un futuro que quizá nunca se haga realidad. El futuro, bueno o malo, es una fantasía. Solo existe este momento, el ahora.

Ahora mismo, es una profesora de yoga de veintiún años que está sentada en su dormitorio y no padece la EH. Tiene un novio fantástico y un piso decente, su padre y J.J. están vivos, Patrick no es un drogadicto, Meghan está bien y ninguna parte del drama que acaba de vivir en su mente es real.

Nada de lo que ha imaginado es real. Inhala hondo y exhala. Relaja sus costillas, que están tensas por el pánico, y calma su ansioso corazón. Endereza la espalda, apoya las palmas de las manos en los muslos y vuelve a intentarlo. Nada de perros. Nada de locura. Esta vez, empieza a meditar concentrándose en una intención.

«Ahora estoy aquí. Estoy sana y completa.»

En lugar del *so ham*, repite mentalmente su intención una y otra vez. Inhala, «Ahora estoy aquí». Exhala, «Estoy sana y completa». Inhala. Exhala.

Los perros han desaparecido. El bosque se disuelve y se transforma en un campo soleado. Inhala, «Ahora estoy aquí». Exhala, «Estoy sana y completa». El campo se hace más y más brillante hasta que Katie solo percibe una luz blanca. Ahora solo hay una luz blanca y su respiración. Y, después, no hay nada, y en la quietud de la nada hay paz.

Paz. Paz. Paz.

Entonces, piensa: «¡Lo he conseguido!» Y el pensamiento la saca, repentinamente, de aquel lugar vacío y feliz. Pero todo está bien. Katie sonríe. Ha estado allí. Existe.

En su interior hay un lugar donde la EH no existe.

Abre los ojos y Felix está sentado delante de ella con las piernas cruzadas y le sonríe.

—¿Eres real? —le pregunta Katie.

Felix se echa a reír.

—Tan real como se puede ser, guapa.

—¿Cuánto tiempo llevas aquí?

—Unos diez minutos. Tu hermana me ha abierto la puerta.

De modo que el secreto e invisible señor Martin por fin se ha revelado. Katie se pregunta qué estará pensando Meghan ahora mismo. Se pregunta si estará histérica como ella sospecha. Seguro que, cuando estén solas, le echará una bronca. Está nerviosa y se le hace un nudo en el estómago.

—¿Y qué te ha parecido Meghan?

—Bien. Parece maja. Solo nos hemos visto un segundo. Me alegra saber que existe de verdad.

—Así que llevas aquí diez minutos. ¿En serio?

—En serio.

Katie no se había percatado de su presencia, y eso que sus rodillas están a solo un par de centímetros de las de ella. Y tampoco se ha percatado del paso del tiempo. Si se lo hubieran preguntado, habría dicho que solo había meditado durante un par de segundos.

—¡Eh, tengo noticias! —exclama Felix—. El proyecto de biocombustible ha funcionado tan bien en Boston que nos han contratado para implantar el mismo modelo en Portland, Oregón. El director quiere que supervise el proyecto.

La expresión de Katie se entristece.

—No te preocupes. Quiero que vengas conmigo.

Katie lo mira a los ojos, intenta asimilar lo que le ha dicho y espera que él diga algo más.

—Te quiero, Katie. Siempre hablas de irte de aquí y abrir tu propio centro. ¡Hazlo! Portland es una ciudad maravillosa. ¿Qué opinas?

Las palabras se quedan entre ellos como si fueran un regalo sin desenvolver. La cara de Felix resplandece y refleja ilusión y confianza.

—Espera —comenta Katie—. ¿Me quieres?

—Sí —responde él. Le aprieta las manos y los ojos se le humedecen—. Te quiero.

—Yo también te quiero. Y no te lo digo porque tú me lo hayas dicho. Hace tiempo que sé que te quiero, pero tenía miedo de decírtelo yo primero.

—¡Gallina!

—Lo sé. Me lo estoy trabajando.

—Entonces ¿qué opinas? ¿Te apuntas conmigo a esta aventura?

Portland, Oregón. Katie no sabe nada de esa ciudad. Quizá Portland es la ciudad de sus sueños, un lugar donde ella podrá crecer sin limitaciones; donde podrá vivir sin que la juzguen por salir con un hombre negro; donde la gente no la mirará como a un bicho raro por ser vegana; donde no se sentirá casi invisible por estar a la sombra de su exitosa hermana mayor; donde no tendrá que vivir bajo la opresiva y nada sutil expectativa de tener que casarse con un buen chico irlandés de Charlestown y criar a sus numerosos hijos según la fe católica; donde los habitantes tienen ambiciones que van más allá de trabajar como funcionarios, no acabar en prisión, crear una familia y emborracharse todos los fines de semana en los bares locales; donde no se sentirá inadecuada por no ser una bailarina, rara porque Tom Brady y los Boston Bruins no le interesan especialmente o digna de lástima porque su mayor aspiración en la vida no es ser la señora de Flannagan o la señora de O-apóstrofe-loquesea; donde no se sentirá avergonzada de ser quien es.

Portland, Oregón. El otro extremo del país. Otro mundo. Su propio centro. Un hombre que la quiere. Este podría ser su sueño extendido a sus pies para que lo agarre.

«¡Agárralo!»

Pero ¿y si tiene la EH, empieza a mostrar los síntomas, Felix no puede soportarlo, la abandona y ella se queda allí completamente sola? ¿Y si Portland es como Charlestown y no hay lugar suficiente para otro centro de yoga? ¿Y si abre su propio centro y fracasa? El momento no parece el adecuado. Los síntomas de su padre empeorarán. J.J. también los desarrollará. La necesitarán. Sería egoísta por su parte marcharse ahora. ¿Y si Meghan y Patrick tienen el gen de la enfermedad? ¿Y si ella lo tiene?

«Suelta las correas, chica. No arruines tu vida con pensamientos que no son reales.»

De acuerdo, esto es lo real: ella es una profesora de yoga, una hija y una hermana. Está sentada delante de un hombre guapo y maravilloso que la quiere y ella le corresponde. Él acaba de pedirle que se mude con él al otro extremo del país. Ella quiere responderle afirmativamente. Ella está aquí en este momento. Está sana y completa.

Y tiene una segunda cita pendiente con Eric Clarkson.

Contempla los ojos marrones y esperanzados de Felix, que son exquisitamente maravillosos e inocentes, y le aterra el cambio que está a punto de percibir en ellos. Inhala hondo y exhala. Vuelve a inhalar y, en la siguiente exhalación, toma las manos de Felix, lo mira a los ojos y, con su vulnerable corazón frente al de él, le cuenta lo que es real.

18

Katie le tiende a Eric un regalo envuelto en papel azul y atado con una cinta blanca. Mientras él tira de la cinta, de repente, Katie desea poder volverse atrás. Cuando estaba en su piso, le pareció una buena idea llevarle un regalo a su asesor genético, pero ahora, mientras lo ve abrirlo en su despacho, se siente incómoda, inadecuada y patética.

Él desgarra el papel y descubre una tarjeta blanca enmarcada en negro. En la tarjeta, y escrito con la más cuidada letra de Katie, se lee:

> *La esperanza es esa cosa con plumas*
> *que se posa en el alma*
> *y entona su melodía sin palabras*
> *y nunca se calla.*

> EMILY DICKINSON

Eric lee el poema y sonríe.

—¡Uau, gracias! Es precioso.

—Pensé que sería apropiado para tu despacho.

—Es perfecto —afirma él, y coloca el marco sobre su escritorio de cara a Katie—. Además, mi cumpleaños fue la semana pasada.

—Estupendo.

—Bueno —comenta él, y observa a Katie durante demasiados y embarazosos segundos. Inicia la conversación con tiento, como si se tratara de una incómoda segunda cita y la posibilidad de que se produjera una tercera fuera altamente improbable—. Me alegro de que hayas vuelto.

Katie se ríe.

—¿Qué es tan divertido? —pregunta Eric.

—Supongo que necesitas que la gente como yo vuelva a tu consulta; si no, te quedarías sin empleo.

—No me preocupa perder mi empleo, Katie. He estado preocupado por ti.

Al principio, ella se siente halagada y especial por ser el objeto de su cuidado y preocupación, pero luego se arrepiente. La preocupación está a un paso de la lástima.

—¿Cómo has pasado el verano? —pregunta Eric.

—Bien.

—¿Cómo está tu padre?

—No está mal. Ya muestra los síntomas claramente. Esos movimientos bruscos y espasmódicos. ¿Cómo dijiste que se llaman?

—Corea.

—Sí. Su corea es cada vez más evidente. Se ha vuelto desorganizado y se olvida de las cosas. Después, se siente frustrado consigo mismo y se desahoga con alguien, en general, con mi madre.

—¿Y cómo lo lleva tu madre?

Katie se encoge de hombros.

—Bien.

—¿Tu padre sigue trabajando?

—Sí.

—¿Algún compañero policía sabe que padece la EH?

—Solo su mejor amigo del departamento. También lo sabe otro amigo suyo, un técnico sanitario, pero nadie más. Constituye un secreto.

Tommy Vitale y Donny Kelly están pendientes de su padre. De momento, están de acuerdo en que puede seguir trabajando y que nadie más tiene por qué saber lo que le ocurre. Sinceramente, Katie no se lo imagina trabajando de policía durante mucho tiempo más. Por otro lado, tampoco se imagina a su padre sin ejercer su profesión. En realidad, cada vez le cuesta más imaginarse a su padre; incluso cuando está sentado en su sillón delante de ella.

El pasado mayo decidieron conjuntamente, como familia, que no se lo contarían a nadie en la Town. Una noticia como esta se extendería como una plaga. Si se filtrara, todos los *townies* y *toonies* lo sabrían antes de una semana, quizás incluso ese mismo día. A su padre no le importa en absoluto lo que la gente del barrio piense de él, pero sí que le importa por J.J. Si sus compañeros bomberos se enteraran de que su padre padece la EH, después de navegar un poco por Internet, ninguno de ellos tendría que ser un genio para deducir que J.J. puede haber heredado la enfermedad. Entonces empezarían a observarlo, a tratarlo de forma diferente, quizás incluso evitarían tenerlo en cuenta para los ascensos. No sería justo para J.J., de modo que todos se comprometieron a mantenerlo en secreto.

Entonces ella se lo contó a Felix.

—¿Y qué me cuentas de ti? ¿Cómo lo llevas? —pregunta Eric.

—Estoy bien.

Katie titubea, se contiene, se protege a sí misma y evita exponerse demasiado. Columpia la pierna que tiene cruzada sobre la otra y lee el poema de Emily Dickinson.

—Cuando no tuve noticias tuyas al cabo de dos semanas y, luego, de uno y dos meses, creí que no volvería a verte.

—Sí, bueno, durante un tiempo esa era mi intención —contesta ella—. No se trata de nada personal.

No es que se estuviera haciendo la dura. Eric levanta las manos como si lo estuvieran apuntando con una pistola.

—¡Eh, lo entiendo! Se trata de un tema difícil.

—¿Te encuentras con muchos casos como el mío? ¿De personas que vienen una vez y, luego, desaparecen del mapa?

Eric asiente con la cabeza.

—Sí. Más de la mitad. Más o menos igual que en mis citas personales.

Katie se ríe.

—Además, era verano —añade Eric—. Nadie quiere averiguar si padece la EH en verano.

—Pero ya estamos en octubre —comenta Katie.

—Así es.

—Y aquí estoy.

—Aquí estás.

—En nuestra segunda cita.

Eric sonríe y tamborilea en el escritorio con los dedos. Una energía de flirteo circula entre ellos. Katie se ruboriza.

—¿Y qué te ha hecho volver?

Katie invierte las piernas que mantiene cruzadas para ganar tiempo.

—Se lo he contado a Felix.

—¿Al tío con el que salías en julio?

—Sí.

—¿Y cómo se lo ha tomado?

—Mejor de lo que yo creía. No rompió conmigo de inmediato, lo que constituyó un buen detalle.

—Por lo que cuentas, debe de tratarse de una buena persona.

—Lo es. Me dijo que me quería.

Katie vuelve a ruborizarse y baja la mirada hacia su anillo de Claddagh. Se siente ridícula.

—Pero no creo que sea consciente de la magnitud del problema —añade Katie—. Se ha leído el escueto prospecto que le di, pero se niega a leer nada más. No quiere indagar en Google ni nada parecido. Según él, ahora mismo no necesita saber más. Creo que está en la fase de negación.

—Quizás eres tú la que lo está.

—¿Cómo voy a estar en la fase de negación? Estoy aquí, ¿no?

Le gustaría añadir que ha demostrado tener un buen par de ovarios al acudir a esta segunda cita, pero al final decide no pronunciar la palabra «ovarios» delante de Eric.

—Me refiero a lo que sientes por Felix y lo que él siente por ti.

Katie levanta la vista hacia el techo.

—Sí, me quiere y yo lo quiero a él y eso es estupendo y me siento realmente feliz, pero, si tengo la enfermedad, cambiaré. Y mucho. No seré la mujer que él quiere en estos momentos, y no lo culparía si dejara de quererme cuando desarrollara la enfermedad.

—¿Tu madre sigue queriendo a tu padre?

—Sí, pero ella es una católica convencida. Tiene que quererlo.

—La devoción religiosa y el compromiso con los votos matrimoniales no son lo mismo que el amor. ¿Tu madre ha dejado de querer a tu padre?

Cuando pasean a *Yaz* juntos, caminan tomados de la mano. Y Katie se ha fijado en que se besan más que antes. Su madre lo mima. No le grita cuando él descarga en ella su mal genio y tampoco parece guardarle rencor por ello. Para dirigirse a él, su madre le llama «cielo» o «amor mío» y él la llama «cariño» y «querida».

—No, pero él todavía no está tan mal.

—Tienes razón, pero, mira, he conocido a muchas familias en vuestra misma situación y, por lo que he visto, tu madre seguramente odiará la EH, pero no a tu padre.

—El jefe de Felix quiere que se traslade a las nuevas oficinas de la compañía en Portland, Oregón. Y Felix quiere que vaya con él.

—¿Y tú quieres ir?

—No lo sé. Eso es lo que intento averiguar.

—¿Crees que saber si tienes la mutación genética influirá en tu decisión?

—No lo sé. Probablemente, sí. Pero incluso si no tengo la EH y, especialmente, si no la tengo, creo que no debería irme de Charlestown. ¡Me siento tan egoísta solo con pensar en irme y abandonar a mi padre y a J.J. ahora que me necesitan!

—J.J. está perfectamente sano. Puede que no muestre los síntomas hasta dentro de diez años o más. Y tu padre todavía trabaja. No va en silla de ruedas ni necesita ayuda externa. Además, por lo que dices, parece que tu madre y los amigos de tu padre tienen las cosas controladas. ¿Durante cuánto tiempo vivirías en Portland?

Implantar el proyecto del biocombustible en Boston ha requerido tres años y Felix cree que implantarlo en Portland requeriría, aproximadamente, el mismo periodo de tiempo.

—No lo sé. Al menos, un par de años.

—Entonces, ¿qué te detiene?

Katie arquea las cejas y le lanza una mirada de exasperación. Se trata de un gesto que ha tomado del manual de expresiones de su madre: «No te hagas el tonto conmigo, jovencito.»

—¿No saber si tienes o no la enfermedad? —declara Eric.

Ella asiente con la cabeza.

—Muy bien, entonces ¿qué ocurriría si no tuvieras la mutación genética? ¿Te trasladarías a Portland?

Katie reflexiona. No sería para siempre. Si su madre y su padre la necesitaran, ella podría cambiar sus planes cuando fuera necesario. Si no tiene la enfermedad, no existe ninguna razón para que no se traslade a Portland. Ella quiere a Felix y no soporta la idea de perderlo.

—Sí, creo que me trasladaría.

Un escalofrío de emoción recorre su cuerpo cuando se oye a sí misma pronunciar estas palabras en voz alta y una sonrisa estúpida se dibuja en su cara.

—Muy bien, ahora exploremos la otra posibilidad. ¿Qué harías si tuvieras el gen de la enfermedad?

En un abrir y cerrar de ojos, su sonrisa se desvanece y el escalofrío emocionado queda relegado a la memoria.

—No lo sé. Creo que quedarme y romper con Felix sería lo correcto.

Eric asiente con la cabeza.

—¿Tú crees que eso es lo que debería hacer? —pregunta Katie.

—No, no. Yo solo te escucho y comprendo tu razonamiento.

—¿Qué harías tú? —pregunta Katie.

—Yo no puedo responder a esa pregunta por ti. No estoy en tu lugar.

Katie baja la vista hacia sus pies. Lleva puestas unas alpargatas negras.

—Además, no creo que Felix quisiera vivir conmigo —añade Eric.

—¡Muy gracioso!

—No tienes por qué ser una mártir, Katie. Si tienes la mutación genética, podrías vivir entre quince y veinte años sin manifestar los síntomas. Eso es mucho tiempo. Las investigaciones que se están llevando a cabo actualmente son realmente esperanzadoras. Para entonces podríamos disponer de un tratamiento realmente efectivo o incluso de una cura.

Entre quince y veinte años. Un periodo de tiempo suficiente para que haya esperanza para J.J., Meghan, Patrick y ella en el caso de que tengan el gen de la enfermedad. Pero el tratamiento llegaría demasiado tarde para su padre.

—Sería una lástima que terminaras una relación importante, que apartaras de tu vida a un hombre al que quieres, por una enfermedad que, si la tienes, no interferirá en tu vida durante, al menos, una década o más. Quizá descubran una cura en los próximos diez años y la enfermedad no llegue a interferir en tu vida. Entonces habrías renunciado a Felix y Portland por nada.

—Tengo la impresión de que intentas convencerme para que me realice la prueba.

—No, no es esa mi intención. No estoy aquí para influir en tu decisión en ningún sentido. Estoy aquí para ayudarte a procesar el impacto potencial de los posibles resultados. Solo intento mostrarte el panorama, explicarte que tu vida no tiene por qué detenerse o descarrilarse si te sometes a la prueba genética y descubres que tienes el gen de la enfermedad.

—Sí, pero, de todas formas, me parecería injusto para Felix —replica su sentido de la culpabilidad católico irlandés.

—No pretendo desanimarte, Katie, pero eres muy joven. Solo tienes veintiún años. Sé que os queréis, pero es bastante probable que no acabéis viviendo felices para siempre. Lo más probable es que quieras a unos cuantos hombres más antes de que tu vida termine. Y eso no tendrá nada que ver con la EH. La vida, simplemente, es así.

Katie no ha considerado la posibilidad de casarse con Felix, pero, para ser sincera, en el fondo de su mente se imagina probándose vestidos de boda. ¡Además, Felix estaría tan guapo vestido con un esmoquin! Podría ocurrir. Cuando su madre tenía su edad, ya estaba casada y tenía tres hijos. Katie se pregunta qué probabilidad hay de que acabe casándose con Felix. Seguramente, no es tan alta como la de que tenga la EH.

—¿Te has enamorado alguna vez? —pregunta Katie.

—Sí —contesta Eric, pero titubea, como si tuviera algo más que añadir pero no estuviera seguro de que sea apropiado compartirlo con Katie—. He querido a tres mujeres. Y las he querido de verdad, pero ninguna de esas relaciones ha sido duradera. Las relaciones de pareja son difíciles. Al menos, para mí lo son.

—Esto es realmente extraño. Apenas te conozco y estamos hablando de cosas de las que no hablo con nadie más.

—En eso consiste mi trabajo.

—¡Ah! —exclama Katie visiblemente decepcionada.

—No quiero decir que no se trate de algo personal para mí. Estamos compartiendo cosas realmente íntimas y entiendo lo que dices. Lo que quiero decir es que no puedes tomar el tipo de decisión que tienes que tomar sin arremangarte las mangas, arrancarte la armadura y entrar a fondo.

—¿A qué decisión te refieres, a la de mudarme a Portland con Felix o a la de realizar la prueba genética?

—A ambas.

Katie asiente. Eric espera. El aire que los separa se llena de un silencio pegajoso.

—Hay una cosa que no te comenté cuando te expliqué lo de la estructura genética y que deberías saber. ¿Te acuerdas de que hablamos del gen expandido de la EH? Treinta y cinco o menos repeticiones CAG significan que no tienes la enfermedad, mientras que cuarenta o más repeticiones CAG indican que desarrollarás la enfermedad. Pues bien, el resultado de la prueba no es totalmente blanco o negro. Hay una zona gris.

Eric se interrumpe. A Katie se le encoge el estómago y se prepara para lo que se le viene encima. No tiene ni idea de lo que Eric va a contarle, pero su intuición ha puesto en marcha todas sus alarmas.

—Si tienes entre treinta y seis y treinta y nueve repeticiones, no podremos interpretar el resultado. A esto se lo conoce como alelo de penetrancia reducida. Esta sería la zona gris. Si tuvieras treinta y ocho o treinta y nueve repeticiones y no murieras prematuramente por alguna otra causa, tendrías un noventa por ciento de probabilidades de padecer la enfermedad. Si tuvieras treinta y siete repeticiones CAG, tendrías alrededor de un setenta y cinco por ciento de probabilidades de padecer la enfermedad, y con treinta y seis repeticiones, la probabilidad descendería al cincuenta por ciento. Pero nada de esto es exacto. En realidad, cuando el número de repeticiones se encuentra entre treinta y seis y treinta y nueve, no podemos afirmar nada con certeza.

Eric espera y estudia la cara de Katie para averiguar cómo ha encajado esta nueva información. La ha encajado como si se tratara del ataque de un dron. No la había visto venir. Se trata de una jodida y enorme mentira por omisión. Una maldita trampa. Está tan cabreada que ni siquiera encuentra palabras para expresarlo. Inhala hondo y... ¡Ahí están las palabras!

—Deja que lo entienda con claridad. Podría realizar la prueba genética y obtener un resultado que no sería un resultado.

—Por desgracia, sí.

Katie no se lo puede creer. No puede ser verdad.

—Entonces podría pasar por toda esta mierda, decidir que quiero saber si tengo la mutación genética y, si el resultado fuera gris, básicamente, seguiría teniendo una probabilidad de un cincuenta por ciento de padecer la enfermedad.

—Así es.

—¡Joder, esto es un asco!

—Lo es. Pero es lo mejor que tenemos.

—Deberías habérmelo contado en nuestra primera cita.

Katie oye lo que acaba de decir, pero está demasiado cabreada para ruborizarse.

—Cuando digo cita, me refiero a una cita médica.

—Así lo he interpretado. Lo siento. A veces, creo que es demasiada información para soltarla toda en la primera visita. ¿Algo de esto te ha servido de ayuda? —pregunta Eric.

«Sí, hasta que todo se volvió gris.»

—No lo sé.

—No tienes por qué tomar una decisión hoy mismo, pero, si quieres, podemos ir al laboratorio y pedimos que te extraigan una muestra de sangre y que la analicen.

—Así sabré si mi repetición CAG es blanca, negra o gris.

—Exacto, y, dentro de cuatro semanas, si todavía quieres saber el resultado, puedes volver y te lo diré. Si decides seguir adelante con el proceso, la tercera visita será como sigue: tú y la persona que te acompañe para apoyarte esperaréis en la sala de espera. Yo no miraré el resultado de la analítica hasta que entréis en mi consulta, de modo que, sea cual sea la expresión de mi cara cuando entres, no significará nada. Tanto si sonrío como si parezco distraído o cualquier otra cosa, no significará nada. Entonces te preguntaré si quieres saber el resultado. Si contestas afirmativamente, abriré el sobre, leeré el resultado y, luego, te lo diré.

Katie intenta imaginarse la escena: Eric tiene un sobre blanco en la mano. Lo abre. Y el ganador es...

—Entonces, ¿qué quieres hacer? ¿Te acompaño al laboratorio para que te extraigan la muestra de sangre?

«Verdad o reto, niña, ¿qué eliges?»

La esperanza es esa cosa con plumas
que se posa en el alma
y entona su melodía sin palabras
y nunca se calla.

—¡Qué demonios! ¡Sí, vamos!

19

Katie exhala sonoros y profundos sollozos mientras embo-
rrona otra palabra con el rotulador negro. Está histérica pero,
al mismo tiempo, está decidida a tacharlas todas, a no dejar ni
una letra visible. Presiona el rotulador con fuerza contra la pared y arremete contra las palabras como si, en lugar de un rotulador, en la mano tuviera un cuchillo. Quiere matarlas a todas y se siente frustrada por la impotencia que le transmite la
punta suave y fina del rotulador.

Presiona con más energía, con todas sus fuerzas, e ignora el
punzante dolor que siente en el hombro derecho. Quiere borrar todas las palabras de las paredes. Tacha a conciencia cada
una de las letras hasta que resultan irreconocibles. De esta forma, eliminará las pruebas de aquello en lo que una vez creyó.
Ahora no cree en nada. En el dormitorio hace frío, pero ella es
un horno alimentado por la angustia, la febril actividad y la
magnitud de la tarea. La parte delantera de su camisa está húmeda de sudor y lágrimas.

Finalmente, ha tachado todas las letras. Basta de citas. Basta de falsas esperanzas. Retrocede un paso. Las paredes de su
dormitorio están cubiertas de tachones, de explosiones negras
e irregulares de rabia, como si fueran la interpretación abstrac-
ta de una guerra realizada por un artista. Las paredes están en
guerra, lo que, en su opinión, refleja su realidad a la perfección.

Percibe su reflejo en el espejo que hay encima de la cómoda. Sus mejillas están manchadas de rímel. Unos regueros del-

gados y negros descienden por su cara. Un impulso se apodera de ella. Le resulta imposible resistirse. Acerca el rotulador a su cara y repasa los regueros de rímel con la tinta imborrable. Del ojo a la mandíbula. De arriba abajo. De arriba abajo. Contempla su cara en el espejo sin mostrar ninguna expresión.

Con el rotulador todavía en la mano, examina el resto de la habitación para comprobar que ha terminado y encuentra otra cosa. Se sube a la cama, se acerca a la cabecera y arremete contra un pacífico espacio en blanco, un trozo de pared que todavía no está afectado por la guerra negra. Escribe las letras «CAG» una y otra vez en una línea horizontal hasta alcanzar la cifra de cuarenta y siete. Cuarenta y siete CAG.

El número de repeticiones CAG que aguardan en el ADN de su única hermana.

Después de esta explosión, no ha podido dormir en su dormitorio, de modo que, los últimos tres días, se ha quedado a dormir en el piso de Felix. No podía enfrentarse a lo que había hecho y, de momento, tampoco puede ver a Meghan. Decir que Felix está preocupado es quedarse corto. De hecho, se ha tomado dos días libres para estar con ella. Nada más llegar, Katie se derrumbó en su cama y solo se ha levantado cuando ha sido estrictamente necesario. Él le ha llevado comida y ella se la ha comido, pero solo porque él ha insistido. Él le frotó las mejillas con una toalla empapada en alcohol hasta que su cutis quedó escocido y, finalmente, limpio y, durante esos tres días, ella ha dormido, llorado y contemplado las paredes de su dormitorio.

Paredes inocentes, neutrales, de un color gris verdoso. De una de ellas cuelga una impresión Giclée de una imagen del puerto Rockport. Se trata de una reproducción de un alegre dibujo realizado con lápices Crayola. Una imagen de vivos colores rojos, amarillos y naranjas, con un barco verde y un cielo azul. De otra de las paredes cuelga una fotografía que Felix tomó del barco *Constitution* durante un amanecer. El histórico barco de guerra aparece en primer plano y tiene de fondo la moderna ciudad. Líneas negras y plateadas contra un cielo enrojecido. Por último, hay una impresión en blanco y negro sobre madera del contorno aéreo de Nueva York, que es la ciudad de origen de Felix y un lugar que Katie no ha visitado nunca. Las paredes del dormitorio de Felix la reconfortan y constituyen para ella un refugio frente a las paredes de su dormitorio, con sus mentiras emborronadas y la receta mortal del ADN y también frente a las paredes invisibles que se ciernen sobre ella y su familia y que amenazan con aplastarlos a todos.

Katie está viviendo una película de terror en la que un horrible monstruo arrasa con todo, destroza el árbol familiar de los O'Brien, corta las ramas y las echa a la trituradora. Y la bestia no estará satisfecha hasta que no quede nada salvo un tocón. Este será la única prueba de la existencia de su familia y su madre recorrerá los anillos concéntricos de crecimiento con su dedo cargado de dolor.

Primero su abuela y su padre. Después, J.J. Y, ahora, Meghan. Meghan padecerá la EH. Katie se la imagina con corea, como su padre. No podrá bailar, y esto le desgarra el corazón. Cierra los ojos, pero sigue viendo la imagen de Meghan con corea y desea que su imaginación se quede ciega. Meghan morirá de la EH. Katie no se imagina su vida sin Meghan. No puede. No lo hará.

Durante tres días, ha encontrado refugio en la cama de Felix, acurrucada debajo de una pesada manta de vergüenza y culpabilidad. Hasta ahora, había considerado el tiempo como si se tratara de un bien disponible y abundante, algo que podía malgastar sin problemas. Detrás de los mezquinos celos que experimenta hacia su hermana mayor, hay una admiración y un respeto sinceros que ansía expresar pero que nunca ha podido. Detrás de la comparación y la competición constantes, habita el recuerdo de su amistad y solidaridad como hermanas. Y Katie echa de menos esa realidad. Durante años, Katie ha dado mayormente a Meghan muestras de hostilidad y resentimiento, pero, en su interior, detrás de la armadura que las ha mantenido separadas, hay amor.

En realidad, hace años que Katie desea acercarse a Meghan,

pero asumir su parte de responsabilidad en su distanciamiento y dar el primer paso para solucionarlo siempre le ha resultado demasiado intimidante. En lugar de eso, ha ido dejando las cosas para más adelante y se ha contentado con envidiar a Meghan. Se ha creído la historia inventada por ella misma de la hermana que lo tiene todo y la que no tiene nada y ha representado el papel de ser la antítesis y la adversaria de Meghan, la víctima. Katie suponía que contaba con todo el tiempo del mundo para arreglar las cosas entre ellas y, ahora, como su padre y J.J., Meghan ha dado positivo en la EH.

Ha llegado la hora de liberarse de todo esto.

Hoy Katie ha vuelto a incorporarse al mundo. Ha dado su clase de Vinyasa de las nueve y media y, después, ha asistido a la clase de Power Yoga de mediodía de Andrea. Le ha sentado bien moverse y realizar la rutina de un día normal. Oír las conocidas indicaciones y realizar las asanas le ha ayudado a recuperarse.

Ahora casi ha llegado a casa. Está subiendo las escaleras que conducen a su piso. Huele a pintura. La puerta de su dormitorio está entreabierta. A través de la rendija, ve un cartón protector salpicado de pintura en el suelo.

Abre la puerta y se queda atónita. Meghan está allí, con un rotulador en la mano. Se vuelve hacia Katie y le sonríe.

Las explosiones negras y los cuarenta y siete CAG han desaparecido. Las paredes están pintadas de color azul turquesa, el preferido de Katie. Para su sorpresa, las citas vuelven a estar aproximadamente donde estaban antes, pero ahora están escritas con la caligrafía de Meghan.

—No te enfades —pide Meghan.

—¿Cómo es posible? —pregunta Katie—. ¡Están todas! Lo has dejado todo tal y como estaba.

—A veces, cuando no estás en casa, me siento en tu cama y leo tus citas. Llevo haciéndolo mucho tiempo, incluso antes de que todo esto empezara. Las citas me ayudan y ahora las necesito de verdad. —Se detiene—. Y creo que tú también. Por favor, no te des por vencida respecto a mí.

Meghan se acerca a su hermana y la abraza. Katie le devuelve el abrazo y un intenso sentimiento de alivio, gratitud y amor la invade. Sus previamente distanciados cuerpos encajan fácilmente. El recuerdo de sus abrazos es uno de los favoritos de Katie. Al final, retrocede un paso y se enjuga los ojos.

—No estoy enfadada, te lo prometo —contesta Katie—. Te echo de menos, Meg.

—Y yo a ti.

—No sabía que valorabas mis frases o que fueras consciente de ellas. En realidad, creía que las considerabas ridículas.

—¿De dónde sacaste esa idea?

—No lo sé. Vosotros siempre os burláis de mis dietas de desintoxicación, de los cantos y de las palabras en sánscrito.

—Normalmente, son J.J. y Patrick quienes se burlan, pero no lo hacemos con una intención determinada.

—Bueno, pero tú nunca has asistido a ninguna de mis clases.

—Yo creía que no querías que asistiera. Nunca me lo has pedido y deduje que esto significaba que no querías que fuera.

Katie esperaba que Meghan asistiera a una de sus clases y, como no lo hizo, dedujo que pensaba que el yoga estaba por debajo de ella, que Katie estaba por debajo de ella. Sin embargo, durante todo ese tiempo, Meg esperaba su invitación.

—Por supuesto que quiero que asistas a mis clases —contesta Katie.

—Entonces iré.

—No esperes nada especial. No son, exactamente, *El lago de los cisnes*.

—Sí que son algo especial. Tú eres profesora de yoga y eso me parece fenomenal. Me encantará asistir a una de tus clases. Aunque la única postura que conozco es la de la bailarina, así que, probablemente, haré el ridículo.

Katie sacude la cabeza y sonríe. Meghan no ha hecho el ridículo en toda su vida. Katie piensa en la EH y en su padre, en cómo tropieza, se cae, hace muecas, se le caen las cosas de las manos y parece un tonto a los ojos de quienes no saben lo que le pasa. Ese es el futuro de Meghan.

—¡Lo siento mucho, Meg!

—Está bien, no es como si fuera a morirme mañana.

—No, ya lo sé. Lo que quiero decir es que siento haber actuado como una imbécil contigo durante todos estos años.

—¡Ah! Lo mismo digo.

—Desearía no haber malgastado tanto tiempo.

Meghan, que todavía sostiene el rotulador en la mano, regresa junto a la pared y termina la cita que estaba escribiendo cuando Katie entró.

Ser profundamente amado por alguien te da fuerza, mientras que amar profundamente a alguien te da coraje.

LAO-TSE

—Empecemos a partir de hoy, ¿de acuerdo?

Katie asiente.

—Espera, ¿qué es eso? —pregunta mientras señala una frase.

Sigue en la lucha.

DEPARTAMENTO DE POLICÍA DE BOSTON

—Esa es de papá —explica Meghan—. Hay un par de citas nuevas.

Katie desliza la mirada por las paredes de su habitación y la detiene justo encima del espejo. Se echa a reír y Meghan se ríe con ella. Sabe lo que Katie está leyendo.

Esos demonios no saben con quién se la están jugando.

PATRICK O'BRIEN

Y también está la de su madre, que es la más larga de la habitación. Está escrita en cursiva encima de la cabecera de la cama, donde hace tres días figuraba la mortal cadena de CAG. Se trata de la oración de san Francisco:

Señor, hazme instrumento de tu paz;
donde haya odio, ponga yo amor;
donde haya ofensa, ponga yo perdón;
donde haya error, ponga yo verdad;
donde haya duda, ponga yo fe;
donde haya desesperación, ponga yo esperanza;
donde haya oscuridad, ponga yo luz;
y donde haya tristeza, ponga yo alegría.
Oh, divino Maestro, que no busque yo tanto
ser consolado como consolar;
ser comprendido como comprender;
ser amado como amar.
Porque es dando que recibimos;
es perdonando que somos perdonados;
y es muriendo que resucitamos a la vida eterna.

—Gracias, mamá —susurra Katie cuando termina de leer la cita.

La sabiduría divina de la oracion la conmueve, pero, en concreto, cinco palabras cantan como en un coro en el centro de su corazón.

«Donde haya desesperación, ponga yo esperanza.»

TERCERA PARTE

La evolución de la EH suele durar entre diez y veinte años y puede dividirse en tres etapas. Los síntomas típicos de la primera etapa incluyen pérdida de coordinación, corea, dificultades para pensar con claridad, depresión e irritabilidad. Durante la etapa intermedia, los problemas de razonamiento y planificación empeoran, la corea se vuelve más pronunciada y resulta difícil hablar y tragar. En la tercera etapa, la persona afectada ya no puede caminar, hablar inteligiblemente, moverse con efectividad y es totalmente dependiente en cuanto a sus cuidados y actividades diarias. La persona que padece la enfermedad sufre pérdidas de comprensión, memoria y percepción a lo largo de las tres etapas. Con frecuencia, la causa de la muerte se produce por complicaciones debidas a la enfermedad, como asfixia, neumonía, inanición o incluso el suicidio.

A pesar de que la mutación genética causante de la enfermedad se conoce desde 1993, todavía no existe ninguna terapia efectiva que prevenga o ralentice la evolución de la enfermedad.

La EH es una enfermedad familiar. El patrón de herencia autosómica dominante de la enfermedad y el carácter prolongado de su desarrollo determinan que los padres, hermanos, hijos e incluso nietos de una misma familia puedan experimentar distintas etapas de la enfermedad al mismo tiempo. Con frecuencia, mientras una generación familiar se aproxima a la etapa final, la siguiente generación experimenta los síntomas de la primera etapa.

20

El olor de la cena del domingo llega hasta su dormitorio. Joe no logra identificar el animal o vegetal hervido que percibe su olfato y la verdad es que no se trata de un olor atrayente, pero, de todas formas, despierta su hambre. Se coloca de perfil delante del espejo y se da unas palmaditas en su relajada barriga. Ahora está plana, como solía estarlo temporalmente cuando la encogía tanto como podía. Su tripa y sus michelines han desaparecido. El fisioterapeuta le ha advertido que tiene que consumir entre cuatro y cinco mil calorías diarias para mantener su peso, pero incluso con el permiso médico para comer todos los dónuts y pizzas que quiera, está perdiendo peso rápidamente. El movimiento continuo quema calorías.

Joe acaba de llegar a casa después de su turno de trabajo. Se está cambiando de ropa y ya se ha quitado el cinturón con la pistolera y los pantalones, pero está atascado con la camisa. Sus dedos no paran de moverse, interpretan a Mozart con una flauta invisible que está formada por los botones de la camisa de su uniforme. Ignoran las órdenes de Joe y se niegan a cooperar. Joe se concentra en ellos como si quisiera enhebrar la aguja más pequeña del mundo. Intenta que los dedos índice y pulgar de sus manos deslicen los botones a través de los ojales, pero, a pesar de todos sus esfuerzos, sus dedos no paran de juguetear. Joe se está acalorando. Contiene la respiración, pierde la paciencia y está a punto de desgarrar la camisa.

—¡Joe, a cenar!

¡Mierda! Ya se cambiará más tarde. Se pone unos pantalones de chándal grises y se dirige a la cocina.

La mesa está puesta y todos, salvo Katie, están sentados a ella. La silla de Colleen está situada a una distancia considerable de la mesa para dejar espacio a su voluminosa barriga de embarazada. Sus pies están hinchados, cubiertos con unos calcetines y los tiene apoyados sobre los muslos de J.J. Parece como si la pobre fuera a explotar en cualquier momento, pero no sale de cuentas hasta diciembre. Tiene que mantener al pequeño granujilla dentro de su barriga durante un mes más.

Joe reza todos los días para que el bebé esté sano. Cinco dedos en cada mano y en cada pie y ni rastro de la EH. Cuando el bebé nazca, le corresponderá a él y no a los padres decidir si quiere saber si ha heredado o no la mutación genética y la edad mínima para poder realizarle la prueba es los dieciocho años. De modo que no sabrán si el hijo de J.J. tiene el gen de la EH hasta que él o ella sea adulto y solo si él o ella quiere saberlo.

Dieciocho años. Probablemente, Joe ya no estará aquí y, si lo está, probablemente ya no estará en la casa de tres plantas de la calle Cook. O estará muerto o en un centro residencial para personas con discapacidad y, en cualquier caso, probablemente nunca conocerá el destino de su nieto o nieta. ¿La maldita enfermedad extenderá sus malvados tentáculos hasta la siguiente e inocente generación de su familia o el linaje de la enfermedad terminará en J.J.? Joe reza todos los días para que termine en J.J.

Y Meghan. ¡Dios, cómo le cuesta aceptar que el monstruo también se esconde en su ADN! Meghan padecerá la EH. Esta idea es como una herida sangrante en las tripas de Joe que ningún tipo de cirugía puede curar y, a veces, el dolor es casi insoportable. Joe reza, a veces con el rostro bañado en lágrimas, para que ella pueda bailar hasta que tenga al menos cuarenta años y sin apenas mostrar síntomas de la enfermedad. Reza y alberga esperanzas para todos sus hijos y, cuando tiene un buen día, cree en ello. Pero el futuro le pesa, les pesa a todos. Y también la culpabilidad. Es un milagro que Joe pueda mantenerse erguido con toda la culpabilidad que carga sobre sus espaldas.

Rosie coloca una cesta con pan y una barra de mantequilla sobre la mesa.

—¿Vamos a empezar a cenar sin Katie? —pregunta Meghan, y se ajusta el pañuelo negro de lana que lleva alrededor del cuello.

—Le concedo un minuto —contesta Rosie mientras señala con la mano la manecilla del reloj.

Joe succiona la pajita de su vaso para beber agua, pero se sorprende al percibir el sabor amargo y la efervescencia de la cerveza en su boca. Traga el líquido y mira a Patrick, quien sonríe con picardía. Joe le guiña un ojo y bebe otro sorbo. El resto de la familia tiene para beber un tarro de mermelada reciclado lleno de agua. Nada de cerveza hasta que empiece la cena. Pero Joe utiliza un vaso de plástico opaco con tapa y pajita, de los que suministran en los restaurantes Dunkin' Donuts para llevar. Últimamente, se le habían caído de las manos, había volcado o lanzado por los aires demasiados vasos y tazas. Rosie se cansó de limpiar tantos destrozos y, además, Joe no puede ir rompiendo cristalería o lanzando café caliente por los aires cuando el bebé esté en la casa, de modo que ahora utiliza uno de esos vasos de plástico con tapa para beber. Antes, esto le resultaba sumamente humillante: un hombre adulto obligado a beber de un vaso con pajita, pero ahora percibe el otro lado. Cerveza antes de cenar.

Katie aparece en la puerta de la cocina. Se la ve tensa y temerosa. No está sola.

—Hola a todos —saluda Katie, y carraspea—. Os presento a Felix. —Realiza una pausa—. Es mi novio. Felix, ya conoces a Meghan. Estos son Colleen y J.J. Ese es Patrick. Y ellos son mi madre y mi padre.

Felix sonríe y saluda a todos. Estrecha la mano de J.J. y de Patrick.

—Hola, señora O'Brien. Señor O'Brien.

Rosie sonríe.

—Bienvenido, Felix.

Joe se pone de pie. Él y Felix se estrechan la mano y Joe le da una palmadita en el hombro.

—¡Hola, Felix! Me alegro de volver a verte. Y me alegro de que por fin hayas conseguido venir a cenar —le saluda Joe.

—Te traeré una silla —informa Meghan.

—¡Espera! ¿Has dicho volver a verte? —pregunta Katie mientras mira alternativamente a su padre y a Felix.

—Cariño, soy tu padre y también soy policía. ¿Acaso creías que no me enteraría de que alguien ha estado entrando y saliendo de la casa durante los últimos seis meses?

Katie se ruboriza y no sabe dónde mirar.

—¿Por qué no me contaste que habías conocido a mi padre? —le pregunta a Felix.

Él se encoge de hombros y sonríe.

—Digamos que ansiaba vivir este momento.

—Supongo que habrás comprobado sus antecedentes —le comenta Katie a su padre.

—Pues sí. Y está limpio —contesta Joe—, de todos modos tendremos que arrancarle esa obsesión por los Yankees.

—Si te ha invitado a la cena, debes de gustarle de verdad —comenta J.J.

—O pretende ahuyentarte —añade Patrick.

—Ignóralos —le sugiere Katie a Felix. Y añade—: Felix trabaja en una empresa de biocombustible.

—Ya lo sabemos —comenta Joe—. Felix y yo estamos muy al corriente de nuestras cosas últimamente.

—¿Qué? ¿Cómo? —pregunta Katie con voz aguda.

—Charlamos mientras paseamos a *Yaz* —explica Joe.

—¿Me tomas el pelo? —replica Katie.

—Algunos días, estoy casualmente en la entrada cuando él sale de casa. La mayoría de las veces, muy temprano por la mañana —explica Joe mientras disfruta enormemente del momento.

Rosie invita a Felix a sentarse y le tiende un plato. Ahora lo lleva bien, pero cuando Joe le habló de la existencia de Felix por primera vez, se puso histérica. Se lo tomó personalmente. Ha explicado a sus hijas, de una forma consciente y detallada, lo que deben buscar en un hombre. Debe tratarse de un hombre creyente y de una buena familia, con un empleo estable y, a ser posible, que viva en Charlestown. Joe le comentó que, de hecho, Felix cumple todos los requisitos, pero Rosie no tomó en consideración sus palabras y se enfadó.

Joe conoce la letra pequeña de sus requisitos respecto al hombre adecuado: ser un hombre creyente solo puede significar que sea católico, preferiblemente, un feligrés de la iglesia de San Francisco; proceder de una buena familia significa que sea irlandés; que tenga un empleo estable implica trabajar para correos, el cuerpo de bomberos, la policía, la compañía eléctrica, el sistema de transporte público o el aeropuerto Logan, no para una altisonante empresa corporativa de la que no ha oído hablar nunca; y vivir en Charlestown significa haber nacido y crecido allí. Ser un *townie*, no un *toonie*.

Rosie se sienta y bendice la mesa. Meghan pasa cervezas a todos salvo a Colleen. Hoy, para cenar, hay pata de cerdo, patatas asadas, espinacas y nabos hervidos y ensalada. Joe toma el salero.

—¿Tú comes carne, Felix? —pregunta Rosie mientras sostiene la fuente de carne de cerdo en la mano.

—Yo como de todo —contesta Felix.

—Eso creías tú hasta hoy —bromea Patrick.

—No seas descarado —replica Rosie, y le pasa la fuente a Felix.

—El domingo que viene no vendré a cenar, mamá —explica Meghan—. Tenemos ensayo del *Cascanueces*.

Rosie asiente con la cabeza.

—Está bien. ¿Cómo está todo, Felix?

—Delicioso, gracias.

La carne de cerdo está como el cuero; las patatas, como rocas; los nabos resultan irreconocibles, y las espinacas se parecen más a lo que expectora Joe cuando tiene la gripe que a un vegetal comestible. Este joven tiene unos modales de oro. Y Katie debe de gustarle de verdad.

—Pronto tendremos una sillita de bebé en la cocina —comenta J.J., quien tiene sus anchas espaldas encogidas y los codos extrañamente cerca y delante del cuerpo—. ¿Cómo lo haremos para caber en la mesa?

—Cabremos —contesta Rosie.

—¿Cómo? —insiste J.J.

—Cabremos —repite Rosie.

Joe mira a Colleen y a Felix y está de acuerdo con J.J. Ha llegado la hora de introducir un cambio.

—Estoy pensando en echar abajo esa pared —explica Joe.

La idea de crear espacio para su creciente familia le hace feliz. Una sillita para el bebé, un parque de juegos en una esquina y un asiento extra para el novio de su hija.

—¿Qué? —pregunta Rosie—. Ni hablar.

—¿Por qué no? Podría cambiar la pared por una barra con una bonita encimera de granito y unos taburetes. La barra comunicaría con el antiguo dormitorio de las chicas, donde podríamos poner el comedor. Seguro que allí podrías acomodar a diez personas sin problemas.

—¡No!

—Sí que podrías. Esa habitación es mucho más amplia que esta. Si sacamos todas las porquerías que hay allí y...

—No permitiré que lo hagas.

—¿Por qué no?

—¿Echar la pared abajo? ¿Construir una barra con una encimera de granito? ¿Estás loco? No sabes hacer nada de eso. Sería un auténtico desastre.

—¡Mujer de poca fe!

—¡Sí, hombre de vasta experiencia!

Rosie tiene razón, los pasados intentos de Joe de realizar mejoras en la casa no han sido, precisamente, episodios de *Tu casa a juicio*.

—Convenceré a Donny para que me ayude. Podríamos cambiar esos viejos y desgastados suelos. Y también la encimera.

—Yo soy bastante manitas —interviene Felix—. Podría ayudarlo.

—Sí, yo también te ayudaré, papá —se ofrece J.J.

—Yo quiero derribar la pared —propone Patrick.

Joe levanta su vaso con pajita y los cuatro hombres brindan por su nueva empresa de reformas.

—Nadie va a derribar nada —anuncia Rosie.

—¿Por qué no, mamá? —pregunta Meghan—. Creo que quedaría fenomenal. Además, tú no utilizas nuestro antiguo dormitorio para nada concreto.

Meghan está en lo cierto. Rosie utiliza el viejo dormitorio de las chicas para guardar los adornos navideños que no deja puestos durante todo el año, las cajas con ropa vieja y todo tipo de trastos. Podrían vaciarlo y recolocarlo todo en el sótano, en un armario o entregarlo a la beneficencia. Joe podría derribar la pared y proporcionarles un comedor de verdad. La idea lo emociona. La cocina es vieja y está anticuada. Necesita una renovación. Este es justo el tipo de proyecto que él necesita, algo grande, masculino y con sentido, algo que evite que se vuelva totalmente loco cuando ya no pueda trabajar. Odia pensar en ello, pero el día se acerca. Sus alternativas son: o derribar la pared o ver las cintas de Oprah durante todo el día todos los días. Rosie va a tener que ceder. Joe necesitará un mazo.

—Podemos hablar de esto más tarde —sugiere Rosie.

—¿Esta noche tienes otro turno, papá? —pregunta Patrick.

—No.

—¿Y por qué no te has quitado el uniforme? —añade Patrick.

Joe golpea la mesa con el vaso.

—¿Por qué no te ocupas de tus propios y jodidos asuntos?

Todos guardan silencio. El tintineo de los cubiertos se detiene. Patrick sostiene su vaso de cerveza en el aire, a medio camino de su boca, y no se mueve. Katie abre mucho los ojos y no parpadea. Su cara ha adquirido el color de las patatas asadas. Joe no mira a nadie.

Una oleada de calor recorre su cuerpo y, durante un breve instante, reconoce que su reacción ha sido exagerada y su rabia inapropiada, que ha hecho mal en gritarle a Patrick y que debería disculparse. Pero, en un abrir y cerrar de ojos, los pensamientos razonables se desvanecen y son aplastados por una rabia encendida y apasionada.

Joe separa la silla de la mesa para levantarse, pero la empuja con un ímpetu y una fuerza excesivos y la silla cae al viejo suelo de linóleo. Joe retrocede y tropieza con las patas de la silla, que ha quedado del revés, y ahora son los dos los que están en el suelo.

A Patrick se le escapa un hilo de risa antes de que consiga contenerla.

La humillación hace que la rabia de Joe aumente. Se pone de pie, agarra la silla por dos de sus patas y la golpea contra el suelo. Las patas se resquebrajan y varias tablillas del respaldo se rompen. Joe lanza las patas al suelo y se marcha a su habitación.

Camina de un lado a otro. Desea gritar, romper algo más, arrancarse el pelo, la piel o lanzar la estatuilla de la virgen María por la maldita ventana. Sigue caminando de un extremo al otro de la habitación y reza para que nadie entre, para que ninguna de las personas que quiere se coloque frente a la rabia ardiente que no le pertenece pero que lo desgarra por dentro. Se siente poseído, como un títere sujeto a la sádica mano del diablo.

Camina por la habitación y la ardiente rabia lo consume. La presión aumenta, crece y aplasta todas sus células. Joe está convencido de que explotará físicamente si no consigue librarse de la rabia de alguna manera. Da vueltas a la habitación y busca un lugar seguro donde volcarla.

Percibe su reflejo en el espejo. La camisa del uniforme. La agarra por la pechera y la abre con fuerza como si fuera Clark Kent y lo acabaran de llamar para que salvara el mundo. Los botones salen disparados y se dispersan por el suelo de madera. Joe se contempla en el espejo. Tiene la cara roja, la mirada enloquecida y su respiración, rápida y profunda, empaña el espejo. En su pecho no hay ninguna S de Superman, solo un chaleco antibalas sobre una camiseta interior blanca sobre un hombre corriente.

Se quita la camisa del uniforme, la tira al suelo y se sienta en la cama. Se está calmando. Su respiración se vuelve más lenta y siente que el color rojo de su cara se desvanece.

Rosie entra en la habitación y se acerca a él como si fuera el mes de mayo y sumergiera los dedos de los pies en el mar, en la playa Revere. Él la mira a los ojos y, luego, baja la vista hacia el suelo y la fija en un botón.

—Cariño —dice Rosie—. Acabo de llamar a la doctora Hagler. Creo que deberías aumentar la dosis de Seroquel.

Joe suspira y sigue mirando el botón del suelo. Como agente de policía, él sabe que su autocontrol es vital para la seguridad de los demás. Todos los policías que conoce son unos maniáticos del autocontrol. Joe no sabe si su trabajo los ha vuelto así o si se sintieron atraídos por esta profesión porque ya poseían esa característica. En cualquier caso, los policías deben tener autocontrol.

Joe carece de autocontrol. Cada vez más, la EH está al volante y Joe está sentado y esposado en el asiento trasero. Odia las pastillas. Las odia de verdad. El Seroquel modera las explosiones de mal genio causadas por la enfermedad, pero también modera todo lo demás. Con las pastillas se siente aletargado, como si se moviera a paso de tortuga, incluso sus pensamientos parecen estar sumergidos demasiado hondo para que se moleste en sacarlos. Pero también odia estar sentado e impotente en el asiento trasero y no puede sacar a la EH del volante él solo.

—Buena idea —asiente Joe—. Lo siento, cariño.

Rosie se sienta a su lado en la cama.

—No pasa nada. Lo entiendo.

Él se inclina hacia Rosie y ella lo abraza. Joe la besa en la parte superior de la cabeza y le devuelve el abrazo. Mientras sostiene a Rosie entre sus brazos, su respiración vuelve a la normalidad y cualquier residuo de rabia se desvanece. Joe ha vuelto. Besa de nuevo a Rosie en la cabeza y exhala. Se siente agradecido por su amor y su paciencia.

Pero Joe está preocupado. Su enfermedad empeorará. ¿Cuánto amor y paciencia puede tener una persona? Puede que incluso una santa como Rosie no disponga de una reserva de amor y paciencia suficientes para soportar la EH, para aguantar esa escalada de locura durante años. Llegará un momento en que no podrá aumentar más la dosis de Seroquel. Él puede vivir sin medicamentos, pero no se imagina la vida en la tierra sin el amor y la paciencia de Rosie. Vuelve a besarla y reza para que ella pueda soportar lo que les espera.

21

El cielo está nublado y la luz de la mañana es tenue. Joe y Katie están paseando a *Yaz*. Últimamente, esto es más una intención que un hecho. *Yaz* es viejo. Su correteo animado se ha esfumado y no tiene la energía suficiente para subir las empinadas calles de Charlestown, de modo que Katie y Joe pasean mientras ella lleva a *Yaz* debajo del brazo, como si se tratara de una pelota peluda.

Es miércoles y Joe tiene el día libre. Katie no da ninguna clase hasta mediodía. Joe siente en la piel desnuda de su cara y manos el contacto crudo y desagradable del aire frío y húmedo de noviembre. No se han cruzado con ningún corredor ni con madres que empujen carritos de bebé; ni siquiera con otras personas que, como ellos, esten paseando su perro. Hoy la ciudad está opresivamente callada y la atmósfera apagada y deprimente del barrio parece contagiar a padre e hija. No han intercambiado ni una palabra desde que salieron de casa.

Llegan al parque Doherty y Katie deja a *Yaz* en el suelo. *Yaz* olisquea la hierba, curiosea alrededor de los bancos vacíos y hace pipí en el tronco de un árbol. Murphy está sentado en el sitio de siempre, en el banco más lejano, atendiendo, como mínimo, a una docena de palomas que están congregadas a sus pies.

—¡Hola, Alcalde! —lo saluda Joe—. ¿Qué hay de nuevo?

—Nueva York, Nueva Jersey, Nuevo México.

Joe se ríe. Hace años que charla con Murphy en el parque

y no sabe absolutamente nada de él. Aun así, espera con ganas sus divertidas e intrascendentes conversaciones y su constante presencia, como si se tratara de un soldado en su puesto, le reconforta. Cualquier día de estos, Joe paseará por el parque y Murphy no estará. Se imagina las palomas agrupadas debajo del banco, esperando, expectantes y hambrientas. Y, después, ya no estarán. Se habrán ido a otro parque donde otra alma caritativa que disponga de tiempo y pan las atenderá. Joe suspira y contempla a *Yaz*, que pasea por encima de un montón de hojas doradas y marrones. Las palomas están aquí todos los días, pero, un día, ya no estarán. Ni para Murphy ni para *Yaz* ni para Joe. Y tampoco para Katie. Y a las palomas no les preocupa ninguno de ellos.

—Siento haber perdido los nervios delante de Felix —dice Joe a Katie.

—No tiene importancia.

—No era realmente yo.

—Lo sé, papá.

—Espero no haberlo asustado.

—No, no pasa nada. Es bueno que vea en qué consiste la enfermedad, en qué se está metiendo.

Joe se acuerda del cuerpo esquelético y retorcido de su madre, lo recuerda atado a una silla de ruedas en su habitación del hospital estatal de Tewksbury y se pregunta si Katie realmente sabe en lo que se está metiendo.

—Parece un buen hombre.

—Lo es.

—Me cae bien.

—Gracias, papá. A mí también.

Una joven avanza con brío por el camino hacia ellos. Lleva un labrador negro sujeto con una correa. Su atención parece centrada en Joe y camina como si se dirigiera intencionadamente hacia él, pero cuando está lo bastante cerca para verlo con claridad, aparta la vista. Su perro sale del camino y se acerca a Joe y Katie para investigarlos. Agita la cola mientras olisquea sus zapatos.

—¡Ven, *Guinness*! —lo llama la joven, y tira de la correa.

La mujer pasa junto a Joe y Katie con la mirada clavada en el horizonte. No sonríe ni los saluda de ninguna forma. La postura de Katie se vuelve tensa. Se pone a la defensiva, se siente avergonzada o ambas cosas a la vez. Joe no le pregunta qué le pasa.

Normalmente, Joe no es consciente de su corea. Es como dar golpecitos con el lápiz, mover el pie, hacer crujir los nudillos o cualquier otro hábito molesto que la gente normal tiene pero del que no es consciente hasta que otra persona le pide que pare. Aunque, en su caso, se trata de algo más que de una simple distracción. La doctora Hagler le ha informado de que padece algo denominado anosognosia, que, por lo que Joe sabe, no es más que un grandilocuente término médico que significa inconsciencia. Por lo visto, además de la larga lista de síntomas que ya padece, la EH se está introduciendo en su hemisferio derecho y le provoca anosognosia, o sea, que le priva de su autoconciencia. Cuando se mueve, Joe no sabe que se está moviendo. Percibe las sacudidas de sus extremidades y sus muecas faciales en el espejo de las miradas recelosas e implacables de los desconocidos. Es entonces cuando es consciente de su corea.

Al principio, los desconocidos lo miran fijamente y con curiosidad intentando averiguar qué le pasa. ¿Está borracho? ¿Padece una discapacidad mental? ¿Es inofensivo o violento? ¿Lo que padece es contagioso? ¿Está loco? Entonces, antes de acercarse demasiado a él, deciden que lo mejor que pueden hacer es desviar la mirada, fingir que no ven la repulsiva muestra de discapacidad humana que tienen delante y se alejan lo más deprisa que pueden. A los ojos de los incultos e insensibles, Joe es una persona horripilante, inaceptable y, en última instancia, invisible.

Joe piensa en J.J. y Meghan, en cómo los desconocidos e incluso los amigos y vecinos mirarán a sus hijos, con ese desprecio y desagrado, y siente deseos de sentarse en el banco al lado de Murphy y echarse a llorar. Esto es lo que le ocurrió a su madre. Todo el mundo dedujo que era una alcohólica. Es cierto que bebía, pero ahora Joe se imagina una cadena de sucesos mucho más ajustada a lo que debió de suceder en realidad. Probablemente, bebía para sobrellevar lo que le ocurría más allá de su consentimiento o control. Bebía para olvidarse de los espantosos cambios que se producían en su mente y en su cuerpo y para los que no tenía nombre o explicación. Bebía para no percibir las crueles críticas en los ojos de sus vecinos y el miedo que reflejaban sus pasos cuando se alejaban de ella.

Joe suspira y una nubecita de vapor se disuelve en la mañana gris. Katie tiene los brazos cruzados y mira fijamente al suelo.

—¿En qué punto estás en relación con la prueba genética? —pregunta Joe.

—He acudido a las dos primeras citas y ahora puedo ir en cualquier momento para saber el resultado, pero no estoy segura de que quiera saberlo.

Joe asiente con la cabeza. Él tampoco está seguro de querer saberlo. Introduce la mano derecha en el bolsillo de los pantalones y encuentra la moneda de veinticinco centavos que guarda allí desde el día de San Patricio. Desde entonces, ha procurado no perderla ni gastársela. Le gusta leer las palabras que figuran debajo de la barbilla de George Washington, como si se tratara de un mensaje dedicado especialmente a él: «Creemos en Dios.» El año de acuñación de la moneda es 1982, el año en que murió su madre. Agarra la moneda todos los días, la frota entre sus dedos índice y pulgar y reza para que no haya más casos de la EH en su familia: ni Patrick, ni Katie, ni su nieto no nacido. Nadie más. La moneda es el símbolo supersticioso de su esperanza y la necesidad de tocarla y desear que sus seres queridos tengan menos de treinta y seis CAG casi se ha convertido en un acto compulsivo. Joe roza con los dedos la moneda que está escondida en su bolsillo. Su superficie es suave y parece desgastada.

«¡Por favor, Dios, ningún caso más de Huntington!»

—Felix se muda a Portland —le explica Katie.

—¿A Portland, Maine?

—No, a Oregón.

—¡Vaya! ¿Cuándo?

—No está seguro. Probablemente, en algún momento durante los próximos seis meses.

Seis meses. Joe mira a Murphy. Un día estará aquí y, al siguiente, ya no estará.

—¿Estás pensando en irte con él?

—No lo sé. Es posible.

Joe asiente con la cabeza y reflexiona sobre las implicaciones de la decisión de su hija.

—¿En Portland vivirías con él?

Katie titubea.

—Sí.

Esto no puede pasar, piensa Joe. Rosie ya está destrozada. Si Katie se traslada a Portland con Felix, Rosie podría sufrir una crisis nerviosa de verdad. Ya está convencida de que los va a perder a todos. Su marido padece la EH y dos de sus hijos han dado positivo en la prueba genética. Patrick apenas aparece por casa. El hecho de que Felix no sea un irlandés católico y lo que dirán los vecinos ya no es importante, pero, si Katie se va, Joe no está seguro de que Rosie pueda soportar el vacío que dejará. Si Katie se trasladara a la vecina localidad de Somerville, Rosie protestaría, así que no quiere ni pensar en cómo reaccionaría si su hija se mudara al otro extremo del país. Para el caso sería como si se trasladara a la luna. Sería como si perdiera a su hija, como si se produjera una muerte en la familia. Además de todas las pérdidas a las que se enfrenta, el hecho de que Katie se fuera de casa y viviera con un hombre sin estar casada con él, le causaría un dolor innecesario, un sufrimiento evitable que no tiene por qué ser infligido.

Joe tiene que convencer a Katie de que se quede, pero no está seguro de cómo planteárselo. Como padre, ha tenido que realizar una complicada transición: pasar de ser el padre de una niña al padre de una joven mujer. Katie era una niña encantadora, la despreocupada compañera de Meghan. De eso hace apenas un suspiro. En aquella época, Joe tenía el derecho y la responsabilidad de decirle lo que tenía que hacer. «Cepíllate los dientes.» «Ve a dormir.» «Haz los deberes.» «No hables así a tu madre.»

«No te traslades a Portland con tu novio.»

Joe no está seguro de tener todavía la autoridad suficiente para imponerle este tipo de prohibición sin toparse con una rebelión manifiesta. Tiene que utilizar un enfoque más amable.

—Ya sabes que Felix me cae bien y que soy partidario de probarse los zapatos antes de comprarlos, pero también sabes que el hecho de que vivieras en pecado exasperaría a tu madre.

—Sí, lo sé.

—Y también le afectaría que, con todo lo que está pasando, vivieras en el otro extremo del país y no pudiera contar contigo. Al fin y al cabo, no hace tanto que conoces a Felix. Quizá podrías ir un poco más despacio; intentar, primero, una relación a distancia, comunicaros por Skype, Facebook o lo que sea que hacéis los jóvenes ahora.

—Sí, podría, pero Felix no quiere que mantengamos una relación a distancia.

—Bueno, no permitas que te presione para hacer algo que, en realidad, no quieres hacer.

—No se lo permito, simplemente, no sé lo que quiero hacer.

Por el tono de su voz, se nota que se siente agobiada, como si estuviera insegura de muchas más cosas además de su futuro lugar de residencia.

—¿El resultado de la prueba genética influiría en tu decisión?

—No lo sé. Creo que esta es una de las razones por las que me da miedo averiguarlo.

—Siento tener que decirte esto, cariño, pero por el bien de tu pobre madre y de la familia, no creo que debas trasladarte con Felix a Portland. Se trata de una decisión demasiado importante y, en cualquier caso, precipitada. Creo que no es el momento adecuado. ¿Estás de acuerdo?

Katie baja la cabeza, juguetea con las pulseras que adornan

su muñeca y estudia el suelo con la mirada. Justo cuando Joe supone que no lo ha oído o que se ha olvidado de su pregunta, ella levanta la cabeza.

—Estoy de acuerdo.

—Gracias, cariño. Creo que esto es lo mejor. Para todos. Si Felix y tú estáis destinados a estar juntos, encontraréis la manera de conseguirlo.

Ella asiente con una mirada inexpresiva y Joe suspira, como si acabara de esquivar una bala. La verdad es que le ha resultado bastante fácil. Katie está de acuerdo y no está enfadada, y él ha ahorrado a Rosie más lágrimas. Y también está protegiendo a Katie. Aun sin tener en cuenta la EH, el hecho de que Katie viva con su novio en una ciudad desconocida para ella y donde no vive ningún miembro de la familia le parece un mal plan lo mire como lo mire. Katie solo tiene veintiún años. Es demasiado joven. De acuerdo, Rosie y él tenían dieciocho años cuando se casaron, pero los tiempos han cambiado. Además, Katie y Felix no se conocen lo suficiente. Joe y Rosie ni siquiera conocen a los padres de Felix. Es demasiado arriesgado. Y Katie ya tiene demasiados riesgos a los que enfrentarse.

—Otra cosa, si decides conocer el resultado de la prueba, aunque supongo que el asesor genético te habrá aconsejado que no vayas conmigo, si crees que sería demasiada presión para Felix y no quieres ir sola, yo estaré encantado de acompañarte.

—Gracias, papá, pero creo que no estoy preparada para saberlo.

—De acuerdo. Si alguna vez lo estás, cuenta conmigo —se ofrece Joe mientras frota la moneda de su bolsillo—. Y quiero que sepas que rezo por ti todos los días.

—Gracias, papá.

Joe oye la voz de su instinto, esa voz que percibe la verdad años luz antes que su mente. No quiere ser gafe, de modo que no expresa su intuición en voz alta, pero apostaría su moneda de la suerte y todas sus pertenencias a que su hija está bien.

«¡Por favor, Dios, ningún caso más!»

22

Dormir constituye una bendita y tranquila tregua en la EH. Cuando Joe duerme no tiene espasmos involuntarios, sacudidas ni temblores. Su cuerpo permanece quieto y en un estado normal de sueño durante toda la noche. Aparentemente, la corea solo se pone los zapatos de claqué cuando hay una audiencia. Incluso el demonio que habita en su interior necesita dormir.

La alarma del reloj lo despierta y Joe abre los ojos a un nuevo día. Se siente descansado, renovado, una tábula rasa. Antes de apartar la manta, todavía tiene treinta años. Es un hombre joven, preparado para encarar el día y capaz de superar todo lo que se presente. ¡Adelante!

Entonces se pone de pie y todos los músculos de su cuerpo están rígidos y encogidos. Se diría que miden varios centímetros menos. Joe está curvado a la altura de la cintura. Gime, se frota la parte baja de la espalda y su rodilla derecha se niega a estirarse. Entonces se acuerda de que tiene cuarenta y cuatro años. Se va, renqueando, hasta el lavabo. Se mira en el espejo y se da cuenta, definitivamente, de que tiene cuarenta y cuatro años. Se pregunta cómo ha sucedido. Entonces sus hombros se encogen por iniciativa propia y Joe se acuerda de que padece la EH. ¡Mierda!

Examina su cara matutina de ojos hinchados en el espejo como si fuera la primera vez que viera a ese hombre. Su cabello es corriente, de color castaño, y lo lleva corto. Ninguna señal de calvicie. Arrugas en la parte exterior de los ojos y unos pliegues que, como paréntesis, engloban su boca. Joe manosea el rastro blanco, negro y marrón de la barba en su mentón. Tiene un mentón prominente, como el de su padre. La piel caída de los párpados hace que parezca somnoliento incluso cuando está totalmente despierto. Se acerca al espejo y contempla sus ojos más atentamente. Son azules, como el color del cielo matutino. Tiene los ojos de su madre.

Tiene cuarenta y cuatro años y padece la EH. Todas las mañanas la misma tortura, la misma revelación impactante y devastadora. Suspira y sacude la cabeza al pobre bastardo del espejo. El pobre bastardo del espejo tampoco se lo puede creer.

A Joe le toca el tercer turno, el turno de noche, y en su agenda mental solo figura una tarea que tiene que realizar antes de ir a trabajar. Se ducha y se viste con unos pantalones de chándal, una camiseta de la policía de Boston, una sudadera con capucha de los Patriots, una gorra de los Red Sox y unas deportivas. Patrick todavía está durmiendo y Rosie ya se ha ido a trabajar.

Le ha dejado su vaso con pajita y un plato con huevos revueltos y beicon encima de la mesa de la cocina. Joe toma el vaso y succiona la pajita. El café está helado. Se lo bebe todo, ignora los huevos y el beicon, se santigua con agua bendita junto a la puerta principal y sale de la casa.

Se dirige a la calle Bunker Hill y, cuando llega delante de la iglesia de San Francisco, cruza hacia la parte superior de la escalera Cuarenta Tramos. Lee el letrero que está dedicado a Catherine y Martin O'Brien, con los que no tiene parentesco alguno.

A MISA EN SAN FRANCISCO DE SALES
DÍAS Y NOCHES
SU ESCALERA AL CIELO
ESTOS «CUARENTA TRAMOS»

Joe permanece en el extremo superior de las escaleras con las manos apoyadas en las caderas y contempla el pronunciado desnivel de los escalones de cemento. Se trata de un descenso intimidante, pero no tanto como implica su inexacto nombre. En realidad, la escalera consta de siete tramos de diez escalones cada uno. Joe no entiende cómo alguien llegó a la cifra de cuarenta tramos a partir de los siete existentes, de los diez escalones de cada tramo y de los setenta escalones resultantes. Los *townies* no son conocidos por su excelencia en las matemáticas.

Joe se frota las manos y se dispone a iniciar el descenso. Desde que se enteró de que Meghan tiene la EH, ha necesitado hacer algo constructivo con su miedo y su rabia y todos los días sube y baja corriendo varias veces las escaleras. Corre por J.J. y Meghan, para demostrar que puede hacerlo, para agotar al demonio que hay en su interior, para seguir en la lucha.

Baja las escaleras corriendo, luego las sube, las baja, y vuelve a subirlas. Cuando sube los siete tramos por tercera vez, siente un agudo pinchazo en el costado. Sus pulmones son como bolsas llenas de grava. Vuelve a bajar las escaleras corriendo y los gemelos le arden. Sigue corriendo escaleras arriba, escaleras abajo, castigando sus músculos, expulsando la rabia del flujo de su sangre.

Esta es su sesión privada diaria de entrenamiento físico. Centramiento, equilibrio, coordinación, fuerza, control. También tiene en cuenta la reprimenda imaginaria de Colleen y Vivian, su fisioterapeuta, así que, mientras sube y baja las escaleras, desliza la mano por la barandilla de hierro negro; por si acaso. Como es lógico, en el centro de fisioterapia Spaulding cuenta con una esterilla cómoda y blanda y todos los ejercicios que realiza son supervisados. Joe sabe que Colleen y Vivian no aprobarían esta actividad ni con barandilla ni sin ella. A Rosie tampoco le gustaría. Afortunadamente, ninguna de ellas lo sabe.

Joe admite sin reservas que el menor traspié constituiría un error que lamentaría de verdad. Si se cayera, podría romperse una pierna o la espalda y, en cualquiera de los dos casos, se vería obligado a guardar cama durante mucho tiempo. O podría caerse y romperse la cabeza. Luces fuera. Final de partida. Teniendo en cuenta sus perspectivas, no sería una mala forma de morir. «El agente Joseph O'Brien murió en los Cuarenta Tramos, su escalera al cielo.» El epitafio tiene un atractivo toque poético.

Pero no se caerá. Puede controlarlo. A pesar de los tics involuntarios que le sobrevienen mientras corre, mantiene el control sobre su cuerpo. A pesar del cansancio, se concentra en la precisión de cada paso. Apoya y levanta alternativamente los pies y estos, al entrar en contacto con los escalones de cemento, producen un chasquido constante y regular. El continuo golpeteo resuena en el interior de Joe y lo inspira y lo anima a seguir a pesar del ardor que siente en los pulmones y el cansancio de sus piernas. Sigue adelante. Sigue en la lucha.

Está agotado y respira entrecortadamente. Entonces adopta la actitud rebelde de Patrick: «Esos demonios no saben con quién se la están jugando.» Piensa en Katie, normaliza la respiración y recupera fuerzas. Sube un tramo, y luego otro, y mantiene el ritmo por J.J. y Meghan.

Se imagina a su madre atada a la silla de ruedas y con un babero alrededor del cuello. Una enfermera le da de comer. Su mente corre enloquecida y acuciada por este recuerdo y otros similares, y su carrera es más rápida y ardua que la que realizan sus piernas mientras suben las escaleras. Su madre gruñe como un animal, incapaz de pronunciar palabras inteligibles. Su madre con un casco en la cabeza mientras una enfermera intenta sentarla en el lavabo. Su madre con un peso corporal de cuarenta kilogramos. Entonces la mente de Joe se convierte en un mago y, ¡abracadabra!, en todas las imágenes, él ha sustituido a su madre. Joe sentado en una silla de ruedas, Joe con babero y casco, a Joe tienen que alimentarlo, ducharlo y sentarlo en el váter, Joe es incapaz de decir a Rosie y a sus hijos que los quiere.

Este último pensamiento impide la circulación del aire en sus pulmones. Sube el siguiente tramo de escaleras sin poder respirar. El eco de los latidos de su corazón golpea su cráneo como si se tratara de un tambor. Ese es su futuro. Hacia ahí se dirige y no hay escapatoria.

Pero todavía no, se recuerda a sí mismo. Hoy no. Sus pulmones insisten en inhalar aire y el oxígeno fluye en su interior y alimenta sus hambrientos músculos. Joe pide a sus piernas que se activen y ellas le obedecen. Hoy no está en una silla de ruedas. Hoy está vivo y bien.

Un grupo de adolescentes se ha reunido a los pies de la escalera. La expresión de sus caras es dura como la de los gánsters y llevan los pantalones caídos por debajo de los calzoncillos. Joe nunca entenderá qué tiene de machito enseñar los calzoncillos. Estos chicos no tienen ni idea. Le lanzan miradas airadas, probablemente les molesta que invada su lugar de encuentro, les repulsa su corea y desean que este viejo raro y sudoroso se largue de sus escaleras. Joe siente una punzada de vergüenza, pero se sobrepone. Él seguirá haciendo lo que hace, lo perciban como lo perciban desde fuera, y tanto si tiene delante un grupo de adolescentes punkis como si no. Considera la posibilidad de preguntarles por qué no están en el colegio, pero decide dejarlos tranquilos.

Es una fría mañana de diciembre y deben de estar a pocos grados sobre cero, pero Joe está realmente acalorado. Se enjuga el sudor de la frente. Decide realizar una rápida parada después del próximo tramo de escaleras para reponerse y quitarse la sudadera de los Patriots. Respira entrecortadamente y cada escalón le supone un gran esfuerzo. Ya casi ha llegado. Entonces la parte anterior de la planta de su pie derecho resbala en el borde del siguiente escalón y se desliza hacia atrás. El corazón y los pulmones de Joe dan un brinco y quedan suspendidos e ingrávidos en el interior de su pecho. Se va a caer. Antes siquiera de darse cuenta de lo que ocurre, su mano intenta agarrarse a la barandilla. Al principio, no lo consigue, pero luego se aferra a la barra y, aunque sufre un tirón en el hombro, evita caer de espaldas sobre el cemento y rodar escaleras abajo.

Permanece así durante unos segundos, con una mano agarrada a la barandilla, tumbado sobre el estómago y con las piernas extendidas varios escalones más abajo mientras espera que su corazón se tranquilice. Suelta la barandilla, se gira y se sienta en un escalón. Mira hacia abajo, se frota el hombro y cuenta los escalones. Treinta y cinco. ¡Eso habría dolido! Los adolescentes lo miran con expresión neutra y despreocupada y no dicen nada.

Si Colleen, su fisioterapeuta o Rosie hubieran presenciado este pequeño percance, se habrían enfadado. Pero no lo han presenciado y él ha salido bien parado. Puede que sea un viejo decrépito que padece la EH, pero tiene los reflejos de una gacela. ¡Joe sigue en la lucha!

«¡Choca esos cinco! ¡Choca esos cinco!»

Joe se vuelve. Un coche patrulla está aparcado en el extremo superior de las escaleras. Entonces ve a Tommy, que está de pie y lo mira con los brazos cruzados.

—¿Qué? ¿Entrenando para las olimpíadas?

—Sí.

Tommy baja los escalones que los separan y se sienta al lado de su amigo. Joe mira más allá de las escaleras, hacia la calle Mead. Los punkis se han ido. Deben de haber oído la sirena y han salido por piernas. Tommy suspira.

—Esto no es lo más inteligente que podrías hacer.

—Lo hago para prepararme para la prueba de ingreso en Harvard.

—Supongo que es inútil que intente convencerte de que dejes de hacerlo, ¿no?

—Sí.

—¿Quieres que te lleve a casa?

—Sí, tío. Gracias.

Tommy le tiende una mano a Joe para ayudarlo a levantarse y él la acepta. Su apretón de manos dura unos instantes más de lo necesario: una muestra silenciosa y recíproca de respeto y compañerismo. Cuando llegan al extremo superior de las escaleras, Joe golpea con los dedos el letrero que anuncia los Cuarenta Tramos, lo que constituye una promesa de que regresará al día siguiente.

Sigue adelante.

Sigue en la lucha.

23

Es temprano por la mañana, todavía no son las seis, y Joe está vestido y preparado. Espera a Rosie y a sus hijas sentado en su sillón, en el salón. Las persianas todavía están bajadas y la habitación está a oscuras. La única iluminación es la que proporciona la pantalla del televisor, que está sintonizado al canal de televenta QVC. Rosie debe de haberse levantado en mitad de la noche otra vez. A Joe le gustaría ver las noticias, pero el mando a distancia está encima de la tabla de planchar y Joe no tiene ánimos para levantarse del sillón. Dos mujeres con voces agudas y nasales no paran de alabar los milagros de los protectores de suelo para muebles. Joe no ha movido ningún mueble de la casa desde que se deshizo de las cunas de sus hijos, hace un millón de años, pero Rosie sí. Este invento es genial. ¡Y solo cuesta diecinueve dólares con noventa y cinco centavos! Está hurgando en sus bolsillos en busca de su móvil cuando Katie entra en la habitación.

Katie murmura un saludo somnoliento y se deja caer en el sofá. Viste su habitual conjunto para el yoga: unas mallas negras, unas chanclas y una sudadera con capucha, pero algo en ella es diferente. Tiene la cara totalmente limpia. Joe no se acuerda de la última vez que vio a su hija pequeña sin maquillaje, sobre todo alrededor de los ojos. Ella no estaría de acuerdo, pero él cree que está más guapa así. Menos es más. Katie tiene una belleza natural.

Le gustaría hablar con ella, saber cómo le van las cosas y si se ha producido alguna novedad, pero, últimamente, le cuesta entablar una conversación. Espera que ella tome la iniciativa, pero Katie tiene los ojos cerrados. Su respiración es profunda y regular, inhala y exhala, y la expresión de su cara es plácida. Sigue teniendo los ojos cerrados. Joe la examina y se pregunta si se ha quedado dormida. O quizá, simplemente, no quiere ver el programa de televenta. O quizá no quiere verlo a él.

¡Maldita sea! La oferta de los protectores de suelo ya no está en pantalla. Mientras Joe observaba a Katie, el programa de QVC ha pasado a ofrecer el siguiente artículo, que consiste en un artilugio que dobla la ropa. Joe no está interesado en él. Meghan todavía no ha bajado y Rosie está arreglándose el cabello en el lavabo, un proceso de múltiples pasos que, según ha aprendido Joe, es inevitable y no puede hacerse deprisa y corriendo. No saben dónde demonios está Patrick y no van a esperarlo. Meghan entra en el salón con aspecto de tener prisa. Va cubierta con un voluminoso abrigo negro, un sombrero también negro y un pañuelo blanco y peludo. Un bolso tipo cartera cuelga de su hombro.

—¿Estáis listos? ¿Dónde está mamá? —pregunta.

—¡Estaré lista en dos minutos! —grita Rosie desde el lavabo.

Meghan aguarda en el umbral de la puerta. Katie sigue durmiendo, meditando o ignorándolos a todos. Rosie entra, finalmente, en el salón y el aroma químico de la laca para el cabello la acompaña como si fuera un tornado.

—¿A qué huele? —pregunta Rosie, y arruga la nariz.

Ha detectado algo que no es la laca. Joe no se había percatado antes, pero ahora sí que percibe el olor y dirige la atención a *Yaz*, que está tumbado a los pies de la mecedora de Rosie, al lado de un charco de diarrea.

—¡Mierda! —exclama Joe.

—¡Ese lenguaje! —le reprende Rosie.

—Solo describo lo que veo —se justifica Joe, y señala a *Yaz*.

—¡Fantástico! —exclama Meghan.

—¡Oh, otra vez no! —se queja Rosie, y entra apresuradamente en la cocina.

Yaz no se hacía las necesidades en el interior de la casa desde que era un cachorro, pero desde hace, más o menos, una semana, se le escapan a diario. *Yaz* levanta la cabeza, mira a Joe a los ojos y Joe juraría que se está disculpando. *Yaz* vuelve a apoyar la cabeza en la alfombra con aspecto desvalido y avergonzado y a Joe se le rompe el corazón.

Katie se levanta y se pone en cuclillas al lado de *Yaz*.

—¡Pobrecito!

Lo levanta con cuidado con ambas manos y se lo lleva a la cocina.

Rosie regresa con un frasco de limpiacristales Windex, un rollo de papel de cocina y un desinfectante en aerosol de la marca Lysol.

—Al menos esta vez no se lo ha hecho en el sofá —se consuela Rosie mientras limpia el suelo.

Katie regresa con *Yaz* envuelto en una toalla.

—¿Qué hago con él? —pregunta.

—Déjalo en su cama y vámonos —indica Rosie.

Echa un chorro de desinfectante al aire y sacude la mano para esparcirlo.

—¿Dónde está Pat? —pregunta Meghan.

—No lo esperaremos —anuncia Rosie.

Rosie los guía a todos hacia la puerta principal. Joe se detiene en la entrada, detrás de las chicas, introduce los dedos en la pila de agua bendita que hay encima de la estatua de la virgen María y se santigua. Rosie hace lo mismo, mira a Joe y le sonríe.

—¡Vamos allá! —exclama Joe.

Y se van al hospital.

Salen del ascensor en la planta catorce del edificio Blake y un alivio evidente se refleja en la ligereza de los pasos de Joe mientras sigue a Rosie por el pasillo. Pasan por delante de la sala de espera de la planta. Los ocupantes están hundidos en las sillas y, por su aspecto, se diría que han pasado la noche allí; sin embargo, en la habitación se respira un aire expectante de celebración. Mientras esperan medio dormidos, sostienen globos de aluminio, muñecos de peluche y flores de alegres colores. Nada que ver con la puerta del infierno de la planta siete del ambulatorio Wang.

Rosie se detiene y Joe la sigue al interior de una habitación. J.J. y Colleen están sentados juntos en una cama del hospital. Y allí está, Joseph Francis O'Brien III, envuelto en una manta blanca, acurrucado en los brazos de Colleen y con una de las dos mil gorritas de color verde menta que Rosie ha tejido para él.

Sin perder un segundo, Rosie se va derechita al bebé. Abraza y besa a J.J. y Colleen, pero su objetivo es el bebé.

—¿Puedo sostenerlo en brazos? —pregunta Rosie—. Acabo de desinfectarme las manos.

—¡Sí, claro! —la anima Colleen.

Rosie toma a su nieto en brazos y su cara se convierte en un recuerdo, en una imagen del álbum de fotos familiar de hace veinticinco años. Su cara adopta una expresión de amor y despreocupada alegría que Joe no ha visto desde hace mucho tiempo. Rosie le quita la gorrita al bebé y desliza los dedos por su cabeza calva y ligeramente cónica.

—Es perfecto —susurra con lágrimas en los ojos.

—¡Felicidades! —exclama Katie—. ¡Es monísimo!

—Yo quiero ser la siguiente en sostenerlo —pide Meghan—. ¿Cómo te encuentras, Colleen?

—Bien.

Colleen no se ha maquillado y su cara está hinchada y con manchas rojas. Tiene el cabello húmedo en la zona de la raíz y la felicidad y el agotamiento luchan por reflejarse en el brillo de sus ojos. En realidad, parece que todavía esté embarazada y se percibe un bulto prominente en su zona abdominal por debajo de las sábanas, pero Joe no es tan tonto como para comentarlo.

—Es una campeona —la alaba J.J.—. El parto ha durado dieciséis horas. Ha estado cuarenta y cinco minutos empujando y sin anestesia. Se desgarró un poco...

—Demasiada información, J.J. —lo interrumpe Meghan, y levanta una mano.

—Gracias —añade el padre de Colleen, que está sentado en un sillón cerca de la ventana—. Te aseguro que no quería volver a oír esa parte.

—Lo siento, Bill —se disculpa Joe, y se acerca al padre de Colleen para estrecharle la mano—. No te había visto.

—No pasa nada. Tengo tres hijas y estoy acostumbrado a pasar desapercibido.

Joe se echa a reír.

—¿Y qué se sabe del pequeño campeón?

—Pesa tres kilos cincuenta y cuatro gramos y mide cincuenta y tres centímetros —explica Colleen.

Joe se coloca al lado de Rosie y contempla los párpados cerrados e hinchados de su nieto, su nariz pequeña y redonda, sus labios fruncidos y delicados, su barbilla con hoyuelo, su cara sonrosada y su cabeza calva y cónica. A decir verdad, es un niño muy feo, pero, al mismo tiempo, es la cosa más bonita que Joe ha visto nunca.

Joseph Francis O'Brien. Un nombre que acaba de transmitirse a tres generaciones. Joe se siente rebosante de orgullo, pero, por otro lado, preferiría que le hubieran puesto Colin, Brendan o cualquiera de los otros bonitos nombres irlandeses de la lista que habían elaborado; nombres que no están asociados a la EH. Joe espera que su nombre y su fea cara irlandesa sean las dos únicas cosas que el bebé haya heredado de él.

Cuando sus hijos nacieron, se acuerda de que pensó que cada uno de ellos empezaba su vida con unas posibilidades ilimitadas. Cada bebé de cabeza sonrosada era una tablilla en blanco. Pero ahora mira a su nieto, que solo tiene un par de horas de vida, y se pregunta si no estará todo programado, los parámetros establecidos de antemano, su futuro predeterminado, escrito en las estrellas incluso antes de que cortaran su cordón umbilical. Para la madre de Joe, para Joe, para J.J. y para Meghan, la EH ha sido inevitable. Estaba implantada en sus genes antes de que exhalaran su primer aliento. ¿Cuántas veces se repetirá esta historia? Una secuencia de ADN que se repite y que provoca una historia de vida que se repite trágicamente. Generación tras generación tras generación.

Nacimiento. EH. Muerte.

Principio. Mitad. Final.

Rosie separa los pliegues de la manta para ver los diminutos pies del bebé y, mientras besa sus deditos, la mente de Joe da un salto en la vida del bebé y se lo imagina como un hombre que padece la EH. Rosie vuelve a tapar al bebé dormido, feo y guapo y lo acomoda en los brazos expectantes de Meghan. Joe se lo imagina como un hombre consumido a pesar de que todavía no es viejo. Se está muriendo solo en la cama de un hospital sin nadie que lo sostenga entre sus brazos.

Mientras Rosie vuelve a colocar la gorra tejida con hilo verde en la cabeza deforme del pequeño Joseph, Joe intenta adivinar el número de CAG que hay en su interior y se teme lo peor. «Por favor, Dios, no permitas que tenga lo que J.J. ha heredado de mí.»

Joe inhala hondo, sacude la cabeza e intenta librarse de esa sobrecogedora sensación de predestinación, pero esta tiene la atracción gravitatoria de un gran planeta. Joe sabe que debería sentirse feliz. Da un vistazo a la habitación y ve que todos sonríen. Todos, salvo Joe y el bebé.

—¿Qué te pasa, Joe? —le pregunta Rosie, y le da un codazo.

—¿A mí? Nada —contesta él.

Tiene que sobreponerse. Ellos no están malditos. La herencia es aleatoria. ¡Maldita suerte! «Ten suerte, jovencito.» Rosie lo contempla con recelo y enojo.

—¿Quieres sostenerlo en brazos, Joe? —le pregunta Colleen.

—No, gracias —contesta Joe.

Una cosa es que una jarra de cristal se le caiga de las manos y se haga añicos, o un teléfono móvil (ya lleva tres), o un montón de copas de vino y tarros de mermelada, pero nunca se perdonaría si su nieto recién nacido se le cayera de los brazos. Mantendrá sus torpes garras dominadas por la enfermedad lejos de esa inocente criatura y la disfrutará desde una distancia segura. Tanto Rosie como el padre de Colleen parecen aliviados por la respuesta de Joe. Joe se da cuenta de que Bill lo observa con una actitud de alerta y no lo culpa en absoluto. Se trata del instinto protector de un abuelo. Bill es un buen hombre.

Patrick aparece en la habitación con un osito de peluche blanco. Su expresión es sonriente y tiene la cara hecha un cromo.

—¡Cielos, Pat! —exclama Meghan.

—Una pelea de bar. Tendrías que ver a los otros cuatro tíos.

Su ojo derecho está hinchado hasta el punto de no poder abrirlo, tiene un semicírculo entre verde y morado debajo del otro y el labio partido en uno de los extremos.

—Te sangra el labio —le advierte Katie.

—Estoy bien. ¡Felicidades! —le dice Patrick a Colleen, y le tiende el osito—. ¡Buen trabajo, hermanito!

—¡Mírate! —exclama Rosie—. Necesitas puntos.

—Estoy bien —insiste Patrick, y toca la manta del bebé mientras le da una ojeada.

—No puedes estar cerca del bebé en este estado —le reprueba Rosie, y le da un manotazo en la mano.

—No voy a mancharlo de sangre.

—Ya estás en un hospital. Baja a urgencias —le sugiere Rosie.

—No pienso pasarme las próximas veinticuatro horas en urgencias, mamá.

—Esa herida no se cerrará sola. Y no me lleves la contraria. Meg, acompáñalo.

—¡Jo! ¿Por qué tengo que ir con él? —pregunta Meghan.

Le da un beso en la cabeza a Joseph y lo arropa con su suave pañuelo.

—Porque te lo digo yo —replica Rosie.

—Está bien —accede Meghan, y pasa el bebé a Katie—. Eres un plasta, Pat.

—¿Veis lo que os espera? —advierte Rosie a Colleen y a J.J.

Joe contempla cómo Patrick sale de la habitación con un andar pesado y escoltado por su hermana mayor y se da cuenta de que ha llegado la hora de que mantenga una conversación seria con su hijo. Patrick casi nunca regresa a casa cuando termina su turno en el bar y no tienen ni idea de adónde va. Que ellos sepan, no tiene novia. A pesar de que a Joe y Rosie no les entusiasma que salga de noche y que duerma fuera de casa, este comportamiento no es tan extremo en Patrick. Las peleas sí que lo son. Durante el último mes, se ha visto envuelto en varias reyertas y esto es nuevo en él. Joe cree que el hecho de que Meghan padezca la mutación genética le está resultando especialmente difícil de aceptar. Joe suspira.

La madre y las hermanas de Colleen regresan de la cafetería con unas tazas de café. Reparten abrazos, felicitaciones, gestos efusivos y les dan sendas tazas de café a Bill y J.J. Ahora la habitación es una fiesta ruidosa y abarrotada de gente.

—Lo siento, queridos, pero estoy realmente cansada —anuncia Colleen—. ¿Os importa si Joey y yo damos una cabezadita?

Como es lógico, todo el mundo lo comprende. Katie devuelve el bebé a su madre. Las hermanas de Colleen acuerdan volver para comprobar que se encuentra bien al cabo de una hora. Joe besa a Colleen en la cabeza.

—Lo has hecho muy bien, guapa.

—Gracias, Joe.

Katie y Rosie deciden ir a la cafetería a desayunar. Joe y J.J. se disponen a ir a urgencias para ver cómo está Patrick, pero J.J. le pide a su padre que lo acompañe afuera un rato. Joe sigue a J.J. y recorren dos manzanas hasta que encuentran un banco y se sientan. J.J. saca dos puros del bolsillo de su chaqueta y arquea las cejas mientras le ofrece uno a Joe.

—¡Por supuesto! —contesta Joe.

Joe no es fumador y, de hecho, odia el desagradable sabor de los puros, incluso de los que se supone que son buenos, pero nunca ha rechazado una invitación a fumar un puro. Para Joe, el objetivo no es fumar. Fumar un puro significa reforzar un vínculo entre hombres, es el equivalente masculino a ir de compras o hacerse la manicura. J.J. enciende los puros y él y su padre dan un par de chupadas.

—Tengo un hijo —constata J.J., y el sonido de sus palabras y la verdad que encierran le maravilla.

—Así es. Ahora eres un padre.

—Es alucinante, ¿no, papá?

—Sí que lo es.

—¿Te acuerdas de este momento en relación conmigo? ¿Cuando yo nací?

—Desde luego que sí. Fue el mejor día de mi vida.

J.J. apoya el tobillo derecho sobre la rodilla izquierda, estira el brazo por detrás de los hombros de su padre y chupa el puro mientras lo agarra con los dientes.

—Ya sabes que os quiero a mamá y a ti. Y también a Pat, Meg y Katie. Y, por supuesto, también quiero a Colleen, pero al bebé ni siquiera lo conozco y el amor que siento... —J.J. carraspea y enjuga sus ojos, que se han humedecido de repente, con el dorso de la mano— es mayor. Si fuera preciso, ahora mismo me lanzaría en pleno tráfico por él. No sabía que se podía querer tanto a alguien.

Joe asiente con la cabeza.

—Y esto es solo el principio.

«Espera a que te agarre el dedo, te sonría, te diga que te quiere, llore en tus brazos o comparta un puro contigo tras el nacimiento de su primer hijo.»

Entonces Joe siente que el amor crece en su interior, que aparta a un lado el impactante miedo a todas las cosas horribles que sucederán o podrían suceder y crea espacio para todas las cosas magníficas que suceden y podrían suceder. Esto es solo el principio, y en la mitad hay mucho más que la EH. La EH será la muerte para Joe, pero su vida, la de J.J., la de Meghan y la de ese precioso bebé, sea cual sea su destino, son millones de cosas que no tienen nada que ver con la EH.

Joe succiona el puro. Odia su sabor amargo, pero le encanta la dulce experiencia que está viviendo y se sumerge en ese maravilloso momento de la vida de J.J. El nacimiento de su primer hijo. Un niño. El nieto de Joe.

Entonces se da cuenta de que también es un momento maravilloso en su vida. Estar allí, en aquel banco con su hijo, una fría mañana de diciembre en Boston. Todo eso constituye una prueba de que incluso una vida condenada por la EH puede ser magnífica.

—Esto es solo el principio, J.J.

24

En el exterior la temperatura es de doce grados bajo cero. Menos doce grados. ¡Por Dios, esto parece Siberia! Y el viento es como una mujer enfadada que no calla, que se muestra implacable y mordaz y hace que una situación que ya es de por sí incómoda roce el límite de lo insoportable. Con el viento, la sensación térmica debe de ser todavía más fría.

Además, ha empezado a nevar. Se espera que el grosor de la capa de nieve en Boston sea de entre cinco y siete centímetros, lo que no es suficiente para cancelar las clases en los colegios o dejar salir a los niños antes, pero sí para causar un montón de accidentes de tráfico. ¡Como si fuera la primera vez que los habitantes de esta ciudad viven una situación como esta! Los habitantes de Boston están acostumbrados a las tormentas y las ventiscas del norte. Es la segunda semana de enero y ya han soportado tres importantes tormentas invernales en las que la capa de nieve en las calles superó los quince centímetros. Deberían conducir más despacio o, mejor aún, mantenerse alejados de las putas calles. Pero nadie aprende. Los vehículos derraparán y chocarán unos contra otros, circularán a toda velocidad por las estrechas y empinadas calles del barrio y rebotarán contra los coches aparcados como si estuvieran en una máquina del millón. Los vehículos favoritos de Joe son los coches enanos, los Fiat y los Smart, y los viejos camiones cisterna de tracción trasera. Ambos tipos suelen girar sobre sí mismos, quedarse cruzados en la calle y bloquear el tráfico.

Joe está de pie en medio de la calle, en el concurrido cruce de Bunker Hill y la calle Tufts. Le han asignado la tarea de regular el tráfico para el paso de los escolares de la escuela de primaria en sustitución del guardia de tráfico civil, quien ha llamado esta mañana para avisar de que estaba enfermo. Es posible que tenga realmente la gripe. De hecho, un virus gastrointestinal se ha extendido últimamente por la comisaría y ha tenido una semana en cama a todos los que ha pillado. Pero Joe sospecha que el guardia de tráfico civil está totalmente sano y que, al comprobar la previsión del tiempo para hoy, se ha dicho: «¡A la mierda! No me pagan lo suficiente para estar al aire libre con este temporal.» Joe tampoco está seguro de que a él le paguen lo suficiente para eso.

Lleva puesta la chaqueta del uniforme de invierno, un chaleco fosforescente de color verde lima, una gorra, unos guantes blancos que dejan los dedos al descubierto y unos calzoncillos largos debajo de los pantalones, pero todo es inútil con el frío que hace. El viento es como miles de cuchillas afiladas que se clavaran en su cara descubierta. Los ojos no paran de llorarle y la nariz le gotea como si corriera su propia maratón. Las lágrimas se le han congelado entre las pestañas, se le ha acumulado hielo en las mejillas y tiene mocos solidificados en el labio superior. ¡Cielos, incluso respirar le resulta doloroso! Cada bocanada de aire congela sus pulmones y lo enfría de dentro afuera. Tiene los dedos de las manos y los pies entumecidos. Es un pedazo de carne congelada que dirige el tráfico.

«¿Calentamiento global? ¡Y un carajo! Los osos polares deberían mudarse al puerto de Boston.»

Los niños que esperan en la acera agarrados de las manos enguantadas de sus padres exhiben un vistoso surtido de gorras, guantes, abrigos y botas de distintos colores y cargan mochilas decoradas con pegatinas de superhéroes, princesas o los equipos deportivos de Boston. Joe detiene el flujo de vehículos y hace una seña a los temblorosos niños y padres para que crucen la calle lo más rápidamente posible. Normalmente, los saludaría con un ocasional y amistoso «Buenos días», una sonrisa para los niños y muchos «Que tenga un buen día». Los padres suelen responder enseguida con un «¡Gracias!». Pero hoy hace demasiado frío para conversar y nadie dice nada.

Después de acompañar a sus hijos hasta la puerta de la escuela, varias madres se han agrupado en la acera. Joe les hace señas para que crucen la calle, pero cuatro de ellas se quedan junto al bordillo. Joe las anima a avanzar con una mano mientras con la otra contiene al impaciente conductor de un autobús escolar. «¡Vamos, señoras!» No es el mejor día para estar de cháchara y pasar el rato al aire libre. Ellas lo miran fijamente. Él se da cuenta de que lo han visto, pero ellas no se mueven. Dos de las mujeres están hablando por el móvil. ¡Las muy imbéciles podrían hablar y caminar a la vez! Joe se da por vencido y da paso al autobús.

Un coche patrulla con las luces rotativas encendidas aparca delante de la escuela. Tommy y Artie DeSario salen del coche y se dirigen hacia donde está Joe. Artie lleva puestos unos guantes blancos y el chaleco verde lima fosforescente reglamentario.

—¡Eh, Joe! —le llama Tommy—. Artie se hará cargo de este servicio. Dale las llaves de tu coche y ven conmigo.

Artie evita mirar a Joe a los ojos. Tiene la mandíbula apretada y se queda quieto y con los pies separados. No está para hostias. Los padres y los niños que se dirigían a toda prisa a la escuela se detienen a medio camino. Joe nota que las madres de la acera tienen los ojos clavados en él y se preguntan qué ocurre. Joe también se lo pregunta. Hace lo que Tommy le pide, pero lo que ocurre no le huele nada bien.

Entra en el coche patrulla con Tommy y este enciende el motor, pero no mueve el coche de sitio. Joe supone que lo llevará a la comisaría, que está a solo dos manzanas de allí, pero no sabe por qué. Espera que Tommy diga algo mientras su piel se descongela en el bendito calor del interior del coche. Tommy mira fijamente a través del parabrisas. Contempla a los niños y a los padres que ahora cruzan la calle bajo la supervisión de Artie. O quizá tiene la mirada centrada en los copos de nieve que golpean el parabrisas y que los limpiaparabrisas apartan a un lado cada pocos segundos.

—Hemos recibido varias llamadas al 911 denunciando que un agente borracho estaba dirigiendo el tráfico.

Ahora Tommy examina a Joe con la mirada y lamenta ser el mensajero.

—¡Mierda! —exclama Joe.

Su corea y anosognosia. Movimientos involuntarios sin que él sea consciente de que los realiza.

—Y que lo digas.

—No puede haber sido tan extraordinario. ¡Ahí fuera hace un frío de mil demonios, tío! Solo me movía un poco para que mi sangre circulara y no me muriera congelado.

Tommy aprieta los labios y vuelve a mirar el parabrisas.

—No se trata, solo, de esas llamadas al 911. También corren muchos rumores por la comisaría.

—¿Como qué?

—Que si tomas drogas o alcohol o sufres algún tipo de crisis nerviosa.

Joe sacude la cabeza y rechina los dientes. Está furioso. No sabía que sus compañeros hablaban de él, pero no debería sorprenderle. Los agentes de policía cotillean más que un puñado de viejas chismosas. Aun así, le cuesta creer que nadie haya tenido el valor o la decencia de decirle algo a la cara.

—Sabes que te quiero como a un hermano, tío. —Tommy se interrumpe y tamborilea en el volante—. Creo que has llegado todo lo lejos que podías en este asunto.

No. De ningún modo. ¿Por una leve corea, unos estúpidos rumores y unas llamadas infundadas al 911? Ahí fuera hace más frío que en la maldita Siberia. Dale a Artie diez minutos y estará dando saltos y haciendo lo que sea para mantenerse caliente. Ya veremos si, dentro de diez minutos, no parece que esté borracho.

Una chispa de rabia se enciende en lo más profundo de Joe, en la médula de sus huesos. La llama recorre su cuerpo y la sensación de sentirse traicionado le consume. ¡Al carajo con Tommy! De acuerdo, acordaron que Tommy le haría de espejo y le informaría de cuándo había llegado la hora de contar en comisaría que padecía la EH, pero no esperaba que lo diera por perdido tan pronto. ¡Y por una jodida regulación de tráfico escolar! ¡Ni por un millón de dólares le haría él esto a Tommy! Tommy ha sido como un hermano para él, y ahora se ha convertido en el puto Caín, y Joe es Abel. ¡A la mierda! No necesita el apoyo de Tommy. ¡Y que se jodan sus compañeros también! No le importa lo que piensen de él. No los necesita para nada. Joe aprieta los dientes y los puños.

Todavía cuenta con Donny. Su relación con Donny se remonta a cuando eran niños. Donny lo respaldará hasta el final.

—¡Esto es una maldita gilipollez! —exclama Joe.

Observa a Artie a través del parabrisas e intenta conseguir que pierda el equilibrio con el poder de su mente. Espera verlo temblar o algo parecido..., lo que sea.

Tommy asiente.

—Lo siento, tío. El sargento McDonough ha venido desde la comisaría de distrito A1 y te está esperando.

Tommy pone en marcha el coche patrulla y Artie les cede el paso. Tiene los pies sólidamente plantados en el suelo y contiene con gesto firme a los niños y a los padres en la acera. El frío no lo afecta en absoluto y no mira a Joe cuando el coche patrulla pasa por su lado.

La A15 es una comisaría local que cuenta con una plantilla básica y ningún supervisor. Cuando Joe entra, se encuentra cara a cara con el sargento Rick McDonough, quien está incuestionablemente cabreado por tener que estar allí. Rick es el supervisor de Joe desde hace más de diez años. Mantienen una relación laboral correcta, pero que no va más allá de eso. Joe sabe que el sargento está casado y tiene dos hijos, pero Joe no los conoce. Nadie sabe gran cosa sobre la vida personal de Rick. Es un hombre reservado y nunca se une a los muchachos para tomar unas cervezas cuando acaban su turno. Rick puede ser un auténtico hijo de puta en lo relativo al procedimiento y le preocupa sobremanera lo que los medios de comunicación digan sobre ellos.

Joe no dice nada y sigue a Rick hacia el interior de una de las oficinas. Una vez dentro, cierra la puerta y ambos se sientan.

—¿Quieres explicarme por qué hemos tenido que apartarte del servicio de regular el tráfico en un paso escolar? —pregunta Rick.

Rick observa a Joe con sus ojos estrechos y grises y su postura refleja tanto paciencia como firme autoridad. Su estilo siempre ha sido eficiente y justo. Joe mira a los ojos a su jefe y la rabia que lo invadió en el coche patrulla se desvanece y lo deja desarmado, expuesto, inmovilizado y demasiado agotado para luchar y escapar del callejón sin salida en el que se encuentra. Antes de responder, piensa con rapidez en todas sus opciones y desea haber podido hablar con Donny primero.

Si no confiesa que padece la EH, si se lava las manos y no le da nada a Rick, este, como supervisor de Joe, no tendrá ninguna alternativa. Rick no esconderá su caso debajo de la alfombra. Se regirá por lo que indica el manual. Enviará a Joe al Centro Médico de Boston para que le realicen un análisis de orina y el incidente quedará registrado en su historial. Por supuesto, el análisis de orina dará negativo en drogas y alcohol, de modo que Joe no perderá su empleo, pero todo el mundo sabrá que lo retiraron del servicio de regulación de tráfico escolar, y si antes sus compañeros rumoreaban sobre él, a partir de ahora no hablarán de otra cosa.

Joe se agita en el asiento. Observa la pequeña habitación sin ventanas y es consciente de la puerta cerrada que hay a pocos centímetros de su espalda y de la mirada escrutadora de Rick. «Creo que has llegado todo lo lejos que podías en este asunto.» ¡Al carajo con Tommy por tener razón! Rick sigue esperando, sin sacar ninguna conclusión, con las manos entrelazadas encima del escritorio. Quizá sea mejor que todo el mundo lo sepa. Quizá realicen ajustes para él. Su situación todavía tiene una salida. Quizá no pierda su empleo. Su vida. Joe exhala aire y hace aco-

pio de todo el coraje y la suerte que Dios esté dispuesto a ofrecerle.

—Padezco la enfermedad de Huntington.

Un instante transcurre entre ellos. Los estrechos ojos de
Rick se quedan en blanco. Joe se pone tenso.

—¿Qué significa eso?

Los dos están a punto de averiguarlo.

25

Es mediodía del día siguiente y Joe se permite el lujo de comprar una cuarta Guinness en el Sullivan's. Dos hombres y Kerry Perry beben botellines de Bud en la barra, junto al ventanal de la fachada, y discuten acerca de los Bruins. Los dos hombres son, sin duda, *townies*, y, por la familiaridad con la que se tratan con Jack, el propietario, Joe deduce que son clientes habituales, pero él no los conoce. Son más jóvenes. Probablemente, empezaron secundaria cuando Joe se graduó. Kerry tiene la misma edad que Joe. Era una de las chicas más populares del instituto, una animadora por la que todos los chicos sintieron algo en algún momento. Joe sintió por ella un amor no correspondido justo antes de empezar a salir con Rosie. Kerry se ha divorciado dos veces y ha tenido hijos con sus dos maridos. Todavía está de buen ver, pero sus facciones, que antes eran suaves, dulces y aniñadas, ahora son más duras, y su postura es ligeramente beligerante, como si le hubieran robado algo que la vida le había prometido. La mirada de Kerry se encuentra con la de Joe y sus ojos, sumamente maquillados, flirtean con él invitándolo a acercarse. Joe esboza una leve sonrisa, pero no está interesado en Kerry ni en los Bruins, de modo que se dirige con rapidez a la parte trasera y vacía del bar.

Se acomoda en un compartimento tenuemente iluminado, junto a una pared de ladrillo en la que cuelga un letrero de los Red Sox, de cuando se celebró el campeonato mundial de 2004. Esperaba que la imagen de Varitek y Foulke mejorara su pésimo estado de ánimo y puede que lo hiciera brevemente cuando se sentó allí la primera vez, tres cervezas antes, pero la mejoría no se ha mantenido. Hoy no puede sentirse como un campeón ni sintonizar con la inigualable alegría de aquel día memorable. Succiona la densa espuma del cuello del botellín, lo que constituye un momento sublime que normalmente disfruta, pero, como le ha ocurrido con las tres cervezas anteriores, hoy este acto no le produce placer.

La discusión acerca de los Bruins se está volviendo acalorada, no violenta, pero sí apasionada. Kerry interviene con voz aguda y chillona. Joe bebe un sorbo de la Guinness y desea que todos se callen de una puñetera vez.

Solo Donny sabe que está aquí. Rosie cree que está en el trabajo. Joe no le ha contado lo que ha ocurrido. Tommy sí que lo sabe, y Donny también. ¡Demonios, probablemente, a estas alturas toda la A1 y la A15 lo saben! ¡Son todos un puñado de jodidos exagerados! Pero Rosie no sabe nada. Joe no consigue reunir el valor suficiente para contárselo.

Rick le ha dicho que no vaya a trabajar hasta que el médico del departamento examine su historial médico, que la doctora Hagler le envió ayer. Joe tiene un mal presentimiento sobre lo que va a suceder. Bebe varios sorbos de Guinness esperando quedarse aturdido.

Para empezar, están el Seroquel y la Tetrabenazina. Según la política y el procedimiento del departamento, se supone que Joe debería informar por escrito de todos los medicamentos con receta que tome. En este aspecto, Joe estaría incumpliendo las normas, pero el castigo, si hubiera alguno, sería, como mucho, un tirón de orejas. Lo que le pone enfermo es la idea de que el médico del departamento lea la desagradable lista de síntomas de la EH, síntomas que rápidamente asociará con el comportamiento de Joe.

Pérdida de equilibrio, disminución de las habilidades, corea. ¿Y si Joe tuviera que utilizar el arma, su mano se contrajera involuntariamente, apretara el gatillo y matara a un civil o a otro policía? ¿Y si presionara de repente el acelerador o virara sin pretenderlo y, al perder el control del coche patrulla, atropellara a un peatón? Impulsividad; síndrome disejecutivo, que significa que se queda bloqueado en la resolución de problemas complejos; pérdida de la capacidad de razonamiento y cambios de humor extremos, a lo que Rosie sigue refiriéndose como su «temperamento extraño». ¿Pueden confiar en que Joe tenga un control absoluto de sí mismo, que esté mentalmente equilibrado, que se ajuste a los procedimientos, que proteja a los habitantes de la ciudad y respalde a sus compañeros?

No, no pueden. Joe tiene el estómago revuelto y nota que se le pone tenso. Bebe otro trago de Guinness, pero no le ayuda.

¿Qué implicará todo esto? En el mejor de los casos, el médico recomendará al inspector jefe que le retiren el arma reglamentaria. Lo relegarán a trabajos de oficina. No le permitirán tratar con los prisioneros ni con el público. Le prohibirán realizar horas extras y trabajos minuciosos. Tendrá que contestar al teléfono y realizar tareas de oficina. ¡Será un puto secretario! El trabajo de oficina suele reservarse para los agentes que se reincorporan después de haber sufrido lesiones o heridas. Se trata de un puesto temporal, una transición antes de reincorporarse al servicio de verdad. Pero para Joe será una transición para abandonar totalmente el servicio.

Y el trabajo de oficina es su mejor perspectiva, lo que le ocurrirá si tiene suerte. En el peor de los casos, le pedirán que devuelva su placa inmediatamente. Esta posibilidad le revuelve el estómago y Joe traga varias veces para contener la repentina y embarazosa necesidad de vomitar. Perder la placa y el arma al instante. Esto lo mataría más deprisa que la EH.

A pesar de los retortijones de su estómago, Joe se bebe el resto de la Guinness. Regresa a la barra del bar, ignora las miradas de Kerry Perry y a los memos de sus amigos y pide un Glenfiddich sin hielo. Cuando regresa a su asiento, se lleva el vaso a la nariz y, luego, a los labios. El olor mantecoso. El sabor limpio a turba. Pero sigue sin experimentar ningún placer.

Donny se sienta delante de Joe, en el mismo compartimento.

Donny es técnico en emergencias sanitarias, su hermano pero vestido de marrón. Donny lleva puesto el uniforme de trabajo.

—¿Empiezas o acabas? —le pregunta Joe.

Donny consulta su reloj.

—Hoy me toca el tercer turno, pero antes tengo que visitar a mi madre. Dispongo de algo de tiempo. ¿Has visto a Kerry Perry? Está en la barra.

—Sí.

—Todavía está de buen ver.

—Es posible.

—¿Y qué haces tú aquí?

—Nada. Me estoy tomando un par de copas.

—No me vengas con chorradas. Te has tomado más de un par de copas.

—¿Y qué?

Joe está cansado de intentar controlarlo todo, de seguir en la lucha. ¡A la mierda! Echa la cabeza hacia atrás, se termina el whiskey y golpea la mesa con el vaso vacío como si fuera John Wayne. Tarda aproximadamente un segundo en percibir el intenso calor que desciende por su garganta. Aprieta los dientes y contiene la sensación de ardor. Está decidido a no quejarse ni a resoplar.

—Muy bien, tío duro. ¿No crees que Rosie ya tiene bastante con tu rabia, el hecho de que rompas cosas continuamente y la preocupación por su futuro y el de vuestros hijos para que, encima, vuelvas a casa a mediodía con una cogorza descomunal?

Joe lo oye, pero no quiere oírlo. Las palabras de Donny entran y salen flotando de su cabeza, que ahora está por encima de él, como un globo atado a un cordel.

—Lo comprendo, OB —añade Donny—. Yo en tu lugar haría lo mismo y tú estarías aquí intentando que entrara en razón. Tu plan no puede consistir en averiguar cuántas copas puedes tomarte sin derrumbarte. Sea cual sea la decisión que tomen en comisaría, no puedes venir todos los días al Sully's y emborracharte.

—¡Solo ha sido un día, por el amor de Dios!

—Está bien, hoy agarra una buena cogorza, pero basta ya. Te lo diré claro. Esta no va a ser tu forma de actuar. No voy a sacarte todos los días de aquí con un pedal de campeonato.

Joe se echa a reír, pero entonces se da cuenta de que no sabe qué le resulta tan divertido y le entran ganas de llorar. Se frota la cara con las manos, exhala aire e intenta sobreponerse. Donny espera.

Joe mira a Donny con la intención de cabrearse con él por mangonearlo, pero no consigue hacerlo. El tío calvo con la nariz rota por una antigua pelea y el uniforme de técnico sanitario que está sentado frente a él también es el niño con el pelo cortado al rape y la camiseta del Increíble Hulk. Es el amigo leal que jugaba en la posición de parador en corto en la Liga Infantil de béisbol, de base en el baloncesto y de ala izquierda en el *hockey*; quien saltaba con Joe la valla de la iglesia para escaquearse de la confesión de los sábados y a quien, en el instituto, también le gustaba Rosie, pero se retiró para dejarle el campo libre a Joe.

Joe mira a Donny, al hombre adulto, serio y respetable que está sentado frente a él en el Sully's y se acuerda de las cenas de espaguetis y albóndigas que tomaron durante años en la casa de Donny los miércoles por la noche; de las innumerables y tremendas borracheras que agarraban durante el destile de Bunker Hill Day; de estar a su lado el día de su boda y durante su divorcio y de ver juntos cómo crecían sus respectivos hijos.

—¿A qué crees que me encaro? —pregunta Joe.

—¿Aparte de a mi cara bonita? Probablemente, y de momento, trabajo de oficina. No creo que te den la baja enseguida.

Joe asiente y agradece que su amigo no se ande con miramientos, aunque todavía espera disponer de más alternativas.

—¿Cuánto tiempo te concederían de baja por enfermedad? —pregunta Donny.

—Unos diez meses.

—¿Cuántos años de antigüedad tienes? —Donny cuenta con los dedos—. ¿Veinticuatro?

—Casi veinticinco.

—¿A qué pensión tendrías derecho?

—No lo sé.

—Si te destinan a tareas de oficina, ¿puedes pedir la baja por incapacidad?

—No lo sé.

—Está bien, tío. Tienes que enterarte de toda esta porquería. Y enseguida. Ha llegado la hora de que elabores un plan. Tienes que hacerlo antes de que ellos lo hagan por ti.

Joe asiente con la cabeza.

—Y, definitivamente, este no es un buen plan —declara Donny mientras señala el vaso vacío de Joe.

—¡Está bien, está bien! No tengo ninguna otra jodida alternativa.

—¿Quieres hablar con mi amigo Chris?

—¿El abogado?

—Sí.

Joe asiente con la cabeza.

—De acuerdo. Envíame su número por el móvil.

Donny consulta su reloj.

—Tengo que irme. —Suspira—. Esta época del año es brutal. Ayer se produjeron tres suicidios. ¿Quieres que te acompañe a casa?

—No. Me quedaré un rato más. Iré luego yo solo.

—Deja que te acompañe.

—Vete. Estaré bien.

—Si cuando vuelva todavía estás aquí, te patearé tu bonito culo.

Joe se echa a reír.

—Todavía puedo contigo.

Donny se pone de pie y da una palmada a Joe en el hombro.

—Ve a casa con Rosie. Pasaré a veros luego.

—Está bien. Nos vemos, tío.

Donny se va y Joe vuelve a quedarse solo. Aunque su compañía era reconfortante, Donny ha confirmado sus peores temores. Le exigirán que entregue el arma y, a la larga, si no inmediatamente, le quitarán la placa. Joe toca la Glock que cuelga de su cadera con la base de la mano derecha y, luego, coloca la misma mano sobre su camisa civil, a la altura de su pecho, donde estaría su placa si llevara puesto el uniforme. La idea de perder cualquiera de las dos es como si lo sometieran a cirugía para extirparle un órgano vital. Arrebatarle el arma es como cortarle las pelotas. Perder la placa es arrancarle el corazón.

Piensa en todo lo que se está perdiendo hoy al no estar de servicio, en lo que se perderá mañana, la semana que viene, el año siguiente: estar de pie durante ocho horas al aire libre a temperaturas sofocantes o bajo cero; el riesgo de que le disparen; no poder asistir a los partidos de final de copa de sus adorados equipos; no poder irse de vacaciones con su familia; tratar con drogadictos y asesinos mentirosos y todo tipo de basura de este estilo; ser despreciado por las mismas personas por las que arriesga su vida para protegerlas. ¿Quién no querría poner fin a todo eso? Joe. Joe no querría que esto acabara. Si quisiera un trabajo de oficina seguro y con una temperatura ambiental regulada, ahora sería un contable.

Pero él es un agente de policía. No te rindas nunca. Sigue en la lucha. En la Academia de Policía de Boston inculcaron estos principios en todas las células de su ser. Entregar el arma y la placa es rendirse, es volver la espalda a quien es. Joe cierra los ojos y todos sus pensamientos encuentran un lugar al lado de la palabra «fracaso». Fracasará al fallar a sus compañeros, su ciudad, su mujer, sus hijos, a sí mismo. Sin su pistola y su placa, será, simplemente, alguien que ocupa un espacio, un saco tambaleante de piel y huesos que causará a todo el mundo un montón de quebraderos de cabeza hasta que acabe sus días pudriéndose en un ataúd.

Este no fue nunca su plan. Su plan consistía en trabajar treinta y cinco años y retirarse a la temprana edad de cincuenta y cinco años. Entonces viviría la buena vida que se habría ganado con Rosie, disfrutarían de sus nietos y cobraría una pensión completa que les permitiría vivir a los dos, y a Rosie cuando él ya no estuviera, hasta la vejez. Pero no podrá trabajar hasta que cumpla cincuenta y cinco años. Ni siquiera aproximadamente. Le concederán una pensión parcial y quizás un plus por incapacidad. O quizá no. Agotará todo el tiempo de baja que le corresponda y cualquier otro que le donen sus compañeros de comisaría. ¿Y, luego, qué? Rosie todavía será una mujer joven sin nadie que se ocupe de ella. Además, los gastos médicos de Joe podrían acabar con todos sus ahorros e ingresos.

Joe no quiere ir a casa y contar a Rosie lo que ocurre. No quiere añadir otra mala noticia a su mundo. No soporta ser la causa de su dolor. Y sus hijos están pasando por un perverso e inimaginable infierno por culpa de su enfermedad. Ha dedicado su vida a proteger la ciudad de Boston, pero simplemente por existir ha puesto en peligro la vida de sus hijos. A menos que la ciencia médica descubra algo enseguida, J.J. y Meghan morirán jóvenes por su culpa. Cada vez que esta realidad se hace presente en su conciencia, la luz que anida en su corazón se vuelve más tenue y Joe se muere un poco cada día.

«Esta época del año es brutal.» Joe sabe, exactamente, a qué se refería Donny. Es enero, justo después de Navidad, una época que, para la mayoría de las personas, es de celebración, para disfrutarla en familia e intercambiar regalos, pero, para otros, se trata de una época sumamente depresiva. Los días son fríos y a las cuatro y media ya ha oscurecido. Joe y Donny han atendido muchos suicidios a lo largo de los años y el invierno es, tristemente, la estación preferida en este sentido. Joe no echará de menos esta parte de su trabajo. Encontrar los cuerpos. A veces, las partes de los cuerpos. Un adolescente se inyecta una sobredosis de heroína. Una madre se toma un frasco de pastillas. Un padre salta del puente Tobin. Un policía se dispara en la boca.

Si planeara suicidarse, la última opción sería la que elegiría.

26

Joe y Rosie están sentados en el bufete de Christopher Cannistraro y esperan a que cuelgue el teléfono. Chris es el abogado de víctimas de accidentes más «famoso» de Revere, pero
también se encarga, ocasionalmente, de casos sobre bienes inmuebles, derecho de familia y discapacidades. Protagoniza uno
de esos horribles anuncios que proyectan hasta la saciedad en
televisión en horario diurno. En el anuncio aparece Chris en
un primer plano, con su cabello negro, brillante y alisado con
gomina y su cara resplandeciente. Mira fijamente a la cámara y
se compromete a representar y pelear por el telespectador o
cualquier conocido suyo que haya sufrido lesiones en un accidente. Joe supone que Chris pretendía parecer sincero y decidido, como si se tratara de un héroe noble que defiende a los
oprimidos, pero, en su opinión, resulta mezquino.

Joe nunca acudiría a un abogado al que no conociera de
nada. Dejando a un lado a los fiscales de distrito, los abogados,
como categoría, le ponen nervioso. Los fiscales de distrito están del mismo lado que la policía, así que, a su modo de ver, son
buena gente. El resto de los abogados le parecen, en el mejor de
los casos, bribones avariciosos y charlatanes. Los peores son los
abogados defensores de oficio. Joe sabe que son una pieza in-
dispensable en el engranaje de la justicia, pero esto no impide
que la sangre le hierva cada vez que consiguen liberar a un cerdo asqueroso gracias a un ridículo tecnicismo cuando cualquiera con dos dedos de frente sabe que el tío es culpable. ¡Cuánto

trabajo policial desperdiciado porque un abogado con una ética retorcida y vestido con un traje barato se cree el protagonista de la maldita serie «Ley y Orden»! ¡Sinceramente, Joe no sabe cómo pueden dormir por las noches!

Pero Chris no es un abogado de oficio. Él y Donny se conocieron en el circuito de carreras de perros Wonderland. Solían apostar en las carreras y celebrar juntos las ganancias tomando pizzas en el Santarpio's. Chris ayudó a Donny en su divorcio, le consiguió la custodia compartida y lo salvó de ser expoliado financieramente por su ex mujer. El hecho de que Donny confíe en él ya es suficiente para Joe. No necesita una segunda opinión.

El escritorio de Chris está atestado de tantas carpetas de papel Manila que Joe solo lo ve de hombros arriba. Viste un traje gris, una camisa blanca y una corbata azul. Lleva un lápiz detrás de la oreja derecha y lee algo en la pantalla de su enorme y anticuado ordenador de mesa mientras escucha y suelta síes y ajás a quienquiera que le habla a través del teléfono. La biblioteca que está al lado de Joe está abarrotada de libros de texto de aspecto imponente. Joe se pregunta si Chris habrá leído alguno de ellos o si solo los tiene como fachada. Sospecha que lo segundo.

Joe consulta su reloj y Chris se da cuenta. Levanta el dedo índice e indica a la persona que está al otro extremo de la línea telefónica que tiene que colgar.

—Siento haberlos hecho esperar —se disculpa Chris.

Se levanta y estrecha la mano de Rosie, y, luego, la de Joe.

—No se preocupe —contesta Joe—. Gracias por atendernos.

Chris toma un expediente de la parte superior de uno de los montones y hojea los documentos que contiene. Luego cierra la carpeta, vuelve a dejarla en la pila y tamborilea con los dedos sobre el escritorio como si estuviera tocando unos acordes al piano; un preludio musical silencioso.

—Muy bien —declara finalmente—. No soy un experto en este campo, pero les aseguro que he hecho mis deberes y he estudiado todas sus opciones. La situación es la siguiente: lleva usted trabajando veinticinco años y ahora está realizando trabajo de oficina. No sé cuánto tiempo más podrá seguir haciéndolo, pero tiene que dejar el trabajo antes de que lo despidan. No puedo hacer suficiente hincapié en esto. Si lo despiden, no obtendrá nada. Y, sí, ahora tenemos la GINA y podríamos demandarlos, pero no querrá usted pasar el tiempo que le queda conmigo.

La GINA, la Ley contra la Discriminación por Información Genética, establece que es ilegal que los jefes despidan a un empleado en base a su información genética, aunque sigue siendo legal despedir a alguien si no puede realizar su trabajo de una forma segura y eficaz, como es el caso de Joe.

—No se ofenda, pero no —contesta Joe.

—No se preocupe, la mayoría de los días yo tampoco quiero pasar el tiempo conmigo. Por lo tanto, es mejor que deje el trabajo antes de que lo despidan.

Joe asiente con la cabeza.

—Primero utilice todo el tiempo que le corresponda en concepto de baja por enfermedad. ¿Cuánto tiempo le corresponde?

—Diez meses. Y, probablemente, consiga un poco más gracias a mis compañeros.

—Cuando haya agotado el tiempo de baja, solicite el retiro por discapacidad ordinaria. De este modo, obtendrá una pensión de un treinta por ciento de su sueldo.

—¿Un treinta por ciento? ¿Eso es todo?

—Me temo que sí.

Joe mira a Rosie. Tiene la boca abierta, no dice nada y ha empalidecido, y Joe sospecha que su cara tiene la misma expresión de sorpresa. El importe de la pensión completa por jubilación es del ochenta por ciento del sueldo. Con lo que gana, apenas llegan a fin de mes y hace años que no le suben el sueldo. El treinta por ciento. ¿Cómo podrá Rosie vivir con esa pensión? Él ya suponía que no obtendría la pensión completa, pero esperaba más que eso. Veinticinco años de servicio y sacrificios y solo obtendrá un miserable treinta por ciento del sueldo. Joe no sabe si echarse a llorar o lanzar el libro de leyes más pesado de la biblioteca contra la cabeza de cabello engominado de Chris.

—¡Joder! —exclama Joe.

—Le comprendo. Por desgracia, esta no es la peor parte. El problema es el siguiente: si tenemos en cuenta lo que le espera en relación con su salud y que necesitará asistencia en sus actividades cotidianas, la totalidad de su pensión, lo poco que obtenga, acabará en manos de una residencia o del estado si es que ingresa en un hospital estatal. —Chris se interrumpe—. Eso en el caso de que siga casado.

Chris vuelve a tamborilear en el escritorio con los dedos y las teclas invisibles de piano tocan un interludio musical de suspense creciente. Mientras tanto, Chris espera. Joe se rasca la barba de tres días y se frota los ojos. Reproduce mentalmente lo que Chris acaba de decir e intenta decidir qué parte le resulta menos comprensible.

—¿Qué me está diciendo? —pregunta Joe.

—Lo que digo es que la única manera de evitar que su pensión del treinta por ciento acabe en manos de una residencia o del estado es que se divorcie. Tiene que ceder el cien por cien de la pensión a Rosie y poner a su nombre la escritura de la casa y el resto de los bienes que posea. Básicamente, tenemos que dejarlo a usted sin nada y a ella con todo. Si no es así, lo perderán todo. Ellos se lo quedarán.

Joe y Rosie permanecen sentados y guardan silencio. Están horrorizados. Joe creía que acudían a esta cita con la mente abierta, preparados para cualquier eventualidad, dispuestos a tomar alguna difícil decisión legal acerca de su futuro. Incapacidad legal. Poder notarial. Testamento vital. Alimentación por intubación. ONR, orden de no reanimar. Pero esto no se lo esperaba. Ni por un segundo. Chris lo ha pillado totalmente desprevenido. Es como si Joe esperara un tren que estaba previsto que llegara por el este y él y Rosie acabaran de ser arrollados por un tren de carga que ha llegado por el oeste y cuyo paso no estaba programado.

—No —declara finalmente Rosie con los brazos cruzados

sobre el pecho—. Eso no lo haremos. No podemos divorciarnos. Tiene que haber otra solución.

Joe se toma unos instantes para procesar la información. Se trata de un panorama que nunca imaginó pero que debería haber considerado. Asiente para sus adentros. La solución es totalmente injusta, pero es lo más adecuado. No piensa hundir a Rosie con él. Si divorciarse de ella, por muy injusto y jodido que sea, es la forma que tiene de protegerla y asegurar su porvenir, lo hará. Se niega a dejarla viuda y, encima, arruinada.

—Solo será sobre el papel, cariño.

—¿Has perdido la cabeza? Ni hablar. Esto es totalmente ridículo. Y, además, constituye un pecado. Mis padres se revolverían en la tumba si lo supieran.

—En nuestros corazones y a los ojos de Dios no será verdad. Creo que, en este asunto, tenemos que hacer caso a Chris.

—¡De ningún modo! No voy a divorciarme de ti, Joe. La idea es una auténtica locura. Creo que deberíamos consultar a otro abogado. Este hombre no sabe lo que dice.

Joe mira a Chris y está a punto de disculparse por el comentario ofensivo de Rosie, pero Chris permanece imperturbable. Probablemente, ha oído cosas mucho peores.

—¿Puedo hablar un momento a solas con mi mujer, Chris? —pregunta Joe.

—Por supuesto.

Chris consulta algo en la pantalla de su ordenador, hace girar su silla, se levanta, sale de la oficina y cierra la puerta tras él.

—No será de verdad, Rosie. Solo una hoja de papel. No significa nada.

Joe oye sus propias palabras y se da cuenta de que ha hablado como lo haría un abogado que argumenta la defensa en base a un mero tecnicismo.

—El certificado de matrimonio también es un pedazo de papel, pero tiene un significado —alega Rosie con la voz cargada de miedo y rabia.

—Despertarme a tu lado todos los días durante veintiséis años tiene un significado, Rosie. Criar a nuestros preciosos hijos tiene un significado. Decirte que te quiero un día tras otro mientras pueda tiene un significado. Lo único que hará el documento del divorcio es protegerte. Mantendrá el dinero que he ganado para nosotros en tu bolsillo en lugar de estar en las arcas del estado. No significará nada respecto a nuestra relación.

Joe no puede proteger a J.J. y a Meghan. No puede cambiar lo que les ocurra a Patrick y a Katie, pero puede proteger a Rosie, a su querida mujer, quien se merece mucho más que el treinta por ciento de su sueldo o divorciarse de su marido porque padece la enfermedad de Huntington. Nadie se merece tener un marido con la enfermedad de Huntington.

Joe contempla sus manos y el anillo de boda de treinta y cinco dólares, que es el objeto más valioso que posee. Podrán arrebatarle su matrimonio sobre el papel, pero no su anillo. Primero tendrían que cortarle su dedo frío y muerto. Levanta la mano izquierda y toca la sencilla alianza con el pulgar. Luego toma la mano izquierda de Rosie y la sostiene en la de él.

—Seguiremos llevando las alianzas. Dios lo entenderá, Rosie. No constituirá un pecado. Lo que sí que sería un pecado es que perdiéramos la pensión, la casa y todo lo que poseemos por culpa de la enfermedad y que te quedaras sola y sin ningún recurso.

Las lágrimas resbalan por las pálidas mejillas de Rosie. Mira a Joe a los ojos en busca de una salida del oscuro callejón en el que se ha visto forzada a entrar. Joe le aprieta la mano, un gesto con el que pretende asegurarle que él está con ella en ese callejón. Ella le devuelve el apretón y no le suelta la mano.

—De acuerdo —susurra Rosie.

—De acuerdo —susurra él también.

Joe presiona su frente contra la de Rosie, como si se tratara de una retorcida versión del «Sí, quiero».

Después de varios minutos de silencio, alguien llama levemente a la puerta y esta se abre una rendija.

—¿Necesitan más tiempo? —pregunta Chris.

—No —contesta Joe—. Ya hemos tomado una decisión.

Chris regresa a su silla, tamborilea con los dedos en el escritorio y espera.

—De acuerdo —anuncia Joe—. Nos divorciaremos.

—Siento mucho no haber podido darles noticias mejores, pero creo que es la decisión más inteligente. Prepararé los documentos de inmediato.

—¿Y qué ocurrirá después? —pregunta Joe.

—Los firmarán los dos y nos darán una fecha para la vista. Se trata de una vía tortuosa, pero no podrán impugnarla. Si el juez formula alguna pregunta, le explicaré que usted padece una enfermedad terminal. La petición será dada como buena y estarán legalmente divorciados en... —Chris hojea su agenda— tres meses.

Veintiséis años a los que se pone punto y final con un par de firmas y un plazo de tiempo de tres meses. Joe se frota la barbilla y aprieta las yemas de los dedos contra la áspera piel de su cara. Se recuerda a sí mismo que es real y que la decisión que han tomado les atañe directamente a él y a Rosie, y no a otro desgraciado y a su encantadora mujer. Han tomado la decisión correcta y ese divorcio no significa nada.

Joe se levanta para ofrecer a Rosie la caja de pañuelos de papel que hay en una de las estanterías, pero se tambalea. Sus piernas no pueden soportar su peso y mantenerlo en vertical. Es como si no tuviera huesos. Se agarra al borde del escritorio de Chris para evitar caerse. A pesar de que la EH es la razón de que estén aquí, en esta oficina, le avergüenza verse tan expuesto, tan vulnerable físicamente delante de Chris, ser incapaz de conservar su empleo y a su mujer y, literalmente, no poder sostenerse sobre sus propios pies.

Entonces se da cuenta. Firmar los papeles del divorcio sí que tiene un significado. Acceder a divorciarse de Rosie significa que acepta que padece la EH en toda su magnitud. Se están preparando para el coletazo final de la bestia. La última escena. La muerte de Joe. La certeza de la realidad de su crudo destino es como un mazazo en su pecho y una patada en la entrepierna. La negación ha dado paso a la aceptación.

Su arma. Su trabajo. Su mujer. Su familia. Su vida. Va a perderlo todo.

Se queda sin aliento. Su dolorido corazón le resulta pesado e inútil y desea rendirse, desea fundirse solo en la fosa de alquitrán negro de la derrota. Pero, de repente, Rosie está de pie a su lado y, con la cara todavía húmeda por las lágrimas, lo agarra del brazo. Lo estabiliza y le asegura que no está solo. Entonces los huesos de las piernas de Joe vuelven a solidificarse y su corazón se recuerda a sí mismo.

Su divorcio significa algo, pero no todo. La EH le arrebatará el arma, el trabajo, la dignidad, la capacidad de caminar, el habla y la vida. A la larga, se llevará a J.J. y a Meghan, pero de ningún modo le arrebatará a Rosie. Diga lo que diga la Mancomunidad de Massachusetts, decrete lo que decrete el juez o incluso Dios y sea lo que sea lo que la EH le arrebate, nada podrá privarlo de su familia y del amor que siente por Rosie. Amará a Rosie hasta el día de su muerte.

27

Felix se va a Portland el lunes. No para siempre. Solo se va una semana para ayudar a establecer las nuevas oficinas, para entrevistar a algunos empleados potenciales de la costa Oeste, para reunirse con el alcalde y varios funcionarios de los departamentos de Energía, Gestión de Residuos y Planificación Urbana. Y para preparar la mudanza definitiva.

La mudanza tendrá lugar el 1 de junio, cuatro meses a partir de ahora, y Felix ya ha empezado a embalar sus cosas. Katie está acurrucada en su sofá. Bebe chardonnay y contempla cómo Felix saca los libros de las estanterías y los guarda en las cajas de cartón.

—¿Te apetece ver una película? —pregunta Katie.

—Sí, déjame acabar de vaciar esta estantería.

—No sé por qué tienes que hacer eso ahora.

—Una cosa menos que tendré que hacer después.

Katie no lo comprende y sacude la cabeza. Si ella fuera la encargada de embalar las cosas, metería los libros en las cajas cuatro días antes de la mudanza, ni un minuto antes. La cuestión no es que ella deje las cosas hasta el último momento, sino que, ¿quién quiere estar en un salón lleno de cajas de cartón durante cuatro meses? ¿Y si Felix quiere leer uno de esos libros antes del mes de junio? Katie vuelve a sacudir la cabeza. Se imagina todos sus libros embalados en cajas y le arde el estómago. Si ella fuera a mudarse a Portland dentro de cuatro meses... La frase le duele demasiado para terminarla.

—¿Qué piensas hacer la semana que viene? —le pregunta

Felix mientras sostiene en la mano un ejemplar de *Bunker Hill* de Nathaniel Philbrick.

—¿A qué te refieres? —le pregunta Katie haciéndose la tonta.

—¿Irás conmigo?

—No lo sé. Tendría que encontrar a alguien que me sustituyera para dar las clases y es muy justo.

—¡Cielos, Katie, hace semanas que sabes lo del viaje! Estás dando largas al asunto. Yo creo que no quieres ir conmigo y tienes miedo de decírmelo.

Ahora mismo, Katie tiene miedo de un millón de cosas.

—No es eso.

—Entonces acompáñame. Exploraremos Portland juntos y veremos qué hay por allí. ¡Te encantarán las pequeñas fábricas de cerveza! Podemos ir de excursión y quizás encontremos un local perfecto para tu centro de yoga. Y también tenemos que buscar un piso. El día de la mudanza se acerca rápidamente y todavía no tenemos un sitio donde vivir.

Cada vez que Felix utiliza el plural, Katie realiza una mueca, pero espera que él no se haya dado cuenta. Él habla continuamente en plural. Se muestra positivo y esperanzador y, cuando Katie está de buen humor, el hecho de que la incluya en sus planes le resulta encantador y persuasivo. Sin embargo, hoy, a ella le sienta mal, como si la tira del sujetador le rozara una zona de piel quemada por el sol o se tratara de una cruel suposición que raya el acoso.

Todavía no le ha dicho que no irá con él.

—A mí ya me parece bien que elijas un piso sin mí.

—Pues yo creo que eso deberíamos hacerlo juntos. Busquemos un piso y, a partir de ahí, podremos empezar a imaginar cómo será nuestro futuro allí.

El único lugar en el que Katie puede imaginar su futuro de una forma clara es una residencia para discapacitados. Y allí el plural no incluye a Felix.

—No estoy segura de que vaya a ir a Portland —anuncia ella en una aproximación cautelosa a la verdad.

Felix deja de embalar los libros y se frota el labio inferior con el pulgar. Tiene unos labios bonitos.

—¿Te refieres al lunes o a junio?

Katie titubea. No quiere hablar de junio. Quiere beber vino, acurrucarse en el sofá y ver una película.

—A los dos.

Felix se pellizca los labios y mira a Katie intensamente, como si, a través de sus ojos, intentara ver su mente o quizá su alma. O quizás intenta ver si percibe la EH en sus ojos.

—Esto tiene que ver con la EH —declara Felix.

—Sí.

Felix deja los libros y las cajas y se sienta al lado de Katie en el sofá.

—¿Qué aspecto de la EH te impide ir conmigo a Portland el lunes?

—No lo sé.

—Aunque tengas la mutación genética, sabes que ahora mismo no padeces la enfermedad.

—Lo sé.

—Y puede que no tengas la mutación, de modo que planificar tu futuro partiendo de la base de que algún día desarrolles la enfermedad podría constituir una pérdida de tiempo descomunal.

—Lo sé.

—¡Entonces acompáñame a Portland! —exclama Felix con una sonrisa mientras intenta persuadirla con su hoyuelo, algo que, en general, funciona.

—No es tan sencillo.

—Sabes que, si quisieras, encontrarías a alguien que diera tus clases.

Katie encoge los hombros de una forma instintiva. Se siente como una niña que se encuentra en un aprieto frente a sus padres. Cuando una está acorralada, es mejor no decir nada.

—¿Si te dieran el resultado de la prueba genética y tuvieras el gen de la enfermedad romperías conmigo?

—No lo sé.

Quizás. Es probable.

—¡Por Dios! No sabes si irás conmigo a Portland el lunes. No sabes si te mudarás conmigo en junio. No sabes si quieres saber el resultado de la prueba genética. No sabes si romperás conmigo si tienes el gen de la enfermedad. ¿Qué demonios sabes, Katie?

Ella no lo culpa por sentirse frustrado y enfadarse con ella, pero no puede soportarlo. Baja la cabeza, contempla su anillo de Claddagh y se imagina lo solo que estaría su dedo sin él. Desea encogerse de hombros o volver a decir «no lo sé» y evitar comprometerse. Ahora mismo le gustaría evitarlo todo: conocer el resultado de la prueba, pensar en el mes de junio, ver a su padre caerse y tener espasmos, pensar en la EH, ser una fuente deprimente de frustración y enfado para Felix. Quizá debería romper con él ahora mismo. Su vida sería mucho más fácil sin ella.

A veces, siente como si la EH fuera lo único de lo que es consciente. Su mente está llena de pensamientos y todos giran alrededor de la enfermedad. EH. EH. EH. Mira a Felix, quien la mira fijamente mientras espera. Felix la quiere, y ella también lo quiere a él. Entonces percibe en su corazón aquello de lo que es consciente aparte de la EH. Se trata de una verdad incuestionable y ahora tiene el valor de expresarla.

—Te quiero.

Felix se relaja. La abraza y la besa con dulzura en los labios.

—Yo también te quiero. Sé que lo que estás pasando es aterrador, injusto y realmente duro, pero tienes que superarlo. Ahora mismo, no estás avanzando, sino que estás atrapada en esa posibilidad. Permíteme tomarte de la mano y superarlo contigo.

Katie asiente.

—Tienes razón. Eso es lo que quiero hacer.

Felix sonríe.

—Estupendo. Yo te quiero tanto si tienes la mutación genética como si no la tienes, pero no estoy dispuesto a mantener una relación a distancia. No me interesa verte en FaceTime o

Facebook. Quiero estar en esto contigo y en persona. Todo o nada.

—Pero...

—Lo siento, pero al menos estoy siendo claro respecto a lo que quiero. ¿Puedes tú ser clara por mí? ¿Por nosotros?

—Es como si me estuvieras dando un ultimátum.

—Yo me voy dentro de cuatro meses —le recuerda Felix poniendo énfasis en la palabra cuatro y señalando las cajas de embalar—. Creo que no eres consciente de ello. Tengo la impresión de que has decidido no decidir nada y que, cuando llegue el día, yo me iré y tú te quedarás porque no habrás decidido qué hacer.

Felix tiene razón y está equivocado al mismo tiempo. ¡La conoce tan bien! Ella está totalmente atascada. Es incapaz de tomar una decisión. ¿Se informa acerca del resultado de la prueba genética o vive sin conocer si está o no predestinada a padecer la enfermedad? Si se informa del resultado y tiene la mutación genética, ¿rompe con Felix o sigue con él? ¿Se traslada a Portland con Felix en contra de la voluntad de su padre y abandona a su familia en estos momentos de necesidad o se queda en Charlestown?

Si tuviera que responder hoy, haría caso a su padre y se quedaría. Curiosamente, si la EH no constituyera un factor a tener en cuenta, el hecho de que su padre, prácticamente, le hubiera prohibido mudarse con Felix la habría cabreado tanto que lo habría hecho. Pero la EH es un factor determinante y la opinión de su padre constituye una razón de peso más que legitima su indecisión.

Ser o no ser, esa es la cuestión. Y, hasta ahora, su respuesta ha sido el silencio. Pero también es consciente de que, tanto si toma una decisión como si no la toma, Felix se mudará dentro de solo cuatro meses. Y ella piensa en esto a todas horas.

—Lo siento, pero no sé qué hacer —contesta Katie.

—¿Respecto a conocer el resultado de la prueba?

—Eso para empezar.

—Creo que deberías averiguarlo.

—¿En serio? ¡Pero si ni siquiera querías que me hiciera la prueba!

—Sí, pero no conocer el resultado no te está sentando bien. Vives como si te hubieran condenado a muerte.

—¿De verdad?

Katie no creía que él se hubiera dado cuenta.

—Sí. Creo que uno tiene que ser capaz de sentirse bien, realmente bien, con la posibilidad de no conocer el resultado. Si no, es mejor averiguarlo.

Tiene razón. Pero ¿qué opción debe elegir ella? Esta es la pregunta del millón. Todos los días, se pasa horas calibrando internamente los pros y los contras de ambas alternativas. La ignorancia constituye una bendición. El conocimiento es poder. Vivir el momento es la iluminación. Planificar el futuro constituye una actitud responsable. Prepararse para lo peor. Esperar lo mejor. Al final de cada día, el recuento está equilibrado o es demasiado confuso para valorarlo y ella se derrumba en la cama agotada por el esfuerzo.

—Si el resultado de la prueba diera negativo en la mutación, ¿te trasladarías conmigo a Portland?

Katie considera su pregunta como si estuviera resolviendo un enigma sagrado y profundo. Imaginar que no tiene la mutación, que no padecerá la enfermedad, constituye un cambio de perspectiva extraño cuando tantas y tantas sinapsis de su cerebro se han dedicado a suponer lo contrario. Después está la voz de su padre, la voz en la que siempre ha confiado y que siempre ha intentado obedecer en lo posible y que le dice que se quede. Quedarse en Charlestown. La idea es como un nudo corredizo apretado alrededor de su cuello. La idea de quedarse hace que se sienta encadenada a un futuro tan predeterminado como la posibilidad de que padezca o no la EH.

Mira a Felix a los ojos y ve una invitación a sentirse libre. Libre de la EH, libre de las asfixiantes limitaciones del barrio, libre para amar y convertirse en quien realmente es. Si no tiene la mutación genética, esta podría ser su oportunidad. Lo siento, papá.

—Sí —contesta—. Me iría contigo.

Una sonrisa amplia y sumamente emocionada se extiende por la cara de Felix. Katie también se siente emocionada mientras asimila lo que acaba de admitir en voz alta, pero la emoción enseguida se ve salpicada de miedo y culpabilidad. Le dijo a su padre que no se iría. Si se muda a Portland, a su madre se le romperá el corazón. J.J. y Meghan tienen el gen de la EH. ¿Quién se cree ella que es al imaginar su vida sin la enfermedad? ¿Por qué habría de disfrutar ella de esa libertad? Felix la abraza. No es consciente del obsesivo tormento que ella experimenta interiormente y la agarra por los hombros.

—¡Esto es un progreso! ¡Excelente! Muy bien, ahora sabemos qué te retiene. ¿Y si tuvieras la mutación te trasladarías conmigo a Portland?

De repente, el peso de las manos de Felix sobre sus hombros le resulta aplastante e insoportable.

—No lo sé —contesta Katie con sinceridad.

—De acuerdo, podemos cruzar ese puente cuando lleguemos a él. ¿Y qué te parecería ir conmigo a Portland la semana que viene? Piensa en ello como en unas vacaciones.

Katie se presiona las sienes con los dedos. Tiene una jaqueca terrible. Una escapada, unas vacaciones le irían de maravilla. Pero podría irse a las islas Fiji, hospedarse en un hotel de cinco estrellas que dispusiera de una playa privada y seguiría pensando en la EH. No tiene escapatoria.

—Realmente no puedo.

—Muy bien.

Felix se levanta con brusquedad y regresa a las estanterías.

—¿Todavía quieres ver una película? —le pregunta Katie.

—Me da igual.

Katie lo observa mientras él llena otra caja de libros sin mirarla. Por lo que le ha contado acerca de su trabajo, ella se imagina que él es un director de departamento poderoso y eficiente. Su negativa a actuar conforme a sus consejos debe de ponerlo histérico. Pero Felix no parece el tipo de persona que sufre pataletas y que toma la pelota y se marcha del campo de juego porque no ha conseguido lo que quería. Tiene los hombros hundidos y la mirada baja. Mientras estudia su cara, a Katie se le oprime el corazón y la sangre le golpea con fuerza en las sienes. Felix parece asustado. Ella estaba tan centrada en su propio miedo que nunca se le ocurrió pensar que él también podía estar asustado.

—Lo siento, Felix. ¿Irás alguna otra vez a Portland antes de junio? Quizá pueda acompañarte la próxima vez.

Felix se encoge de hombros y ella recibe una dosis de su propia medicina.

—Es, solo, que no estoy preparada para acompañarte la semana que viene. No he encontrado a ninguna sustituta para mis clases.

Él no dice nada.

—Elige un piso tú solo. Confío en ti. El que te guste a ti también me gustará a mí.

El 1 de junio será lunes. Katie se imagina que se levanta esa mañana y sus libros siguen expuestos en las estanterías, su ropa sigue guardada en el armario y no ha hecho el equipaje. Ella le da un beso de despedida a Felix en el aeropuerto de Logan y se queda en Charlestown, inmovilizada por el miedo a padecer la EH. Ella quiere a Felix y él se merece vivir una vida libre de la maldición de la enfermedad. Pero ¿y si ella se queda en el barrio, no abre un centro de yoga, rompe con Felix y resulta que no tiene la mutación genética?

Entonces habría renunciado a todo por nada.

28

Yaz dejó de caminar hace tres días. Joe no ha tenido que convencer a Rosie de lo que hay que hacer. Ella está de acuerdo. Ha llegado la hora. Rosie ya se ha despedido. Sabe que es la decisión correcta, pero no soportaría verlo. Joe da gracias a Dios de que esté distraída con el bebé, si no se sentiría absolutamente devastada.

—¿Quién va a conducir? —pregunta Katie.

—Tú misma —contesta Meghan—. Yo no quiero ir. Será demasiado triste.

—Dame las llaves —interviene Patrick—. Ya conduciré yo. Tú y Katie quedaos aquí. Papá y yo haremos el trabajo sucio.

Katie le tiende las llaves a Patrick y Joe se dirige a la puerta principal mientras intenta hacer ver que la conversación sobre quién conducirá no tiene nada que ver con él. Sin embargo, sabe que él es la causa de que sus hijos hayan mantenido esa conversación y, a pesar de su fingida ignorancia, se siente inútil y avergonzado.

Hace dos semanas a Joe le pidieron que entregara el arma reglamentaria. Tres días más tarde, por recomendación del médico del Departamento de Policía, Rick le informó de que tenían que notificar al Registro de Vehículos a Motor que Joe ya no estaba clínicamente facultado para conducir. Entonces Rick entró en detalles: si, algún día, Joe sufría un accidente de tráfico y hería a alguien, una posibilidad que por lo visto Rick y el médico consideraban probable e inminente, y la parte lesionada se enteraba de que Joe padecía la EH y que el Departamento de Policía de Boston estaba informado de su enfermedad, el departamento sería considerado responsable del accidente. Permitir que Joe conduzca, incluso fuera de servicio, constituiría una invitación a la tragedia, a que el departamento fuera demandado por un delito grave y a que los medios de comunicación se cebaran en ellos. Por lo tanto, Rick no había notificado al Registro de Vehículos a Motor antes de comunicárselo a Joe y el estado había revocado su permiso de conducir.

Sin su arma reglamentaria y sin el permiso de conducir, Joe no necesitaba ser muy listo para saber lo que le esperaba, así que, oficialmente y sin ceremonias, dejó su empleo hace cuatro días. Entonces, como si se tratara de un acto de solidaridad, *Yaz* dejó de caminar. Ha sido una semana jodidamente espantosa.

Joe todavía cuenta con su licencia de armas y posee, legalmente, una pistola de propiedad privada, pero sospecha que también se las retirarán. Alguien en algún lugar ya ha gritado «¡Árbol va!» y el árbol está cayendo.

Así que Patrick está conduciendo y Joe y *Yaz* van en el asiento del copiloto. El centro veterinario de Somerville no está lejos, pero el tráfico es denso y todavía tienen por delante media docena de semáforos, lo que implica que Joe tiene tiempo de sobra para mantener una conversación con su hijo. Joe se fija en los nudillos de la mano que Patrick apoya en el volante. Tiene varios cortes y la piel está sonrosada, como si se tratara de un bistec crudo. La intención de hablar está ahí, pero Joe sigue envuelto en un denso silencio mientras da golpecitos tranquilizadores en la cabeza de *Yaz*. A menudo, antes de empezar a hablar tiene que realizar un tremendo esfuerzo interior, lo que no es más que otro acto del circo de tres pistas que constituye la enfermedad. Joe se imagina a sí mismo empujando una roca de granito cuesta arriba por Bunker Hill. Se trata de una tarea penosa, extenuante y que le hace sudar copiosamente. Joe solo podrá pronunciar la primera sílaba de lo que quiere decir cuando haya alcanzado la cima de la colina y la gravedad se haga cargo del resto del trayecto. Ahora por fin la roca está rodando colina abajo.

—¿Qué te pasa, Pat?

—Nada.

—¿A qué vienen tantas peleas?

Patrick se encoge de hombros.

—Últimamente han pasado muchos camorristas por el bar.

—¿No tenéis guardaespaldas?

—Sí, pero son insuficientes. Solo les echo una mano.

—¿Eso es todo?

—Sí.

—Hace tiempo que no te vemos por las mañanas.

Patrick mira hacia delante como si no hubiera oído nada. Katy Perry está cantando *Roar* en el canal de la radio Kiss 108. Las ventanillas se están empañando. La EH quema toneladas de calorías y, en el proceso, despide mucho calor, de modo que ahora Joe empaña los cristales de todos los coches en los que viaja. Patrick pone en marcha los limpiaparabrisas y acciona el aire hasta el modo MÁXIMO. El ruido de la circulación del aire y la voz de Katy Perry llenan el coche. Joe siente que vuelve a hundirse en los cómodos brazos del silencio y que la conversación se desvanece. Tiene que resistirse y seguir hablando o volverá a los pies de la colina y tendrá que subir otra roca.

Reformula la pregunta para que sea directa.

—¿Dónde te quedas a dormir últimamente? —pregunta Joe.

—Aquí y allá.

—¿Tienes novia?

—No realmente.

—Entonces ¿dónde duermes?

—Normalmente, en casa de una chica.

—Pero esa chica no es tu novia.

Patrick se encoge de hombros.

—No realmente.

Joe sacude la cabeza.

—¿Consumes?

—¿Qué?

—¿Tomas drogas?

—¡Por Dios, papá, no!

—¡A mí no me mientas, Pat!

—No te estoy mintiendo. Solo salgo de copas con los amigos después del trabajo. No pasa nada.

—Mantente lejos de esa mierda, Pat. Lo digo en serio.

—No necesito este sermón, papá. No tomo drogas.

—Tu pobre madre ya tiene bastantes preocupaciones.

—No te preocupes por mí. Todo está bien.

Los limpiaparabrisas y el aire no surten mucho efecto, de modo que Patrick se inclina hacia delante y limpia el parabrisas con la mano, lo que crea una compleja red de trazos húmedos en la neblina del cristal. Joe observa a Patrick mientras conduce y se plantea si creerlo o no. Le cuesta entender a su hijo. Incluso sentado a su lado, a la distancia de un brazo, siente que Patrick está muy lejos. Y sigue alejándose más y más.

En realidad, Joe no puede culparlo. Patrick es un joven con muchas cosas de las que huir: la terrible realidad de lo que le va a ocurrir a su padre, su hermano y Meghan; el cincuenta por ciento de probabilidades de que le ocurra a él, a Katie y al bebé de J.J.; sentir algo verdadero por la chica con la que duerme y arrastrar su inocente vida a esta pesadilla de terror; sentir algo verdadero por cualquier persona.

—Ahí está —indica Joe—. Ahí mismo.

Patrick aparca y sale del coche. Ya han llegado. Patrick está de pie delante del coche y espera con las manos en los bolsillos de su chaqueta. Su imagen se ve borrosa a través del parabrisas húmedo y empañado. Joe acuna a *Yaz* en sus brazos, besa su suave y peluda cabeza y desea poder hacer algo más antes de entrar en el centro veterinario. Envuelve con cuidado el frágil cuerpo de *Yaz* en una manta de lana verde, acerca su dedo índice a la empañada ventanilla lateral y escribe:

«Aquí estuvo *Yaz*.»

Vuelve a besar a *Yaz* y abre la puerta.

Ya en casa, Joe está sentado en su sillón, bebiendo su quinta Budweiser y con una confortable borrachera. La cama de *Yaz* está intacta salvo por la pequeña zona descolorida donde solía dormir, y resulta surrealista que ya no esté allí. Se ha ido. En un abrir y cerrar de ojos. Joe presiona la manga de su camiseta contra sus ojos para enjugar sus lágrimas.

Está viendo las noticias de la noche, el apartado de las noticias deportivas. Los locutores narran la lamentable pérdida de los Bruins frente a los Canucks de la noche anterior cuando Stacey O'Hara interrumpe el programa con una noticia de última hora:

Poco después de las cinco de la tarde, un hombre blanco no identificado entró en el vestíbulo del Hospital de Rehabilitación Spaulding, en Charlestown, con una mochila negra a la espalda. Al ser registrado, se descubrió que la mochila contenía una pistola semiautomática cargada. El individuo no identificado realizó rápidamente varios disparos con otra arma que llevaba escondida en el abrigo y, antes de ser reducido y arrestado, hirió a un agente de la policía de Boston. Se desconoce el móvil del atentado y el agente ha sido trasladado al Hospital General de Massachusetts. Todavía no tenemos noticias de su estado y les iremos ofreciendo detalles a medida que se vayan desarrollando los hechos.

Una descarga eléctrica recorre el aturdido cerebro de Joe. Envía un mensaje a Tommy por el móvil y otro a Donny. Con el corazón en su tensa garganta, contempla la pantalla del móvil y tiene la sensación de que espera durante una eternidad. Repasa mentalmente la lista de sus seres queridos. Rosie y Colleen están en la planta inmediatamente superior con el bebé. Pero ¿y si Colleen decidió pasar hoy por el trabajo para enseñar el bebé a sus compañeros del hospital? Joe envía un mensaje a Colleen.

«Onde stas?»

Y envía otro a Rosie:

«Onde stas?»

El telenoticias continúa y ahora hablan del tiempo. ¡Jodidos cabrones! Hace frío. Final de la historia. ¡Volved a Spaulding! ¿Cómo se llama el agente herido? ¿Cuál es su estado?

Joe alterna la atención entre el mapa azul de Massachusetts de la pantalla del televisor y el móvil, pero ni uno ni otro transmiten nada que sea jodidamente útil. «Agente en apuros.» Joe oye la impactante llamada de auxilio en su mente, pero se trata de un recuerdo auditivo de otro día. «Agente en apuros.» Joe debería haber estado allí. Debería estar en la calle en lugar de estar sentado en su sillón vestido con los mismos pantalones de chándal y la misma camiseta que vestía ayer y ser un testigo pasivo del ataque a través de la televisión. ¡Menudo desperdicio de oxígeno!

El móvil de Joe emite un pitido. Un mensaje de Colleen.

«Stamos arriba. Rosie y Joey stan durmiendo.»

Joe contesta.

«OK. Gracias.»

El móvil de Joe emite otro pitido. Se trata de Tommy.

«Stoi bien. Han disparado a Sean n el estomago. Lo stan operando en el hosp. Gneral.»

¡Mierda! Joe lanza el móvil al otro extremo de la habitación y derriba el ángel de porcelana que había en la mesita. El ángel yace decapitado en el suelo. La mirada de Joe se desliza a la izquierda de la figurita y aterriza en la cama vacía de *Yaz*. De repente, todo es demasiado para él. El ángel roto de Rosie, el perro muerto, su compañero herido y luchando por su vida, él sentado en el salón e incapaz de hacer absolutamente nada respecto a nada de todo esto.

Se levanta, entra en la cocina y se detiene en seco delante de los platos de *Yaz*, que todavía están llenos de agua y comida en el suelo. Tienen que vaciarlos y lavarlos. ¿Y, después, qué? ¿Tirarlos? Joe no puede hacerlo.

Se vuelve y contempla lo que queda de la pared que separa la cocina del antiguo dormitorio de sus hijas. Empezó la reforma hace tres días, el mismo día que *Yaz* dejó de caminar. Al principio, le sentó bien reemplazar un trabajo por otro, pero casi enseguida se dio cuenta de que reformar la cocina no le producía el menor entusiasmo, así que, en lugar de continuar, se apalancó en su sillón delante del televisor y se rindió sin resistirse al tipo de vida que había temido llevar. Ahora la pared está a medio derribar, lo que provoca que Rosie se cabree cada vez que entra o sale de la cocina y sermonee a Joe durante las cenas y los desayunos.

Contempla la agujereada pared mientras intenta no pensar en la televisión y la repentina y palpable ausencia de *Yaz* y siente que una rabia primitiva, que ya le resulta familiar, extiende sus brazos largos y peludos y se despierta en su interior. La rabia aprieta los puños y amenaza al cabrón que ha intentado matar a personas inocentes, a personas buenas que dedican su vida a ayudar a otros, a personas como su nuera, la madre de su nieto. Ella y el bebé podrían haber estado allí.

La rabia se pone de pie y maldice al jodido cabrón por haber disparado a Sean. La rabia está furiosa con los locutores que Joe oye y que ahora hablan de Lindsay Lohan en lugar de mantenerlo informado sobre el estado de su amigo. ¡Sean tiene que sobrevivir! Tiene mujer, tiene una familia.

La rabia golpea el pecho de Joe y le grita por haber dejado su trabajo. Es él y no Sean quien debería haber estado en el Spaulding. No ha seguido en la lucha. Se ha rendido. Abandonó su trabajo para quedarse en casa vestido con ropa cómoda, beber cerveza y ver la televisión. No se ajusta al eslogan «Boston fuerte» que fue acuñado después del atentado de la maratón. No es más que un jodido cobarde.

La rabia ruge en su interior y un sonido impío vibra en todos los rincones de su ser y es oído por todas sus células. Joe saca el mazo del armario de los artículos de limpieza y empieza a golpear la pared. Echa el brazo hacia atrás. «¡Pum!» Vuelve a echar el brazo hacia atrás. «¡Pum!» Echa el brazo hacia atrás y cae de espaldas al suelo. Se levanta, rota el torso y «¡Pum!». El ruido del mazo al entrar en contacto con la pared y la experiencia física de los impactos le resultan sumamente satisfactorios, mejor incluso que golpear una pelota de béisbol con el punto ideal del bate.

Joe respira el polvo que despide la pared. Respira agitadamente, tose, rota el torso, se cae, echa los brazos hacia atrás, golpea y se cae. «¡Pum!» Se oye a sí mismo soltar gritos sin sentido. Se oye gruñir. Oye el ruido que produce la pared al agujerearse. «¡Pum!» «¡Pum!» «¡Pum!»

Al final, está agotado. Deja caer el mazo al suelo, se frota los ojos y se sienta en la cama. ¿La cama? No está en la cocina. La habitación está a oscuras. ¡Está en su dormitorio! ¡Las paredes! Hay agujeros en todas las paredes y pedazos de yeso repartidos por el suelo.

Joe cuenta. Hay nueve agujeros. ¡Maldita sea! ¿Cómo ha podido ocurrir algo así?

Sale con paso inseguro al pasillo. Toda la pared desde el salón a la cocina está salpicada de agujeros. Entra en el salón como si estuviera investigando el escenario de un crimen. Salvo por el ángel decapitado, la habitación está intacta. Regresa a la cocina. La pared está destrozada.

Joe desliza la mano por su sudorosa cara. ¿Qué demonios acaba de pasarle? Estaba, literalmente, fuera de sí. ¿Y si Rosie o Patrick hubieran estado allí? ¿Habrían podido detenerlo y hacerlo entrar en razón o los habría golpeado a ellos también con el mazo? ¿Les habría hecho daño? ¿Es capaz de hacer algo así?

Joe regresa a su oscuro dormitorio y contempla la destrucción sin sentido que lo rodea. Estaba totalmente fuera de control. La idea lo acojona por completo. Contempla sus manos y ve que están temblando.

¿Y si J.J. o Colleen hubieran entrado en el dormitorio con el bebé mientras él estaba en pleno ataque de rabia? No soporta pensarlo. Se sienta en el borde de la cama, observa los destrozos y rompe a llorar. Rosie lo matará.

Alguien debería hacerlo.

El móvil emite un pitido.

«Sean fuera d quirofano. Estable. Saldra d esta.»

Joe teclea:

«Gradas. Te cuando.»

¡Maldito autocorrector! El teclado es minúsculo y sus jodidos dedos sufren espasmos. El texto no hay quien lo entienda. Vuelve a intentarlo.

«Gracias. Tened cuidado.»

Joe suspira y agradece a Dios que Sean haya sobrevivido al ataque. Entonces mira las paredes destrozadas, el terrible desastre que ha causado y la gratitud enseguida se ve reemplazada por la insoportable vergüenza que experimenta por lo que ha hecho, por lo que padece, por quién es ahora.

Es un agente de policía que ya no es un agente de policía. No está protegiendo la ciudad de Boston. No está protegiendo a nadie. J.J. y Meghan padecerán la EH y él es el culpable. Patrick, Katie y Joseph, el bebé, Dios lo bendiga, corren el riesgo de padecer la enfermedad y él es el culpable. Ni siquiera ha podido sostener en brazos a su nieto porque tiene miedo de realizar un movimiento brusco y no intencionado y hacerle daño. No puede asegurar el porvenir de su mujer salvo por una pensión miserable del treinta por ciento de su sueldo, lo que no es suficiente para vivir. Está a punto de divorciarse de ella.

No puede proteger Boston, a sus compañeros ni a su familia. Contempla los agujeros de las paredes. Acaba de destruir su propia casa. Es un demoledor de casas.

¿Qué le espera en el futuro? ¿Irse marchitando durante años en un lodazal de vergüenza en el salón de su casa y, más tarde, en un hospital estatal? ¿Que una pobre enfermera limpie la mierda de su huesudo culo todos los días hasta que deje de comer, pille una neumonía y, finalmente, se muera? ¿Qué sentido tiene todo esto? ¿Por qué hacerles pasar a todos por esta deshonrosa vergüenza?

Joe piensa en *Yaz*. El perro disfrutó de una vida buena y plena y luego, cuando perdió calidad de vida, no permitieron que sufriera. La muerte de *Yaz* fue tranquila, digna, rápida e indolora. El veterinario le puso la inyección y al cabo de cinco segundos *Yaz* estaba muerto.

Se trató de un acto humanitario. Joe se fija en que la palabra «humanitario» procede de la palabra «humano» y se da cuenta de que esa compasión humana solo se reserva para los animales y no para las personas. Para él no existe la opción de la inyección de los cinco segundos. A los médicos no se les permite ser humanos con las personas. Joe y todos los que están en sus mismas circunstancias deberán sufrir y aguantarse, deberán soportar una calidad de vida nula y constituir una carga para sus seres queridos hasta que llegue el duro y amargo final.

¡Jódete!

Joe se dirige a la cómoda. Las sirenas de unos coches patrulla suenan en el exterior y su sonido flota, se extiende y se desvanece en la distancia. Joe se detiene y escucha. Silencio.

Abre el cajón superior de la cómoda y saca la pistola, su Smith & Wesson Bodyguard. Desconecta el seguro y sostiene la pistola en la mano. Curva los dedos alrededor de la culata y valora el poder que esconde su leve peso y la naturalidad con la que encaja en la palma de su mano. Expulsa el cargador y lo examina. Seis balas más otra que está lista en la recámara. El cargador está completo. Joe vuelve a introducirlo en la pistola.

—¿Joe?

Joe levanta la vista sobresaltado.

—¿Qué estás haciendo? —le pregunta Rosie.

Está parada en el umbral de la puerta del dormitorio y la luz del pasillo la ilumina por detrás.

—Nada. Vuelve a casa de J.J.

—Me estás asustando, Joe.

Joe mira los agujeros negros y las sombras de las paredes y luego la pistola que sostiene en la mano, pero no mira a Rosie.

—No tengas miedo, cariño, solo me estoy asegurando de que está en perfecto estado.

—Muy bien, ya te has asegurado. Ahora guárdala, ¿de acuerdo?

—Esto no te incumbe, Rosie. Vuelve al piso de J.J.

Joe espera, pero Rosie no se mueve. La rabia primitiva se agita en su interior. Joe traga saliva y rechina los dientes.

—Joe...

—¡He dicho que te vayas! ¡Sal de aquí!

—No, no pienso irme. Sea lo que sea lo que quieres hacer, vas a tener que hacerlo delante de mí.

29

La pistola sigue siendo su plan. Joe no ha prometido nada a Rosie. La otra noche, ella evitó que diera el paso definitivo, pero él sigue encantado con la idea, con el control que le proporciona. La posibilidad de burlar la EH y el terrible final que la acompaña le produce una sensación de justicia e incluso lo percibe como una dulce victoria. Él se irá según sus propias condiciones. No concederá a la EH la diabólica satisfacción de acabar con él. Al final, el bueno ganará y la EH perderá. Claro que el bueno ganará muriéndose, pero al menos de esta forma privará la EH del mérito. Se trata de la típica historia del bien contra el mal. Disney grabaría una fantástica película con esta mierda.

Abre el cajón superior de la cómoda y ejecuta los pasos familiares. Sostiene la pistola en la palma de la mano, quita el seguro, expulsa el cargador, cuenta las balas, vuelve a introducir el cargador en la pistola, pone el seguro, deja de nuevo la pistola en el cajón y lo cierra. Antes de soltar los pomos, abre el cajón de nuevo para volver a mirar la pistola y confirmar que está allí. Luego, cierra el cajón definitivamente.

Suspira y asimila la deliciosa satisfacción que le produce saber que la pistola y las balas siguen allí. Una sensación de alivio recorre rápidamente y por completo su cuerpo y es mejor que la subida de endorfinas que experimenta después de subir y bajar las escaleras Cuarenta Tramos. Le gustaría que la sensación se prolongara en el tiempo, pero nunca sucede.

Comprueba el arma muchas veces al día. A menudo, muchas veces cada hora. No puede parar. En cuestión de minutos, la sensación de alivio se desvanece por completo y él se ve atormentado por la adictiva inquietud de la incertidumbre. ¿Y si la pistola ya no está en el cajón? ¿Y si las balas han desaparecido? La idea es irracional. Él sabe que están en la cómoda. Acaba de comprobarlo. Pero la duda se vuelve más insistente, como si fuera el timbre de una puerta que suena cada vez más seguido y fuerte en el centro de su cabeza. Una y otra vez, y no parará hasta que él abra la puerta.

«Comprueba la pistola.» «¡Comprueba la pistola!» «¡¡Comprueba la pistola!!»

Así que la única forma de librarse de la obsesiva idea es comprobar que la jodida pistola sigue en el cajón. Y Joe lo hace. Ahí va. Hecho. La pistola está ahí. Las balas están ahí. Pero la angustiante incertidumbre encuentra la forma de volver a él al cabo de pocos minutos, como si se tratara de un perro ansioso que regresa de agarrar un palo y que nunca se cansa del juego por mucho que Joe lo lance.

Saca otra Bud de la nevera, se da cuenta de que ya hay tres latas vacías sobre la encimera, de cuando se las tomó antes, y regresa a su sillón. Sabe que beber cerveza y comprobar el estado de la pistola no es una combinación responsable, pero aparta a un lado la idea. Él puede hacer lo que quiera. Puede manejar la situación.

Oye que la puerta principal se abre y que unos pasos se aproximan por el pasillo. Rosie está en el trabajo. Probablemente, se trate de Donny o Tommy que vienen a sermonearlo acerca de la pistola y la bebida y por asustar a Rosie. Ya se lo esperaba. Se endereza en el sillón, sostiene la lata de Bud en actitud desafiante, lo que causa que vierta un poco de cerveza en sus pantalones, y se dispone a defender su plan y sus actos frente a Donny o Tommy. Ellos lo entenderán. Levanta la vista y ve a Katie. No está preparado para defender nada frente a Katie.

Ella lo mira de arriba abajo con los brazos en jarras y no dice nada. Se dirige a las ventanas y sube los estores hasta el techo. La luz natural inunda la habitación. Joe entorna los ojos y vuelve la cabeza a un lado. El soleado día lo incomoda. No era consciente de lo oscuro que estaba el salón. Unas motas de polvo flotan y destellan en el aire encima de la mesita, sobre la que hay varios ejemplares sin leer del *Patriot Ledgers*, dos bolsas vacías de patatas fritas y un vaso con pajita con el olvidado café de la mañana.

Katie se vuelve y camina directamente hacia su padre. Toma el mando a distancia que está en el apoyabrazos del sillón, apaga el televisor, lleva el mando al mueble del televisor y lo deja allí.

—¡Eh! —protesta Joe.

Katie no dice nada. Arrastra la mecedora y la pone justo delante de Joe. Se sienta, pero de repente se acuerda de algo y la empuja unos centímetros hacia atrás. Ahora sabe por experiencia que no tiene que ponerse demasiado cerca de su padre. Podría recibir un tortazo EH en la cara, un puñetazo EH en las costillas, una patada EH en la espinilla o ser tirada al suelo por la EH. La semana anterior, Joe dio un codazo a Rosie en la cara y le dejó un ojo morado. Todavía tiene un moratón debajo del ojo que puede apreciarse a pesar del maquillaje que se aplica para esconderlo. La pobre mujer parece una víctima de malos tratos y, en muchos sentidos, lo es.

—Mamá me ha contado lo que ocurrió —declara Katie mientras mira a su padre fijamente a los ojos.

Joe no dice nada. Le gustaría hacerla callar inmediatamente, decirle que su madre no debería habérselo contado, que no debería preocuparse o que no es de su incumbencia, pero las palabras están encerradas en la celda de la EH. En lugar de eso, mira los ojos azules de su hija y ve que la determinación y el miedo luchan por dominar su mirada y la mantienen pegada a su asiento. Katie espera. Probablemente, espera que su padre oponga resistencia, pero su silencio la anima a continuar.

—No te voy a soltar ningún tópico ni ninguna frase de un tío que murió hace tiempo ni me voy a poner en plan metafísico. Lo que te voy a decir procede de mí.

Katie se interrumpe y se fija en la lata de Bud que Joe sostiene en la mano. Al principio, su actitud indigna a Joe. Él puede hacer lo que quiera. Pero luego los intensos ojos azules de Katie lo miran tan decepcionados que Joe no puede soportarlo y deja la lata en la mesita.

—Esta es la cuestión, papá: mamá y tú nos habéis enseñado un montón de cosas que han hecho que seamos quienes somos. Nos habéis enseñado a distinguir el bien del mal, a respetar a los demás y a tener una ética laboral. Nos habéis enseñado lo que es la honestidad, la integridad y a querernos los unos a los otros. Sí, todos sacamos buenas notas en el colegio, pero nuestra verdadera educación os la debemos a vosotros. Tú y mamá siempre habéis sido nuestro primer y mejor ejemplo de cómo actuar.

Joe asiente emocionado.

—J.J. y Meghan desarrollarán la enfermedad y puede que Pat y yo también —continúa Katie.

Una ola de miedo resuena en su voz y hace que sus palabras tiemblen. Joe haría lo que fuera para proteger a su hija de ese sonido angustiado, pero él es el causante impotente de ese sonido y este hecho lo mata. Katie presiona la raíz de su nariz con los dedos índice de las manos. El brazo de Joe sale disparado y su mano golpea accidentalmente la mesita provocando que la lata de cerveza caiga al suelo.

Katie se levanta rápidamente y corre hacia la cocina. Regresa con un rollo de papel y limpia el charco de cerveza.

—Gracias, cariño —le agradece Joe.

Katie vuelve a sentarse en la mecedora, fija la mirada en la de Joe e inhala hondo antes de continuar.

—No conocemos a nadie más que padezca la enfermedad. Tú eres el único ejemplo del que disponemos. Aprenderemos a vivir y a morir con la EH de ti, papá.

Joe aparta la mirada y piensa en su plan. Su plan perfecto. Es la decisión más humanitaria que puede tomar. Enseñará a sus hijos la forma humanitaria de enfrentarse a la enfermedad, la huida victoriosa. La pistola. Debería comprobar si sigue en el cajón.

—No te estoy diciendo lo que tienes que hacer, papá. Yo no tengo la respuesta. Ninguno de nosotros la tiene. En lo relacionado con la EH, no sabemos lo que está bien y lo que está mal, pero, hagas lo que hagas, ese será el consejo que nos das.

La pistola es el plan. Es la forma correcta de actuar. Eso es lo que enseñará a sus hijos. Les enseñará a suicidarse antes de que la enfermedad los mate. La pistola es el plan. La pistola. Debería comprobar si sigue en la cómoda. Siente el impulso de levantarse y averiguarlo, pero Katie sigue concentrada en él. «Comprueba la pistola.» Es como un picor que crece a cada segundo y él no se puede rascar. Resistirse al impulso es desesperante.

—Está bien, me voy a poner metafísica —reconoce Katie con voz todavía temblorosa.

Acerca la mecedora a Joe de forma que sus rodillas se tocan. Se inclina hacia delante y apoya las manos en los muslos de Joe.

—Si pones fin a tu vida ahora, estarás evitando un futuro que todavía no ha llegado. Pero todavía tienes razones para estar aquí. Yo quiero que estés aquí. Todos lo queremos. Te necesitamos, papá. Por favor. Necesitamos aprender cómo vivir con la enfermedad.

Sus penetrantes ojos azules se clavan en los de Joe. Su mirada es decidida y amorosa y Joe ve en ella a la niña desprotegida, a la Katie de tres años de edad, y también ve una parte de su historia que ella no recuerda y que Joe tiene el singular e incuestionable privilegio de haber presenciado. De repente, todos los pensamientos acerca de la pistola desaparecen y en su mente solo está Katie, su valiente y bonita hija, esa mujer adulta que lo quiere tanto como para encararse a él de esta forma. Su niña. Una sensación de alivio mayor y más profunda que la que obtiene gracias a todas las comprobaciones del estado de la pistola juntas recorre la médula de Joe. Las lágrimas brotan de sus ojos y no intenta contenerlas. Katie también llora. Ahora son dos figuras lloriqueantes sentadas frente a frente y esto no es vergonzoso. Nada vergonzoso.

Algo se despierta en el interior de Joe. Se acuerda de cuando enseñó a J.J. a subirse la cremallera del chaquetón y a lanzar una pelota de béisbol; a Patrick, a mirar a ambos lados antes de cruzar la calle y a patinar sobre hielo; a Meghan, a chasquear los dedos y silbar; a Katie, a jugar al ajedrez. Se acuerda de la primera vez que ella le ganó con todas las de la ley. Les enseñó lo que era el dinero, a conducir un coche y a cambiar una rueda pinchada; la importancia de la puntualidad y de entregarse siempre al cien por cien en todo lo que hagan. La responsabilidad de ser su padre ha constituido un honor para él y sigue siéndolo a pesar de que sus hijos ya no son unos niños. Pero siempre serán sus hijos. En lo que respecta a sí mismo, podría poner fin a la enfermedad enseguida, pero esta parte de su legado se prolongará en ellos.

Hasta ahora, ha constituido una imagen lastimosa para sus hijos. Ha permanecido sentado todo el día en el oscuro salón, vestido con unos pantalones de chándal sucios, bebiendo cerveza antes de mediodía, comprobando el estado de la pistola día y noche y asustándolos a todos. Este no es el ejemplo que quiere darles. Entonces, un plan nuevo toma forma, claro y completo, potente y rotundo. Ahora este es el objetivo de su existencia: enseñará a sus hijos cómo vivir y morir con la EH. Esto es lo correcto, la verdadera decisión humanitaria.

Joe se enjuga la cara con la manga de la camiseta y suspira.

—¿Quieres que salgamos?

Los ojos húmedos de Katie se iluminan.

—Sí. ¿Adónde vamos?

—¿Qué te parece el centro de yoga?

La cara de Katie resplandece de sorpresa y placer, como si su padre acabara de regalarle un billete de lotería premiado.

—¿En serio?

—Sí, está en mi lista de últimos deseos.

—Te encantará, papá.

—¿Tengo que comprarme una de esas esterillas enrollables?

—Tengo una para ti.

—No tengo ni idea de cómo se hace, así que ten paciencia conmigo.

—Esto es lo fantástico del yoga, que solo tienes que saber respirar.

Joe se fija en el movimiento automático de expansión y contracción de su pecho. Respirar. Hoy todavía puede hacerlo.

—¡Eh, Katie!

Ella espera.

—Gracias, cariño.

—Solo faltaría, papá.

—¿Cómo has llegado a ser tan lista?

Katie se encoge de hombros y sonríe.

—Lo he heredado de mamá.

Joe se ríe, se inclina hacia delante y abraza a su hija con todo el amor y el orgullo que es capaz de experimentar.

30

Rosie está en la cocina buscando unas velas mientras Joe y el resto de la familia la esperan. Están a punto de tomar la primera cena O'Brien de los domingos en el nuevo comedor. Joe está sentado a la cabecera de una mesa de roble de estilo rústico de la tienda Jordan's Furniture que tiene cabida para ocho personas. Hay espacio suficiente para todos. La mesa y el amplio espacio del que disponen constituye una mejora, pero Rosie todavía no está satisfecha. La pared que separaba la cocina del antiguo dormitorio de las chicas ha desaparecido, la derrumbó Joe en su ataque de rabia, pero todavía no la ha sustituido por la prometida encimera divisoria. Además, aunque de distinta manera, siguen estando apiñados. Montones de cajas que contienen ropa vieja y artículos de verano inútiles que están pendientes de ser donados o guardados en otro lugar esperan apilados contra las paredes y se mantienen en un equilibrio precario demasiado cerca de los respaldos de las sillas. Y no hay una lámpara en el techo. Las chicas tenían lámparas de mesa cuando dormían allí. Son las cuatro de la tarde de un domingo del mes de febrero y la habitación solo está parcialmente iluminada por la luz brillante que procede de la cocina y el tenue reflejo de las lámparas del pasillo.

—¡Ya las tengo! —exclama Rosie, y regresa victoriosa a la mesa con un portavelas de temática devocional en cada mano.

La imagen del primer portavelas de cristal que Rosie coloca en la mesa es la de la virgen María, la virgen Desatanudos. La del segundo es la del arcángel san Miguel matando al demonio con su espada. Rosie enciende las dos velas con una sola cerilla, pero la habitación no gana mucho en iluminación.

—¿Qué tal? —pregunta Rosie.

—Muy romántico —comenta Meghan.

—Quizá debería traer una lámpara del salón —sugiere Rosie.

—Siéntate, mamá. Está bien —la tranquiliza Katie.

Rosie accede y bendice la mesa someramente, los demás murmuran un «Amén» al unísono y empieza la cena. Joe observa a Rosie mientras ella pasa una fuente con cordero y un cuenco con nabos hervidos. Sus movimientos son firmes, su cabello todavía está húmedo de la ducha que acaba de darse y sus ojos de color esmeralda se ven apagados a la tenue luz de la vela de la virgen María. A Joe, su presencia en el otro extremo de la mesa le resulta distante. Seguramente dejaría de hablarle durante una semana si supiera que, en este momento, él está pensando que parece tener bastante más de cuarenta y cuatro años.

El hecho de que él padezca la EH la está afectando: el inminente divorcio, el episodio y su obsesión por la pistola, los agujeros en las paredes, el hecho de que no pare de enviarle mensajes para saber cómo está... También se siente abatida porque J.J. y Meghan han heredado la mutación genética y le preocupa horrores que Patrick, Katie y Joseph, el bebé, también la hayan heredado. Además, últimamente no ha dormido lo suficiente. Tres noches a la semana hace de canguro a Joseph. Duerme en la habitación de los invitados del piso de J.J., preparada para darle el biberón o cantarle una nana a Joseph si se despierta. De este modo, concede un descanso a J.J. y a Colleen de la responsabilidad de veinticuatro horas que supone cuidar de un recién nacido. Como remate, ahora trabaja treinta horas a la semana cuando antes solo trabajaba veinte. Ella dice que la diferencia no es gran cosa, pero Joe nota que todo esto está empezando a hacer mella en ella.

J.J. y Colleen no dejan de aparecer y desaparecer a la vista, por encima de la mesa. Se inclinan a la altura de la cintura y vuelven a incorporarse continuamente. Están pendientes de Joseph, quien está sentado en una sillita reclinada y balanceante en el suelo. De momento, ni J.J. ni Colleen han probado bocado.

—Joseph está bien, tranquilizaos los dos —les indica Rosie.

—Solo le estoy colocando bien la cabeza —se justifica J.J.

Colleen limpia una minúscula babita de la comisura de la boca de Joseph con un paño azul y le da el chupete. Él chupa el artilugio de plástico como un profesional durante unos segundos, pero luego se detiene y el chupete cae al suelo. J.J. se inclina, agarra el chupete de debajo de la mesa y está a punto de volver a introducirlo en la boca de Joseph cuando Colleen lo detiene con un gesto de la mano.

—¡No se lo des! Ha tocado el suelo. Espera, tengo otro en la bolsa de los pañales.

Colleen toma el chupete contaminado y se levanta deslizándose lateralmente en la silla.

Mientras tanto, en opinión de Joe, el bebé está totalmente relajado. De hecho, si J.J. y Colleen lo dejaran tranquilo de una puñetera vez, probablemente se dormiría. ¡Padres primerizos! Cada generación tiene que aprender por sí misma.

—¿Dónde está Felix? —pregunta Joe.

—En Portland —contesta Katie sin dar más explicaciones.

—Creía que no se iba hasta junio —comenta Patrick.

Katie no dice nada.

—Todavía no se ha mudado —explica Meghan—. Solo estará allí una semana.

Katie mantiene la vista baja y se concentra en comer su ensalada. Felix no ha faltado a ninguna cena de los domingos desde el día que Katie se presentó con él por primera vez, en noviembre. A Joe le cae bien Felix. Es listo y ambicioso, pero no parece ser un adicto al trabajo y no habla constantemente de su trabajo. Sigue siendo un seguidor de los Yankees, lo que constituye un problema que, probablemente, perdurará en el tiempo, pero ya ha visto partidos televisados de los Bruins con Joe en varias ocasiones y Joe lo ha pillado animando a los Bruins al menos una vez, de modo que todavía hay esperanza para él. Aparte de los Yankees, no parece tener más vicios censurables. Lo educaron en el protestantismo, pero Joe no lo culpa por eso. Forma parte de la sal de la tierra y no es un *toonie* pretencioso como Joe se temía. Tiene buenos modales y trata bien a Katie. Joe lo nota por cómo se ilumina la cara de su hija cuando él está en la misma habitación que ella. Katie no se parece mucho a Rosie, pero cuando Felix está cerca, algo en ella le recuerda a Rosie cuando era joven.

Joe estudia a Katie mientras come la ensalada. Tiene la expresión seria y demacrada, lo contrario de iluminada, y el arrepentimiento recorre las venas de Joe como si se tratara de un veneno. Para proteger a Rosie, prácticamente, ordenó a Katie que rompiera con ese joven educado al que es obvio que quiere. Mira a Rosie y, al mismo tiempo, ve los agujeros que enmarcan su agotada cara en la pared del pasillo que tiene detrás. No se puede decir que esté protegiendo a Rosie de nada. ¿Por qué debería Katie cargar con ese peso? La vida es demasiado corta. Esta es una de las múltiples lecciones que la EH le está haciendo tragar tanto si le gusta su sabor como si no.

De repente, una porción de puré de patatas mohosa y dura como una piedra aterriza con estrépito en medio del plato de J.J. y todo el mundo se sobresalta.

—¡Por Dios, Pat! Mamá te pidió que limpiaras el techo la semana pasada —exclama J.J.

A Joe cada vez le resulta más difícil llevar comida de un tenedor o cuchara a su boca sin que un espasmo la envíe a otro lugar. Su mano puede temblar, sus dedos pueden soltar el cubierto o su brazo puede estirarse bruscamente y la comida sale volando y acaba en la cara o la ropa de otra persona, en la pared o en el techo. La mayor parte de la comida que alcanza el techo vuelve a caer enseguida, pero el puré de patatas de Rosie, que Joe siempre ha dicho que parece cola, suele quedarse allí pegado. Joe levanta la vista. Unos pegotes endurecidos de puré de patatas de cenas anteriores cuelgan como estalactitas de distintos puntos del techo.

—Me olvidé —se excusa Patrick.

—Tampoco arreglaste los agujeros del pasillo —le reprocha J.J., quien enyesó, lijó y pintó los agujeros de las paredes del dormitorio.

—He estado ocupado. Estoy en ello.

—¡No estás tan ocupado, por Dios! —exclama J.J.

—¡Pues yo no veo que tú hagas nada aquí para ayudar!

—Yo no vivo aquí gratis y gorroneando de papá y mamá. Lo menos que puedes hacer es levantar uno de tus malditos e inútiles dedos y ayudarlos.

—Pues tú no pagas un alquiler de verdad y vives en un piso para ti solo.

—¿Sabes qué? —grita J.J. a pleno pulmón y con la cara encendida y de un color rojo intenso—. Que yo tengo una mujer y un hijo, pero ya lo haré todo yo. Como tú eres un pedazo de idiota inútil, ya limpiaré yo el techo y arreglaré el resto de los agujeros.

—¡J.J.! —le regaña Rosie.

—¡No, mamá, estoy hasta las narices de que pase de todo! ¿Ya les has contado la última, Pat?

Patrick guarda silencio, pero intenta matar a J.J. con la mirada desde el otro lado de la mesa.

—¿Vas a contárselo, Patty?

—¡Cállate de una puta vez, J.J.!

—¡Ese lenguaje! Para ya, J.J. ¿Qué pasa, Pat? —pregunta Rosie.

—Nada, mamá. No hay nada que contar. Limpiaré el techo después de cenar.

—¡Oh, sí que hay algo que contar! Pat ha dejado embarazada a esa chica con la que se ha estado acostando últimamente.

Un silencio espeluznante se extiende por la habitación. Joe mira la imagen de la vela en la que san Miguel mata al demonio, agarra su tenedor como si fuera una lanza y clava los ojos en Pat. La tez pálida y pecosa de su hijo. Sus ojos azules y resentidos. Sus hombros hundidos y su mata de pelo enmarañado del color del té flojo.

—Dime que no es cierto —declara Joe.

Patrick titubea y, luego, asiente con la cabeza.

—Al menos eso dice ella.

—¿Quién lo dice, Pat? ¿Quién es esa chica? —pregunta Rosie.

—Ashley.

—¿Ashley qué? —pregunta Rosie con los ojos cerrados y la voz contenida.

Joe supone que está pidiendo a Dios que le dé la paciencia y la fortaleza necesarias para no matar a su hijo.

—Donahue.

—¿La hija de Kathleen? —pregunta Rosie.

—La sobrina —aclara J.J.

—¿Y por qué todavía no nos la has presentado? —pregunta Rosie.

Patrick se encoge de hombros.

—Solo estábamos tonteando. No era nada serio.

—¡Pues bien, ahora es jodidamente serio! —grita Joe, y todas sus palabras rezuman auténtica furia—. ¿Cómo puedes ser tan jodidamente irresponsable? ¡Tu madre te da los malditos condones, por el amor de Dios! ¿Y aun así dejas embarazada a esa chica?

—Tú dejaste embarazada a mamá cuando solo teníais dieciocho años.

—¡Entonces hice lo correcto y me casé con ella! ¿Y si tienes la EH? ¿En algún momento has considerado esa posibilidad? Puede que acabes de pasársela a un inocente bebé.

—Nadie le gritó a J.J. por habérsela pasado, quizás, a su bebé.

—¡Cierra tu maldita y estúpida boca ahora mismo! —le advierte J.J.—. Yo estoy casado. Y no sabía nada de la enfermedad antes de que mi mujer se quedara embarazada.

—¿Le has contado a Ashley que corres el riesgo de padecer la EH? —pregunta Rosie.

—No.

—¡Te realizarás la prueba y lo averiguarás! —exclama Joe mientras señala a Pat con el tenedor.

—No, no pienso hacerlo.

—Esa chica merece saberlo —declara Joe.

—Pero yo no quiero saberlo y no me haré la prueba.

—¡Te la harás y te casarás con la chica! —le ordena Joe.

—Ni hablar. No pienso realizarme esa estúpida prueba y no me casaré con Ashley.

—Tienes una responsabilidad hacia esa joven y hacia tu hijo no nacido.

—Puedo ser el padre de mi hijo sin casarme. No quiero a Ashley.

Rosie se levanta.

—No puedo más. No lo soporto —dice con voz hueca y temblorosa mientras mira a Joe y evita mirar a Patrick.

Lanza su servilleta sobre la mesa y se va. La puerta de su dormitorio se cierra de un portazo y otro pegote de puré de patatas petrificado cae del techo y aterriza en la mesa, al lado de la vela de la virgen María, produciendo un ruido metálico. Joseph gimotea. Colleen lo toma en brazos e intenta calmarlo con el chupete, pero él no lo acepta y lo escupe. Meghan se tapa las orejas con su grueso pañuelo gris, como si intentara esconderse detrás de él.

—¡Maldita sea, Pat! ¿Cómo has podido hacer algo así? —pregunta Joe por encima de los lloriqueos del bebé—. ¿Cómo?

Patrick no dice nada. La rabia ardiente que recorre el cuerpo de Joe se enfría y se convierte en una densa impotencia que se instala en su corazón. La EH es una jodida plaga que se extiende y siembra un endemoniado caos por donde le place, y no hay ni una maldita cosa que Joe pueda hacer salvo presenciar la devastación. Pat permanece sentado a la mesa, con una actitud arrogante e ignorante que lo único que hace es empeorar una situación que ya de por sí es mala.

Joe no soporta verlo, tira el tenedor en el plato, se levanta con torpeza de la silla y sale a toda prisa del comedor antes de que sus cuatro hijos adultos lo vean llorar.

31

Joe ya lleva unas cuantas semanas practicando el yoga con Katie. Se toma, diligentemente, lo que Rosie llama «las pastillas Dios-sabe-lo-que-contienen» dos veces al día como parte de un ensayo clínico aleatorio doble ciego. Se inscribió para participar en el Proyecto de Biología Humana EH. Reza en la iglesia por toda su familia y ahora, especialmente, por Patrick y su hijo no nacido: pide orientación, bendición y buena salud. Está haciendo auténticos progresos en la construcción de la barra de la cocina con la ayuda de J.J., Patrick y Felix. Incluso ha conseguido no tomar cerveza antes de la cena ni comprobar si la pistola sigue en su lugar. Saca lo mejor de cada día y muestra conscientemente a sus hijos cómo vivir con dignidad con la EH.

Pero cuando se atasca es cuando piensa en el futuro. En su muerte. Cualquier posible final con la EH es una mierda. Neumonía. Inanición. Sobrevivir como un cadáver medio vivo hasta que, finalmente, Dios se apiade de él y le abra las puertas del cielo. ¿Qué tipo de ejemplo digno puede ofrecer a sus hijos sobre cómo morir con la EH? No logra averiguarlo y le aterra dirigirse pasivamente hacia un futuro donde estará totalmente descontrolado, vulnerable y sin ningún plan.

Pero dispone de tiempo. Como diría Katie, «O estás aquí y ahora o no estás en ningún lugar». De modo que él todavía está aquí, viviendo con la EH e intentando no pensar en su muerte.

Joe y Katie están de pie sobre sus respectivas esterillas, en el centro de yoga. Katie lo guía en una clase adaptada especialmente para él. Una «clase privada», como la llama ella. Katie ya da clases privadas con regularidad a dos mujeres *toonies*. Una es una doctora mundialmente conocida del hospital oftalmológico y del oído de Massachusetts que trabaja muchas horas al día. Katie le da clases dos días a la semana a las nueve de la noche. La otra, por lo visto, no puede asistir a las clases grupales por diversos compromisos regulares de peluquería, estética y terapia y, además, no le gusta sudar delante de otras personas. Le resulta más cómodo pagar clases privadas.

Luego está el alumno que padece la EH. Su querido y viejo padre. Joe y Katie están uno al lado del otro, de cara al espejo. Joe se ha enterado de que esta no es la configuración normal de una clase. En general, Katie se coloca delante de los alumnos, de cara a la pared en la que hay un Buda pintado. Pero en el caso de Joe, se coloca junto a él de cara a la pared del espejo para que Joe pueda ver lo que hace su cuerpo, lo que, definitivamente, a Joe le sirve de ayuda.

La mayor parte del tiempo, su conciencia, su sentido de la propriocepción, está dormida o no percibe nada. Si añadimos a esto cierta dosis de anosognosia, tenemos como resultado que Joe no es consciente de lo que no es consciente. En general, no sabe lo que sus piernas, brazos y manos están haciendo o dónde se encuentran en el espacio hasta que se cae al suelo, choca contra una pared, golpea a alguien o rompe algún objeto. Ayer pasó de estar cómodamente sentado en su sillón mientras contemplaba un partido de los Bruins a estar despatarrado y boca abajo en el suelo. Él es su propio doble de escenas peligrosas, el protagonista de una astracanada. Lo que ocurre es que el espectáculo no es divertido. La EH tiene un sentido del humor morboso.

Y no son solo la corea, la anosognosia y la falta de propriocepción las que le causan problemas. La fuerza extraordinaria y, a menudo, inadecuada que es capaz de desarrollar sin ser consciente de ello sorprende a todo el mundo. Ya son dos las ocasiones en las que al querer levantar la tapa del lavabo para mear se ha quedado con ella en la mano. ¡Ojalá pudiera controlar sus poderes de superhéroe!

Katie está de pie en el extremo anterior de su esterilla. La piel de sus pies es blanca, tiene los pies separados a la distancia de las caderas y las piernas paralelas entre sí. Joe mira hacia el espejo y ve que sus pies, que son igual de blancos que los de su hija, no paran de moverse y suben y bajan de la esterilla como si lucharan contra una invasión de hormigas. Después del episodio de la pistola, Rosie lo delató a la doctora Hagler y esta rebajó su dosis de Tetrabenazina. En la etiqueta de este medicamento se advierte de que produce depresión y tendencias suicidas que afectan aproximadamente el veinte por ciento de las personas que lo toman. ¡Jodidamente brillante! La depresión es uno de los síntomas de la EH, otro bombón más en la deliciosa caja surtida. ¡Demos a las personas que padecen una enfermedad terminal brutal y que probablemente sufren depresión, un medicamento que agrave su depresión y les dé ganas de suicidarse! ¡Una idea realmente cojonuda! Pero si Joe quiere tratar su corea, y así es, la Tetrabenazina es la mejor y única medicación que pueden ofrecerle.

A Joe le gusta imaginarse que la Tetrabenazina está formada por una legión de agentes farmacéuticos que persiguen a los chicos malos de la EH que causan corea, temblores y tropezones y los encarcelan. Así que, como ahora tiene menos agentes de servicio en su cuerpo, en su interior hay más chicos malos realizando actos atroces de corea. Joe se mueve continuamente.

Pero Rosie se siente satisfecha con el cambio. Basta de obsesiones suicidas con la pistola. Joe argumentaría que ha sido Katie y no el reajuste de la medicación lo que lo ha sacado del pozo, pero Rosie está demasiado traumatizada para oír hablar de aumentar de nuevo la dosis de la medicación. Tendrán que vivir todos con más corea. Más corea, menos pistola.

La compulsión de querer controlar algo no ha desaparecido y la obsesión de Joe por su pistola se ha transferido a su móvil. Envía aproximadamente cien mensajes de texto al día a Rosie. La necesidad de controlarla, de asegurarse de que está bien, le resulta tan apremiante como la necesidad de respirar, y se asfixia mientras espera la respuesta de Rosie. Así que, si ella no le contesta el mensaje al cabo de pocos segundos, Joe le envía otro mensaje. Y otro. Joe sabe que la está desquiciando, pero no puede parar.

—Brazos arriba.

Joe imita a Katie y ahora realizan «al unísono» algo que se conoce como el saludo al sol.

—Flexión hacia delante.

Katie baja los brazos, apoya las palmas de las manos en la esterilla y pega la nariz a las rodillas. Joe sacude los brazos hacia abajo y los dedos de sus manos se balancean delante de las espinillas de sus piernas, como a dos kilómetros del suelo. Katie es una navaja. Joe es Quasimodo.

—Levanta medio cuerpo.

«Yo ya lo he hecho, querida.» Después, postura de la tabla. Empujar con las manos. Perro boca arriba. Perro boca abajo. Como de costumbre, permanecen un rato en esta postura.

—Relájate en la postura. Busca el punto en el que te resulte más cómoda.

Joe se ríe.

—¡Esto no tiene nada de cómodo, cariño!

Se diría que Katie podría permanecer en esta postura para siempre, pero Joe gruñe y jadea, la sangre fluye a su sudada y sonrosada cabeza y reza para que la postura del perro boca abajo termine.

Katie se ríe.

—Puedes realizar la postura del perro boca abajo y odiar cada segundo de ella o puedes mantener la postura con una actitud tranquila y serena mientras respiras con calma. Tanto en un caso como en el otro, estarás en la postura, pero tú decides la cualidad de tu experiencia. Sé el termostato, no la temperatura.

Sabias palabras, pero Joe desea que su encantadora hija deje de joder y los saque de la postura del perro boca abajo. Los brazos le tiemblan y sus pies siguen aniquilando hormigas invisibles. Empuja con fuerza las manos contra la esterilla, pero su mano derecha hace algo que la izquierda no hace y Joe se desploma sobre su estómago. Se incorpora sobre las rodillas, se enjuga la nariz con la manga de la camiseta y vuelve a adoptar la postura del perro boca abajo.

—¿Estás bien, papá?

—Sí. ¿Qué viene después del perro boca abajo?

Katie vuelve a reírse.

—Avanza hasta la parte anterior de la esterilla.

Joe baja el cuerpo hasta apoyar las rodillas en la esterilla y se arrastra hacia delante. Katie lo está esperando en la zona anterior de su propia esterilla. Joe se pone de pie.

—Estira los brazos hacia arriba. Ahora bájalos y junta las palmas de las manos a la altura del corazón.

«Amén.»

Repiten la serie otra vez. Y otra. Joe está enfurruñado. Su cuerpo tiembla, sus extremidades realizan movimientos espasmódicos y se cae con frecuencia. Por otro lado, los movimientos de Katie son gráciles, fluidos y firmes. Hace que parezca fácil. Incluso sin la EH, Joe no podría hacer nada parecido a lo que ella hace. Para él, cada segundo implica un esfuerzo enorme. Sus músculos están tensos y su cerebro intenta imitar la figura de Katie mientras juzga su propia y patética incompetencia. Esta mierda no es para cursis.

Pero Joe sigue esforzándose y la repetición es su aliada. Sus músculos empiezan a predecir lo que ocurrirá a continuación. Ya conoce la coreografía de esta danza. Katie parece haberlo percibido y sus indicaciones empiezan a centrarse más en la respiración.

—Inhala, brazos arriba. Exhala, flexión hacia delante. Inhala, levanta medio cuerpo. Exhala. Inhala.

Entonces algo mágico sucede. Los movimientos se retiran a un segundo plano y Joe se convierte en un cuerpo que respira y que, casualmente, se mueve. Su respiración es lenta y regular. Realiza largas inhalaciones y exhalaciones por la nariz, como Katie le ha enseñado, y encuentra una quietud en el movimiento. Está en la zona. Basta de hormigas. Basta de caídas. Los chicos malos que causan la corea han abandonado la ciudad.

Joe ha realizado cinco clases privadas con Katie y es la primera vez que experimenta este tipo de quietud en el movimiento, esta pausa momentánea en la corea diurna. Antes tenía que subir y bajar corriendo la escalera Cuarenta Tramos, agotarse, tropezar una y otra vez, despellejarse los codos y las manos y convertirse en una masa de carne temblorosa y sanguinolenta para que la corea ondeara la bandera blanca. Pero esto es mejor. Y mucho más seguro.

Después del saludo al sol, bajan al suelo. Tres cobras. Dos langostas. A continuación, el puente. A Joe le aterra el puente. Se tumba boca arriba, con las plantas de los pies bien apoyadas en el suelo y las rodillas dobladas. Cuando Katie se lo indica, levanta las caderas hacia el cielo. O, al menos, las sube un poco.

—Mantén la postura, pero no contengas la respiración. Mantén la postura durante diez segundos.

A Joe le tiemblan las piernas. Siente que su garganta se constriñe, se cierra. Contrae las facciones, gruñe y resopla. Tensa todos sus músculos y se esfuerza en mantener el trasero lejos del suelo. Intenta mantener la postura, seguir en la lucha.

—La postura empieza cuando quieres abandonarla. Calma tus reacciones. Calma tus pensamientos. Deja de luchar. Observa y respira.

Joe se concentra, en primer lugar, en su cara y relaja la mandíbula. Respira y relaja conscientemente todo el cuerpo salvo los pies. Los presiona contra el suelo y siente que su estómago sube y baja. Sube y baja. Y aquí está, casi cómodo en la postura del puente.

Seguir en la lucha le funcionaba como agente de policía. A veces, incluso le funcionó como padre y marido, pero no le funciona como alguien que padece la EH. Seguir en la lucha implica pelear. Es la guerra. A pesar del Seroquel y de la inadecuada dosis de Tetrabenazina sigue sufriendo corea, pérdida de coordinación, propriocepción, desorden obsesivo compulsivo, paranoia, impulsividad, anosognosia, cambios bruscos de humor con una predilección inconsciente por la rabia y síndrome disejecutivo. Y problemas de habla. Ya ha empezado a tener problemas de habla. No dispone de ningún arma eficaz para luchar contra la EH. Nunca lo admitiría delante de Donny, Tommy ni cualquier otro de sus compañeros, pero quizás, en lugar de seguir en la lucha, su arma para enfrentarse a la EH debería ser mantener la postura.

Katie le indica, compasivamente, que abandone la postura del puente. Entonces realizan la postura de la pinza. El bebé feliz. Torsión de la columna.

Y, por último, Savasana, su favorita. La postura del muerto. A Joe no se le escapa la ironía del nombre de esta postura. Permanece tumbado en la esterilla, con los brazos a los lados, las piernas separadas, los pies relajados y los ojos cerrados. Respirar. Liberarse de todo tipo de esfuerzo. Rendirse totalmente, permitir que todo su peso sea sostenido por la esterilla y el suelo de madera que hay debajo, lo que, en este momento, le resulta más cómodo que el colchón de su cama.

A veces, mientras él mantiene esta postura, Katie lee un fragmento inspirador de uno de sus libros de yoga, pero hoy no dice nada. Sin abrir los ojos, Joe percibe su presencia en la esterilla que tiene al lado. Joe respira relajadamente y sin esperar nada y se hunde. Suelta su cuerpo y sus pensamientos y se vacía.

En ese espacio interior vacío surge una imagen de su madre. Un recuerdo. Está sentada en una silla de ruedas tapizada y reclinada, en su habitación compartida del hospital estatal. Un cinturón blanco la sujeta a la altura del pecho y uno negro a la altura de la cintura. Lleva puesta una holgada camisa azul de manga corta sobre su escuálido cuerpo. Una pulsera de papel amarillo fosforescente con las palabras RIESGO DE CAÍDA rodea la piel traslúcida de su muñeca. Tiene las manos vueltas hacia abajo y los huesudos dedos curvados y rígidos.

Resopla, gime y suelta gruñidos animales con voz ronca. Sus facciones se contraen y realizan muecas tensas, como si alguien acabara de propinarle un puñetazo insospechado. Vuelve a gruñir y levanta la barbilla hacia el techo. Se queda con la boca abierta y un hilo de baba cae desde su labio inferior hasta su camisa azul.

Joe tiene once años. Siente asco, vergüenza, rechazo. Vuelve la cabeza y aparta la vista. Quiere irse de allí.

«La postura empieza cuando quieres abandonarla. Calma tus reacciones. Calma tus pensamientos. Deja de luchar. Observa y respira.»

«Mantén la postura.»

Joe está tumbado en la postura del muerto y vuelve a pensar en su madre, pero ahora es distinto, como si Dios hubiera agarrado su cerebro y lo hubiera hecho rotar unos cuantos grados.

«Así no. ¡Así!»

La silla de ruedas, los cinturones, la camisa azul de manga corta, la pulsera amarilla, los gruñidos, la baba. En lugar de apartar la vista, Joe mira a su madre a los ojos y ve que ella le sonríe con la mirada. Su madre realiza una mueca y gruñe, pero ahora Joe tiene los ojos fijos en los de ella. No tiene miedo y los sonidos animales y guturales se vuelven humanos e inteligibles.

«Grrr... gas.»

Gracias.

Su madre está dando las gracias a la enfermera por darle de comer. Da las gracias al padre de Joe por cepillarle el cabello. Da las gracias a Joe y a Maggie por los dibujos que realizaron para ella.

Y antes de que se vayan hasta la semana siguiente, su madre reúne todas sus fuerzas para emitir un gemido agudo.

«Sss... iii... ooo...»

Os quiero.

Las últimas palabras que Joe oyó pronunciar a su madre, unas palabras que no ha entendido hasta ahora, fueron «gracias» y «os quiero». Gratitud y amor.

Joe reproduce el recuerdo y vuelve a ver a su madre, pero en esta ocasión como si fuera la primera vez. Incapaz de caminar o de alimentarse por sí misma; incapaz de defenderse de los rumores que la acusaban de ser una borracha, una pecadora y una mala madre; incapaz de vivir en su casa y abrazar a sus hijos o arroparlos por las noches en la cama. Pero ahora sonríe a Joe con la mirada. Al fin y al cabo, su madre no era solo un cadáver viviente que esperaba la muerte en un hospital. Ella era una esposa y una madre que quería a su familia y se sentía agradecida de verlos y seguir queriéndolos mientras le fuera posible.

Las lágrimas resbalan por las sienes de Joe y humedecen su cabello mientras él se acuerda de su madre, quien ya no es el monstruo grotesco al que él culpaba y despreciaba y del que se sentía avergonzado. Ella era Ruth O'Brien, su madre, una mujer que padeció la EH sin que, de ningún modo, fuera culpa de ella, una mujer que dio a su familia amor y gratitud cuando no podía darles nada más.

Después de todos esos años, Joe ve a su madre. Re-memorizada.

«Te quiero, mamá. Perdóname, por favor.» El corazón de Joe se hincha y sabe que su ruego ha sido concedido. Es querido y perdonado.

Como si le hubiera caído un rayo encima, Joe percibe cuál es su ejemplo a seguir. Su madre lo vivió antes que él. Percibe la lección que ella le transmitió para que él la transmitiera a sus hijos: el coraje de vivir cada segundo de vida con amor y gratitud.

—Muy bien, papá. Ahora vamos a mover los dedos de las manos y los pies. Estira los brazos por encima de la cabeza y, cuando estés preparado, siéntate.

Ahora Joe y Katie están sentados en las esterillas, con las piernas cruzadas y los ojos abiertos, y se ven mutuamente en el espejo. La cara de Katie también está bañada en lágrimas.

—Juntemos las palmas de las manos a la altura del corazón.

Joe la imita. Permanecen sentados durante un instante en silencio y en actitud de rezo.

—La luz que hay en mí se inclina y honra la luz que hay en ti. *Namasté*.

—*Namasté* —contesta Joe, y sonríe a su hija en el espejo—.
Te quiero, Katie.

—Yo también te quiero, papá.

—Gracias, cariño.

Amor y gratitud.

32

Joe está en el vestíbulo e intenta entender lo que ve o, mejor dicho, lo que no ve. La pila de mármol del agua bendita ha desaparecido. Joe está mirando los agujeros de dos tornillos y un trozo de superficie de la pared que tiene la forma de la pila y es de un blanco veinte años más brillante que el de la pared que lo rodea. No logra imaginar quién ha hecho esto. Hace unos meses, él ni siquiera habría notado su ausencia. El agua bendita siempre ha sido cosa de Rosie. Pero los síntomas de la EH de Joe fueron empeorando y él pensó que, seguramente, el agua bendecida por Dios sería tan efectiva como cualquier medicamento moderno y, además, mucho más barata. Así que, durante los últimos meses, se ha sumado al acto devoto de santiguarse en el nombre del Padre, del Hijo y del Espíritu Santo cada vez que sale o entra en casa. Una mañana, cuando nadie lo veía, incluso extrajo la pajita de su vaso, sumergió uno de los extremos en la pila y bebió un poco de agua bendita. ¡Daño no le iba a hacer!

Lanza las llaves sobre la mesa del recibidor y se dispone a chocar palmas con la virgen María, lo que constituye otro ritual al que se siente apegado casi obsesivamente, pero se queda con la mano en el aire. La virgen tampoco está. En la mesa no hay nada salvo sus llaves y el tapete de color marfil en el que solía estar la estatuilla. ¿Les ha robado algún católico loco?

En el salón se encuentra con una escena similar. El crucifijo que estaba encima de la chimenea ha desaparecido. Jesús, san

Patricio, san Cristóbal, los ángeles, los portavelas con motivos religiosos, incluso los cantores de villancicos y el pesebre, todos han desaparecido. Solo quedan las ranas, los bebés, los Snoopys y las fotos familiares. Para Joe, la habitación está mejor sin todas esas gilipolleces religiosas, pero, de todos modos, se le pone la piel de gallina. Las estatuas y las velas no significan nada para él, pero lo significan todo para Rosie.

Sigue inspeccionando el salón como si se tratara del escenario de un crimen. La tabla de planchar está extendida, pero la plancha no está enchufada a la red y la ropa sigue arrugada y amontonada en el interior del cesto. No parece faltar nada más, pero entonces su vista se detiene en el mueble del televisor y ve la prueba final: las cintas de vídeo de los programas de Oprah no están.

Rosie ha estallado.

—¿Rosie?

Entra en el dormitorio y allí está ella, todavía con el pijama rosa puesto, tumbada en la cama en posición fetal, con la cara hinchada y roja, los ojos hundidos y su cabello de color castaño rojizo enmarañado como si formara parte de una banda de rock de los ochenta. Joe se arrodilla en el suelo junto a ella y se inclina sobre el colchón como si fuera un niño que recita sus oraciones antes de acostarse. Su cara está a la misma altura que la de Rosie, a escasos centímetros de distancia de la de ella, y percibe su suave aliento en la nariz. Rosie huele a vino.

—¿Qué ha pasado, cariño?

—Nada.

La virgen con el bebé en brazos que estaba en la mesita de noche tampoco está. En su lugar hay dos botellas de chardonnay y un tarro de mermelada. Todos vacíos.

—Estás borracha.

—¿Y?

—¿Y? Que son las diez de la mañana.

—No me importa una mierda.

—Así que una mierda, ¿eh?

—¡Exacto! —exclama ella retándolo a regañarla.

Joe no lo haría ni de broma.

—¿Qué has hecho con todos los objetos religiosos?

—Los he guardado.

—¿Por qué?

—Porque ya no creo en Dios.

—Lo comprendo.

—No, no lo comprendes. He terminado con ello. ¿Cómo, Joe? —pregunta Rosie, y se sienta, como si de repente hubiera vuelto a la vida.

Guarda en su interior un discurso que ha estado macerando en vino toda la mañana a la espera de una audiencia. Joe lo percibe en sus furiosos ojos verdes.

—¿Cómo puedo? ¿Cómo puedo tener fe en un Dios que hace esto a nuestra familia? Nosotros somos personas buenas, Joe.

—Lo sé. Todos los días ocurren cosas malas a las personas buenas.

—¡Oh, no me sueltes tópicos estúpidos! Yo llevaba bien el hecho de que tú murieras.

—¡Vaya, gracias, cariño! Eso es muy amable por tu parte.

—Ya sabes a qué me refiero. He asistido a demasiados funerales de policías contigo. He visto el dolor en la cara de sus mujeres y me he preparado para ser una de ellas desde que tenía veintipocos años.

Joe la comprende. Los funerales siempre han sido un claro recordatorio de esa posibilidad. Esto no es un juego de policías y ladrones. Esto es la puta realidad. A veces, los buenos caen, y cada vez que pierden a un hermano o hermana de uniforme y los compañeros están en posición de firmes honrando al agente que está en el ataúd, él siempre piensa lo mismo:

«Ese bien podría ser yo.»

—Lo llevaba bien cuando solo tenía que rezar por ti —continúa Rosie—. Podía manejarlo. La doctora Hagler nos dijo que la enfermedad es lenta, y esto constituye una bendición, ¿no? Todavía disponemos de tiempo. Le pedía a Dios que me diera ligereza y fuerzas para soportarlo, para cuidar de ti, para agradecer todos los días que tenemos para estar juntos. Ya sabes que siempre he confiado en el plan de Dios.

Joe asiente.

—Además, somos irlandeses. Sabemos sobrellevar penalidades duras y agotadoras. ¡La perseverancia está en nuestra sangre, joder!

Joe está de acuerdo. Son una nación fuerte y tenaz, tozuda como una mula estreñida, y se sienten orgullosos de ello.

—Pero luego fue J.J. y, después, Meghan. Los dos tienen esta maldita y jodida mutación en la sangre y el cerebro y morirán antes que yo, Joe, y no puedo con ello. No puedo.

Esta es la peor pesadilla de una madre y la voz de Rosie se quiebra bajo el cruel peso de esta realidad. Rosie está llorando y a Joe no se le ocurre qué decirle para consolarla. Quiere deslizar los dedos por su cabello, enjugar sus lágrimas, acariciarle la espalda y abrazarla, pero no confía en que sus manos y sus brazos hagan lo que él desea. Quizá le propine un puñetazo, la apriete demasiado fuerte, le meta un dedo en el ojo o hunda las uñas en su piel y la haga sangrar. Sabe que esto podría pasar porque ya ha pasado antes. Es como si unos chicos malos se hubieran apoderado del centro de mando de los movimientos voluntarios de su mente y estuvieran allí riéndose como locos mientras pulsan aleatoria y repetitivamente los interruptores. O, al contrario, permanecen con los brazos cruzados, algunos con tozudez y otros con indolencia, mientras se niegan a cumplir con la simple y amable orden de Joe de abrazar a Rosie. Así que él reprime su deseo de tocarla y Rosie llora sola junto a él.

—Me imagino sus funerales, sus bonitas caras y cuerpos en los ataúdes, enterrados en el suelo, y en mi imaginación no quiero pasar ni un minuto más en la tierra sabiendo que dos de mis hijos están enterrados en ella.

—Calla, cariño, no pienses en eso.

—No puedo evitarlo. No dejo de imaginármelos muertos y enterrados. Es invierno y sus cuerpos están fríos. Y no puedo soportarlo.

—Tienes que dejar de imaginar esas cosas. Ellos no morirán pronto. Tienes que tener fe.

—No puedo. La fe que tenía se ha desvanecido. Ha desaparecido. Lo he intentado. He intentado rezar por ellos. Al principio, con humildad y esperanza. Después supliqué por ellos, pero luego sentí una gran rabia hacia Dios, los ángeles y la Iglesia. ¿Y si Katie, Patrick y el pequeño Joseph también padecen la enfermedad? Podría perderos a todos, Joe.

Joe se da cuenta de que Rosie no ha incluido al hijo ilegítimo y todavía no nacido de Patrick en su lista.

—Ellos no tendrán la mutación. No los perderás.

—Te lo digo en serio, Joe, me meteré con el último en el ataúd. Tendrán que enterrarme viva porque no seguiré viviendo sola.

—Rosie, cariño, no es bueno para ti tener este tipo de pensamientos. Tienes que centrarte en que los chicos vivirán.

—¿Y si nuestras hijas no se casan nunca ni tienen hijos por culpa de la enfermedad? ¿Y si J.J. y Colleen deciden no tener más hijos?

—Todos pueden realizar la prueba genética *in vitro* antes de tener hijos. O podrían adoptar.

—¿Y si J.J. empieza a desarrollar los síntomas y pierde el trabajo? ¿Cómo podrá mantener a su familia? ¿Quién le enseñará a Joey a lanzar y recibir una pelota de béisbol y todas esas cosas de padres e hijos?

Su voz se vuelve más y más aguda con cada pregunta y Joe teme que la espiral la conduzca a un ataque de pánico alcohólico.

—Todavía no muestra síntomas y tenemos que confiar en que no los desarrollará hasta dentro de veinte años como mínimo. Y Colleen también podría enseñarle esas cosas a Joey. ¿La has visto lanzar una pelota? ¡Tiene una potencia de brazo impresionante!

—Me parece que he empezado a percibir síntomas en Patrick.

—No lo creo. Simplemente, tienes miedo e imaginas lo peor.

Podemos albergar muchas esperanzas respecto a nuestros hijos. Los científicos encontrarán un tratamiento efectivo y una cura para la enfermedad.

—¿Cómo lo sabes? ¿Y si no la encuentran?

—La encontrarán. Yo tengo fe en ellos. Calle abajo, en los laboratorios del Navy Yard, hay un montón de personas inteligentes que están dedicando toda su vida a encontrarla. Ya saben que el origen de la enfermedad es una mutación genética y que esa es la única causa. Lo conseguirán. Algún día podrán curarla. Con suerte, a tiempo para salvar a nuestros hijos. Y, con suerte, nadie más de nuestra familia la padecerá. Yo rezo por eso.

—¿Tú rezas?

—¡Eh, no sé por qué te extraña tanto! Sí, he estado yendo a la iglesia.

—¿Desde cuándo?

—Desde hace, aproximadamente, un mes. Creo que si hay un momento adecuado para rezar, encontrar un propósito superior para nuestras vidas y una conexión con Dios, es este.

—¿Vas a misa?

—No. No necesito al cura y levantarme y sentarme continuamente. Probablemente, me caería de bruces y daría una escena. Voy casi todas las mañanas después de la misa de las siete y media, cuando todo el mundo se ha ido.

—¿Y qué haces?

—Solo me siento y rezo.

En realidad, Joe empezó a acudir a la iglesia por causa de Maggie, su hermana. Al final, el mes anterior, habló con ella por teléfono y se lo contó todo. Maggie se quedó atónita y preocupada e incluso lloró mientras le preguntaba a Joe acerca de sus hijos. Su interés sorprendió a Joe, dado que ella ni siquiera los conoce. Joe se alegró de que Maggie no hubiera percibido ningún síntoma en ella, pero no pudo evitar sentirse indignado. Tanto él como Maggie tenían un cincuenta por ciento de probabilidades de heredar la EH de su madre. ¿Por qué no la había heredado ella en lugar de él? Maggie no tiene hijos. La cadena habría terminado con ella. ¿Por qué ha maldecido Dios a sus hijos con esa devastadora enfermedad? Para su vergüenza, Joe odió a Maggie por el hecho de que, probablemente, no padezca la enfermedad. Odió a Dios por elegirlo a él, por transmitir la EH a su familia. Pero, por encima de todo, se odió a sí mismo.

Sin que constituyera una decisión calculada, la mañana siguiente Joe se arrastró hasta la iglesia de San Francisco, se dejó caer en un banco y, como estaba solo, rezó a Dios en voz alta. Aquel día, rezó por muchas cosas, pero sobre todo pidió perdón a Dios y, a decir verdad, casi enseguida se sintió absuelto, más ligero, más limpio, como si el tóxico odio hubiera sido eliminado de su cuerpo. Desde entonces ha acudido a la iglesia casi todas las mañanas.

Se sienta en la hilera de asientos de la derecha, en la cuarta fila contando desde atrás, donde se sentaba con su familia cuando los chicos eran pequeños. Cada vez que va se queda, como máximo, cinco minutos. También podría rezar desde su sillón, en el salón de su casa, pero le gusta hacerlo en aquel lugar, en su antiguo banco de la iglesia de San Francisco. Le gustan las columnas que acaban en espléndidos arcos a la altura del balcón del piso superior. Fueron diseñadas a semejanza de las de la catedral de Limerick, en Irlanda. También le gusta el órgano tubular; las banderas norteamericana, irlandesa y de Charlestown; el crucifijo dorado que cuelga del techo; los vitrales; las estaciones del vía crucis y el suelo de madera pintado de rojo. Tiene la sensación de que las oraciones que susurra allí tienen un carácter más oficial y que son más sagradas y escuchadas.

«Por favor, Dios, ayuda a los científicos a encontrar una cura para la EH para que mis hijos no pierdan la vida por culpa de la enfermedad.

»Por favor, Dios, que Patrick, Katie y el pequeño Joseph no hayan heredado la mutación genética.

»Por favor, Dios, que J.J. y Meghan se curen y yo viva lo suficiente para saber que están bien. Y, si todavía no se ha encontrado una cura, que no desarrollen los síntomas hasta que sean muy mayores.

»Por favor, Dios, ayuda a Rosie. No permitas que yo sea

una carga demasiado pesada para ella. Que siempre se sienta querida por mí y cuida de ella cuando yo ya no esté.

»Y, por último, Señor, y espero no ser demasiado avaricioso, haz que los Red Sox ganen la Serie Mundial, los Bruins la Copa Stanley y los Pats la Super Bowl.

»Amén.»

Después se santigua, besa su moneda de la suerte y vuelve a casa.

—A ver qué te parece este plan —sugiere Joe—: yo rezaré por ti y los chicos y tú rezas por mí. Solo por mí. De esta forma, no te agobiarás y todos estaremos cubiertos. Me vendría bien tu ayuda.

Rosie sacude la cabeza. No está convencida.

—Pero ¿por qué, Joe? ¿Por qué Dios nos ha hecho esto?

—No lo sé, cariño. No lo sé.

Se interrumpe y desea poder decirle palabras más sabias. ¿Dónde está Katie con una de sus inspiradoras frases cuando la necesita?

—¿Quieres volver a colocar todas las figuras religiosas? —pregunta a Rosie.

—No. —Rosie sorbe por la nariz—. No puedo. Todavía me sentiría una impostora.

—Está bien. De acuerdo. No las necesitamos. Todavía tenemos a Snoopy. Podemos rezarle a él. En el nombre de Snoopy, Charlie Brown y el santo Emilio —recita Joe mientras hace la señal de la cruz.

—¡Para! ¡Esto es horrible!

—O podríamos rezar a la rana Gustavo: san Gustavo, madre de la señorita Peggy...

—¡Para! ¡Esto es ridículo y una blasfemia!

—¿Ves como todavía eres creyente? No pierdas la fe, querida.

Joe se apoya en el borde de la cama y se levanta mientras gruñe y le crujen las rodillas. Luego extiende los brazos invitando a Rosie a levantarse.

—Ven conmigo. Te prepararé un té.

Rosie accede. Caminan juntos, uno al lado del otro, tamba-leándose, tropezando con las paredes del pasillo y uno contra otro. Una mujer borracha y un marido con la EH. Hacen bue-na pareja. Mientras dan bandazos por el pasillo y, finalmente, llegan a la cocina, Joe piensa que esto es lo mejor que puede uno esperar de la vida.

Alguien a quien querer y con quien poder tambalearte en los momentos difíciles.

33

La fisioterapeuta de Joe es una joven que se llama Vivian. Joe la llama Viv. Tiene el cabello rubio y ondulado, una sonrisa fácil y amplia, una cara bonita y un cuerpo firme pero femenino que a Joe le resulta agradable contemplar. A estas alturas, Joe ya sabe que no debe dejarse engañar por su aspecto dulce y juvenil. Viv es dura como el acero. No muestra piedad hacia Joe y esto es lo que más le gusta de ella.

Todas las semanas trabajan durante una hora el equilibrio, la fuerza central y lo que ella llama «entrenamiento de la marcha» que, básicamente, es el rimbombante término del mundo de la fisioterapia para caminar. A Joe le resulta más que un poco desmoralizador necesitar un profesional remunerado para que le enseñe a caminar. Pero, lamentablemente, es así.

Está a cuatro patas sobre la esterilla, en lo que Katie llamaría la postura de la mesa.

—Muy bien, ahora mantén la postura mientras yo te empujo —le indica Viv—. ¿Preparado? ¡Pon resistencia!

Viv tiene las manos apoyadas en los hombros de Joe y lo empuja hacia atrás. Él ejerce presión contra las manos de ella con las piernas, la espalda, los brazos, con todo el cuerpo en realidad. Al principio, él no cede y mantiene la postura, pero ha realizado demasiadas veces esta prueba con Viv para cantar victoria. Mientras él está dando el ciento por ciento de sí mismo, sabe que Viv probablemente solo aplica un veinticinco por ciento de su fuerza.

—Muy bien. Buen trabajo, Joe. Siéntate sobre los talones y descansa.

Viv le da un descanso en lo que Katie llama la postura del niño.

—Mantén los brazos estirados.

Viv masajea las caderas de Joe y alivia la tensión de su cuello. Sus manos pequeñas y de uñas pintadas son sorprendentemente fuertes. Luego masajea los trapecios de Joe. ¡Dios la bendiga! ¡A Joe le sienta tan bien que lo toque! Y lo dice de la forma más respetuosa y asexual posible.

Rosie ha estado evitando tocarlo. Joe comprende que la proximidad física con él puede resultar peligrosa. Podría lanzar un puño, su comida o una palabra cortante y cualquiera de estas cosas podría herirla profundamente. Joe entiende que mantenga una distancia de seguridad respecto a él durante el día. Pero, además, últimamente Rosie duerme todas las noches en el piso de J.J. Así cuida del pequeño Joseph para que J.J. y Colleen puedan dormir. Le encanta ser abuela y dice que se siente afortunada de poder ayudar, que quiere disfrutar hasta el último minuto de estar con el bebé, incluso a las tres de la madrugada, porque pronto dejará de serlo. Sin embargo, Joe cree que esas noches en que hace de canguro también son una excusa para no estar con él, que Rosie está practicando para el futuro. Sean cuales sean sus razones, le resulta duro estar sin ella. Más duro que la fisioterapia.

—Muy bien, se ha acabado el descanso. Vuelve a colocarte a cuatro patas e intentémoslo de nuevo.

En esta ocasión, Viv presiona con más fuerza los hombros de Joe y él tiembla debido al esfuerzo que tiene que hacer. Ella parece conocer su límite y deja de presionarlo antes de que él se rinda o pierda. Le indica que vuelva a adoptar la postura del niño y Joe se recupera.

—Muy bien. La última vez. Vuelve a colocarte a cuatro patas.

Ahora es cuando lo vence definitivamente. Algún día, a Joe le gustaría permanecer inmóvil por mucho que ella lo empuje. Por desgracia, esta posibilidad está fuera de su alcance. A pesar de todo el entrenamiento físico, con el tiempo él irá perdiendo agilidad, coordinación y fuerza. Está luchando contra la marea.

—¡Aguanta, Joe! ¡Vamos, entrégate a fondo! Resiste.

Joe se esfuerza y empuja con todas sus fuerzas; gruñe y resopla, pero entonces, como era de prever, Viv consigue que acabe sentado en los talones. Vencido de nuevo. Marcador: Viv 52, Joe 0.

A continuación, Joe se pone de pie y llega George, otro terapeuta. George también es joven y está en forma, lo que debe de constituir un requisito laboral. Es calvo y lleva perilla, lo que hace que, cuando no sonríe, parezca que está enfadado. Además, tiene los antebrazos y los bíceps más musculosos que Joe ha visto nunca. Ese tío es Popeye.

Viv se pone de pie delante de Joe y George se coloca detrás. Más jueguecitos de a ver quién tumba a Joe. La fisioterapia es una práctica sádica. Viv sostendrá a Joe cuando caiga hacia delante y George cuando caiga hacia atrás y, cuando caiga a la izquierda o la derecha, lo sujetará quien reaccione antes.

—Levanta el pie derecho y mantenlo en el aire —le indica Viv, y extiende los brazos hacia los lados como si fueran las alas de un avión.

Joe copia la posición de sus brazos y levanta el pie probablemente muy pocos centímetros, pero en su mente, él es Karate Kid. Viv cuenta.

—Uno, dos. Vuelve a intentarlo. Uno, dos. Otra vez. Uno, dos, tres. Muy bien. Ahora el otro pie.

Joe mantiene el otro pie levantado durante un número de segundos similarmente patético antes de perder el equilibrio. Hace semanas que no logra pasar de tres segundos.

—Ahora opón resistencia a mis manos —indica Viv, y arremete contra él con los brazos extendidos y sus fuertes manos apoyadas en las caderas de Joe—. No permitas que te mueva de donde estás.

Desde el primer día, Joe ha sido incapaz de estar a la altura de Viv en este ejercicio. Retrocede un paso. Vuelven a intentarlo. Retrocede un paso. Vuelven a intentarlo. Mientras ella lo empuja, Joe baja la vista hacia sus jóvenes y erguidos pechos. Retrocede un paso. Otra vez. Joe no retrocede, pero pierde el equilibrio. Se va a caer y, durante medio segundo, tiene miedo, pero George, su red de seguridad humana, lo sujeta a tiempo.

—¡Gracias, tío! —exclama Joe.

—Faltaría más —contesta George.

Joe examina su imagen en el espejo. Esta semana se cumple un año desde que le diagnosticaron, oficialmente, que padecía la EH. Ver cuánto ha cambiado su cuerpo en un año hace que se sienta descorazonado. Antes de la enfermedad, las camisas siempre le quedaban ceñidas. Tenía el pecho ancho y musculoso, los trapecios marcados, los bíceps hacían que las mangas de las camisas le quedaran tirantes y, probablemente, tenía entre cinco y diez kilos de más alrededor de la cintura. Joe mide casi un metro ochenta y era robusto para un hombre de su altura.

Ahora ha perdido la grasa que tenía alrededor de la cintura, pero su barriga sobresale como la de un niño pequeño que no tiene fuerza abdominal para contenerla. También ha perdido masa muscular en el pecho, los bíceps, los trapecios... En todas partes, en realidad. Ahora es un tío bajo, delgado y débil de mediana edad cuya postura corporal habitual es de hombros caídos y que acaba de ser vencido sin dificultad por una jovencita.

Podría ser la imagen de después del anuncio de una dieta, pero no del todo. Nadie le dice: «¡Eh, Joe, estás fantástico!» La EH no constituye un plan para perder peso como el de Jenny Craig. El cuerpo de Joe parece encogido, consumido, fláccido, camino de verse huesudo y enfermizo.

—Muy bien, Joe, ahora siéntate —le indica Viv.

Viv, George y Joe se sientan en la esterilla azul encarados unos con otros, como si fueran niños.

—Antes de acabar por hoy, ¿hay algo que quieras comentarme? —le pregunta Viv.

—No.

—Rosie me ha dicho que te cuesta pronunciar algunas palabras.

—¡Ah, sí! Es posible.

Viv asiente con la cabeza.

—Muy bien, realicemos unos ejercicios rápidos. Saca la lengua y mantenla fuera. Sí, pero mantenla fuera. No, has vuelto a meterla en la boca. Sácala. Mantenla fuera. Tu lengua es muy tímida. Así..., mantenla estirada. Ahora muévela hacia la derecha. Y, ahora, hacia la izquierda. Otra vez hacia la derecha. Mmm...

Joe se ha sentido ridículo y, por el «mmm...» de Viv, no ha pasado la prueba de la lengua. No se puede decir que la fisioterapia aumente su autoestima.

—Espera un segundo —le pide Viv.

Se dirige a su enorme bolsa de artilugios, donde guarda su alijo de pelotas blandas, cintas elásticas y, probablemente, sus cadenas y látigos y regresa a la esterilla con una piruleta roja.

—Muy bien, Joe. Chupa la piruleta.

Viv abre la boca, lo que constituye su forma de pedir que Joe la imite. Él lo hace y ella introduce la piruleta en su boca.

—No permitas que te la quite, ¿de acuerdo?

Viv tira del palo y la piruleta sale sin problemas de la boca de Joe.

—Intentémoslo de nuevo. No permitas que te la quite. Bien. Bien.

Al segundo siguiente, Joe la ve allí sentada con la piruleta roja en la mano.

—Vamos a repetirlo.

Viv introduce la piruleta en la boca de Joe. En esta ocasión, Joe rompe el caramelo con los dientes y lo mastica. Viv saca de su boca un palo desnudo. Joe sonríe y Viv sacude la cabeza.

—¿Qué voy a hacer contigo? —le pregunta Viv.

—Eres como la bruja mala que roba los caramelos a los niños —bromea Joe.

—Compra varias piruletas y realiza el ejercicio con Rosie en vuestra casa. Te ayudará a fortalecer la boca y los músculos de las mandíbulas. Esto debería ayudarte a pronunciar mejor. ¿Te parece bien?

—Sí. Lo haré.

—Muy bien. Antes de que te vayas, creo que ha llegado la hora de que hablemos de algo que te sirva de soporte al caminar.

—¡Ni hablar! Te dije que no utilizaras ninguna palabra que empiece con s conmigo. No es un lenguaje adecuado para una jovencita como tú.

Joe sabía que la conversación sobre palabras que empiezan con s llegaría. Así es como Viv ha terminado las dos últimas sesiones con él. En este momento se trata de la s de soporte. Más tarde, será la s de silla de ruedas. Joe odia la letra s.

—De lo que sí que podemos hablar es de Vince Wilfork —sugiere Joe.

—Tenemos que pensar en tu seguridad. Las caídas son...

—No son importantes. Si te caes, te vuelves a levantar. Esto forma parte de la vida, querida.

Viv sacude la cabeza. Es paciente con él, pero se siente frustrada. Lo está presionando con fuerza para que utilice algún tipo de soporte para caminar, pero, de momento, Joe se resiste.

—De acuerdo —accede ella—. Pero no podrás seguir evitando las palabras que empiezan con s durante mucho tiempo más.

Joe ha ganado. Conversación de palabras que empiezan con s: Viv 0, Joe 3. Joe sonríe y saborea su única victoria del día. Incluso las pequeñas victorias cuentan.

Katie entra en el vestíbulo del Centro de Rehabilitación Spaulding. Su padre ya ha terminado la sesión de fisioterapia y aguarda sentado en la sala de espera. Katie llegaba puntualmente, pero ha tenido que dar varias vueltas por el Navy Yard hasta encontrar un aparcamiento. Y después ha tardado diez embarazosos minutos en aparcar el maldito coche en paralelo. Joe está mirando la televisión que cuelga de la pared y todavía no ha visto a Katie. Ella se detiene y lo observa.

Él no para de moverse e intenta acomodarse en el asiento, pero nunca lo consigue. Está en perpetuo movimiento. Su cabeza gira alrededor de su cuello: hacia delante, hacia atrás y hacia los lados, como si alguien hubiera aflojado los tornillos que sujetaran su cráneo a la columna vertebral. Los movimientos de sus extremidades empiezan como algo aleatorio, pero, normalmente, evolucionan hasta crear un patrón. Si Katie lo observa durante el tiempo suficiente, ve que adquieren algo parecido a un ritmo regular. Talones arriba, talones abajo, golpecito con la punta del pie, talones arriba, talones abajo, golpecito con la punta del pie, golpecito con la punta del pie, sacudida de hombros, estiramiento de brazo, levantamiento de cejas, talones arriba, talones abajo. Está bailando al ritmo de una música que ninguna otra persona del planeta puede oír.

A Katie le resulta más difícil contemplar sus contracciones faciales. Hacen que parezca que sufre trastornos mentales y a Katie le avergüenza admitir que, a veces, tiene que recordarse a sí misma que no los sufre. Aunque sabe cuál es la causa de sus tics y muecas, le resultan perturbadores. Los desconocidos deben de creer que es peligroso, que está loco o borracho.

Por eso lleva las camisetas. El hombre que imprime las camisetas con el logo del barrio imprimió una docena gratis para su padre y ahora Joe no quiere ponerse otra cosa. Desde que J.J. contó en su trabajo cuál era su situación genética, no tienen ninguna razón para mantener oculto lo de la enfermedad. Así que, con el beneplácito de J.J., Joe ha emprendido la misión de educar al mundo, o al menos a la buena gente de Charlestown. En las camisetas, a la altura del pecho, figura impreso con letras grises y azul marino el siguiente texto:

PADEZCO LA ENFERMEDAD DE HUNTINGTON

Para más información dirígete a HDSA.org
o pregúntame a mí.

A Joe se le ocurrieron muchos más eslogans sobre la enfermedad y quería producir toda una línea de camisetas, pero Rosie se lo impidió. La mayoría no son, en absoluto, políticamente correctos y Rosie alegó que ser vista con él en público ya le resulta suficientemente duro como para que, encima, lleve puesta una camiseta ofensiva. Pero a Katie, algunos de los eslóganes le parecen sumamente graciosos:

«Yo padezco la enfermedad de Huntington. ¿Cuál es tu excusa?»

«Así funciona mi cerebro con la enfermedad de Huntington.»

«¡La vida es buena, pero la enfermedad de Huntington es un asco!»

«Estás mirando a un hombre que padece la enfermedad de Huntington.»

«¡Que te jodan a ti! Yo padezco la enfermedad de Huntington.»

Katie se acerca finalmente a su padre.
—¡Hola, papá! ¿Estás preparado?
Joe se da una palmada en los muslos.
—¡Sí! ¡Vámonos!
Katie mantiene la puerta abierta para él y salen del edificio. La tarde es excepcionalmente cálida. La temperatura oscila alrededor de los quince grados centígrados, lo que es realmente extraño en un mes de marzo en Boston. Katie levanta la cara hacia el cielo, cierra los ojos y siente cómo el sol acaricia su nariz y sus mejillas. El calor le hace sonreír. Ya ha tenido bastante del frío invierno. Pero ella sabe que el clima de hoy es más una burla cruel que un auténtico cambio. Nadie en Boston ha guardado todavía los gorros, los guantes o los abrigos. Al día siguiente podría caer una intensa nevada. Las flores rosas y blancas que a Katie le gustan tanto no florecerán, como mínimo, hasta dentro de un mes. Después de mantener la cabeza vuelta hacia arriba durante unos segundos más, Katie empieza a preocuparse por las quemaduras del sol. No se ha puesto la crema de protección solar.

Su padre inhala y sonríe.

—¡Qué día tan bonito! ¿Tienes prisa por ir a algún lugar?

—No.

—¿Quieres que vayamos a dar un paseo?

—¡Sí, claro!

Caminar con su padre es estresante. La razón por la que va a recogerlo en coche después de la fisioterapia es evitar caminar con él. Pero ¿quién puede resistirse a un día como hoy?

Katie quiere caminar lo bastante cerca de él para poder agarrarlo si va a caerse, pero no tanto como para recibir el impacto accidental de uno de sus puños. Así que se mantiene a cierta distancia. Mientras caminan no aparta la vista de él, pero la verdad es que da miedo verlo. Todas sus articulaciones, las de los tobillos, rodillas, pelvis, codos, muñecas, dedos y hombros se involucran excesivamente en la tarea. Sus pasos son exagerados, bruscos, desenfrenados, casi violentos. A cada paso, Katie contiene la respiración como se imagina que debe de hacer una madre cuando su hijo da sus indecisos y tambaleantes primeros pasos. Es un milagro que no se caiga. Y, entonces, se cae.

Ocurre demasiado deprisa para que ella pueda reaccionar a tiempo. Katie cree que no levantó lo suficiente la punta del zapato. Entonces agitó los brazos, adelantó el torso y sus piernas se aceleraron para no quedarse atrás, como si fuera un personaje de unos dibujos animados. Ahora está tumbado en la acera boca abajo y con las extremidades extendidas. Katie está de pie junto a él. Aunque esperaba que esto sucediera, se siente aturdida y lo mira embobada y sin reaccionar.

—¿Estás bien, papá?

Katie se agacha. Joe se sienta y se sacude el polvo y la grava de las manos y los brazos.

—Sí, estoy bien.

Katie lo examina. No sangra. ¡Espera!

—Estás sangrando, papá —le indica Katie, y señala el centro de su propia frente.

Joe da unos toquecitos en su frente con las yemas de los dedos, se le manchan de sangre y se enjuga la frente con la parte inferior de la camiseta.

—Solo es un pequeño corte —afirma Joe.

Es más que un pequeño corte.

—Espera —declara Katie, y hurga en su bolso.

—Tengo una tirita, pero es de Hello Kitty —anuncia.

Sostiene la tirita en el aire y supone que él se negará a ponérsela.

—Está bien —declara Joe, y absorbe más sangre con la parte inferior de la camiseta—. No creo que pueda resultar más ridículo.

Katie saca la tirita de la envoltura y la aplica sobre el profundo corte de la frente de su padre. Vuelve a examinarlo. Tiene las palmas de las manos y los codos raspados, manchas de sangre en la camiseta debajo de la frase PADEZCO LA ENFERMEDAD DE HUNTINGTON y una tirita de Hello Kitty pegada en mitad de la frente.

—Bueno, la verdad es que ahora tu aspecto es un poco más ridículo —comenta ella sonriendo.

Su padre se echa a reír.

—Sinceramente, querida, me importa un comino. Vayamos a aquel parque de allí.

Caminan hasta el parque construido en memoria de los caídos de Massachusetts en la guerra de Corea y su padre elige un banco. Los bancos están colocados formando un círculo. En realidad, se trata de un hexágono, concluye Katie después de contar las seis columnas que rodean el espacio. Los nombres de algunos de los soldados de Massachusetts que murieron en la guerra de Corea están inscritos en las columnas. Otros figuran en los ladrillos del camino y, otros, en los bancos de mármol. En el centro del hexágono, hay una estatua de bronce de tamaño natural de un soldado cubierto con chubasquero.

Katie ni siquiera sabía que existía ese monumento. La mayoría de los *townies* ignoran los emplazamientos históricos del barrio. No suben a ver el obelisco del Monumento Bunker Hill ni se apuntan a los recorridos de la fragata *USS Constitution*. Su madre afirma que subió a la fragata, también conocida como *Old Ironsides*, durante una salida escolar en segundo grado, pero no se acuerda mucho. El obelisco es muy alto y la fragata muy antigua. No necesitan saber nada más.

Katie y su padre están sentados juntos a una distancia segura y no dicen nada. Katie percibe el agradable calor que despide el banco de mármol en las palmas de las manos. Un gorrión pasa dando brincos por delante de sus pies y se desvía hacia la zona de césped. Katie oye las voces de unos niños que llegan hasta ella flotando en el cálido aire. Deben de proceder de un parque infantil que está fuera del alcance de su vista.

Como hace siempre que tiene tiempo libre para pensar, se pregunta cuál será el resultado de la prueba genética que aguarda impreso en una hoja de papel y dentro de un sobre blanco en el despacho de Eric. ¿Qué consta en esa hoja de papel? Ella siempre empieza imaginando que ha heredado la mutación genética.

«Lo siento, Katie, pero padecerás la enfermedad de Huntington como tu abuela, tu padre, J.J. y Meghan.»

Entonces empieza a creerse este supuesto. A su mente no le cuesta nada apuntarse a esta posibilidad. Una joven de veintidós años da positivo en la enfermedad de Huntington. Se trata de un auténtico drama y a su mente le encantan los dramas.

Se imagina que el resultado es positivo varias veces al día. «Sí», le dice su mente. «Sí, padeces la enfermedad.» Y aunque sabe que ese resultado es, solo, una posibilidad, un escenario que su mente ha creado y que no es real, el miedo que le provoca adquiere una consistencia física en su interior. El miedo que experimenta es denso y pesado, tanto, que se siente incapaz de librarse de él.

Katie lleva el agobiante miedo a las clases de yoga y a la cama cuando se acuesta con Felix. Lo empuja a lo más hondo de su interior, pero últimamente siente que ya no le queda más espacio. Ella es una maleta llena hasta los topes, pero como todos los días piensa que sufrirá la enfermedad, cada día tiene más miedo que acarrear y debe guardar más en su interior. Tiene que hacerlo.

Las lágrimas siempre están ahí, listas para ser derramadas,

pero ella las contiene. Lo contiene todo. Y está convencida de que pronto no podrá contenerse más. El miedo la está empujando fuera de sí misma. Cada vez que sus pulmones se expanden y su corazón late, chocan contra el miedo que guarda dentro. El miedo está en su pulso y en todas sus respiraciones. El miedo es una masa negra que habita en su pecho, que se expande y que aprieta sus pulmones y su corazón, y ella pronto no podrá ni respirar.

Todas las mañanas, durante una fracción de segundo, se olvida de que está ahí. Pero entonces siente la negra pesadez, se pregunta qué es y enseguida se acuerda: probablemente padece la EH.

Así que todos los días representa una farsa: cada saludo alegre; cada clase que da y en la que predica inspiración, paz y gratitud; cada vez que practica el sexo con Felix, es una impostora que cumple con los formulismos de una sociedad civilizada y que finge que todo es superfantástico.

«¡Hola, Katie! ¿Cómo estás?» «Bien. Estoy bien.»

Pero no está bien. Ella es una gran y jodida mentira, eso es lo que es. Está planificando su vida con la EH. Ensaya su última cita con el asesor genético y oye las palabras que anuncian su tétrico destino. «Padeces la mutación genética.» Y Katie practica su respuesta, y su actitud es fuerte, fría e incluso bravucona. «Sí. Ya lo sabía.» Entonces sigue adelante y se imagina que padece los primeros síntomas, que no se casa ni tiene hijos, que acaba viviendo en una residencia y que muere sola.

Dejarse llevar por esta historia negativa no le hace ningún bien y ella lo sabe. Es consciente de que cuenta con las herramientas necesarias para poner fin a esta situación. Si sus pensamientos pueden crear el miedo, también pueden eliminarlo. Pero por alguna razón enfermiza, elige no hacerlo. Se está revolcando en el miedo y, de una forma perversa, esto le sienta bien, como comer una fuente de madalenas cuando está realizando una limpieza a base de zumos o una ración de beicon a pesar de que es vegana.

—¿Y cómo te va todo? —le pregunta su padre.

Katie está a punto de ofrecerle su respuesta patética, su mentira acicalada. La palabra «bien» está en su boca, pero de repente no puede soportar su sabor.

—Tengo miedo, papá.

Baja la vista hacia sus zapatos. La parte anterior de sus pies descansa en el suelo sin moverse. Luego mira los de su padre. Talones arriba, talones abajo, golpe de punta.

—Lo sé, cariño. Yo también lo tengo.

En el pasado, él habría intentado tapar el miedo de su hija con una solución rápida, como hizo ella al poner una tirita de Hello Kitty sobre su sangriento corte. Como la mayoría de los padres que quieren proteger a sus niñitas, habría intentado aniquilar, esconder o negar ese miedo, lo que fuera con tal de sentir que había eliminado el problema. «No tengas miedo.» «No hay nada que temer.» «No te preocupes.» «Todo saldrá bien.» Ella habría seguido sintiendo miedo y habría tenido que afrontarlo sola. Pero hoy, para sorpresa de Katie, su padre está con ella.

Katie se acerca a él hasta quedar cadera con cadera y lo rodea con un brazo. Él la imita. Tener miedo juntos es mucho menos aterrador.

—He estado pensando en ti y en Felix —declara su padre—. Si decides que quieres trasladarte a Portland, tienes mi aprobación. Y también la de tu madre.

—¿En serio?

—Vive tu vida, cariño. Ocurra lo que ocurra, la vida es demasiado corta. Haz lo que desees sin sentirte culpable y sin remordimientos.

Su padre lo está haciendo de maravilla esto de vivir con la EH y dar un ejemplo positivo a sus hijos, pero este cambio de actitud es totalmente inesperado. Katie agradece su aprobación, pero es la pesada masa negra que hay en su interior y no la desaprobación de sus padres lo que le impide embalar sus cosas e irse.

—No dejas de sorprenderme, papá.

—¿Qué creías, que los yoguis sois los únicos iluminados?

Katie se ríe. Su sonrisa aterriza en los ojos de Joe y ahí está, su padre. Si lo busca, puede encontrar en sus ojos el cariño que siente por ella.

—¿Me estás diciendo que los policías estáis iluminados? —le pregunta ella tomándole el pelo.

—¡Oh, por supuesto! No nos permiten ponernos el uniforme azul a menos que hayamos superado la formación en zen.

Katie vuelve a reírse.

—Vayamos hasta allí —sugiere su padre, y señala el sendero con la cabeza.

El sendero es ondulante, su superficie es irregular y está hecho de ladrillos. Katie vigila los inseguros pasos de su padre y no está segura de tener otra tirita por si vuelve a caerse, pero consiguen llegar al final del sendero sin incidentes. Se detienen delante de una fuente pequeña. Se trata de una pila de agua poco profunda que está situada en medio de un círculo de cemento. Un caño escupe un modesto chorro de agua en el centro. Más allá de la fuente, ven la familiar panorámica de los rascacielos: el Centro Gubernamental de Boston y el distrito financiero.

—Es una ciudad bonita —comenta su padre mientras contempla el horizonte.

—Sí —contesta Katie.

Boston le gusta, pero se pregunta cómo es Portland.

—Tengo algo para ti —anuncia su padre.

Introduce la mano en el bolsillo de sus pantalones, saca la moneda de veinticinco centavos y se la muestra en la palma de la mano.

—Quiero que la tengas tú para que te dé buena suerte.

Le da la moneda a Katie y rodea su mano con la de él durante un instante.

—Gracias, papá.

Katie agarra la moneda y cierra los ojos. Se imagina la masa negra de miedo que hay en su pecho, inhala profundamente y llena los pulmones de aire hasta su capacidad máxima. A continuación, exhala y suelta la masa negra por la boca liberándose de ella. Luego abre los ojos y lanza la moneda a la fuente.

Mira a su padre y ve que parece impactado y ha empalidecido.

—No me puedo creer lo que acabas de hacer —comenta él.

—¿Qué pasa? He formulado un deseo.

Joe se ríe y sacude la cabeza.

—¿Qué querías que hiciera con la moneda?

—No lo sé, pero no me esperaba que te deshicieras de ella.

—He pedido un deseo.

—Estupendo, cariño. Espero que se haga realidad.

—Yo también.

Se quedan allí unos minutos más y luego regresan al coche caminando bajo el cielo cálido y soleado, con miedos y esperanzas compartidos.

34

Es primera hora de la tarde y Katie y Meghan están sentadas en las escaleras de la entrada. Meghan está fumando un cigarrillo, algo que hace solo si no existe el riesgo de que su madre la vea o lo huela. Su abuelo murió de cáncer de pulmón y
su madre se pone histérica cuando ve a Meghan fumar. Patrick
está durmiendo. Colleen ha salido a pasear al pequeño Joey, su
madre y J.J. están trabajando y su padre está en la sesión de fisioterapia. La calle Cook está tranquila e iluminada por el sol.
No hay tráfico de coches ni gente haciendo *footing* ni paseando a sus perros. No se ve a nadie.

Katie no charlaba con Meghan de esta manera desde hacía
siglos. Viven juntas, de modo que todo el mundo deduce que
se ven continuamente. Pero las dos hermanas apenas coinciden
en el piso y, cuando lo hacen, normalmente solo se desean buenos días con actitud somnolienta mientras llenan sus termos
con té o café o se saludan superficialmente cuando Katie sale a
toda prisa para dar una clase o Meghan corre para tomar el autobús. Otras veces, coinciden mientras Meghan prepara su bolsa de maquillaje para una actuación o Katie se quita las mallas
y la camiseta amarilla fosforescente y se pone unos tejanos y un
jersey para encontrarse con Felix. O cuando se desean buenas
noches y se dan un rápido abrazo antes de entrar en sus respectivos dormitorios y cerrar la puerta. Esto último, en las raras
ocasiones que Katie está en el piso, porque ahora duerme en el
piso de Felix la mayoría de las noches. A pesar de que ya han
derribado la barrera que las separaba y que ellas mismas habían

construido, por costumbre, siguen ocupando los lados opuestos del antiguo muro. Aunque ya no hay ninguna razón para que sigan distanciadas, todavía no han encontrado la forma de estar juntas.

—Entonces ¿qué vas a hacer con Felix? —pregunta Meghan mientras sacude el cigarrillo para que caiga la ceniza.

—No lo sé. Últimamente, nos peleamos mucho.

Meghan asiente con la cabeza.

—¿Sobre qué? —pregunta a Katie, y arquea su perfectamente moldeada ceja derecha.

Ya conoce la respuesta.

—Me está presionando para que decida si voy a mudarme o no a Portland con él y me está poniendo de los nervios. Ahora mismo, siento que tengo que decidir demasiadas cosas.

El resultado de la prueba genética pende sobre su cabeza como una guillotina y la afilada y amenazante hoja está a escasos centímetros de la suave y desnuda piel de su cuello. O quizá no tenga la mutación genética y la guillotina no exista realmente. Quizá su secuencia genética es normal y nunca desarrollará la enfermedad. Quizás es libre.

Intenta experimentar esa sensación de libertad, pero está sentada al lado de Meghan, su hermana mayor, una bailarina guapa y con éxito que padecerá la EH y, para Katie, la idea de no tener la enfermedad no le produce una sensación de libertad. Esa posibilidad hace que se sienta injusta, sucia y mala. No se siente en absoluto merecedora de esa libertad.

—Para mí es el peor momento posible para mudarme —explica Katie.

—O el mejor —replica Meghan.

Katie estudia a su hermana: su suave cabellera castaña, sus ojos verdes y almendrados y las cinco pecas de su cara. Cinco. Katie necesitaría todo el día y una calculadora para contar las pecas de su cara. El cuerpo menudo de Meghan y sus pequeños y delicados pies. Katie pone sus feos y desnudos pies parecidos a los de Pedro Picapiedra al lado de los de Meghan. No se parecen en nada a los de su hermana.

Las dos tienen el mismo sentido del humor y el mismo gusto en cuanto a ropa, música y hombres. Meghan entiende a Katie mejor que ninguna otra persona en el mundo. Pero además de ser más guapa y lista por naturaleza y de bailar como un ángel, Meghan siempre ha sido más valiente que Katie. Durante la secundaria, Katie deseaba con todas sus fuerzas representar a una de las huérfanas en la obra de *Annie*. En sus sueños más disparatados, la profesora de teatro incluso la elegía para representar a Annie. Pero ella tenía demasiado miedo y era excesivamente tímida para comentarlo en voz alta y, mucho menos, para presentarse como candidata para el papel. Meghan sí que lo hizo y fue elegida para representar a una de las huérfanas. Katie la odió por ello y, consumida por los celos, no le habló durante meses, aunque nunca le contó por qué.

Meghan nunca tuvo miedo de coquetear abiertamente con los chicos que le gustaban y tampoco de rechazar a los que no la atraían. Sabía que quería ser bailarina desde que era pequeña y se concentró en conseguirlo con todo su empeño. Nada de titubeos. Nada de preguntarse si era lo bastante buena o de imaginar que no lo era. Nada de planes inciertos y de que quizás..., algún día... Simplemente, reclamó lo que quería. «¡Esto es mío!»

Con la prueba genética, Meghan actuó de la misma manera. Simplemente, la hizo. No se torturó cada vez que tenía una cita con el asesor genético ni ignoró las llamadas de Eric. No aplazó el día de la sentencia. Acudió al despacho de Eric el mismo día que tuvieron los resultados, se sentó delante de él con una amiga del Ballet de Boston y recibió su sentencia.

Katie, por otro lado, está paralizada y se ahoga en su espesa y cremosa sopa vegana de miedo.

—¿Cómo lo hiciste? —pregunta Katie a Meghan—. Eres muy valiente.

—No es verdad. Estoy cagada de miedo.

Meghan da una larga calada al cigarrillo, vuelve la cabeza, expulsa el humo lejos de la cara de Katie y añade:

—Pero, pase lo que pase, tengo que seguir adelante. Soy una

bailarina y seguiré bailando hasta que me resulte imposible hacerlo.

—¿Qué harías si estuvieras en mi lugar? —pregunta Katie.

Quiere oír el consejo de Meghan o quizá que su valiente hermana tome la decisión por ella.

—¿Respecto a Felix?

—Y también respecto al resultado de la prueba genética.

—Averiguaría cuál es el resultado y me mudaría con Felix.

—¿Y si tengo la mutación genética?

—Tendría la mutación genética y me mudaría con Felix.

Katie parpadea aturdida. Meghan ni siquiera se ha parado a pensarlo.

—Sí, pero ¿eso no sería totalmente injusto por mi parte? ¿Involucrarme más con él sabiendo que voy a padecer la EH?

—¡Por Dios, no actúes como una mártir!

—No lo hago —replica Katie, y su voz suena quejumbrosa como el lamento de un violín—. Es, solo, que no sé si podría encadenarlo conscientemente a ese posible futuro.

—¿Por qué tienes que decidir tú sobre su futuro?

Porque... Porque... Katie reflexiona, pero no consigue terminar la frase sin que suene como una cursi redomada o una completa idiota. Permanecen en silencio durante unos instantes.

—¿Cómo crees que lo lleva J.J.? —pregunta Katie.

—Creo que bien.

—¿Has percibido algún síntoma en él?

—No, ¿y tú?

—No.

—¿Y en mí? —pregunta Meghan.

—Ninguno. Estás muy bien.

—¿Me lo juras por Dios?

—Sí.

—Gracias. Estoy un poco preocupada por Pat. No sé... tiene algo en los ojos. Una mirada furtiva.

—Él es así.

Pero Katie ha estado pensando lo mismo. Cada vez que cree

percibir algo, lo aparta a un lado. No puede ser. Pero ahí está, Meghan también lo percibe. Es posible que Patrick ya esté desarrollando los síntomas. ¡Mierda!

—¿Ha contado a Ashley que en la familia corremos el riesgo de padecer la EH? —pregunta Katie.

—No lo sé.

—¿Crees que se casará con ella?

—No lo creo —contesta Meghan mientras toca la piel muerta del dedo gordo de uno de sus pies—. Aunque, probablemente, sea mejor así.

—Sí —contesta Katie corroborando ambas respuestas.

Ella quiere a su hermano, pero incluso sin la posibilidad de que padezca la EH, Patrick no es exactamente el prototipo de marido ejemplar.

—¿Y en mí? ¿Percibes algún síntoma en mí?

—No —contesta Meghan. Entonces examina los pies, las manos y los ojos de Katie con la mirada—. Estás bien.

—Cada vez que pierdo el equilibrio mientras realizo una postura en clase, pienso: «¿Ya está? ¿Significa esto que padezco la EH?»

—Sí, la EH nos juega malas pasadas. Antes, si yo estaba de puntas y me caía, me equivocaba al contar los pasos o algo parecido, pensaba: «¡Mierda!», me enfadaba conmigo misma durante unos segundos y enseguida me decía: «¡Bueno, no pasa nada!» Pero, ahora, si me equivoco, me invade una intensa y angustiante sensación de pánico. Es como si sufriera una parada cardíaca.

—A mí, los ataques de pánico me duran semanas —explica Katie.

—Tienes que soltarlo, si no, te volverás loca. Yo no pienso permitir que la EH me estropee el tiempo asintomático del que dispongo. No sé cuándo se manifestará la enfermedad en mí, pero no viviré como si ya se hubiera manifestado antes de que ocurra.

Katie asiente. «Solo existe el aquí y el ahora.»

—También pienso que la mayoría de las bailarinas dejan de

realizar giras y de bailar en compañías profesionales antes de cumplir treinta y cinco años, de modo que nada me impide desarrollar una carrera profesional completa antes de que aparezcan los síntomas de la EH.

Katie asiente.

—Tienes razón.

—Por eso me mudo a Londres en otoño.

—¿Qué?

—Cuando la compañía de Matthew Bourne vino a Boston, me presenté a una audición y me aceptaron.

—¿Y te irás a vivir a Londres? —pregunta Katie con incredulidad.

—¡Me voy a Londres!

Katie ha estado atormentándose con la idea de mudarse o no con Felix a Oregón. La posibilidad de abandonar Charlestown y su familia, su zona de confort, hace que se sienta asustada, culpable y preocupada. Y ahí está Meghan, quien, sin ningún tipo de dramatismo y en un abrir y cerrar de ojos, ha decidido mudarse sola a otro país.

—¡Me parece increíble que te traslades, ni más ni menos, que a Londres!

—Lo sé. Yo misma estoy alucinada. La compañía se llama New Adventures y son increíbles. Las coreografías de Matthew son contemporáneas y muy rompedoras y me encantan las tramas de sus espectáculos, cómo combina la actuación con la danza. Tienes que ver su versión de *Eduardo Manostijeras*. ¡Es absolutamente impresionante! Realizan giras por todo el Reino Unido y, el año pasado, también actuaron en París y en Moscú.

—¡Cielos, Meg! Suena de maravilla. ¿Cuánto tiempo estarás fuera?

—No lo sé. Como mínimo, tres años.

Katie observa a su hermana y no percibe en ella ni un ápice de duda o culpabilidad. ¡Claro que debería irse a Londres! Pero, entonces, ¿por qué ella se siente obligada a quedarse?

—¿Crees que mamá y papá se enfadarán porque te vas?

—No. Ya lo saben. A papá le parece bien y mamá lo intenta. ¡Ya sabes que siempre se preocupa por todo! Por cierto, tengo que contarte algo más.

El tono de su voz sugiere algo malo e importante.

—¿Qué? —pregunta Katie, y se prepara para recibir malas noticias.

—Durante el verano, viviré con J.J. y Colleen gratis a cambio de hacer canguros. Así ahorraré dinero para el viaje a Londres.

—Muy bien —contesta Katie aliviada.

No se trata de nada malo.

—Y odio ser yo quien te lo diga, pero, tanto si te mudas a Portland como si no, tú también tendrás que dejar el piso.

—¿Qué?

—Mamá y papá tienen que alquilarlo de verdad. El alquiler actual por un piso de tres dormitorios es cuatro veces superior a lo que nosotras les pagamos y ellos necesitan el dinero.

¡Mierda! ¡Eso sí que es importante!

—¿Cuándo iba a contármelo alguien?

—Lo decidieron hace un par de días, cuando les conté que me iba a Londres. A mamá le da miedo decírtelo. Le sabe mal que papá convirtiera nuestro antiguo dormitorio en un comedor y tiene la impresión de que te están echando sin ofrecerte una alternativa. Le he explicado que, probablemente, te vayas a vivir con Felix, pero ella ha hecho como si no me oyera.

—Sí, debe de pensar que, prácticamente, me está obligando a vivir en pecado.

—Exacto.

—Es como si el universo me estuviera empujando a trasladarme a Portland.

—Pues sí.

Katie siente una necesidad repentina e imperiosa de moverse. No puede seguir allí sentada.

—¿Quieres que vayamos a correr? —pregunta a Meghan.

—¿Ahora? No a menos que alguien nos persiga.

—¿Y a caminar? Necesito moverme.

—No. Ve tú. Yo necesito dar una cabezadita antes de la noche.

Esta noche, Meghan baila en *La dama de las camelias*. Termina el cigarrillo y lo apaga en el escalón.

—No digas a mamá que he estado fumando, ¿de acuerdo? ¿Te veré esta noche?

—Sí.

—¿Irás con Felix?

—Sí.

—Estupendo. Y por la mañana tienes yoga, ¿no?

—Así es.

—De acuerdo. Nos vemos luego. Te quiero.

—Yo también te quiero.

Mientras abraza a su hermana, un recuerdo acude a la mente de Katie. Está en misa, un domingo por la mañana, el sacerdote está pronunciando la homilía y Katie tiene alrededor de diez años. El padre Michael cuenta la historia de una niña enferma que está ingresada en un hospital. Necesita una transfusión de sangre y, si no se le practica, morirá. Su hermano pequeño, que es el único miembro de la familia que tiene el mismo grupo sanguíneo que ella, se presenta voluntario para donar sangre y salvar la vida a su hermana. Cuando la enfermera ya le ha extraído la sangre, el niño pregunta: «¿Cuánto tardaré en morirme?» Lógicamente, el niño lo entendió mal y no se moriría, pero él creía que, al darle la sangre a su hermana, sería él y no ella quien moriría.

Se trata de una historia bonita e inspiradora, pero Katie la odiaba y la atormentó durante años. «Yo NUNCA haría algo así por mis hermanos o por Meghan.» Cada vez que pensaba en aquel niño se sentía físicamente enferma y agobiada por los sentimientos de culpa y de vergüenza. Su corazón debía de ser del tamaño de una pasa. Si fuera una persona buena, sería como aquel niño, pero ella debía de ser malvada. Se sentía demasiado avergonzada para confesar sus pensamientos al sacerdote y creía que no merecía la absolución de semejante pecado. Tendría que ir al infierno.

Hacía años que no pensaba en esta homilía, pero ahora, mientras abraza a su hermana en la entrada de la casa, corazón con corazón, la historia del niño y de su hermana enferma le produce un sentimiento totalmente diferente. Piensa en Eric, en la sangre que le extrajeron seis meses atrás y en el resultado de la prueba que todavía no ha querido conocer y un sentimiento increíble se asienta con firmeza y sin miedo en el fondo de su corazón. Y, desde allí, ese sentimiento irradia amor incondicional. Si pudiera cambiar el resultado de la prueba genética de Meghan y padecer ella la EH en lugar de su hermana, lo haría. Lo haría de verdad y asumiendo todas las consecuencias.

Abraza con más fuerza a Meghan y los ojos se le llenan de lágrimas. Quizás es más valiente de lo que creía.

Primero camina hasta el final de la calle Cook, gira a la izquierda por Bunker Hill y baja por la calle Concord. Pasa por delante de las casas de tres plantas y de sus jardineras, de las farolas de aceite y de las banderas que ondean en las ventanas, las irlandesas y las que exhiben el eslogan «Boston Fuerte». Se pregunta cómo es Portland. Dicen que allí llueve mucho. Felix le ha contado que el río Columbia es precioso y enorme y que está rodeado de montañas, cascadas y rutas de senderismo. Según él, no se parece en nada al río Mystic. ¿Y si todo en Portland es distinto a Boston?

Recorre la calle Winthrop, se detiene en la acera y mira hacia el suelo. En el centro de la acera, dos hileras paralelas de ladrillos pintados de rojo se extienden hasta el otro lado de la calle. El Sendero de la Libertad.

Katie observa los ladrillos que tiene debajo de los pies durante un instante y, al final, decide seguir su impulso. Siempre ha querido hacerlo. Sigue el sendero rojo, a veces formado por ladrillos, a veces, pintado en el asfalto, y después de cruzar City Square llega al límite de Charlestown, al parque Paul Revere. Se detiene, mira hacia atrás y luego sigue adelante.

En realidad, sale de Charlestown continuamente. Felix y

ella van a cenar a Cambridge y al South End con regularidad. Y esta noche irá al Opera House. Pero nunca ha recorrido a pie el auténtico Sendero de la Libertad, el camino de ladrillos amarillos de su infancia, más allá de los límites del barrio.

Sube al puente Charlestown y enseguida lo odia. El paso peatonal, que está pintado con pintura roja, es una estructura metálica. Si mira hacia abajo, ve la boca del río Charles debajo de sus pies y siente que se le encoge el estómago. Sigue caminando a pesar de que está a una altura aterradora por encima del agua negra y sin reflejos. Los coches y los camiones pasan zumbando a poca distancia de su hombro derecho, hacen vibrar la estructura de metal y agreden sus oídos. Katie se detiene y tiene la tentación de girar sobre sus talones y volver atrás. Siente que el peligro la acecha por ambos lados y por debajo y también siente que el confort de todo lo que le resulta familiar la llama para que regrese.

No. Lo va a hacer. Fija la vista al frente y sigue avanzando paso a paso.

Pronto y por fin llega al final del horrible puente. Cruza la calle y, todavía en el Sendero de la Libertad, se encuentra en el límite del North End, el barrio italiano de Boston. ¡Lo ha conseguido! Ya ha abandonado Kansas.

Vuelve la vista hacia Charlestown. Todavía puede ver el monolito, el Navy Yard y el puente Tobin. Prácticamente, puede ver su casa. Se ríe. ¡Qué patética!

Piensa en Meghan, en que ha dado positivo en la EH y en que no lo utiliza como una excusa para limitarse a sí misma de ningún modo. Meghan se mudará a vivir a Londres. J.J. ha tenido un hijo. Su padre practica el yoga.

Felix se va a mudar a Portland.

Katie sonríe para sus adentros, sigue el Sendero de la Libertad que la conduce al interior del barrio North End y lejos de casa y se pregunta adónde la conducirá más adelante. No tiene ni idea.

«Siempre has tenido este poder, chica. Sigue adelante y vive tus sueños.»

35

Se trata de una tarde fría y despejada de abril. Es la segunda semana de la temporada y Joe no está de servicio en la calle Yawkey Way, fuera del estadio Fenway. Por fin, y afortunadamente, se encuentra en el interior del estadio. Está sentado con Donny, Tommy, J.J. y Patrick en la línea de la tercera base, catorce filas por encima de la caseta del equipo visitante. Las entradas son un regalo de Christopher Cannistraro. Si Joe llega a saber que contratar a un abogado iría acompañado de unos fantásticos asientos en un partido de los Red Sox, hace tiempo que se habría divorciado de Rosie. Y solo está bromeando a medias.

El partido todavía no ha empezado. Donny y Tommy se van a buscar comida y cervezas. J.J. y Patrick hojean el programa mientras charlan acerca de los jugadores y los promedios de bateos y de carreras limpias que tienen. Joe se siente satisfecho, simplemente, observándolo todo. Sus sentidos están cautivados por la belleza y la tradición de su querido estadio.

El césped del diamante está reluciente como el de un campo de golf, y la tierra brilla como la rica arcilla de Georgia. Las líneas de fuera de juego y las almohadillas son de un blanco inmaculado. El aire es fresco y huele a limpio, aunque, ocasionalmente, Joe percibe un olor a pizza y a perritos calientes. La alegre música de órgano le hace pensar en las pistas de patinaje y en las norias de las ferias ambulantes, las viejas y buenas diversiones norteamericanas. Le reconfortan los colores rojo, blanco y azul del letrero de neón de la petrolera Citgo, que está ahí desde que Joe era un niño, y su corazón se hincha de orgullo mientras lee los números retirados de las camisetas de los jugadores estrella que figuran en la pared Monstruo Verde del campo: 9, 4, 1, 8, 27, 6, 14, 42.

Los jugadores están en el campo y realizan ejercicios de calentamiento con sus camisetas rojas de manga larga, sus gorras azules y sus pantalones blancos hasta los tobillos. Joe echa de menos el uniforme de policía, ese signo visible de unidad, y también formar parte de un equipo, ser uno más, y el sentimiento de compañerismo. Echa de menos todo eso. Una alegría infantil lo invade cuando los jugadores empiezan a lanzarse pelotas delante de él. Los ve como personajes colosales y se siente privilegiado, como si estuviera presenciando un momento relevante en la historia de Norteamérica. De acuerdo, no se trata de un partido inaugural, ni siquiera de un partido de postemporada, pero, aun así, estar allí es algo especial.

Donny y Tommy regresan con varias raciones de pizza y vasos de cerveza Miller Lite. Donny alarga el brazo por delante del pecho de Joe y les pasa cervezas a J.J. y Patrick. Luego le tiende a Joe una con pajita. El estadio se está llenando y la multitud murmulla con expectación.

La voz imponente y reverberante del comentarista pide a todos los agentes de la ley, bomberos y técnicos sanitarios que se pongan de pie para homenajearlos por todo lo que han hecho y siguen haciendo para proteger y servir a la ciudad de Boston. La semana siguiente, tendrá lugar el segundo aniversario del ataque con bombas durante la maratón de Boston y la ciudad conmemora tanto el horror como los actos de heroísmo. Las imágenes de aquel lunes de abril, rememoradas en las ediciones, en cierto sentido obscenas, de los medios de comunicación, siguen provocando náuseas a Joe. Afortunadamente, existen nuevas imágenes que contrarrestan las antiguas, como, por ejemplo, retratos emocionantes de las víctimas de las bombas con miembros ortopédicos que les permiten volver a caminar, correr o bailar, o el hecho de que, el año anterior, los habitantes de Boston, dispuestos a recuperar la celebración de la maratón, decidieran batir el record del número de participantes y espectadores.

Y lo consiguieron. Aquel día, el cuerpo de policía de Boston al completo asistió a la maratón, en estado total de alerta y decidido a que el día transcurriera pacíficamente de principio a fin. Se trató de una victoria auténtica y gloriosa de los chicos buenos. Boston fuerte. Manteniendo la postura.

Al principio, J.J., Joe y sus amigos se resisten a ponerse de pie, pero Patrick empieza a gritar y a realizar gestos para llamar la atención sobre ellos. Finalmente, Donny, Tommy y J.J. se levantan y, tras la insistencia de Tommy, Joe se une a ellos. Se trata de una muestra bienintencionada de respeto y reconocimiento públicos, pero para Joe el momento está cargado de una gran melancolía. Él sabe que este año no estará de servicio con sus compañeros en la conmemoración del Día de los Patriotas, el 11 de septiembre. Joe es el primero en volver a sentarse.

Al cabo de unos minutos vuelven a ponerse de pie para escuchar el himno nacional. La cantante, una joven de Cape Cod, no es especialmente buena, pero a Joe las notas agudas del himno siempre le ponen la piel de gallina. Entonces se produce el primer lanzamiento y los Sox están en posesión de la pelota.

Durante la primera entrada, ninguno de los dos equipos logra correr una base. Durante la primera mitad de la segunda, Joe lanza una mirada a Patrick justo cuando a este le resbala el vaso de cerveza de las manos y cae entre sus pies. Patrick mira la cerveza derramada y, luego, mira a su padre. Los dos se miran fijamente. Las mejillas de Patrick han perdido su color, que ha sido reemplazado por la palidez del terror.

—No te dejes llevar por el pánico, Pat. Esto no significa nada —lo tranquiliza Joe.

—¡Mira! —exclama J.J., y levanta su vaso como muestra—. Todos los vasos están húmedos y resbaladizos. Además, los dedos se te quedan helados.

—No te preocupes —insiste Joe.

Pero Patrick está preocupado, y Joe sabe que nada de lo que le diga lo tranquilizará.

—No te preocupes —repite.

Joe desliza la mirada por las gradas del estadio. Se apostaría cualquier cosa a que al menos a cien personas se les caerá la bebida esta noche. Pero esto no significa nada. De acuerdo, Patrick no ha tropezado, no le han propinado ningún golpe, no tiene demasiadas cosas en las manos y todavía no está borracho. ¿Y qué? Esto no significa nada. Tommy llama con un gesto a uno de los jóvenes vendedores ambulantes y compra otra cerveza para Patrick.

Patrick sigue sin querer realizar la prueba genética. Según él, no podría soportar saber con certeza que iba a padecer la EH y, en tal caso, se iría de juerga y no regresaría nunca más. Aunque no especifica cómo, él alega que será un padre responsable con su hijo, y por mucho que Joe y Rosie le hayan amenazado y suplicado, no han conseguido que considere la posibilidad de casarse con Ashley. No se casará. El siguiente nieto de Joe será un hijo bastardo. Lo único que puede hacer Joe es rezar para que el pequeño goce de buena salud.

Joe mira al *coach* de tercera base. Se balancea sobre los pies. Desde la base de los dedos a los talones. Dobla y estira las rodillas. Toca su gorra, su cara, su estómago y señala al corredor que está en la segunda base.

A continuación, Joe observa al lanzador. Baja del plato de goma. Vuelve a subir al plato. Se quita la gorra, se enjuga la frente y vuelve a ponerse la gorra. Escupe por encima del hombro. Bizquea y sacude la cabeza. Asiente con la cabeza y realiza un lanzamiento. El bateador no acierta a la pelota. *Strike*.

Ahora Joe se fija en el bateador. Se trata de Pedroia. Se ajusta el guante izquierdo y, después, el derecho. Entra en la caja de bateo. Da un golpecito en el plato con el extremo del bate. Echa el bate hacia atrás una vez y, luego, otra. Todos sus músculos se ponen en tensión. Se produce el lanzamiento. Pedroia no batea. Lanzamiento no válido.

Pedroia sale de la caja. Se ajusta el guante izquierdo y, después, el derecho. Vuelve a entrar en la caja de bateo, da un golpecito en el plato con el extremo del bate y vuelve a empezar la serie de tics. Joe se da cuenta de que jugar al béisbol se parece mucho a padecer la EH.

Pedroia y el lanzador están preparados. El lanzador lanza la pelota. Suelta toda su energía y la concentra en Pedey justo antes de que este tome la rápida e intuitiva decisión de batear o no la pelota. Pedroia gira el torso hacia atrás, batea, lanza la pelota al terreno corto del campo izquierdo y consigue llegar sin problemas a la primera base. Fenway explota con vítores de celebración.

En la primera mitad de la sexta entrada, los Sox van tres a dos. Joe consulta su reloj. Son casi las nueve, pero el estadio está profusamente iluminado y uno tiene la sensación de que es de día. La ciudad y el cielo más allá del campo se ven negros salvo por el letrero de Citgo y las luces amarillentas de las ventanas de la Prudential Tower. Aparte de esto, no hay nada más allá de la pared Monstruo Verde. Solo existe el Fenway.

Sin una causa o aviso previo, Joe se levanta dando un salto y, al no disponer de espacio para moverse, empieza a inclinarse hacia la fila de asientos que tiene delante. Se va a caer sin remedio cuando Tommy lo agarra por el cuello del chaquetón y vuelve a sentarlo.

—Gracias, tío.

—De nada.

La corea de Joe está empeorando. El salto con retroceso es uno de sus nuevos movimientos característicos. Se levanta de golpe, lo que, normalmente, sobresalta a todos los que están cerca de él, incluido él mismo, y luego se deja caer de nuevo en el asiento. A veces, se cae hacia atrás. Si tiene algo en el regazo, o se rompe o se vuelca. A veces, repite el salto con retroceso varias veces seguidas y con rapidez, como si estuviera realizando un entrenamiento físico para fortalecer su musculatura. Y no puede controlarlo. Odia pensarlo, pero debería atarse a las sillas con un cinturón.

Varias personas lo están mirando. Algunas incluso se han vuelto por completo en sus asientos para observarlo. Donny se dirige al mirón que está más cerca.

—¿Quieres sacar una maldita foto? Mi amigo padece la enfermedad de Huntington. Vuélvete y mira el partido.

El tío se vuelve hacia el campo y Joe sospecha que está pensando: «¿Qué es la enfermedad de Huntington? ¿Qué le pasa a este tío?» Y, seguramente, espera que, se trate de lo que se trate, no sea contagioso.

Joe contempla la profusión de colores que hay en las tribunas descubiertas. Sabe que se trata de personas, pero no distingue sus caras. De hecho, aparte de las caras de las personas que están a su lado, esta noche no ha conseguido distinguir ninguna cara. Solo puede reconocer las caras de los jugadores si contempla la pantalla gigante de televisión que hay encima de la pared Monstruo Verde. Un estadio lleno de personas sin cara.

En el estadio de Fenway caben algo más de treinta y siete mil personas, lo que, aproximadamente, es el mismo número de personas que padecen la EH en Estados Unidos. Treinta y siete mil. Se trata de un número sin caras y, en lo relativo a las enfermedades, también se trata de un número pequeño. Más de cinco millones de personas padecen Alzheimer en Estados Unidos. Casi tres millones de mujeres padecen cáncer de mama en este mismo país, pero solo treinta y siete mil padecen la EH. No se puede decir que las empresas farmacéuticas pierdan la cabeza por encontrar la cura para treinta y siete mil personas cuando pueden dedicarse a investigar el Alzheimer o el cáncer de mama. Los riesgos y costes del desarrollo de medicamentos son elevados y con la EH no obtendrán grandes beneficios.

Ahora Joe piensa en todas las personas sin cara del estadio que luchan contra una enfermedad. Probablemente, hay mujeres con cáncer de mama, niños con leucemia, hombres con cáncer de próstata, personas con demencia, personas que morirán antes de fin de año. Joe quizá sea el único con la EH.

El hastiado y cínico policía que hay en Joe da una ojeada a las treinta y siete mil personas y llega a la conclusión de que, estadísticamente, hay un asesino en el estadio, maridos que pegan a sus mujeres, personas que no pagan sus impuestos y otras que han cometido distintos delitos. Luego Joe mira hacia la derecha, más allá de Patrick, y se centra en algunas de las caras que puede ver. Distingue a un padre y a su hijo, quien debe de tener unos diez años de edad. Lleva puesta la gorra de los Sox con la visera hacia atrás, tiene las mejillas pecosas y sostiene el guante en alto por si logra atrapar alguna pelota larga. Delante de ellos, Joe distingue a dos viejos, dos tíos que, probablemente, se conocen desde hace sesenta años y llevan viniendo al estadio el mismo periodo de tiempo. Joe está rodeado de maridos y mujeres, novios y novias, hijos e hijas, nietos y amigos íntimos, personas con trabajos honestos y vidas de verdad. Caras de verdad.

Ahora están en la segunda mitad de la octava entrada y se han producido dos *outs*. Le toca batear a Big Papi. El marcador indica tres a dos.

—¡Vamos, Red Sox!

Palmada. Palmada. Palmada. Palmada. Palmada.

Big Papi batea con fuerza una pelota que se eleva en el aire hacia la pared del centro del campo. El campo entero contiene el aliento. La pelota rebota de una forma impredecible en la pared, pero Big Papi ya está a salvo en la segunda base. Todo el estadio está en pie. Todos quieren a Big Papi.

Joe mira a Patrick, quien ahora silba y vitorea. Está tomando su cuarta cerveza sin problemas. Está claro. Lo de antes no significa nada. Patrick está bien y su hijo no nacido también está bien.

Se inicia una ola en las gradas. Joe sigue el flujo de las voces y el movimiento a lo largo del estadio y la ola parece un organismo vivo, una medusa pulsante. Ve y oye que se acerca más y más y entonces levanta los brazos y se integra en ella, y el estadio entero pasa a través de él como si se tratara de una corriente eléctrica que vuelve hasta su lugar de inicio. Esta cantidad de norteamericanos padecen la EH. ¿Solo treinta y siete mil? Aquí, en Fenway, esta cifra no tiene nada de «solo». Esta percepción visceral le pone la carne de gallina.

Sin una cura, todos los enfermos de la EH morirán. Joe se imagina un Fenway vacío y silencioso; el partido sigue desarollándose, pero no hay ningún seguidor que lo presencie y a Joe se le parte el corazón por todos y cada uno de los asientos vacíos. La idea es aterradora y sobrecogedora.

Están en la primera mitad de la novena entrada y el lanzador logra correr una base. Los Sox ganan el partido por cinco a dos. J.J. está silbando. Patrick grita y aplaude.

Tommy apoya los brazos en las rodillas. Ha enrollado el programa en forma de tubo y lo sostiene entre las manos.

—Buen partido.

—Gran partido —corrobora Joe.

—Sí, y yo no recuerdo que me regalaran unas entradas para los Sox cuando me divorcié —bromea Donny—. Cannistraro me las debe. Esto tenemos que repetirlo.

Joe se ríe. Está de acuerdo con Donny y espera estar lo bastante bien y tener el tiempo suficiente para poder volver a Fenway.

—¿Estás preparado? —le pregunta Tommy.

—Un segundo —contesta Joe.

Se toma unos instantes porque quiere memorizar este momento: la alegría de la victoria, las cervezas y la pizza, la energía de la multitud, una noche en Fenway con sus mejores amigos y sus dos hijos. Su asiento todavía no está vacío. Y esta noche ha disfrutado de cada segundo de la velada.

—Ya estoy preparado.

Se desplazan hasta el pasillo. Donny y Tommy se colocan uno a cada lado de Joe y J.J. lo vigila desde detrás. Joe vuelve la cabeza hacia el campo por última vez.

«*Good night, sweetheart. It's time to go.*»

36

Están en la sala de espera del hospital, en el ala de la asesoría genética. Están todos: Katie, J.J., Colleen, el pequeño Joey, Patrick, Meghan, su madre, su padre y Felix. Katie los ha llevado a todos. ¿Qué tal esto como grupo de apoyo?

Llevan allí sentados unos quince minutos, uno más que una eternidad. Nadie habla ni lee revistas, ni siquiera se miran. Todos contemplan, de forma imprecisa, sus propios pies o las paredes. Rosie desliza las cuentas del rosario y reza en susurros con los ojos cerrados. Katie aprieta la mano de Felix con tanta fuerza que se le ha cortado la circulación de la sangre en los dedos. Pero no lo suelta. Traga saliva y siente como si su estómago fuera a volverse del revés. Cree que podría vomitar.

Y no ayuda que todos tengan resaca y apenas hayan dormido. Patrick tenía la noche libre y decidió que la víspera del Día del Juicio Final de Katie requería alcohol. Katie no se lo discutió, así que J.J., Pat, Meg, Katie y Felix fueron temprano al Sully's y ellos lo cerraron. J.J. rompió el hielo con una ronda de chupitos de tequila. Katie se acuerda vagamente de que muchas y muchas cervezas más tarde bebieron chupitos de Jäger. Todos acabaron borrachos como cubas.

—¡Esto es realmente divertido! —exclama Patrick en la sala de espera—. Ahora entiendo por qué todos habéis querido haceros la prueba.

Nadie comenta nada.

—Cuando acabemos aquí, deberíamos ir todos a hacernos una colonoscopia.

—Te gustaría que te metieran un tubo enorme por el culo, ¿no, Pat? —lo provoca J.J.

—¡Qué asco! —exclama Meghan.

—¡Chicos! —los regaña su madre sin abrir los ojos.

—De hecho, tengo que ir a cagar —comenta Patrick.

—Por eso no te traje a mi cita con el asesor —declara Meghan.

—¿Hay algún lavabo por aquí?

—Sal al pasillo y gira a la izquierda —le indica J.J.

Katie mira cómo reza su madre. «Gracias, mamá.» Su padre se levanta de un salto y sobresalta a todo el mundo. Realiza una danza rápida, arrastra el pie sobre el suelo y se deja caer en la silla. Unos minutos más tarde, se abre la puerta de la sala y Patrick entra.

De repente, la puerta vuelve a abrirse, corta el aire como si fuera la hoja de una guillotina que se eleva y aparece Eric Clarkson. Su expresión es seria. Entonces, al ver a tantos O'Brien, sonríe. Y sigue sonriendo. Si tuviera malas noticias no sonreiría. Eso sería sádico por su parte.

La resaca y el estado de ánimo de Katie se elevan en el aire y flotan sin peso por encima de ella durante un instante hasta que su memoria vuelve a bajarlos a su cuerpo. Eric todavía no conoce el resultado de la prueba. Su sonrisa no tiene nada que ver con la EH. Solo está contento de verlos.

—¡Hola a todos! —saluda Eric—. Me gusta tu camiseta, Joe.

El padre de Katie asiente y sonríe. Se siente orgulloso de sus camisetas.

—¿Entramos? —pregunta Eric mientras mantiene la puerta abierta.

Katie es la primera en levantarse. Sin soltar la mano de Felix, sigue a Eric por el pasillo y la familia O'Brien avanza en fila india, como si fueran una procesión funeraria o un ejército que marcha hacia el frente. Se apiñan en el despacho de Eric, que es demasiado pequeño para tantas personas. Katie se sienta en una de las dos sillas y su madre en la otra, al lado de su hija. Los demás permanecen de pie y se apoyan, unos junto a otros, en la pared.

—¡Y a mí que me preocupaba que no trajeras a nadie! —comenta Eric.

El despacho está prácticamente igual que como Katie lo recordaba. El diploma de Eric, el letrero sobre el Día de la Esperanza, la orquídea. Katie mira el tablero blanco de la pared.

Cromosomas. Genes. ADN. ATCG. CAG.

Sin duda se trata del curso introductorio sobre genética de un paciente anterior que Eric todavía no ha borrado del tablero. Otra alma inocente a la que han iniciado en la cruel biología de la EH. Todo parece igual salvo por una notable excepción: una foto enmarcada de Eric con su perro y una guapa joven. Se parece un poco a Katie. Al lado de la fotografía está el regalo que Katie le dio el año anterior.

La esperanza es esa cosa con plumas
que se posa en el alma
y entona su melodía sin palabras
y nunca se calla.

EMILY DICKINSON

Katie baja el cuello de su camiseta hasta justo encima del pecho y roza con las yemas de los dedos la piel, todavía roja y escocida, donde figura su reciente tatuaje. Se trata de una pluma blanca. Esperanza. Baja la vista hasta la parte exterior de su tobillo derecho. Una flor de loto rosa. Su otro tatuaje. Las flores de loto florecen en el lodo, lo que constituye un recordatorio de que la belleza y la gracilidad pueden surgir de algo feo y desagradable. Algo como la EH. Ella había planeado tatuarse solo la pluma, pero el dolor de la aguja no era tan intenso como esperaba, de modo que también se tatuó la flor de loto. Lo que esperaba era mucho peor que lo que realmente fue. Probablemente, como le pasará ahora.

Ella solía pensar que tener la mutación genética lo cambiaría todo. Si tiene la mutación, eso sin duda afectará su futuro. Pero el futuro es una fantasía. Lo único que existe es el momento presente. Si hoy, en este momento, averigua que tiene el gen de la enfermedad, el momento presente no cambiará. Ella seguirá queriendo a las personas que hay en la habitación y ellas seguirán queriéndola a ella. Pase lo que pase, ella se mudará con Felix a Portland la semana siguiente. Ya ha embalado sus cosas.

Entonces, ¿por qué necesita saberlo?

Todo el mundo se morirá. Como diría su padre: «Ese es el precio que se paga por jugar al póquer.» La muerte quizá sobrevenga por un accidente o por alguna causa letal que aceche en el interior de la persona: cáncer, Alzheimer, una dolencia cardíaca... Katie contempla la fotografía de Eric y de su amiga. Se los ve felices. Katie confía en que a él no lo atropelle un autobús cuando tenga treinta y cinco años, pero ¿quién sabe? ¿Quién sabe qué destino genético puede estar acechando en el interior de Eric, su madre o Felix?

De acuerdo, la EH puede ser la causa de que algún día ella se muera. Ya está harta de vivir con la excusa limitante de «algún día». Está decidida a permanecer centrada en la razón por la que ahora vive. Ella ama a su familia. Ama a Felix. Ama transmitir paz y bienestar en sus clases de yoga. Se ama a sí misma. El amor es su razón de vida y esto no tiene nada que ver con la EH.

Entonces ¿por qué necesita saber si padecerá la EH en el futuro?

Mira el sobre blanco que aguarda en el centro del escritorio de Eric. Ella tiene el cincuenta por ciento de probabilidades de padecer la enfermedad. El riesgo de lanzar una moneda al aire. Pero todo en la vida entraña un riesgo. Mudarse a Portland, abrir su propio centro de yoga, amar a Felix. Cada respiración entraña un riesgo. Visualiza la frase que escribió en la pared de su dormitorio ayer, antes de que fueran al Sully's y se emborracharan, y sabe que, en algún momento de esta semana, la taparán con pintura, antes de que los nuevos inquilinos se trasladen al piso.

Cada respiración entraña un riesgo. El amor es la razón por la que respiramos.

KATIE O'BRIEN

Mira a Eric y ve que él la está mirando a ella. ¡Aquí están, en su tercera y última cita! Ella podría volverse y salir corriendo como una novia el día de su boda. Podría decir amablemente: «No, gracias.» Podría salir del edificio sin saber si padecerá la enfermedad y mudarse a Portland con Felix. Podría ser una joven de veintidós años y no saber qué letras están escritas en su ADN.

O podría averiguarlo.

Si ese pedazo de papel revela que no tiene la mutación genética, estará libre de la EH. Se acabó el preocuparse cada vez que se le cae una cuchara. Basta de experimentar un miedo angustiante cada vez que se agita en una silla. Sus hijos no padecerán la EH.

La idea de oír a Eric anunciarle que tiene la mutación genética solía aterrorizarla. La idea se convirtió en un miedo que la consumía físicamente. Pero esa idea solo es aterradora si ella elige sentirse aterrada. El carácter de su experiencia depende totalmente de los pensamientos que ella elige tener. La experiencia de la realidad depende de aquello a lo que uno presta atención. Tanto si tiene la mutación genética como si no, Katie está decidida a prestar atención a la vida y no a la muerte.

Sin soltar la mano de Felix, se vuelve y mira fijamente a su padre. Joe abre mucho los ojos, arquea las cejas y no vuelve a bajarlas. Una mueca EH. Posiblemente, la futura cara de Katie. Ella lee el eslogan de la camiseta de su padre: «Esto es la enfermedad de Huntington.» Entonces él relaja las cejas, sus ojos despiden un destello tranquilizador y, sin necesidad de palabras, Katie sabe qué le está diciendo su padre: «Estoy contigo, cariño.» Ese es su padre.

—Muy bien, Katie. Aquí tengo tus resultados genéticos. ¿Estás preparada? —le pregunta Eric mientras sostiene el sobre, el futuro de Katie, en las manos.

Ella aprieta la mano de Felix y mira a Eric directamente a los ojos. Inhala hondo. *So.* Exhala. *Ha.* Cada respiración entraña un riesgo. El amor es la razón por la que respiramos.

—Lo estoy.

Llamada a la acción de Lisa

Querido lector:

Gracias por leer *El destino de los O'Brien*. Espero que gracias a la historia de la familia O'Brien hayas adquirido una conciencia compasiva de lo que es vivir con la enfermedad de Huntington. También espero que te unas a mí en el propósito de poner esta conciencia compasiva en acción. Al realizar una pequeña donación para la investigación sobre la enfermedad de Huntington, TÚ podrás formar parte de los avances que conducirán a una cura.

Por favor, dedica un instante a entrar en *www.LisaGenova.com* y selecciona la opción *Readers in Action-Huntington's* [Lectores en Acción-Enfermedad de Huntington] para realizar una donación y contribuir a la investigación sobre esta enfermedad. La web te conducirá por un recorrido en dibujos animados por el parque Fenway y podrás ver el impacto de tu donativo de una forma divertida e interactiva. También podrás ver el recuento, tanto del número de lectores que han contribuido como de la cifra en dólares.

Gracias por dedicar tiempo a participar y transformar tu conciencia compasiva en acción. ¡Veamos hasta qué punto la lectura de esta novela puede convertirse en algo sumamente generoso y poderoso!

Namasté,

LISA GENOVA

Agradecimientos

Ante todo, estoy profundamente agradecida a las familias afectadas por la enfermedad de Huntington que han compartido conmigo y me han confiado tan abiertamente sus experiencias más íntimas. He hablado con personas que están en la primera etapa, la intermedia o la última de la enfermedad; con personas que han dado positivo en la mutación genética pero que todavía son asintomáticas; con personas que han dado negativo en la mutación genética y con personas que corren el riesgo de tener la mutación pero que no se han realizado la prueba. He hablado con esposos, progenitores, hermanos, hijos y amigos de personas afectadas por la enfermedad. Muchos de ellos se han convertido en grandes y queridos amigos míos. A todos ellos debo mi comprensión de la complejidad que entraña vivir con esta enfermedad.

Gracias, Cheryl Sullivan Staveley, Kevin Staveley, Meghan Sullivan, Jeri Garcia, Kari Hagler Wilson, Lance Mallow, Kathy Mallow, Robin Renschen, Mary Shreiber, Elise Shreiber, Alan Arena, Lizbeth Clinton Granfield, Rosemary Adamson, Mark Wiesel, Catherine Hayes, Genevieve McCrea, Gail Lambert, doctor Jeff Carroll, Matthew Ellison (fundador de HDYO.org) y Michelle Muller. Me habéis mostrado la humanidad que no puede encontrarse en los libros de texto médicos.

Gracias, Karen Baker, trabajadora social clínica licenciada y con un máster en esta disciplina, quien enseguida se dio cuenta de que yo tenía que conocer a Cheryl Sullivan. Un agradecimiento especial a Cheryl. Cheryl, te estoy sumamente agradecida por todo lo que me has enseñado sobre la EH, por todo el tiempo que me has dedicado y por invitarme a conocer desde dentro a tu familia y tu casa. Más allá de lo relacionado con este libro, me siento realmente agradecida por tu carácter generoso y amoroso y por nuestra amistad. Y agradezco profundamente haber conocido a tu hermosa hija Meghan.

Meghan murió de la EH juvenil a primera hora de la mañana del lunes 12 de mayo de 2014, a la edad de veintiséis años. Meghan era una tenaz defensora de los derechos de los enfermos de la EH. Fue una mujer inspiradoramente valiente, de actitud positiva y conocida por sus sonrisas contagiosas y sus abrazos enormes. Me enseñó que, incluso en una situación que parece desesperada, el amor y la gratitud son posibles. Gracias, Meghan, por tocar mi vida y la de incontables personas más con tu forma de vivir. Pienso en ti todos los días.

Un agradecimiento enorme a los múltiples profesionales de la salud que, generosamente, dedicaron tiempo a que yo tuviera conocimientos precisos sobre los aspectos neurológicos, genéticos, científicos y terapéuticos de lo que es vivir con la EH. Gracias, doctora Anne Young (neuróloga), doctor Steven Hersch (neurólogo), Rudy Tanzi (neurocientífica), Alicia Semaka (doctora y asesora genética certificada en Canadá), Judy Sinsheimer (trabajadora social clínica), Suzanne Imbriglio (fisioterapeuta), David Banks (terapeuta ocupacional) y Allan Tobin (antiguo asesor científico adjunto de la fundación CHDI).

Un agradecimiento enorme y lleno de admiración a los agentes de policía que me ayudaron a comprender el día a día de su profesión. Cuando empecé a escribir este libro, sabía que quería despertar la conciencia de los lectores respecto a la EH. Después de todo lo que he aprendido, espero que este libro también sirva para aumentar la gratitud y la valoración de los lectores hacia los agentes de policía. Gracias a los agentes Daniel Wallace, Richie Vitale y John Quarranto, al agente retirado Frank DeSario y a la detective Melissa Marshall.

Un agradecimiento especial al agente de policía de Boston

que no quiso saber nada de mí. Gracias a él, conocí al agente Danny Wallace, quien se convirtió en mi asesor diario de asuntos policiales, mi «camello», mi musa y mi querido amigo. Danny, me diste mucho más de lo que yo pedía y este libro es infinitamente mejor gracias a todo lo que tú aportaste. Gracias por reunirte conmigo en Charlestown y en Cape Cod, por permitir que te acompañara en el coche patrulla y por las visitas a las comisarías, por explicármelo todo y volvérmelo a explicar, por todos los paseos, fotografías, correos electrónicos y mensajes, por leer mis borradores y por tantas otras cosas. Te adoro y te admiro y agradezco que nuestros caminos se hayan cruzado. No dejo de agradecer a mi estrella de la suerte que el primer agente que conocí en Charlestown no quisiera atenderme. No existen las coincidencias, ¿no? Me siento afortunada de conocerte y de considerarte mi amigo, Danny.

Gracias a los *townies* Jamie Kelly, Jack Sullivan y Frank y Carol Donlan. Después de una larga y valiente lucha contra el cáncer, Carol murió mientras yo editaba el manuscrito de este libro. Gracias, Carol, por compartir conmigo las historias de tu infancia, por contarme cosas del barrio y del hombre que amabas.

Gracias a Allison Sloan, la maravillosa *toonie* que trabaja como gerente asociada en la Reading Public Library. Allison pasó un día entero conmigo y me llevó a realizar una preciosa ruta: recorrimos la Town, me presentó a sus vecinos y me explicó anécdotas divertidas tanto históricas como actuales.

Para comprender mejor la vida de Katie como profesora de yoga, mientras escribía el libro, realicé la formación de profesores de Power Yoga de Jill Abraham en Cape Cod, que consta de doscientas horas. Completé la formación y recibí el título en mayo, una semana antes de terminar el primer borrador del libro. Siempre estaré profundamente agradecida a mis compañeros y profesores de la formación: Jill Abraham, Leigh Alberti, Jed Armour, Katie Briody, Keveney Carroll, Rhia Cataldo, Eric Clark, Victoria Diamond, Andrea Howard, Heather Hunter, Ed Jacobs, Victor Johnson, Kristin Kaloper, Michelle

Kelly, Haley King, Kadri Kurgun, Amy Latham, Alicia Mathewson, Terri McCallister, Lauren Miller-Jones, Jessica Riley Norton, Andrea Odrzywolski, Kelley Field Pearce, Heather Pearston y John Perrone. Todos ellos contribuyeron a la creación del personaje de Katie y enriquecieron mi vida de incontables maneras.

Gracias a Susanna Vennerbeck, antigua bailarina del Ballet de Boston; a Jennifer Markham, profesora del Ballet de Boston; a Sylvia Deaton, miembro actual del cuerpo de ballet del Ballet de Boston y a mi preciosa prima Lizzie Green, quien asistió a la escuela del Ballet de Boston.

Gracias a mi querido amigo Greg O'Brien, quien compartió conmigo su amor por su herencia irlandesa y muchos libros sobre este tema. Gracias a Rose Summers, quien me contó muchas y grandes historias sobre Irlanda y la experiencia de ser criada como católica irlandesa. Gracias a Beth Schaufus Gavin, mi querida amiga irlandesa que ahora tiene treinta años y que contestó las múltiples y diversas preguntas que le formulé sobre las canciones irlandesas, el protestantismo y las cervezas. Un saludo cariñoso a tu padre, quien inspiró el personaje de Michael Murphy.

Gracias a Kate Racette, mi increíble asistente, quien me acompañó a Charlestown y consiguió que esos viajes fueran productivos, fáciles y divertidos; quien recopiló todo tipo de datos y hechos para mí y quien realiza a diario todo tipo de tareas para que yo pueda dedicarme a escribir. Kate hace posible que mi calidad de vida global sea realmente fantástica.

Gracias a mi hermano Tom Genova, quien interceptó y contestó todas mis preguntas acerca de los equipos deportivos de Boston. Más gracias a mi hermano y también a mi querido amigo Danyel Matteson por contarme anécdotas sobre sus queridos perros.

Gracias a Larry Lucchino por contestar todas mis preguntas acerca de Fenway, del equipo Red Sox de Boston y por explicarme la diferencia entre un estadio deportivo y un estadio exclusivamente de béisbol. Gracias a Stacey Lucchino por invitarme, generosamente, al estadio de béisbol Fenway; gracias por percibir las posibilidades de recaudar dinero para dedicarlo a la urgente necesidad de investigar sobre la EH y ponerse manos a la obra sin titubear. Gracias, también, a Dave y Lynn Waller por implicarse altruísticamente y por aportar sus increíbles talentos a esta valiosa causa.

Gracias a Ragdale por su magnífica residencia para escritores y a todos los que hicieron de mi estancia allí un periodo de tiempo sumamente productivo y mágico: Jeffrey Meeuwsen, Regin Igloria, Jack Danch, Cynthia Quick y Linda Williams. Mi cariño y gratitud a la generosa comunidad Forever Om Yoga de Lake Forest y, en concreto, a Sandra Deromedi, Brian Floriani, Areta Kohout y Jeanna Park.

Un cariñoso agradecimiento a mi brillante e inspirador amigo Michael Verde, quien generosamente me concedió tiempo y espacio para escribir durante el retiro Memory Bridge (memorybridge.org) en el Centro Cultural Budista Tibetano Mongol, en Bloomington, Indiana.

Un agradecimiento enorme a Vicky Bijur y Karen Kosztolnyik por su inspirada y esmerada opinión sobre muchos de mis borradores. Gracias, también, a Carolyn Reidy, Louise Burke, Jen Bergstrom, Jean Anne Rose, Jennifer Robinson, Marcy Engelman, Liz Psaltis, Liz Perl, Michael Selleck, Wendy Sheanin, Lisa Litwack y Becky Prager por respaldar este libro con tanto ahínco.

Un agradecimiento enorme y sentido a mis apreciados lectores de las primeras versiones: Anne Carey, Mary MacGregor, Laurel Daly, Kim Howland, Kate Racette y Dan Wallace. Y también a Cheryl Sullivan y Jeri Garcia. Gracias por leer el libro, por animarme y por vuestra opinión, amor y apoyo. Cheryl y Jeri, gracias por tener el valor de leer esta novela, por confiar en mí y por darme vuestra opinión. Os quiero a las dos.